JN217448

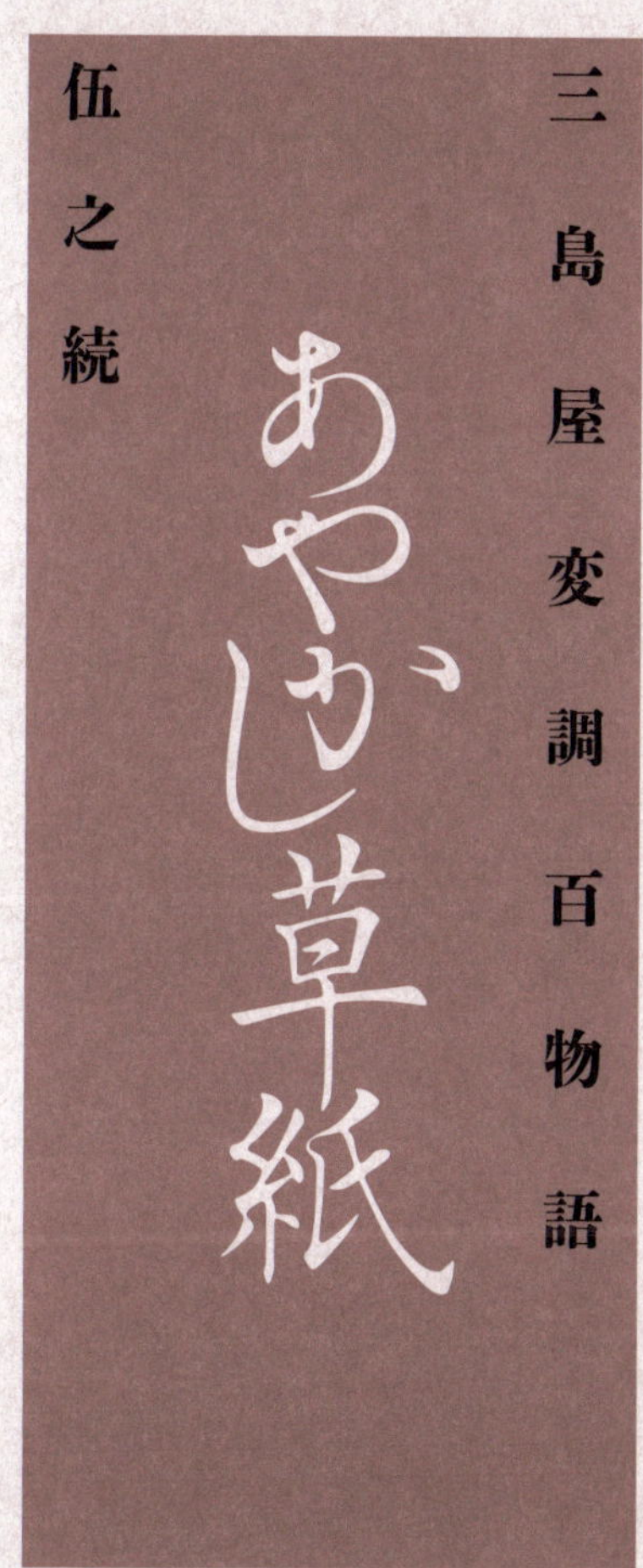

宮部みゆき

角川書店

あやかし草紙

三島屋変調百物語伍之続

装画・本文挿絵＝原田維夫

ブックデザイン＝鈴木成一デザイン室

目次

序

江戸は神田、筋違御門先にある袋物屋の三島屋では、ここ数年、風変わりな百物語を続けている。

怪談語りの百物語の催しといえば、普通は一夜、ひとつところに人びとが集まり、百本の蠟燭を灯しておいて順繰りに怪談を語って、一話語り終えるたびに一本ずつその火を消していく——という趣向のものである。百話終わって蠟燭が全て消え、場が暗闇に包まれると、本当に怪異が起こるという。あるいは、百物語とはそんな遊びの催しではなく、厳しい人生訓を拝聴する学びの場なのだともいうが、やり方としてはおおむねこのような形である。

さて三島屋の百物語は、まず一度に一人の語り手しか招かない。場所は奥の客間〈黒白の間〉である。語り手に茶菓を供し、差し向かいで聞き手を務めるのは、主人・伊兵衛の姪である十九歳の娘、おちかだ。

おちかは、聞いた話を胸ひとつに収め、けっして黒白の間から外には出さない。

「語って語り捨て、聞いて聞き捨て」

これが三島屋の百物語のいちばん大きな決め事である。だから黒白の間を訪れる語り手は、たとえば過去に自分がなした悪事を白状したっていい。恥をさらしたってかまわない。

おちかは、客が語り易いよう相づちをはさみ、促すことはしても、語りたがらないことは詮索（せんさく）しない。語り手は、話のなかに出てくる場所や名前を伏せたり変えたりしていいし、何なら語り手自身が名乗らなくても差し支えない。

ただ、聞き手が若い娘一人きりなので、黒白の間の次の間には、守り役（もりやく）としてお勝（かつ）という女中が控えている。さらに、前回からは三島屋の次男坊・富次郎（とみじろう）もお勝と並んで次の間に座るようになったが、この二人は客の前に姿を見せないし、聞いた話を外に漏らさないのは、おちかと同様である。

三島屋は、伊兵衛とその妻・お民（たみ）が振り売りから興したお店だが、今では袋物の人気店として市中に広く知られている。そんなお店の催しで、聞き手のおちかが器量よしときているものだから、評判にならないわけはない。三島屋の商いに客足が途切れぬように、変わり百物語の方も語り手が絶えることはない。

人は語りたがる。胸の内に凝（こご）る話を。

今日もまた一人、黒白の間に新しい客が来る。

第一話　開けずの間

神田の町筋を、この冬最初の木枯らしが吹き抜けてゆく。

早朝、お店のまわりを掃き掃除した丁稚（でっち）の新太（しんた）は、寒気に鼻の頭を真っ赤にしていた。腰痛持ちの番頭の八十助（やそすけ）は、寝床から起き出すのが辛（つら）かったと、ひとしきりぼやいていた。

「ああ、いい季節が来たねえ。一年で、あたしは冬がいちばん好き」

そう言い放つお民は、三島屋の縫い子と職人たちを束ね、自分も先に立って針仕事をしているので、絹物をひっかけちゃいけないからと手荒れには人一倍気をつけているけれど、それでも冬場にはあかぎれだらけになる働き者である。

「おばさん、どうして冬がお好きなんですか」

「あったかいご飯が食べられることの有り難みが身に染みるからさ」

「へそ曲がりなんだよ、おっかさんは」

鼻先で笑う富次郎は、商いの修業のために、ここ五、六年は他店の釜（かま）の飯を食っていた。三島屋に戻って初めて迎える冬である。

「わたしは、春の花の盛りや秋の紅葉が夢のように綺麗（きれい）なときこそ、ああ生きていてよかった、今の暮らしが有り難いって思いますよ」

するとお民はぴしゃりと言い返した。

「そりゃあ、あんたがまだ本当の苦労ってもんを知らないからですよ。身体もよくなったんだし、うちで居食いを決め込んでいないで、もういっぺん武者修行に出てみるかい？」

富次郎は、修業先の恵比寿屋という木綿問屋で奉公人同士の揉め事に巻き込まれ、一時は命も危ぶまれたほどの大怪我を負い、そこからようよう本復して今がある。当時のお民は、その枕頭に付きっきりで看護しながら、富次郎にもしものことがあったら自分も生きてはいられないと泣き濡れていた。

そんなお民の憎まれ口だから、大事な次男坊がすっかり元気になり、もう不安はなくなったという喜びの裏返しである。当の富次郎もそのへんは充分に心得ていて、形ばかり首を縮めて逃げ出すふりをした。

「おお、怖。おちか、どうしよう。早いところ身の振り方を考えないと、わたしは三島屋からおっぽり出されちまうよ」

「あら大丈夫ですよ、従兄さん。そんなら〈丸千〉へおいでなさいな」

丸千は川崎宿にあるおちかの実家だ。

「喜一兄さんが大喜びするでしょう」

喜一はおちかの兄、富次郎の従兄だ。おちかも久しく顔を見ていない。江戸市中と川崎宿なら、その気になればすぐ会えると思うから、便りのないのは良い便り——と、かえって安心してしまっている。

「うん、そうだねえ」

おちかの戯(ざ)れ言に、富次郎は存外と真面目な思案顔でうなずいた。

「どのみち、この店の跡継ぎは兄さんと決まっているんだから、わたしは別の商いに転じてみるのもいいかもしれないね。旅籠(はたご)業も面白そうだしさ」

兄さんとは長男の伊一郎(いいちろう)。富次郎とは二つ違いの二十三歳だ。こちらも通油(とおりあぶら)町の〈菱屋(ひしや)〉という小物屋に修業に出ている。弟のような災難に遭うこともなく、大いに働いて頼りにされているが、何と言っても三島屋の跡取りなのだから、そろそろ戻ってくる頃合いではある。

「またそんなことを言って。旅籠じゃ、袋物屋と違うにもほどがありますよ」

兄が小物屋、弟が木綿問屋に修業に出されたのは、どちらも袋物屋と関わりのある商いだからである。

「喜一従兄さんに、一からしっかり指南してもらうさ。で、丸千の商売敵にならないように、鎌(かま)倉(くら)街道沿いのどっかに旅籠を出そうかな」

富次郎はいつも陽気で剽(ひょう)げているので、大事なことでも本気なのか冗談なのかわかりにくい。

「従兄さんは、どこでもお好きなところに三島屋の分店を出してもらって、袋物の商いに精を出せばいいんですよ。おじさんもおばさんも、とうにそのおつもりでしょう」

長男が本店、次男が分店を守って、三島屋はますます繁盛してゆく。何よりめでたい先行きではないか。

なのに、富次郎は気のないふうだ。

「わたしはね、おとっつぁんが振り売りからこのお店を興したように、この身ひとつで自分の商いを始めてみたいんだ。そうでないと、自分の器量がどれくらいのもんかわからない」

「わざわざ苦労を買ってまで、ご自分の器量を知りたいんですか」

「うん、知りたいねえ」

うなずいて、富次郎は笑った。

「こんなことを言うのは、やっぱりわたしがまだ本当の商いの苦労ってもんを味わってないからだろうけどさ」

「ええ、怖いもの知らずな言い様ですわね」

「何だよ、おちかもいい子で、重ね重ねつまんない」

むくれるついでに、いっそわたしが三島屋の苦労の種になってやろうか、などと言い出す。

「おとっつぁんが商いの虫で、兄さんも生真面目だから、うちのおっかさんは身内の男どもの道楽に泣かされたことがないんだ。この富次郎さんが身を以て――」

「従兄さんが道楽なんかしたら、わたしは荷物をまとめて川崎宿へ帰らせていただきます」

「おや、妬いてるの？　道楽ったって、女道楽とは限らないよ。飲む、打つもあるんだから」

「小旦那様」

脅かすような呼びかけに、振り返ってみたら、おしまが唐紙の陰から顔を出している。おしまは三島屋の古参の女中で、富次郎は子供のころから世話になっているから、頭が上がらない。ちなみに、小旦那というのは富次郎が自分から言い出した呼称である。三島屋の若旦那は伊一郎兄さんだから、わたしは小旦那だよと。

「今、道楽がどうこうとかおっしゃってましたかねえ」

「ああ、そりゃ、ええっと」

富次郎は素直にへどもどする。

「おちかに、有り難い法話を教えていたのさ。ほら、王道楽土のお話」

「まあ、ご立派な。今日は忙しくっていけませんが、いつかあたしにも、その有り難いお話をしてくださいな」

富次郎をちくりと刺しておいて、おしまはおちかに言う。「お嬢さん、灯庵さんのとこの小僧さんがお遣いに来てるんです。もうそろそろ次のお客様を案内したいから、都合はどうかっていうんですけど」

灯庵というのは、変わり百物語の当初から、伊兵衛が語り手の周旋を頼んでいる口入屋の老人である。脂でてらてらした蝦蟇のようなお人で、三島屋の奉公人たちには、こっそり蝦蟇仙人と呼ばれている。

「まあ、そうよね、そろそろよね……」

半月ばかり前に、おちかは、淡く心を寄せていた人との別れを経験した。自分ではそんなに傷心を引きずっているつもりはなかったのだが、叔父叔母が気を回したのか、おちかが物思いをする暇がないよう、外出に誘ってくれたり、商いの方に駆りだしてくれたりしたもので、自然と変わり百物語はお休みになっていた。

おちかも、この先いつまでも休んでいるつもりはない。ただ、変わり百物語の場は、語り手の話の内容次第でひどく悲しいものになることがある。今さらそれに臆するわけではないが、今はまだちょっと気が進まないというのが本音で、つい返答が鈍った。

おしまはすぐと、そのあたりの微妙な気分を察してくれた。さばさばと言う。

「でもねえ、お嬢さんが灯庵さんにせっつかれる謂われはございませんからね」

　三島屋に身を寄せて三年、おちかは日々を、おしまやお勝と一緒に働いてすごしてきた。立場としては主人の姪と女中の間柄であっても、気持ちの上では身内のように通じ合っている。

「商いの方も、近ごろじゃお嬢さんがおられないと困ることが多いですし、まだ当分はよしにしておくって言ってやりましょう」

　ぱんと軽く畳を打って立ち上がるのを、おちかは引き止めた。「ちょっと待って。小僧さんが本当に子供の使いになってしまって、灯庵さんに叱られるのもかわいそうだし」

「あら、小僧さんは叱られるのも奉公のうちでございますよ」

　すると、傍らで、おちかがお稽古で縫っている巾着袋をいじりまわしていた富次郎が、つと顔を上げて言った。

「じゃあ、わたしが代わろうか」

　いたって気楽そうにニコニコしている。

「わたしが黒白の間に座って、聞き手を務めるよ。この前の語り手のときに、お話のお相伴にあずかっているからさ。要領はわかってる」

「だって小旦那様、たったいっぺんじゃありませんか」と、おしまが口をへの字にする。「それ

でもう要領はわかってるなんて言っちゃいけませ――」

「あ痛ぁ！」

いきなり、富次郎が縫いかけの巾着を放り出して跳び上がった。

「おお痛い。針が刺さったよ！」

縫いかけだから、糸をつけたままの針を布地に刺し留めてあったのである。おちかが慌ててそばに寄ると、富次郎は右手の親指の付け根のところを見せてきた。

「ほらここだ。わあ、血が出てくるよ。おしま、軟膏を持ってきておくれ」

「そんなに深く刺したんですか」

富次郎は右手を押さえて大げさに騒ぐ。

「痛い、痛い」

何だかんだいっても小旦那様大事のおしまは、慌てて廊下を走ってゆく。その足音が遠ざかると、おちかはくすっと笑った。

「針が刺さってなんかいないでしょう」

血など出ていない。赤くなってさえいない。

「刺さったさ。ちくんとした」

言って、富次郎は舌を出した。

「おちか、この隙に、口入屋の小僧さんに、どうぞ明日にでも次の語り手をお招きくださいって返事をしちまおう」

「おしまさんに恨まれても知りませんよ」

「平気さ。おしまの機嫌の取り方なら、それこそわたしは要領を心得てるから」

そしておちかの顔を覗き込む。

「ねえ、いいだろ。今度は、この頼りがいのある従兄さんに任せてごらんよ」

おちかも従兄の顔をじいっと見る。富次郎は女好きしそうな優男だが、遊び人ふうの崩れたところはまったくない。おちかと仲良しのわんぱく坊主に、「大部屋役者のような人」と評されたことがある。大人の解釈をつけるなら、見目形はいいのに、ちっと地味だよねというくらいの意味だろう。

「従兄さん」

「はいよ」

「お断りいたします」

「何だよぉ」富次郎はがっくりうなだれた。

「わたしはそんなに信用ならないかい？　それとも、もう要領はわかったなんて言ったから、気を悪くしたのかい？　あんなの、おしまに聞かせるための方便なのに」

「そんなんじゃありません。ただ、従兄さんがあんまり熱心なものだから、聞き役を譲るのが惜しくなってきちゃったの」

今度はおちかがぺろりと舌を出してみせた。

「おお、意地悪な娘だねえ」

「根っからの意地悪じゃございませんから、また従兄さんが次の間に隠れてお話を聞くのは許してさしあげます」

「ふふん。お心の広いことで、ありがとうございます」

　富次郎は笑って、

「まあ、いいや。おちかが元気なら」

　従兄さんは優しい。外では木枯らしが吹き、手あぶり一つでは指先も冷えるようだが、おちかの心はほんのり温まる。

「はい。しゃんと元気に、次の語り手の方をお迎えいたします」

　灯庵老人のところでは、「三島屋で語りたい」という方が溜まっていたらしい。いい返事を持たせて小僧さんを帰したら、本当にその明くる日に、新たな語り手が訪れた。

　いつものように黒白の間、八ツ時（午後二時）だ。おしまが案内して来たのは、歳の頃は三十から三十半ば、中肉中背、ふっくりした丸顔の人である。立ち居振る舞いは一見して客商売のそれで、きびきびしている。

　本結城縞の艶のある小袖を着ている。お店者だとしたらそこそこの大店奉公で、番頭ではなかろうが平手代よりは格上だろう。あるいは表小店の主人、つまり小さくとも一店の主人かもしれない。

「ようこそ三島屋の変わり百物語においでくださいました」

　おちかが挨拶し、「語って語り捨て、聞いて聞き捨て」などの決め事を言上しているうちに、おしまがしずしずと茶菓を運んでくる。今日の菓子は扇の形の練り切りと小粒の饅頭だ。中身のこしあんがうっすらと透けて見える白い皮は、口に入れると溶けるようだと、近ごろ神田界隈で評判の品である。

旨い物に目のない富次郎は、来客に先んじて次の間に入るとき、
「わたしの分も饅頭をとっておいておくれね。一つじゃないよ、三つだよ」
子供のようなことをおしまに言いつけて、
「小旦那様には、わたくしの分も差し上げますわ」と、お勝にあやしてもらっていた。

変わり百物語の守り役であるお勝は、黒髪豊かな柳腰の美女なのだが、顔にも身体にもたくさんの痘痕がある。疱瘡という病のもっとも酷いしるしである痘痕だが、しかしこれは一面、疱瘡神という強い力を持つ疫神に愛でられ、その霊力の一端を授けられた証でもあるという。

お勝はその霊力を以て、怪談語りをする黒白の間に寄りつく邪気と禍を祓ってくれる。おちかにとっては頼もしい相方であり用心棒でもあるのだが、富次郎が加わって以来、彼のお守りも兼ねるようになったのが可笑しいやら微笑ましいやらだった。

さて、いざ語り手と向き合えば、おちかは一人だ。訪れた人が存分に語れるか、語りきれずに帰ってゆくか。半分はおちかの裁量に、半分は語り手にかかっている。

真に全てを語ろうとする人か。

己の語りたいことだけを語ろうとする人か。

ただただ語らずにはいられない人か。

丸顔の語り手は茶菓を供するおしまに軽く頭を下げ、そのまま神妙に、小皿の上の饅頭に向かってかしこまっている。しみじみと見入っているようにも見えた。

何か気になることがあるのかと思い、おちかはやわらかく声をかけた。
「あの……甘い物はお嫌いでしたか」

語り手は面を上げ、瞬きをして、

「いや、こりゃいけません」

頭をかきかき恐縮する。

「とんでもねえ、手前、甘いものは大好物でございます。あんまりきれいな饅頭なんで、つい見とれちまいました」

小皿を持ち上げ、顔を近づけて、つくづくと饅頭を眺め回す。

「中秋の名月のような、透き通ったまん丸ですねえ」

「はい、まさに名月饅頭という名で売り出されているそうですわ」

「へえ〜。子供のころ、指をくわえて眺めた饅頭のことも思い出すなあ。や、いきなり食いもののことばっかり言っちまって」

小皿を置き、膝の上に手を揃えた。

「手前の名は平吉と申します。女房と舅と三人で、吾妻橋の近くで〈どんぶり屋〉という飯屋をやっております」

黒白の間には老若男女、身分も立場も様々な語り手が来て、とりどりの語り方をする。「手前」が「てまえ」ではなく「てめぇ」に聞こえるあたり、平吉はざっかけない語り手だ。何となく愛嬌があるのは商売柄か、人柄か。話を聞いていくうちにわかるだろう。

「その屋号には、由来がおありなんですか」

「あらら、お嬢さん、由来なんて上等なもんじゃありませんや。ただ、どんぶり飯が売り物だってだけのことですよ」

飯とお菜を大きめのどんぶりに一緒盛りにして出す飯屋なのだという。

「もともと舅の店なんですが、もう三十年から昔に、小鉢だの皿だの使うと洗いもんばっかり増えて忙しなくって面倒だ、器はどんぶり一つで上等、それが嫌だっていう客はこっちからお断りでぇと決めちまいまして」

確かに、それなら洗い物の手間はうんと減る。食いしん坊だから食べ物商いにも詳しい富次郎なら知っているかもしれないが、おちかには初耳の飯屋のやり方である。

「そうしますと、まずどんぶりにご飯をよそって、その上にお菜を載せて出すわけですね」

「へい。およそ愛想のねえことで」

お菜は日替わりで二種。常備の佃煮が三種。どちらも客に好きなように選ってもらって盛りつけるのだという。

「お菜の味がご飯に染みて、美味しそうです」

平吉はひらひらと手を振った。

「お嬢さんのような方に褒めていただくような店じゃございません。何しろ安くて手っ取り早いのだけが取り柄で――」

と、いきなり次の間の方で声があがった。

「そりゃあ、へりくだり過ぎってもんだ、どんぶり屋さん！」

ついで、次の間との仕切りの唐紙が開き、富次郎が身を乗り出してきた。

「おたくの評判なら、市中のあっちこっちで耳にしますよ。旨い物好きのあいだじゃ、吾妻橋たもとの〈どんぶり屋〉の日替わり飯こそが食道楽の極みだって意見もあるくらいだ」

あらら。食いしん坊の従兄さん、隠れて聴いていられずに、もうご登場である。おちかは片手で顔を覆った。

「おっと……あの、どちらさまで」

へどもどする平吉にかまわず、富次郎はさっさと黒白の間に入ってきて、おちかと並んで座り直した。お勝の白い手がちらりと見えて、唐紙が音もなく閉まる。

「あいすみません。わたしはこの三島屋の伜（せがれ）で、おちかの従兄にあたる富次郎という者でございます」

「わわわ！　そりゃまた、こりゃまた」

平吉は泡を食って座布団（ざぶとん）から滑り降り、まん丸くなって畳に指をついた。

「三島屋さんのお客間は、手前のような飯屋ふぜいが足を踏み入れるようなところじゃねえってことは承知の上のこんこんちきですが、灯庵さんの口利きがあったもんですからうっかりその気になりまして、こうしてお邪魔しちまいました。お嬢さんにはけっして悪さはしておりませんし、手前の言葉つきが汚（きたね）えのは生まれも悪けりゃ育ちも悪いせいで、本人には悪気はござ

いませんのでどうか一つご勘弁を」

ぺこぺこしながら謝る、謝る。

富次郎はぽかんとする。おちかもぽかんとする。顔を見合わせ、富次郎が先に我に返った。

「ちょっとちょっと、平吉さん。お手を上げてくださいよ」

「いやもう平に平にご勘弁を」

「わたしはこのとおりの若造で、あなたは評判の飯屋のご主人だ。しかもこちらからお招きしたお客様ですよ。そんなに小さくなられたら、わたしの方が困ります」

おちかはさらにこみ上げてくる笑いを堪える。承知の上のこんこんちき。何かの折に使ってみたい言いまわしだ。

「だいいち、あなたはこっちが〈ご勘弁〉しなくっちゃならないことなんぞしてませんよ」

平吉は大汗をかいている。「いや、けども若旦那はこのべっぴんのお嬢さんの許婚者でいらっしゃるんでしょ？　手前みたいながらっぱちがお嬢さんと差し向かいでお話なんざ、いい気分がしなくって当然だよね」

「は？」

富次郎とおちかは、また揃ってぽかんだ。

「許婚者？　誰が」

「ですから若旦那が」

「わたしは〈いとこ〉と言ったんですが」

い、と、こ。富次郎がもう一度繰り返すと、平吉はまだ丸まって小さくなったまんま、

「へ？」

とうとう堪えかねて、おちかは笑いだしてしまった。

「どんぶり屋さん、あわてんぼうなんですね」

富次郎も笑い、平吉もおそるおそる顔を上げて、笑い合うおちかと富次郎を見比べ、やっとこさ自分の勘違いが呑み込めたようだ。

「そうなんですよ、お嬢さん」

しおしおとうなじを撫でて、

「手前はガキのころから粗忽者でしてね。いまだに、しょっちゅうお客の注文を聞き違えるわ、間違えたのを直したつもりでまた間違うわ」

座がほどけてきて、三人で笑った。

黒白の間を訪れる語り手が、聞き手のおちかに馴染んでくれるまでの段取りにもいろいろある。胸に秘めてきた話を吐き出したい一心でほとんど前置きをしない人もいれば、なかなか吐き出す決心がつかずに黙りがちの人もいる。世間話ばかりして本題に入らない人もいる。このどんぶり屋さんは、さていかに。

「こんな立派な床の間つきのお座敷の上座に、座布団をいただいて座るなんて、手前にゃもったいなさ過ぎることです。てんで柄じゃねえ。おまけに差配さんからよそ行きを借りて着て来たもんで、つっぱらかっちまって息もうまくできねえや。みっともなくってすみません」

平吉は袂から手ぬぐいを引っ張り出し、額の汗を拭いている。なるほど、この本結城縞は借り物だったのか。

「お詫(わ)びしなきゃならないのは、むしろこちらの方ですよねえ」と、富次郎が言う。

「三島屋の変わり百物語の聞き手は、ここにいるおちか一人。伺ったお話はけっして外に出さないことが身上だとうたっているのに、実はこっそり聞いてる者がいるなんて」

「そんなのはちっともかまいませんや。大事なお嬢さんを、どこの馬の骨とも知れねえ野郎と二人にしておけるわけがねえ」

「有り難いお気遣いです。じゃあ、このままお話をしていただけますか」

平吉は、半身を折るようにしてうなずいた。

「もちろん、手前のつまらねえ話を聞いてくださるなら、お耳を貸してやってくだせえ」

いくぶん、ほっとした様子だ。

「白状しますと、お嬢さんには申し訳ありませんが、若旦那もいてくださる方がしゃべりやすいんです。これは……まあこのはんちく野郎の身の上話ではあるんですが、夫婦や親子のいざこざ話がひっからまってるんです」

手前の生家(うち)に起きた出来事でして——

「えっと、すみませんがその前に、なんでまた手前がこんな昔語りをしたくなったかってことの方を、先に言っとかないといけませんかね」

ちっともすまなくはない。ここに来る語り手は、たいてい、〈語る話〉と〈語る理由〉の二つを持っている。

「手前と女房のあいだには、ガキが三人おります。長男が十二、次男が十、末っ子は娘で、これが七つ」

この七つの子が、今年の春先に風邪をひき、それが長引いてなかなか治らない。とりわけ咳がしつこく残った。

「普段は何てことねえんですが、何かの拍子にいったん咳が出始めると、ぜえぜえあえぐほど続くんですよ。食った飯を吐いちまうわ、夜も眠れないわ、苦しがって顔が真っ赤になったり、息が切れて真っ白になったり」

もともとか細かった女の子が、さらに擦り切れるように瘦せてゆく。

「それはご心配でしたね……」

「可哀相になあ」

「へえ。やっと七つまで育てたのに、ここでとられちまうのかなあと、手前もいったん諦めかけたぐらいです」

もちろん、平吉夫婦はできるだけのことをした。金をかき集めて評判のいい町医者を訪ね、高価な生薬を買い、咳に効くというまじないなら片っ端から試してみた。

「どれも効きやしませんでした。まあ結局は、日にち薬というんですかねえ。夏の暑い盛りを過ぎて、朝夕に虫がちろちろ鳴くようなころになったら、自然と治ったんです」

「ああ、よかったわ」

「へえ。ですがねえ……」

娘が無事治るまでのあいだに、一騒動があった。事の発端は、平吉の女房が、娘の病平癒の願掛けで「塩断ちをする」と言い出したことだという。

「塩断ち？　塩気のあるものは一切口にしないということですね」

「近所のお地蔵さんに願掛けするのに、供え物して手を合わせるだけじゃ足りねえってね」

——あたしも何か我慢して、これくらい必死にお願いしていますってお見せしなくっちゃ。

——お地蔵様は慈悲深い仏様だから、あたしが塩断ちをしたらきっと哀れんでくださる。たちまち願いが届くわよ。

「何かもう、目が据わったみたいになって言うわけですよ」

確かに巷（ちまた）では、願掛けの○○断ちというのは、辛ければ辛いほど、難しいことであればあるほど、当人の願いの強さを神様にお見せすることになるから効き目があるのだと言う。

「手前は、とんでもねえと思いました。そんなこと、けっしてやらせちゃならねえって」

「どうしてですか」

おちかの問いに、平吉はぐっと息を呑んだようになり、喉仏（のどぼとけ）が上下した。

「——おっかねえことになるからです。手前の生家は、それで絶えちまった。手前一人残して、みんな死んじまったんだから」

ずしんと重い。おちかも富次郎も、ちょっと身を引いた。

「なるほど。そりゃ恐ろしい」

ゆっくりと、富次郎が合いの手を入れる。

「平吉さんがおかみさんを止めようと思うのも当然です。で、どうなりました？」

「手前は、その」

平吉は汗をかき始め、早口な上にしどろもどろになってきた。

「今こうしているみたいに、すんなりと理由（わけ）を言えなくって」

——塩断ちなんかしたら、おっかねえことになるぞ！

「ただ、やたらに女房を怒鳴りつけちまったんですよ」

思い詰めた顔をしている女房を説くよりも、宥めるよりも、かっと逆上してしまった。

「寝ぼけたこと言ってンな、余計なことしねえで娘の世話をしっかりやれって」

それでも女房が引き下がらないので、つい手をあげた。

「感心できたことじゃないが、夫婦喧嘩にはままあることでしょうよ」

「けども、手前はそれまで、女房を叩いたことなんかいっぺんもなかったんですよ」

なのに、そのときは箍が外れたようになってしまって荒れ狂った。

「立て続けにこう、こう、こうと叩きまして、女房が泣き出しても止まらねえ。無我夢中で、自分じゃよく覚えていねえんですが、そのあいだじゅう、亭主に口答えすンな、俺がやめろって言ってんだからやめろって、泡を噴いて喚き散らしていたらしいんです」

ちょっと尋常ではない。

「うちの舅って人は無愛想で、口数も少なくってね。普段は手前と女房が喧嘩しようが、ガキめらを叱ろうが、知らん顔でほったらかしなんですよ。けど、さすがにこのときは顔色を変えてすっ飛んできて」

身体ごとぶつかって平吉と女房のあいだに割り込み、二人を引き離した。

「それで、手前もやっと我に返りました。女房は縮こまって泣いてる。近所の連中も集まってきてて、舅に加勢して手前を押さえつけてる。もう大騒ぎですよ」

気がつけば、平吉は水を浴びたように冷や汗をかいていた。情けなく、恥ずかしく、身を焼かれるような心地だったと言う。

「取り返しのつかねえことをしでかしちまった。穴があったら入りてぇ、その穴に土をかけて埋めてもらいてぇ、その土の上から踏み固めてもらいてぇ――」

「わかったわかった。それくらい後悔したんだよね」と、富次郎が遮る。「で、おかみさんと舅さんは許してくれたんですか」

「へい。手前が泣いて謝りましたし、舅も女房も、あンときの平吉はどうにもおかしかった、いつものおまえさんじゃなかったって、むしろ案じてくれましたもんで」

――娘の病が心配で、おまえさんも思い詰めてたんだね。

「いい人たちだなあ」

「手前にゃもったいねえです。もう一生頭が上がらねえや」

近所の人たちにも心配をかけたから、平吉はその後どぶ掃除に励み、それを女房も手伝ってくれたという。ますますいい女房、いい夫婦ではないか。

「結局、おかみさんは塩断ちなさらなかったわけですね？」

「へい、しないで済みました」

舅が、毎日うちのどんぶり飯をお供えして願掛けしろと夫婦に勧め、夏を越したら娘の咳も止まって、めでたしめでたし。

「お地蔵様だって、塩断ちよりもどんぶり屋さんの飯の方をお喜びになるに決まってる」

涎（よだれ）を垂らしそうな顔をして、富次郎は食いしん坊らしいことを言う。まったく、ここは食いもの談義の場ではないのに。

「その後、おかみさんや舅さんに、塩断ちのことで平吉さんが怒って取り乱した本当の理由をお話しになりましたか？」

平吉は黙ってかぶりを振った。

「言えないままになってしまったんですね」

今度は黙ってうなずく。一度、二度。

「だから胸がつかえている。そうですね？」

「お嬢さん、手前は——」

また何度か喉をごくりとさせ、拳で額の汗を拭うと、平吉は顔を上げた。

「自分が今でもこんなにおっかながっているなんて思ってなかったんですよ。昔のことは昔のことで、もうとっくに終わってますからね」

今までだって、とくに隠していたわけじゃない。進んで語るような話じゃないから黙っていただけだ。思い出しても平気だと思っていた。

「なのに、女房が塩断ちの話をし始めたとたんに、目の前が真っ暗になって、息苦しくなって、膝がガタガタしてどうしようもなくって」

分別も男気も消し飛び、子供のように怯えている自分を見つけた。

——俺は、今でも逃げ切れてねえんだ。

平吉は生家で一人だけ生き残った。しかしまだ囚われている。

「何度か、女房と舅に打ち明けようと思ったんです。案外、しゃべっちまった方が気が楽になるんじゃねえかって空頼みで」

だが、どうしてもできなかった。

「あんまり突飛な話なんで、信じてもらえねえかも——」

言いさして、強くかぶりを振る。

「いや、そんなんじゃねえな。この話をうちのなかに広げるのが嫌なんだ。話すことで何かこう……すごくおっそろしいものを、うちのなかに呼び込んじまうような気がして」

そこで、にわかに赤くなって跳び上がった。

「すみません！　手前のうちには広げたくねえ話だけど、三島屋さんならかまわねえって了見じゃねえんです！」

「語ってしまえば、消えますよ」

声音は優しく、姿勢は凛と、おちかは言った。

「わたしどもが、右から左にきれいに聞き捨てにいたしますから」

「だけどお嬢さん、おっかなくって忌まわしいことなんですよ」

「三島屋の変わり百物語は、今まで何人も平吉さんのような方をお招きして参りました」

語り終えて重荷を下ろした人がいる。もう思い残すことはないと、死を選んだ人もいる。生き霊が語りに来たことだってある。

それを聞いて、平吉の顔から血の気が引いた。

「へ……い、生き霊？」

「はい。ですから、ちょっとやそっとのことでは驚きません。ねえ、従兄さん？」

「おう、どんと来いですよ」

一瞬、富次郎の目が泳いだことには気づかないふりをしてあげよう。

「どんなお話が来たって、障りなんか毛ほども残らないよう備えもしております。どうぞ、安心してお話しくださいな」

平吉はおちかを見つめ、ついで富次郎に目を移して、

「若旦那、本当によろしいですか」

富次郎の聞き手としての経験が浅いことを見抜いているようである。平吉も客商売なのだ。短いあいだに人を見分ける目がある。

「もちろんですよ」

従兄さん、ホントに頼みますよ。

「あのね、平吉さん。わたしのことは、若旦那じゃなくて小旦那と呼んでください。若旦那はうちの兄貴だから」

些末(さまつ)なことに几帳面(きちょうめん)である。

借り物のよそ行きの衿元(えりもと)を調え、両手を膝の上に置き、覚悟を決めて一つ息を吐くと、

「それじゃお嬢さん、小旦那さん」

どんぶり屋の平吉は語り始めた。

「うちは三好(みよし)屋って屋号の金物屋で、お店は元吉原(もとよしわら)の大門(おおもん)通りにありました。ご存じでしょうが、あのへんには金物屋が集まってましてね。うちもそのなかの一軒でした。身内と住み込みの奉公人たちを合わせて、何だかんだ二十人近い所帯でねえ。職人衆もよく出入りしてましたから、ま

あ騒々しいし賑やかな家でしたよ」

あわてんぼうの平吉は、語りも早口である。いざ語るとなったら、また怖じけぬうちにこの話を吐き出してしまいたいと焦る気持ちもあるのかもしれない。

「ンで、そもそもこの話の始めは、もう二十二年前のことになりますが、手前の姉が——えっと、すぐ上の姉ちゃんでこれが三番目の姉ちゃんで——姉は三人いて兄貴も三人いて」

それだけ人数がいてこの早口では、早々に誰が誰だかこんがらがりそうなので、おちかはこちらが舵をとることにした。

「三好屋さんは、旧いお店なのですか」

平吉は前のめりになっていたのを引き止められた感じで、うっと口をつぐんでから、いえいえと大きくかぶりを振った。

「手前の祖父さんが興した店で、親父が二代目ですから、あの町筋の金物屋のなかじゃ、むしろ新参者の方でした」

「平吉さんのお祖父さんとお祖母さんが大旦那と大おかみになるわけですね」

「でも祖父さんは手前が生まれるよりも前に死んじまいましたし、祖母さんも、手前が二つのときにぽっくり」

「そうしますと、このお話の出来事があった当時のご家族は、ご両親とご兄姉と平吉さんの九人ということになりますね」

「へい」

「これからお聞きするお話は、ご家族の皆さんが巻き込まれた出来事なんですよね」

みんな死んだと、平吉は言っていた。

「そうですよ、ええ」

「では、皆さんのお名前を伺っておいた方がいいでしょうか。お嫌でしたら、本当のお名前ではなくて、太郎さん次郎さんでも結構ですが」

「そうか、そうだよねえ――」

平吉の目がちょっと泳いでいる。

「いンや、やめときましょう。しゃべってるうちに手前の方が忘れちまうのがオチです。まず長男が松吉(まつきち)、二番目が竹蔵(たけぞう)、三番目の兄貴が梅吉(うめきち)といいました」

松竹梅の並びである。

「お姉さんも三人」

「上の姉ちゃんがおゆう、二番目がおりく、三番目がおみち」

「並びはどうなります？」と富次郎が問う。

「並び？　ああ、松吉、おゆう、竹蔵、梅吉、おりく、おみち、そんで手前です」

うちの両親(ふたおや)は子だくさんで――と、平吉は頭をかく。

「ほかにも二人、手前の上に子供がいたんですよ。一人は生まれてすぐに、一人は死産で亡くしましてね。おふくろはよく手前に、この子たちが育ってたらおまえを授かることはなかったろう、だから、おまえは合わせて三人分の命を背負ってるんだって言ってたもんです」

おまえはそれほど可愛い末っ子だよ、という意味もあったかもしれない。

「そんなんだから、長男の松兄(にい)と手前のあいだは十八離れてました。兄弟というより、叔父さんみたいな感じがしてねえ」

「そうでしょうね。お話の出来事が起きたときの皆さんのお歳は」

「駄目だ、おちか」

軽く両手を挙げて、富次郎が割り込んだ。

「ちょっとお待ち。わたしは覚えきれないよ。書き留めていいかい?」

おちかは平吉に訊いた。「よろしいですか」

平吉はうなずく。「お手間ですが、そうしてくだせえ。ほかに、兄貴たちの嫁さんだの姉ちゃんたちの縁談相手も出てきますんで」

「うへえ、ここからまだ増えるのかい。奉公人や職人たちはどうです」

「そっちはほとんど出てこねえから、ご安心ください」

文机と文箱は次の間に置いてある。おちかがつと立って唐紙を開けようとすると、富次郎は帯に挟んだ矢立を抜き、

「紙だけでいいよ、おちか」

次の間では、お勝が文箱のなかから半紙を取り出していて、するりと差し出してきた。

富次郎は半紙を畳の上に並べ、筆先を揃える。

「お話が済んだら、すぐ火鉢で燃やしちまいますからね。さて、まずご両親から」

「親父は五十二、おふくろは四十七」

富次郎は筆先を細かく動かし、声に出して言いながら書き留める。

「三好屋主人、五十二歳。おかみ、四十七歳」

「ご長男の松吉さんは」

「二十八でした」

「兄さん姉さんは三人ずついるからなあ。何か特徴がおありでしたら――」

平吉はすぱっと答えた。「放蕩(ほうとう)者でした」

富次郎は片方の眉(まゆ)を持ち上げた。

「ふむ。どっちの方ですか。つまり、飲む打つ買うの」

「女の方ですよ。早生(わせ)でねえ、肩揚げがとれたかと思ったら岡場所の味を覚えちまったそうでおふくろがよくこぼしていました」

「女好きする優男だったとか」

「いンやあ、親父に似た馬面で」

富次郎は字が上手(うま)い。恵比寿屋にいたころに遊びで習ったことがあるとかで、絵心もある。

「長男松吉、道楽息子」

と言いながら字を書いて、その下に銀杏髷(いちょうまげ)を載せた馬面の輪郭を描いた。

「長女のおゆうさんは」

「二十六で、出戻りでした。十九で嫁に行って二十四で離縁されて戻ってきましてね。珍しくもねえ話ですが、姑(しゅうとめ)さんと反りが合わなかっ

たんです」

「子供さんは」

「いました。離縁のとき三つで、男の子なんで向こうにとられちまいました――けど」

「あとで出てきますか」

「へい、すンません」

「じゃ、この子こそ太郎にしよう」

富次郎は「おゆう」の名の下にしの字髷ののっぺらぼうを描き、その白い顔の脇に小さな○を描き足して、「太郎」と書き添えた。

「次男の竹蔵さんは」

「二十五です。おふくろに似た丸顔」

嫁のお福は二十二歳で、嫁いで来て四年。子供はまだいなかった。

「しょうもねえ松兄に代わって、この竹兄夫婦が三好屋の跡継ぎでした」

富次郎は若夫婦の輪郭を並べて描き、若旦那若おかみと書き添えた。

「お次は、三男の梅吉さん」

「十九です。病弱でした」

子供のころから弱かったようだ、と言う。

「季節の変わり目や、夏の暑い時期や冬の寒い時期になるとよく寝込んじまう。一年のうち、調子がよさそうなのは春と秋のほんのいっときで、あとはたいがい寝間着姿でいるような兄貴でしたよ」

富次郎は梅吉の輪郭を細く描き、のっぺらぼうの顔のなかに〈病〉と一文字書き入れた。

「次女のおりくさん」

「十七でした。縁談がまとまって、嫁入り支度をしてるところで」

言って、平吉は小声になった。

「優しい姉ちゃんでしたが、気の毒なことに親父や松兄に輪をかけた馬面だったんです」

富次郎は紙を替え、島田髷に思いきって顎の長い女ののっぺらぼうを描き始める。

「縁談も、こっちから持参金を積んでやっとこさまとめたんだろうって、近所じゅうでくさされてましてね」

気の毒でたまらなかったと呟く平吉は、昨日のことのように悔しそうだ。

おちかは、横から首をのばして富次郎の手元を眺める。富次郎の指先は、いっそ酷いほどの馬面の女の髷に、玉簪を描き添えてゆく。

「三女は、おみちさんですね」

問いかけに、打ち返すように平吉は言った。

「こいつは性悪でした」

おちかは目を瞠ったし、富次郎も筆先を宙に浮かせて平吉を見た。

「すみません、手前の姉ちゃんのことですが、確かにそうだったもんで」

「お歳は」

「十六です。ンで、三人の姉ちゃんのなかではもちろん、地元でもいちばんの器量よし、評判の小町娘だったんです」

富次郎は下ぶくれの娘の輪郭を描き、桃割れの髷を描き足した。さらに、この顔だけは眉と両目も入れ始めた。

「小娘のくせに、横合いから手ぇ突っ込んで、おりく姉ちゃんの縁談を盗みやがって」

「ははあ。その話も、本題と関わりが？」

「おおありですよ！」

やりとりをしながら、富次郎は娘の目と眉を描いてゆく。目尻が吊り上がり、眉の両端がかすかに歪んでいる。

「小旦那は絵がお上手ですねぇ」

平吉も上座から身を乗り出し、畳に両手をついて覗き込んでいる。

「で、末っ子が平吉さんだ。いくつでした？」

「十でした。あ、小旦那、手前は今でもそうですが、猫っ毛で髪が少なくってね」

確かに平吉の髷は小さく、鬢もたぼも厚みがない。

「あのころはまだ坊主頭でした」

富次郎はそのとおりに描く。顔は描かず、輪郭のなかに〈そこつ〉と書き入れた。

「これで間違いありませんかね」

二枚の半紙を平吉の方に向けて見せると、

「へい、このとおりです。顔がなくっても、みんなそれらしく見えらぁ」

こうして書き並べてもらったら、おちかにもぐっとわかり易くなった。

半紙に描かれた顔の列を眺めながら、平吉は自分の髷に手をやった。

「おりく姉ちゃんも、手前と同じで髪が少なかったんですよ。だから、島田を結っても銀杏返しにしても、何だか貧乏くさくってねえ」

美女を「緑の髪豊か」というのは故のないことではない。女の髪が薄いと髷が貧弱になり、パッとしないきらいはある。

「髷が小さいと、なおさら馬面も目立っちまうし。とことん損に生まれついた姉ちゃんだったなあ」

今度はさっきのように悔しがるのではなく、哀れんでいた。若死にした兄や姉たちを追い越す歳になった平吉の、一人前の男としての感慨である。

「さて、これで役者は揃いましたよ」と、富次郎が言う。「あとから出てくる人たちは、順に足していきますからね」

「ありがとうございます。書いてもらったおかげで、手前も語りやすくなりました」

まずですね——と、懐手をして二枚の紙を見回し、長女・おゆうを指さした。

「話のとっ始めは、このおゆう姉ちゃんなんですよ」

おゆうが十九で嫁ぎ、二十四で追い出された婚家は、大川を渡った先の本所にある質屋だったそうだ。

「祝言を挙げたころ、手前は物心ついたかつかねえかのガキでしたから、先様の顔も見ちゃいませんがね。確か、親父が寄合で親しくしていた仲間の親戚だとか聞いた覚えがあります。質屋ってのはだいたい金持ちだし、縁談としちゃ悪い話じゃなかったんでしょう」

しかし、おゆうにとっては良縁ではなかった。

「旦那は一人息子だったんで跡継ぎでもあり、姑さんにとっては大事な大事な宝物ですからね。おゆう姉ちゃんは、最初っからえらくいびられたようです。離縁になる前にも、いっぺん泣いて帰ってきたことがありましたからね」

どういう経緯だったのかはわからないが、そのときおゆうが裸足だったことは、平吉もよく覚えているという。

「まあ、箸の上げ下ろしどころか息の仕方、まばたきの数にまで文句を言う姑さんだったっていいますから」

そんななかでも、おゆうはすぐ赤子を授かった。ところが、

「月満ちて生まれたのは女の子でしてね。これがまた姑さんのいびりの種になっちまった」

――女の子なんざ役立たずの無駄飯食いだ。男の子を産めない嫁も役立たずだ。

「そういうご自分だって、昔は女の子だったんでしょうに」

ついムッとして、おちかが強く言うと、平吉は首を縮めた。

「まったく、お嬢さんのおっしゃるとおりです。自分はお店のなかで威張り放題の姑さんだったようですから、勝手なもんですよね」

女の子は、乳離れをするとすぐに姑の采配で養子に出され、おゆうは泣き暮らした。

「毎日泣いて泣いて、飯も食えねえほど泣いて窶れてるっていうのに、さあ早く男の子を産めって急き立てる、まず山姥も裸足で逃げ出す鬼姑ですよ」

ようやく男の子が生まれると、大喜びした姑は、赤子をまるっきり抱え込んでしまい、おゆうのことは乳を出す女中ぐらいに扱ってはばからない。舅も夫も取りなしてくれず、とうとう我慢

の切れたおゆうが仲人（なこうど）のところに駆け込むと、「そんな嫁は離縁だ！　とっとと出て行け」となったのだという。

「おゆう姉ちゃん、最後に一目だけでも太郎に会いたいって訪ねていったら、怒鳴りつけられた上に塩をまかれちまった」

その後も、太郎に会うことはかなわなかったという。

「姉ちゃん、悔しがりましてね……」

平吉は口元をへの字にして、遠いところを見る眼差（まなざ）しになった。

「うちに帰ってきても、何カ月ものあいだは夜もろくに眠らずに、独りで泣いてるか怒ってるか、さもなきゃ親兄妹弟の誰かをつかまえてかき口説き、しゃべってるうちに頭に血がのぼって暴れ出すという有様でしてね。親父が、可哀相だが座敷牢（ざしきろう）を造って閉じ込めるかって言い出して、おふくろにこっぴどく叱られてました」

そこで言葉を切り、平吉はまばたきをして、おちかと富次郎の顔を見た。

「ですからこのとき、座敷牢は造らなかったんです。造らなかったんですが、造るならここだなってんで、納戸を一つ空けたんです」

三好屋の北側の奥、広さは三畳ほど、板敷きの納戸で、古着や古道具などをしまっていたところだという。

「その中身をみんな出して、ちゃんと大工を呼んで下見させていましたから、親父はけっこう本気だったんでしょう」

「本気はともかく、本当にならなくてよかったですね」

おちかの言葉に、平吉はうなずいた。なぜか、ぎくしゃくしている。

「遅まきながら日にち薬も効き始めて、おゆう姉ちゃんもだんだんと落ち着いてきましたからね。まあ、よかったんです。んで、納戸を元通りに片付けようとしたら、古着なんざ傷んでたり黴(かび)てたり、古道具の類(たぐ)いもがらくたみたいなもんで、何だこりゃってんでおおかたは捨てることになって、その三畳の納戸が空(す)いたんです」

二畳分ほどは空(す)いたという。

「北向きの、天井の近くに明かり取りが切ってあるだけの薄っ暗いところでした。そこが、ぽかんと二畳分くらい空いてた。先の話に関わりがあるんで、覚えといてくだせえ」

平吉はずいぶん落ち着いて、話の舵を自分でとり始めている。これは富次郎の筆の芸のおかげだろう。

「すっかり痩せて、身体も弱ってましたから、おゆう姉ちゃんが何とかまともに寝起きできるように戻るまで、一年近くかかりましたかねえ。人前に出るのはみっともねえから嫌だって、商いの手伝いをすることはなかったけども、炊事だの掃除だのは進んでやってくれて」

――あたしは出戻りの居候だから。

「女中より肩身が狭いとか言ってましたよ。だからでしょうよ、やっぱり肩身の狭い梅兄――」

のっぺらぼうに〈病〉と一文字書かれている三男である。

「梅兄とはよく話をしたり、世話を焼いたりしてました。やれ熱が出た、咳が出る、背中が痛い頭が痛いっていっちゃあ、医者通いをしぃの生薬を買いぃのって兄ちゃんでしたから、そのたんびにおゆう姉ちゃんが付き添ってやって。はみ出し者同士、お互いに気が楽だったんでしょう」

武家と同じく、商家でも跡取り以外は「部屋住み」である。息子なら養子先を探す、商いに励んで分家してもらえるだけの力をつける。娘なら良談をつかむ。自分の身を立ててゆくには限られた道しかない。

何とかしてその道のとば口にたどり着けなければ、一生実家で居食いのままだ。親が元気なうちはまだいいが、お店が兄姉の代になったらただ気詰まりなくらいならましな方で、厄介払いされてしまうことだってあり得る。

おちかは、ちらりと横目で富次郎を見た。この気のいい従兄も次男坊である。けっして三島屋の居候ではなく、先々のことを恃まれている頼もしい倅ではあるが、跡取りでないことははっきりしている。

富次郎は平吉の語りに聞き入っている。何かひと言あるふうでもない。

「そうやってね、おゆう姉ちゃんと梅兄がときどき連れ立って出かけるようになって――それが、いよいよこの話の大本のきっかけになるってわけなんです」

平吉は十歳。二十二年前の夏の盛りの、ある日のことだった。

「八ツを過ぎて、手前が近所の手習所から帰ってくると、うちの勝手口のところにおゆう姉ちゃんがいたんです。こっちに背中を向けて、誰かと立ち話をしてるようなんですよ」

離縁からは二年余りが過ぎても、おゆうはしおしおと暮らしていたし、依然、近所の人たちの目は憚りがちだった。

「外面では愛想よくしてたって、近所のおばさんたちなんか、みんなして、哀れな出戻り娘だねえって、あたしの陰口をきいてるに決まってるって言いまして」

だから、こんなことは実に珍しかった。

——誰としゃべってンだ？

子供心にも興味を引かれ、平吉はつと物陰に寄って、おゆうの様子を見守った。

油照りの日だった。おゆうも日差しが眩(まぶ)しいのだろう、額の上に手をかざしている。そして首を縮め、目を細めて、小声でひそひそやっている。

立ち話の相手は、おゆうの陰に入ってしまっているらしく、平吉のいるところからは姿が見えない。背伸びしてみても駄目だ。

「そうこうするうちに、おゆう姉ちゃんがこう身を折りましてね。深々と頭を下げました。で、そのときだけは、いやにはっきりした声で言ったんです」

——それじゃ、どうぞお入りください。

「そんで、後ずさりして道を空けたんです。ちょうど人を通す感じですよ」

お客かと、平吉は思った。ってことは、何か土産物があるかな？

「手前は食い盛りの腹っぺらしでしたからね。いつだって真っ先に食いもののことを考えちまうわけで」

こりゃ嬉しいとわくわく眺めていたが、おかしなことに気がついた。

「誰もいないんです」

おゆうはかしこまって勝手口の外に控えている。また頭を下げたので、誰かがそばにいて今にも勝手口から中に入ろうとしているのなら、平吉にも姿が見えるはずだ。

「けど、いないんです。おゆう姉ちゃんだけなんだ」

おゆうの足元には濃い影が落ちている。影はその一つだけだ。ほかに人はいないのだ。

——何だぁ？

と、おゆうがしゃっきり頭を上げ、素早くまわりを見回した。平吉は頭を引っ込めて隠れたが、そのとっさにも、おゆうが思い詰めたような怖い顔をしていることは見てとれた。

「姉ちゃんは手前には気づかなくって、まるで逃げるみたいに勝手口のなかに飛び込むと、ぴしゃんと戸を閉めちまいました」

平吉は狐につままれたような気分だった。

「そういうとき、ガキは遠慮ってもんを知りませんからね。物陰から飛び出して、姉ちゃんのあとを追っかけてって」

勝手口の板戸に手をかけ、開けようとして、思わずえずいた。

「吐きそうになったんですか」

「へい。鼻が曲がりそうな、嫌な臭いがしたもんですから」

一瞬だった。臭いはすぐに散った。だが勘違いではない。「げええ」と声が出てしまったくらいなのだ。

「どんな臭いだったのか、何かに喩えていただけますか」

おちかの問いかけに、平吉は口をへの字にして、しゃにむに指で鼻の下を擦った。

「魚の腐ったような臭いっていう言い回しがありますよね」

「ええ」

「手前も、食いもの屋をやるようになってよくわかったんですけども、魚の身が腐っただけなら、騒ぐほど臭くはねえんですよ。鼻をつまむくらいで済みます。本当に臭いのは、魚の腸が腐った臭いの方なんで」

そっちはまさに「げぇえ」だという。

「あれは、そういう臭いでした」

何とか息を整えて勝手口から入ってみると、そこには人気がなかった。

「毎日、手前のおやつに、女中がふかし芋をつくって水屋に入れといてくれるんですけどね。それをもぐもぐ食ってても、誰も来やしねえ」

客がいるなら、姉ちゃんたちか女中たちが湯を沸かし、茶を淹れにくるだろうに。

「客がお土産をくれたなら、そいつを持ってくるかもしれねえしって、手前はどこまでも食い意地が張ってた」

しかし、粘っていても甲斐はなかった。

ますます狐につままれたような気分だったがなにしろ子供のことである。しかも平吉はあわてんぼうだ。

「家のなかでも手習所でも、それでしょっちゅう叱られたり笑われたりしてましたから、自分は粗忽者なんだって、だんだん心得てきてました。うっかりこれこれこんなことがあったけどありゃ何なのなんて口に出して、やぶ蛇になるのは御免でしたから」

大人には大人の用があり、それは子供にはわからないことの方が多い。深く気にすることはなく、平吉はその奇妙な一件をころりと忘れてしまった。

「おゆうさんに、変わった様子はなかったんですか」

「そこがまた難しいんですよ」

出戻ってからこっち、おゆうはだいたいいつも元気がないわけで、口数も少なく、ひっそりと隠れるように暮らしており、

「幽霊画の幽霊よりはちっと生気があるかな、というぐらいでしたからね」

家族とも笑って無駄話をするようなことはなかったから、末っ子の平吉がちょろちょろ寄っていく機会もなかった。

「梅兄だけは別でしたが、この兄ちゃんもまた、家のほかのみんなから遠ざかってるというか、遠巻きにされてる」

「変わった様子があったとしても、わかりにくかったんですね」

「へい。それがあとになって祟るんですけどもいざ祟ってくるまでは、誰も何にも気づかなかった。知らなかったんです」

平吉は、しみじみと嚙みしめるような口調になった。

「振り返ってみれば、手前だけじゃねえ、三好屋のみんなが粗忽者だったんでしょう。意地汚えのも手前一人じゃなかったし」

その語りは、苦い悔恨に満ちている。

勝手口でおゆうの奇妙なふるまいがあって、半月ほど後のことである。

季節は夏から秋のはじめへと移り、朝晩はひんやり冷えるようになった。きっとそのせいだ。

平吉はおねしょをした。朝起きたら、布団の上に水たまりができていた。

こんな不始末は久しぶりだった。本人も顔から火が出るほど恥ずかしかったが、それ以上におとっつぁんが烈火の如く怒った。

歳の離れた末っ子だから、平吉は、普段は両親に甘やかされがちだった。おねしょで叱られること自体が初めてである。なぜ父親がこんなに怒るのかわからない。

ただ察しはついた。松兄のせいだ。つい昨日、長男の松吉がまた大枚の借金をして、一文も返さず逃げ回っているからと、金貸しが取り立てに乗り込んできたのである。

——松吉の奴め、どこまでうちの看板に泥を塗ったら気が済むんだ。

おとっつぁん、顔色が変わっちまってたもんな。そのとばっちりがこっちにきたんだ。

あわてんぼう、粗忽、早合点。どう評してもいいが、そういう気質(たち)は、裏を返せばおつむりがよく回るということでもある。加えて、そのおつむりがはじき出したことをすぐ言ってしまう。つまり口も軽い。

平吉はそれを地でいく子供だった。

「おとっつぁん、ちっと落ち着いておくれよ。ホントはおいらじゃなくて、松兄ちゃんを怒りたいんだろ?　お得意さんの前で恥をかかされたって、竹兄ちゃんも怒ってたもんよ」

子供のこういう生意気口は、親の怒りの火に油を注ぐだけである。

「てめえも松吉も、できそこないってことじゃ一緒だ！」

怒声一発、おとっつぁんは平吉の寝間着の後ろ衿をひっつかむと、そのまんま廊下をずるずる引きずっていった。

「てめえのような奴は干乾しにしてやる。性根が入れ替わるまで出てくるな！」

平吉を北の納戸に放り込み、女中に心張り棒を持ってこさせて、動かぬようにがっちりとかってしまった。

「いいか、儂がいいと言うまで、誰も平吉を出しちゃならん。水一滴だってやっちゃならんからな！」

閉て切られた板戸の向こうで、おとっつぁんはがみがみ怒鳴っている。平吉はまた小便をちびりそうなほど震え上がり、縮こまる。

と、そこへ誰かが駆けつけてきた。おとっつぁん、おとっつぁんと呼びかけているのは、

——おゆう姉ちゃんだ。

あの姉ちゃんでもこんな大きな声を出せるのか。自分の放り込まれた窮状を忘れ、一瞬、平吉がそんなふうに思うほど、切羽詰まった甲高い声だった。

——姉ちゃん、おいらをかばってくれるんだ。

平吉はほっとしたが、残念ながらそういうことではなかった。

「おとっつぁん、やめて。勘弁して」

「親の躾に口出しするな」

「平吉のことじゃないの。そこはいけないの」

ですか」

「何がいけないんだ」

「その納戸は駄目なのよ。閉じ込めるなら、他所にして。物置でも押し入れでもいいじゃないですか」

え？　何だよ何だよ、姉ちゃんたら。

「その納戸には神様がいるんです。あたしの願いを聞いてくださる大事な神様なんです。平吉がそこでおしっこなんかしたら、何もかも台無しになっちまうわ」

おめえも何を取りのぼせているんだと、おとっつぁんはさらに怒る。どたばた、ばちん、きゃあ！　取りすがる姉ちゃんを、おとっつぁんが張り飛ばしたらしい。

さあ大変、板戸の向こうは大騒ぎだ。家族はもちろん番頭や女中たちまで集まってきて、宥めたり謝ったり慰めたりで、そのうち、どやどやと遠ざかっていってしまった。

平吉は置き去りだ。ひでえや。

——おいら、ホントに干乾しになンのか。

もともと北向きの日当たりの悪いところで、しかもその日は曇天だった。床に尻をくっつけ両手で膝を抱えて見回せば、古ぼけた行李や木箱が積み上げられている隙間に、蜘蛛が巣を張っている。埃臭くて冷え冷えしている。

かつてこの納戸が、おゆうのための座敷牢になりかけたこと。そのとき片付けたきりだからけっこう空いているのだということを、平吉は知っていた。よろずにこまっしゃくれたところのある三女のおみちが、訳知り顔で教えてくれたことがあるからだ。

「女もああなっちゃおしまいよね。おゆう姉さんは、いっそお寺に入っちまえばいいのに」

不幸な経緯（いきさつ）で座敷牢にされかけた場所ではあるが、もとは納戸で、今も納戸だ。怖いわけはない。

理屈ではそうなのだが、しかし怖い。理屈の通らないところが怖い。おねしょで濡れた寝間着のまんまだから、冷たくなってきて寒い。

ひとまず我慢しよう。いい子にしていよう。そしたらすぐに誰か来て出してくれる。騒いだら、いつまでも勘弁してもらえない。

平吉は膝のあいだに顔を突っ込んで丸くなった。どのくらい、そうしていたろうか。

そろりそろりと頭を持ち上げてみる。

まわりは静かだ。誰も戻ってこない。

泣けてきそうになって、堪えていたらしゃっくりが出始めた。しゃっくりを止めるために息を止めていたら、苦しくてぷはっとなって、その拍子に一気に堰（せき）が切れてしまった。

平吉は躍り上がって板戸に飛びついた。

「わ〜ん！　ここから出しておくれよぉ！　もうおねしょはしねえ。けっしてしませんから、出しておくれよぉ！」

拳を固めて板戸を打ち、じたばたしながら泣いて喚いて、鼻水をすすり上げながらまた大声で叫ぶ。

「おとっつぁん、ごめんなさい！　出してよ、出してよう！」

そのときだ。

平吉の右耳のすぐ後ろに、生暖かい息がかかった。

「うふふ」

小さな含み笑いが聞こえた。

板戸に張りついて、平吉は固まった。

今のは誰だ。

振り返ってみるのがおっかない。

すると、また聞こえた。今度は小さなため息か、いや鼻息じゃないか。そして、

「あんたのおしっこ、いい匂い」

女の声がそう囁きかけてきた。

おっかさんではない。姉ちゃんたちでもない。女中の誰でもない。全然知らない女の声だ。ちょっと笑いを含んでいる。

板戸にぺったりと腹をくっつけたまま、平吉は震え出した。

「だ、だ、だぁれ」

口も震えて呂律がまわらない。

「おいしいものを食べているから、いい匂いがするんだよ」

女の声は、いっそ陽気で楽しげだ。

「あんたもおいしそうだねえ」

平吉は膝ががくがくし、両の掌をいっぱいに広げて、ヤモリのように板戸にへばりついた。心

の臓が躍り、冷や汗が噴き出してくる。

続けて、女の声が問いかけてきた。

「ここから出たいかえ」

出たい。すぐ出たい。平吉は必死にうなずいた。ちゃんと返事をしないと足りないかと、

「出たい。出してください」

震える声で頼んだ。

「じゃあ、代わりに何かちょうだいな」

平吉は横目を動かし、自分の右耳の後ろにいるらしい女の姿を見ようとした。

頭を動かさなければ無理だ。あんまり目を瞠っていると、また涙が浮いてくる。

「な、何か？」

「そうよ」

「なに、何を？」

また、うふふと含み笑い。

「あんたには、まだ無理かねえ」

聞けば聞くほどに、聞き覚えのない声だ。

「あんた、いくつ」

「と、とお」

「あら、もっと小さいかと思った。どのみち、おねしょ小僧じゃ、まだ自分にとって大事なものを選るだけの分別もないか」

女は平吉を眺め回している。ただ「見て」いるのではない。目で舐め上げ、舐め下ろしている。

平吉はそれを感じ、変なことを思った。味見されてるみたいだ、と。

「しょうがない、今日のところは、こっちで値をつけてあげよう」

何が嬉しいのか、猫が喉を鳴らすような音をたて、女がそう言ったかと思うと、板戸の外でがたんと物音がした。心張り棒が外れたのだ。平吉の足の裏にも、それが伝わってきた。

息をひとつするくらいのあいだ、平吉は板戸にはりついたまんまでいた。それから、引きむしるように板戸を開けて廊下へ転がり出た。

勢い余って向かいの壁におでこをぶつける。ごつんと音がして目から火花。それでも首をよじって振り返った。

足元に心張り棒が転がっている。

納戸の板戸が閉まってゆく。

その刹那、平吉は見た。女の着物の袂の端がふわりとふくらんで見えたのだ。薄紫の地に、蔦のつるみたいな模様がついている。

とん。

板戸が閉じた。かすかな風が平吉の鼻先をかすめる。

「げええ」

鼻が曲がりそうな、あの臭いがした。

平吉はちょっと言葉を切り、ぺこりとした。

「洟垂れ小僧のころのことですから、臆病なのも、みっともねえのもご勘弁くだせえ」

勘弁するどころではない。聴きながら、おちかは腕に鳥肌が浮いていた。

富次郎も言う。「臆病でも、みっともなくもありませんよ。怖くって当たり前だ。大人だって、そんなおかしな目に遭ったら腰を抜かしちまいますさ」

おちかは鉄瓶の湯で茶を淹れ替えた。その手つきに目をやりながら、平吉は続ける。

「納戸から逃げ出した手前は、いちばん近い台所へ飛び込んだんです。土間には女中がいましたし、板の間でおゆう姉ちゃんが縮こまってて、おふくろがその背中をさすってました」

平吉に気づくと、おゆうは母親を突き飛ばして立ち上がった。そして猫のように飛びかかってきた。

——平吉あんた、神様に会った？　ねえ、どうやって出て来たの？

すがりつき、ゆさぶって、何度も何度も同じことを尋ねる。まるで度を失っていて、普段のおゆうとは人が変わってしまっていた。

「おふくろが慌てて引き離してくれたんですが、おゆう姉ちゃんは、わけのわからないことをわあわあ言ってばかりで、どうしようもねえ」

平吉はまだおっかなくて震えていたが、怖かったからこそしゃべろうとした。納戸で何があったか言おうとした。

「でも、どうやっても声が出ねえんです」

呼気が乱れ、はあはあするばかりで声にならない。怖くなってまた涙が溢れてきたが、泣き声も出てこない。しまいには、喉を押さえてじたばたする始末だ。

すると、おゆうの目がまん丸になった。

「ソンで、急に正気づいたみたいになって、こう言いました」

——あんた、神様に声をとられたんだね。

「おふくろも女中もぽかんとしてましたけど、手前はあっと思いました。その言葉の意味が、すとんと腑に落ちたもんで」

あの女の囁きと、意味が繋がるから。

「納戸から出してほしいなら、代わりに何かちょうだいな、か」富次郎が呟く。

平吉は、十の小僧に戻ってしまったかのようにこっくりとうなずいた。

「おゆう姉ちゃんの言う〈神様〉——納戸にいたのは、そういう類いのモノだったんですよ」


三男・梅吉の医者通いや生薬屋詣でに付き添い、おゆうは三好屋の者たちが思いもよらぬほどあちこちへ出かけていた。

梅吉は、ここの医者は腕がいいとか、あそこの煎じ薬はよく効くなどの評判を聞くと鵜呑みにしてしまって、何がなんでも試してみないことには気が済まない。ただ費やせる金には限りがあるから、名医だ霊薬だといっても、高価な場合には諦めるしかない。

さて、評判はいいが高値ではない医者や薬には、どんな不都合があるか。

答えは「人が群がる」だ。混み合うのである。とりわけ医者の場合がひどかった。夜明け前には列に並んだ待合の大部屋で、陽が傾きかけるまで待たされるなど序の口だ。一日じゅう待っても順番が回ってこず、翌日また出直さねばならないこともあった。

梅吉は確かに身弱（みじやく）だが、これは半ばは気の病のところもあって、こんなに待たされるのではかえって身体が辛いから帰ろう――なんて弱々しいことは言わない。混んでいればいるほどに「この先生こそは」と期待を募らせ、いっそ執念深いほどに待ち続ける。

おゆうの方は、それにずっと付き合ってばかりもいられない。目当ての医者が三好屋から近いところなら、梅吉を送って行って待合に落ち着かせ、頃合いを見て迎えに行く。遠出になるときは、待っているあいだに繕い物ができるよう、道具を包んで背負って出かける。

「待合で手仕事をしてるなんて、姉さんは本気で俺の病を案じていないんだな」

拗（す）ねて文句を言う梅吉は本当に子供だが、おゆうは言い返したことがなかった。

もともと優しい世話焼きの気質（たち）だ。次男の竹蔵や、小娘のおみちにさえも「あんなのは怠け病だ」と冷たい目で見られている梅吉が哀れで、突っ放すことができない。それに、梅吉に頼りにしてもらえることで、出戻りの気まずさを少しはごまかせる。

医者から医者へと渡り歩く癖のある半病人には珍しくないことだが、梅吉は短気でこらえ性がなかった。この先生こそ名医だ！　と喜ぶのも早いが、この先生は評判倒れの藪（やぶ）だ、あんな腕じゃ俺の病は治せねえと見限るのも早い。

だから、同じ医者へ三度続けて通ったことがない。自然、付き添いのおゆうもどこの待合でも新顔のまんま、誰かと顔馴染みになって世間話に興じる楽しみにも恵まれなかった。

ときどき、あたしは何をしているのかしら、と思う。今こういう辛抱ができるなら、あの意地悪な姑にも辛抱すればよかったんじゃないかしらと思う。

あたしの子供たちはどうしているかしら。養子に出された上の女の子は、もう母親の顔など忘れていることだろう。太郎の方は、姑のことを母親だと思い込まされているかもしれない。

今のおゆうの暮らしに、いいことは何ひとつない。あるのはただ物思いする暇だけだ。胸の奥から後悔や怒りや悲しみを取り出しては、嚙みしめ直し、味わい直す。そんなことを繰り返していれば、いずれは自分で自分の心を嚙み砕いてしまうからやめなさい——と窘(たしな)めてくれる人は、おゆうのそばにはいなかった。

ひとりぼっちの物思いは、おゆうの心の間口を狭め、そうすると物思いの幅もいっそう狭まる。

こんな味気ない日々はもう嫌だ。

子供たちに会いたい。どうか、また子供たちと一緒に暮らせますように。

無垢(むく)に、そして無為に、ただひたすらにおゆうは願った。願う相手は、まずは三好屋のご先祖様だ。朝夕、奥の間の仏壇に手を合わせる。

お次は神仏だ。これはもう、言葉は悪いがあたるを幸い、どこのどんな神様でも拝んだ。近所のお稲荷(いなり)さんから、梅吉の付き添いで出かけた先で見つけた神社や地蔵堂。

だが、願っても願ってもかなわない。おゆうの暮らしは変わらない。

何が足りないのだろう。おゆうは考えた。なぜあたしの信心は通じないのだろう。こんなに拝んで願っているのだから、ご先祖様のどなたか一人でいい、どこの神様でもいい、耳を貸してはくださらないか。

一人で思い詰めた挙げ句、その年の初めから、おゆうは塩断ちを始めた。塩気のある食べ物を一切口に入れないのである。

願掛けのために何かを断つというのは、珍しいことではない。ただ、やみくもに断てばいいわけではなくて、まず神仏にその旨の誓いを立てるのが決まりだ。だから○○断ちの願掛けは、病気平癒や子宝祈願など、成就の如何がはっきりわかる形で行われるのが常である。

おゆうの場合は、そこが何とも曖昧だった。

「子供たちにまた会えますように」

一度会えればいいのか。それともしばしば会えるようになりたいのか。

「また一緒に暮らせますように」

どこで一緒に暮らすのか。三好屋か。それとも離縁を取り消してもらって、嫁ぎ先へ帰れればいいのか。あるいは元姑も元亭主も死に、嫁ぎ先が滅んでしまって、子供たちを養う者がいなくなればいいのか。

こういう願いは誓願ではない。真摯であればあるほどに、願う者の念ばかりが募ることになり、本人に悪気はなくても、我欲が凝っていってしまう。

そして、我欲は人を惑わせる。

おゆうはそこまで考えなかった。ただ、何かしら辛い我慢をすれば、願いが聞き届けられやすくなるのではないか、あたしはこれほど切に願っているのですと、神仏に思いが届きやすくなるのではないかと思っただけだ。

ここでもまた、おゆうを窘めてくれる者はい

なかった。三好屋の者たちは、誰もおゆうの塩断ちに気づかなかったのだ。

大所帯の三好屋で、女中たちが日々賄いをしているなかで塩断ちするには、白飯しか食べなければいい。出戻って以来のおゆうは、肩身の狭さ故に、朝も夕も一人で手早く飯を済ませてしまうので、そんなのは造作ないことだった。

一月、二月、三月と続けても、誰もおゆうになんにも言わない。お菜が余るから変だとか、おゆうはこのごろまた痩せたね、ちゃんと食べているのかいなんて言う人はいない。

――やっぱり、今のこの家に、あたしなんかいてもいなくっても同じなんだわ。

惨めで寂しくて、いっそう子供たちが恋しくなった。願いがかなうまで、意地でも塩断ちをやめまいと頑なになった。

このときが、おゆうにとっても三好屋にとっても分かれ目だった。誰か一人でもおゆうのふるまいに気づき、どうしたのかと問いかけていたならば、その後の成り行きは変わっていただろう。

夏の盛りのある日のことである。

いつものように梅吉の付き添いで、おゆうは江戸川橋の先まで遠出した。

目当ての医者の待合は、順番待ちの患者で溢れていた。梅吉一人をどうにかそのなかに押し込むと、蒸し暑さに堪えかねて、おゆうは一人で表へ出た。

待合の混みようから推して、これからざっと一刻（約二時間）ばかりは暇をつぶさねばならない。今日も繕い物を背負っては来たが、日陰に入らねば暑気あたりを起こしてしまいそうだ。

音羽町の町筋は賑やかだが、その周囲は寺町と武家屋敷が建ち並ぶ閑静なところだ。江戸川橋から南に戻れば水道町と関口水道町、さらに南には広々と田地が開けている。

涼風に誘われて、おゆうは橋を渡り始めた。しばらく風に吹かれ、汗が引いたら戻ろうというだけで、行く当てがあるわけではない。

川風が頬を撫でる。水は青く、空も青い。橋を往来する人びとは額の上に手をかざし、濃い影を踏みしめてゆく。

——今ごろ、太郎は何しているかしら。

汗疹(あせも)で苦しんではいないか。寝冷えで腹痛(はらいた)になってはいないか。

——繕い物なんかするより、あの子の腹当てを縫ってやろうか。

足を止め、ぼんやり考えていたら、背後に気配を感じた。

振り返ると、女が一人立っていた。ちょっと小首をかしげて微笑んでいる。

つるりとした卵形の顔に、富士額。白粉(おしろい)っけはないのに、抜けるように色が白い。美しい女だ。すぐには歳の見当がつかない。艶やかな黒髪はつぶし島田に結い、花の伊達(だて)紋がついた瑠璃(るり)色の無地の単衣(ひとえ)に、だんだら模様の帯を一つ結びにしている。

おゆうと目が合うと、女はにっこりと歯を見せた。お歯黒をつけていない、生(き)のままの歯だ。

「長いこと待たしたわねえ」

おゆうは目をしばたたいた。あ、もう診察の順番が来たのかと思いつき、

「あいすみません。すぐ参ります」

すると女は目を細めた。

「あら、あんたがどこへ参るのさ」

手を伸ばし、おゆうの右手首をしんなりとつかむ。冷たい手だった。真夏の日差しの下で、お

ゆうは跳び上がりそうになった。

「あ、あの、どちら様で」

女は言った。「可哀相にねえ。お腹を痛めて産んだ子を、二人とも取り上げられちまって」

「え？」

女は、驚くおゆうの耳元に口を寄せてきた。

「塩断ちを通してきて、偉かったわねえ。あんたの願いはあたしがかなえてあげよう」

息を呑み、おゆうは女の顔を見つめ直した。

「あたしの願い？　それ、いったい」

思わずおゆうが詰め寄ると、女はすうと身をかわして避けた。

そのとき、おゆうは見た。

自分が動けば、足元の影も動く。砂だらけの橋の上を履き物が擦る音もたつ。

だが、この女には影がない。身動きしても、音もたたない。

まじまじと女を見つめると、女はいっそう大きな笑みを浮かべた。

その目が、まったく瞬きをしていない。

この女は生身の人ではない。

総毛立ち、ぞっと震えて、おゆうは後ずさりした。女はまたぞろ流れるように、おゆうとの間を詰めてきた。そして言った。

「あたしは、あんたの行き逢い神さ」

行き逢い神。

「袖振り合うも多生(たしょう)の縁と言うじゃないか。あんたの願いを聞きつけたから、かなえてやろうと思ってね」

橋の向こう側から甘酒売りがやってくる。両端に箱を下げた天秤棒(てんびんぼう)を担ぎ、

「あまざけ～、白菊(しらぎく)甘酒でござい～」

その姿が、傍らの女を透かして見える。

恐ろしさに、おゆうは声も出ない。

女はいっそうにこやかに、

「それにはまずあんたの家に、あたしの居場所をつくっておくれ」

右手を持ち上げ、髷に差した柘植(つげ)の櫛(くし)を抜いた。ずいぶんと古いもので、飴色(あめいろ)になっている。

「ほら、これを持ってお帰り」

おゆうに櫛を差し出した。

「人気(じんき)のない空き部屋がいい。薄暗い方がいい。あんたの家の、ほかの人たちには内緒だよ」

内緒で、この櫛を家のどこかに隠せ。

「首尾良くできたなら、あたしはあんたを訪ねてゆく。あんたを呼ぶから、迎えておくれ。家のなかに通しておくれ」

「そ、そしたらどうなるんですか」

震える声で問い返すおゆうに、鼻の頭がくっつきそうになるほど顔を寄せて、女は言った。

「だから、あんたの願いをかなえてあげる」

こんな旨い話はないだろう——と、嬉しそうに喉を鳴らしながら続けた。

「信じるも信じないもあんたの勝手だけれど、きっと信じるさ。ねえ？」

女の手が離れた。ぐらっと目眩(めまい)がして、おゆうは我に返った。

——今のは、夢？

夢ではなかった。おゆうは右の手の中に、古ぼけて飴色になった柘植の櫛をしっかり握りしめていたのだから。


おゆうに迷いはなかった。

梅吉の診察が終わり、一緒に三好屋に帰るとすぐに、北の納戸へ向かった。

おゆうは、この納戸が自分のための座敷牢にされかけたことを知っていた。以来、あまり使われなくなっている。件(くだん)の女の注文にはうってつけの場所だ。

——あたしのこと、可哀相だって言ってくれた。

そんなの初めてだった。

——家の誰も気づいていないのに、あたしがずっと塩断ちしていたことも知っていた。

あれこそ神通力ではないか。

——あれは本当に神様なんだわ。

言われたとおりにしてみよう。ええ、あたしは信じます、あたしの神様。

「そしたら、その明くる日、本当に女がやって来やがった。だからうちのなかに招き入れて、北の納戸に通しちまった」

平吉は言って、冷めてしまった茶をがぶりと飲む。額に冷や汗が浮いている。

「手前の一件があった後、わけわかんねえことを言い並べてるおゆう姉ちゃんを、親父が怒鳴りつけ、おふくろが宥めたりすかしたりして、ようよう聞き出したのが、ざっとこんな話だったわけでして」

おちかも富次郎も、すぐには何も言えずに座っていた。何とまあ、突飛な話だ。

「あ、そうか」富次郎が膝を打つ。「その半月ほど前に、平吉さんが勝手口にいるおゆうさんを見かけたってのは」

「へい。まさにその行き逢い神とやらが三好屋のなかに入っていくところだったんですね」

ただ、平吉にはその姿が見えなかった。

「おちか、行き逢い神って知ってるかい」

おちかはかぶりを振った。「存じません。こういうお話は初めて聞きました」

「おふくろは真っ先に、おゆう姉ちゃんは狐か狸に化かされたんだって言いましたけど」

「というか、その女は通りモノの類いじゃないかなあ」

通りモノ、通り魔は、たまたま通りかかったり居合わせた人に取り憑いて悪いことや恐ろしいことをさせるあやかしだ。行き逢い神という呼称からも、確かにそのへんが臭う。

「どのみち、いいモノとは思えないよ。怪しいよ。ぷんぷん臭うじゃないか」

実際、平吉は二度もひどい臭いをかいでいる。

「おゆうさんは、その女から嫌な臭いをかいだことがなかったんでしょうか」

「何も言ってませんでした。おおかた、頭っから信じ込んでたんで、気にもしなかったのかもしれません」

「子供の鼻にだけ臭ったのかもしれないね」

子供は「七つまでは神のうち」と言う。子供は無垢で穢れがなく、それだけ神に近いのだ。だから、あやかしやまがい物の神をかぎ分けることができるのではないか。

熱心に説く富次郎には済まないが、そういう辻褄を脇に置いて、おちかにはもっと気になることがある。

「平吉さんは、どのくらいのあいだ声が出なかったんですか」

「まる二日です。二日経ったら、嘘みたいに元に戻ったんで」

「北の納戸から出してもらう代わりに、二日間分の声をとられたということになるわけですよね。この行き逢い神とやらは、人の願いをかなえる代わりに、それに見合う何かを寄越せとねだる。そういう仕組みではないんですか」

頬を強張らせ、平吉はうなずいた。

「お嬢さんのおっしゃるとおりなんですよ。だからこそ、おゆう姉ちゃんも、行き逢い神をうちに招き入れてから、半月もぐずぐずしてたわけなんで」

行き逢い神は、おゆうにこう問うたという。

――あんたは子供たちに会いたいのだろう?

ええ、ぜひともとおゆうは願った。

――それなら、あんたの目をおくれ。あんたは今後、愛しい子供たちの姿のほかは、何にも見えなくなる。それでいいなら、かなえてあげよう。

それでは困ると、おゆうは言った。

――そんなら、子供二人分に見合う命をおくれ。誰でもいいよ。あんたが名指しすればいい。三好屋の者でもいい。元の姑でも亭主でもいい。

話が違うと、おゆうは泣いた。神様、あたしの願いをかなえてくださるとおっしゃったじゃないですか。

――だからかなえてあげようと言うのさ。あんた、ちっとも痛い目にあわず、相応の供物もなしに、願いばかりがかなうと思っていたのかえ。人の世の事が、何の苦労もなしに、自分の思い通りになると思っていたのかえ。

そんな旨い話があるものか。

――あたしはあんたの神様だ。あんたと同じように強欲で、あんたと同じように諦めが悪く、あんたと同じように執念深い。

おゆうは驚き恐れた。あたしの神様。呼び寄せてしまったのは自分だ。家のなかに招き入れてしまったのも自分だ。

行き逢い神は、おゆうに迫った。

――泣くことはないよ。どうして怖がる？　あたしの言うとおりにすればいいだけだ。

さあ、寄越せ。あんたの目を。

さあ、寄越せ。誰かの命を。

それともほかに寄越すものがあるか。

ほかの取引を考えつくか。

あたしはずうっとここにいる。いくらでも時を費やし、心を尽くして考えるがいい。

「ンで、おゆう姉ちゃんは一人で悩んでいたってわけなんですよ」

平吉の言葉に、おちかは深くため息をついた。

おゆうが哀れだ。確かに考えが浅かったかもしれない。ただ願をかけるだけではなく、無力な女なりに、もっとできること、やるべきことがあったかもしれない。そう考えなかったのは至らなかったかもしれない。

だが、行き逢い神のこのやり口は、おゆうのそういう弱さにつけ込んでいる。

「やたらに塩断ちをしたのがいけなかったのかもしれないね」と、富次郎が呻る。「塩は邪気を祓うものだからさ」

平吉が目をぱちぱちさせた。「あ、それはおふくろも言ってました。軽々しくそんなことをするから、罰があたったんだって」

「その言い方も酷だがなあ」

座がしんみりしてしまった。

「それで、その後はどうなさったんですか」

おちかが問うと、平吉は肩を落とした。

「親父がね、真っ赤になって怒りまして」

――そんな怪しいもんが神様なもんか。引きずり出して、この家から追い出してやる！

「ところが、開かないんですよ」

納戸の板戸が閉じており、押しても引いてもびくともしない。

「なかで女がくつくつ笑ってる。親父はますます怒って、鉈を持ってこさせて叩き割ろうとしたんですが」

鉈の刃が食い込み、板が割けても、次の一撃を打ち下ろす前にみるみる塞がってしまう。

「それでも躍起になって叩いてると、鉈の方が刃こぼれする、柄が折れておしゃかになる」

鉈を取っ替えても、人手を増やしても同じである。

「こいつにはかなわねえんだって、ようやく親父も思い知ったんでしょう」

強い怒りは、深い恐れに変わった。

「納戸の板戸に注連縄を張って、盛り塩をしましてね。誰も近づいちゃいかんぞって言いつけておいて、それからはもう、思いつく限りの伝手を頼って探しましたよ」

この邪なモノを祓ってくれるお方を。

「坊さんも、巫女さんも、拝み屋も修験者も、もう手当たり次第でした。来てくれるなら見境なしに呼んだけど」

まったく甲斐がなかった。

「行き逢い神の力の方が強いんですか」

「いンや、そうじゃねえんだ」

坊主や巫女や拝み屋が来ると、北の納戸の板戸はからりと開く。なかに怪しい気配はなく、誰もいない。

「で、ここには何にもおりませんよって」

祓うべきものなどいない。坊主も巫女も拝み屋も修験者も、異口同音にそう言うのだ。あまりのことに、おゆうが経緯を打ち明け、泣いてすがって頼んでも同じだった。

「もしかしたら怪しいモノが入り込んだことがあったのかもしれない。でも、今はもういないから安心なさい。そう言われてね、坊さんや巫女さんや拝み屋を送り出して、戻ってみると」

納戸の戸は閉じて、なかで女が笑っている。

「半年ばかりも、そんなふうにいたちごっこをしてました。だけどとうとう諦めて、注連縄を張り直して」

――ここは開けずの間だ。

「誰も近寄らなきゃ難はねえ。忘れてしまえって、親父は言ったけど」

「それしかないよねえ……」

「おゆう姉ちゃんは首をくくっちまった」

富次郎はぐっと息を詰まらせたし、おちかは目を瞠った。

「亡くなったんですか」

平吉はぐったりとうなずく。

「しかも姉ちゃんを葬って二日も経たずに」

かつてのおゆうの嫁ぎ先から、元の姑がやってきた。

「一人じゃねえ。太郎の手を引いてました」

三好屋で引き取ってくれ、と。

「おゆう姉ちゃんを追い出したあと、あちらは後添えをもらったんです。で、今度はすぐ男の子が生まれましてね」

太郎が、この赤子の異母弟をいじめてしょうがない。叱っても躾けても言うことをきかず、危なくってたまらない。こんな性悪なガキは要らないので、三好屋に返すというのであった。

「親父がおゆうは死んだと言ってやると、あちらもさすがに驚いてました。けど、だったらなおさらこの子はおゆうの大事な忘れ形見でしょうって言い放ったんだから、鬼ばばあってのはホントにいるんだよね」

太郎はやっと五つだったという。泣けてくるような哀れな話だ。が、三好屋の人びとは、怒るよりも泣くよりも震え上がった。

おゆうが死んだ。すると太郎が帰ってきた。

行き逢い神との取引が果たされたのだ。おゆうの願いは、命を差し出すことでかなえられたのだ。かなえられてしまったのだ。

「いよいよ開けずの間はおっかねえ。おふくろは、家財と人を外に出しといて、この家に火をかけようって言いだすほど取り乱してねえ。付け火なんかしたら、一族みんなが火あぶりにされちまうのに」

気の毒すぎて、相づちも打ちようがない。

「太郎ちゃんは三好屋で引き取ったんですか」

「いや、親父と竹兄が相談して、うちの墓がある寺へ預けました。おゆう姉ちゃんもいる墓だし、そこで修行して坊さんになるのがいちばんだってね」

そういえば――と、目をしばたたかせる。

「太郎はちゃんと坊さんになったんですよ。最後に会ったのは、あいつが十五、六のときだったかなあ。陸奥(みちのく)のどっかにある分寺(ぶんじ)へ行くっていうんで、別れてそれっきりです。生きててくれりゃ、あいつも三好屋の血筋の生き残りになるんだった。うっかりしてました」

粗忽者らしいやと、鼻筋を掻(か)く。

「太郎は、三好屋の煩悩から切り離されたのがよかったんですよ」

「ぼんのう……ですか」

「へい。ねえお嬢さん、小旦那さん」

座り直し、平吉は声を強めた。

「お二人には、何か願い事はおありで？」

おちかも富次郎も、ちょっとたじろいだ。

「もしおありなら、考えてみてくだせえよ。うちのなかに開けずの間があって、近寄っちゃいけねえって言われてる。でもそこには、何かを引き替えに差し出せば、必ずその願いをかなえてくれる神様がいるんです。そしたら――」

我慢できますかい？

三好屋の北の納戸は開けずの間。けっしてその戸を開けてはいけない。

最初にその禁を破ったのは、三女のおみちであった。そして、三男の梅吉と次女のおりくが巻き込まれてしまった。

おゆうの死から半年ほど経ち、当時、梅吉には縁談が舞い込んでいた。

実はこの縁談、もっと前から起こっていたのだが、おゆうがあんな死に方をしたものだから三好屋の方で憚っていた。だからけっこう待たせていたのに、先方の意向は変わらなかった。みんなしていつまでも陰気な顔をしていたって、おゆうも喜ぶまいというのだから、かなりの熱である。

お相手は、二十一歳になる建具屋の一人娘だ。金物屋は、唐紙の取っ手など建具の部品も扱うので、建具屋とは付き合いがある。梅吉を婿に欲しがっているのは吾妻橋そばの材木町にあるお店で、構えは小さいが手堅い商いをする、三好屋のお得意のうちの一軒だった。

商家の娘の二十一歳は大分とうがたっているが、美人で気立てのいい娘だという。実家に居食いの三男坊には願ってもない話である。

問題は、当の梅吉だ。おゆうが悲しい死に方をして、もう彼の気の病に辛抱強く付き合ってくれる者はいない。おゆうの菩提のためにも、どうかあんたがしゃんとしておくれというおかみの懇願と説教が効いたのか、どうにかこうにか寝たり起きたりの暮らしからは抜け出したのだが、元気がないのは相変わらずだ。ひどいときには、

——いっそ俺も姉さんの後を追いたい。こんな自分は死んだ方がいい。

と、小娘のように泣く。

本人がこれでは、所帯を持つなど無理だ。ずるずる話を引っ張った挙げ句、この良縁を断る結

果になって、三好屋は得意先の評判を落とした。おゆうの離縁、急死という不幸に続いての不始末で、近所でも、あの家は何かおかしいんじゃないかと噂されるようになった。

　このころ、次女おりくの嫁入り話も止まっていた。お相手は大門通りにお店を持つ金物屋の次男坊で、おりくと所帯を持ったら分店を出してもらう段取りまで出来ていたのだが、ちょうどその話がまとまりかけたころに行き逢い神の騒動が始まり、やがておゆうが縊死してしまったので、こっちもこっちでやっぱり棚上げになっていたのだった。

　おりくの相手の名は徳助。歳はおりくの一つ上の十九歳。同じ町筋に生まれ育った幼馴染みである。どっちも優しい気質なのでうまが合い、子供のころから仲が良かった。徳助はしょっちゅう三好屋に出入りしていたし、おりくも先方の両親に可愛がられていた。年頃も釣り合うし、この二人を夫婦にしようというのは、両家にとってごく自然な成り行きだった。

　それぐらい親しい間柄だったから、徳助は、三好屋に巣くってしまった行き逢い神の一件も知っていた。板戸を叩き割ろうと助太刀してくれたこともあるくらいだ。だから、北の納戸が開けずの間になってしまってからは、三好屋の者たちと同じようにこの場所を恐れ、忌み嫌っていた。早くおりくを連れ出して二人で所帯を持ちたいのだが、三好屋の主人夫婦、わけても長女の自死を悲しんでいるおかみの手前、それはともかくこちらは早く祝言を挙げたいとは言いだしかねて、心中ひそかにじりじりしていた。

　おりくのことが心配だから、徳助はしばしば三好屋に顔を出す。そんな二人の仲睦まじい様子を傍から眺めていて、面白くなかった——だんだん面白くなくなってきたのが、三女のおみちである。

末娘の上に器量よしで、三好屋の三姉妹のなかではいちばん甘やかされて育った娘だ。もともとわがままで見高で、人を人とも思わぬところがあった。美人の自分とは似ても似つかぬ馬面の次姉おりくのことは頭から莫迦にしていたし、その許婚者の徳助も、まあ風采の上がらぬ小男だったから、挨拶されても知らん顔するほどで、まるで相手にしていなかった。

なのに、徳助がおりくの身を案じ、おりくがその想いやりを受けて嬉しそうにしているのが癪に障ってしょうがない。

長姉があんな死に方をしたことに驚き、行き逢い神が居座っている開けずの間がおっかないのは、おみちも同じだ。なのに、徳助はおみちのことなどまったく心配してくれない。それは今まで自分が徳助に洟も引っかけず、失礼なふるまいをしてきたからなのだが、わがまま者はそういう考え方をしないものである。

――徳助さんたら、あんな馬面のどこがいいんだろう。

今三好屋のなかでいちばん心配され、いちばん労られるべきはこのあたしなのに、徳助はどうかしているし、おりく姉さんは図々しいと、それこそ図々しい怒りを抱くようになった。

自分がにっこりして擦り寄れば、男はみんななびくものだと思い込んでいるおみちは、徳助にも何度か秋波を送った。幼馴染みであることはおみちも同じで、徳助の優しい気性をよく知っているから、やれ怖いの心細いの寂しいのとすがってみせたが、徳助は一向に転んでこない。慰めてもくれるし労ってもくれるが、それはあくまでも「大事なおりく」の妹だからであって、おみちが大事なわけじゃない。

天狗の鼻をへし折られ、おみちのなかで怒りがふくらんでいった。

逆恨みが凝って、二人が憎くてたまらない。

——どうしてくれよう。

憎たらしいおりく姉さんに一泡吹かせ、徳助をものにするにはどうしたらいいのか。

こんな邪で手前勝手な願いでも、願いであることには変わりない。

——そうだ、開けずの間の行き逢い神に頼めばいいんだわ。

わがまま娘がそう思いついたのが、三好屋の次の不幸の始まりだった。

「ただ、おみち姉ちゃんが北の納戸へ入ったことは、すぐ露見なかったんですよ」

おみちは家族や奉公人たちの目を盗んでひそかに立ち回り、納戸から出た後は注連縄も盛り塩もきちんと戻していたからだ。誰も、何も気づかなかった。

ある日突然、梅吉が死に、その騒動の真っ最中に徳助が三好屋にやって来て、おりくとの縁談を白紙にし、おみちを嫁にもらいたいと言いだすまでは。


梅吉は自分の寝所で、布団に仰向けになったまま息絶えていた。その目はぽっかり開いていて、口の端に白い泡が浮いていた。死に際にかきむしったのか、両手が喉元にあって、寝間着の衿が乱れていた。

徳助の方はと言えばまさに豹変で、三好屋の主人とおかみに土下座し、申し訳ありません、申し訳ありませんと繰り返して、

「もうおりくと添うことはできない。おみちに惚れてしまった。いや、先から本当に惚れていたのはおみちの方だったと目が覚めた、と」

こちらも泡を吹かんばかりの勢いでまくしたてる。その目は鈍く底光りし、声は上ずり、しとどに汗をかいている。

「おみちの顔を見るなり飛びついて抱きしめようとするんで、親父と竹兄の二人がかりで押さえ込みましたよ」

当のおみちは、赤くなったり青くなったりしていた。笑いながら震えていた。

「その様子を見て手前もピンときましたし、おふくろもあっと思ったんでしょう」

――おみち、あんた願掛けをしたね！

おかみが叫び、おみちの頬を平手で打った。おりくはわっと泣き伏す。徳助は身をもがいて声を振り絞り、

「済まねえ、済まねえ、けどおりく、俺はおみちに惚れてるんだぁって、涙と鼻水で顔をぐちゃぐちゃにして叫ぶんですよ」

おりくが泣きながら取りすがろうとすると、まるで汚いものでも絡みついてきたみたいに押しやって、「もうおまえの馬面は見たくねえ。おみち、おみちぃ」と呼びかける。

「結局、竹兄と奉公人たちで引きずるようにして連れて行きましたけど」

徳助は正気に戻らず、自分の親にもおみちとの縁組をねだり、食うことも寝ることも忘れて、ただ騒ぎ続けるばかりとあいなった。

三好屋では慌ただしく梅吉を葬った。その間おみちは奥座敷に押し込め、女中を見張りにつけていたが、本人に悪びれたふうはなく、こっそり平吉を呼び寄せて、こんなことを尋ねてきたという。

「あんたが会った行き逢い神様は、だんだら模様の着物を着ていなすったかって」

平吉が見たのは、蔦のつるのような模様がついた着物の袖だけだ。

「手前の方から、おみち姉ちゃん、あいつの顔を見たかいって訊いたら」

——顔は見えなかったの。あたしの背中の側から、耳の後ろに囁きかけてきて。

それは平吉のときと一緒である。

——あたしねえ、徳助さんの心が欲しいって願ったのよ。

すると、行き逢い神はこう言ったそうだ。誰かの心を盗るならば、命を一つ、対価に寄越せと。

——だからあたし、梅吉兄さんをどうぞって言ったの。

「どうせ半病人だったんだし」

——あんないい縁談も逃がしちまって、うちには悪い噂がたってる。あんな人、もういたって迷惑なだけじゃないのさ。

「手前にはあのとき、べっぴんのはずのおみち姉ちゃんの顔が、鬼に見えました」

その顔で、おみちは「うふふ」と笑った。

「行き逢い神とそっくり同じ笑い声でした」

それから十日ほど経って、げっそり窶れて涙も涸れたおりくが、徳助を見舞いに行きたいと言いだした。

「自分が行って説けば、徳助さんも正気に戻ってくれるって言うんですよ」

徳助はあれ以来ずっと熱に浮かされたようにおみちを恋うて騒ぎ続けており、先方の家族も困じ果てていた。

「何をどう説くんだっておふくろが訊いたら」

——あたしとの縁談はなしにして、おみちと添わせてあげますと言うしかないでしょう。

「それでいいんですよね、おとっつぁん、おっかさん。そう念を押したときのおりく姉ちゃんの顔も、手前にはやっぱり鬼に見えました」

今度は幽鬼と言うべきだろう。

「首尾よくいったのですか」

おちかの問いかけに、平吉は俯いた。

「飲まず食わずで騒ぎ続けて、徳助さんも弱ってたそうでしてね」

声音が低く、眉間の皺が深い。

「それで姉ちゃん……徳助さんと二人きりにしてくださいって人払いをしといて」

徳助に湯冷ましを飲ませた。

「ねずみ取りを雑ぜた湯冷ましをね」

おちかと富次郎は顔を見合わせる。

「そんで、苦しんで暴れてる徳助さんのそばで、自分もねずみ取りを飲んで死にました」

これは相対死になるので、お上に知られればどちらのお店もただでは済まない。二人の亡骸を引き離し、病死として別々に葬るしかなかったという。

「ここまでひどいことになって、やっとこさおみち姉ちゃんも怖くなったみたいで」

――あたし、おりく姉ちゃんに祟られる！

ひどく怯えて騒ぎだし、この祟りを取り除いてもらうために、もういっぺん行き逢い神様にお願いすると喚いてしょうがないものだから、

「三好屋じゃ、今度こそ本当に座敷牢を造る羽目になりました」

暗澹（あんたん）として、おちかは心の中で指を折った。おゆう、梅吉、徳助とおりく。これで四人だ。

うふふ。

行き逢い神の含み笑いが聞こえる。


さて、三好屋には放蕩者の長男・松吉がいる。行き逢い神をめぐるこの騒動が起こったころには、家を追い出されてもう五年ほど経っていた。

ただ、それは正式な勘当ではない。勘当は親子の縁を切ることだから、本式にやろうと思ったら大事（おおごと）なのだ。その日暮らしの素っ町人ならば、親子喧嘩の挙げ句に「出て行け、勘当だ！」「おお、上等だぜ」というぐらいのやりとりで決めてしまっても差し支えなかろうが、そこそこ身上のある商家の場合は、そうはいかない。町役人（ちょうやくにん）や名主、寄合の顔役などに立ち会ってもらって話し合い、きちんと証文を作る。勘当された子供は人別帳から抜かれるので、そのままでは無宿人になってしまうから、（形ばかりではあっても）後見人を決めなければならない。

十五の歳から道楽の道を歩み始めた松吉は、親の小言も説教も泣き落としもまったく受けつけなかったから、三好屋の主人も何度か本気で証文を作ろうとしたのだが、そのたびにおかみが泣

いてすがって押しとどめたので、口先だけの勘当で済んでいた。が、二度と三好屋の敷居をまたぐなと言い渡されていたのは間違いない。

だがしかし、実のところ、松吉はそんなにひどい倅ではなかった。

女が好きな松吉は、それと同じくらい盛り場の暮らしが好きだった。そもそも彼の道楽も、近所の若者にくっついて浅草（あさくさ）の矢場へ遊びに行き、たちまち気に入って入り浸るようになってしまったことが始まりなのだ。

およそ優男にはほど遠い馬面だが、愛想はいいし気働きがあり、まめなもんだから、松吉は女によく好かれた。歳若いころこそ家から金を持ち出して散財していたが、盛り場の水に馴染み、経験を積み知恵をつけてくると、そのなかで上手く立ち回り、食ってゆく術（すべ）も身に付けていった。何だかんだ言っても商才があるのだ。

盛り場が好き、白粉の匂いが好き、芸事が好きで遊びが好き。確かに、堅気そのものの金物屋の跡取りにはふさわしくない気質ではある。その点では不出来な倅だ。が、本人が人生の早いうちに自分でそう悟ったという点では、むしろ賢明だったとも言えよう。

もっとも、それが禍（わざわい）して、何度父親に「勘当だ！」と怒鳴られても、「それだけは勘弁してくださいよ、おとっつぁん」と、本気で畏（おそ）れ入って謝ったことがなく、なおさら性悪の放蕩息子に見えて損をしていたということはある。

親不孝は重々承知の上だが、自分にはこういう生き方が合っている。お店のこと、家のことは弟の竹蔵に任せて、俺はこの身一つで世渡りしていこう。この先は、もうけっして生家に迷惑をかけまいというのが、当時の松吉の覚悟であった。

それでも、うち続く三好屋の不幸の噂が耳に入ると、彼なりにお店と家族の先行きが心配になってくる。

――いったいぜんたい、実家はどうなっちまってるんだ？

長女のおゆうのときも、三男の梅吉のときも、次女のおりくのときも、松吉は弔いに連ならなかった。妹や弟が亡くなるたびに、昔から松吉と親しくしていた近所の誰かしら（かつてはそのなかに徳助も入っていた）が報せに来てくれたけれど、肝心の父からも母からも、竹蔵からも呼ばれなかったからだ。

さらに松吉自身も、竹蔵夫婦の立場をおもんぱかると、うかうかとは三好屋に近づけなかった。悪運続きのところへ、本来は跡継ぎであるべきだった自分がけろりと元気な姿を見せてはまずかろうと気を回したのである。

実際、このころになると、忌中が重なり線香の匂いの絶えない三好屋を得意先も敬遠し始め、なかには、

「三好屋さんは、何かよっぽど罰当たりなことをしなすってるんじゃないか」

「やっぱり長男を追い出して、次男坊に店を継がせたのがよくなかったんだろう。こういうことには順序が大事なんだから」

こんなことを不躾に言う向きもあったから、松吉の配慮は、けっして取り越し苦労ではなかったのだ。

ひそひそ、ひそひそ、三好屋の悪評は広がってゆく。おみちの座敷牢のことも、それを造ってくれた大工の口から漏れてしまって取り繕いようがない。それでまた看板に傷がつき、大旦那と

若旦那の器量を疑う声があがってくる。

当の大旦那と若旦那の竹蔵は、どれほど陰口をきかれ、悲しくて腹立たしくても、行き逢い神のことをおおっぴらに嘆いてはいけないと、家族にもお店の者たちにもきつく口止めしていた。外から来る者には、開けずの間はただの納戸にしか見えないのだから、本当のことを言ったって信じてもらえるわけがない。おかしな作り話をする一家だと、かえって悪く受け取られるだけかもしれない。

奉公人たちのなかには、三好屋の陰鬱（いんうつ）な空気にも、厳しい口止めにも耐えられなくなり、勝手に逃げ出してしまう者も現れた。と、それがまた悪い噂の因（もと）になる。

松吉の不安は募りに募った。

「――そンで、松兄がどうしたかって言いますとね」

ある日、平吉が通っている手習所を訪ねてきたのだった。

「昼時でした。手前はいつも、うちへ昼飯を食いに帰るんですけどね。松兄が大門通りの外れにある蕎麦屋（そばや）へ連れてって、何でも好きなものを食えと言ってくれました」

五年も前に家を追い出された長兄のことを、平吉はあんまりよく覚えていなかった。手習所の戸口のところで再会したときも、すぐ兄さんだとわからず、年長の仲間に教えてもらったくらいである。

「松兄はこざっぱりした恰好（かっこう）をしてました。今は大川の向こうで飯屋をやってるって言って」

実のところ、飯屋というのは看板だけ、要は酒肴（しゅこう）を出すついでに女も世話するという店で、しかも主人（あるじ）は当時の松吉がくっついていた辰巳（たつみ）芸者崩れの女。松吉はその情夫（いろ）だったらしい。

「そのへんのことはあとで聞きましたけど、どっちにしろガキの手前にはよくわからねえ事情ですよ。ともかく松兄は懐があったかそうで」

平吉が久しぶりに会った、窶れておらず、眉間に皺がなく、泣いたり狼狽えたりこめかみに青筋を立ててもいない身内の大人だったから、

「会えて嬉しかった。ホント、救われたような気がしたもんでした」

問われるままに、平吉は三好屋のなかで起きた出来事をしゃべった。自分が初めて行き逢い神に会ったときのこともしゃべった。

「盛り場暮らしをしてる松兄は、三好屋の誰よりも、世間のこと、人の情に通じてました」

平吉が語る話を、丸呑みに信じてくれたわけではない。ただ、家の皆が行き逢い神を恐れ、それが三好屋に居座っていると信じ込んでいる以上、それは「いる」のだと、大真面目に受け止めてくれた。

——そんなややっこしい羽目になっていたのか。平吉も怖かったろう。

頭を撫でてもらい、平吉は涙が出た。

——家のみんなには気の毒だが、大門通りのお店は諦めた方がいい。みんなして他所へ家移りするんだ。

命さえあれば、商いはまた一から立て直すことができる。

「今のお店にしがみついてたって、得意先や職人衆との繋がりを失くしちまえば、早晩にっちもさっちもいかなくなる。そうなる前に、みんなで逃げ出せっていうんです」

——いっぺん全部捨てて、験直しをしろ。

「思い切った案ですねえ」

富次郎が顎の先をつまんで言う。

「だけど、いざやろうとしたら大変だ。家移りには金もかかるし」

「松兄は、金なら自分がちっとは用立てることができるし、よさそうな貸家にも心当たりがあるって」

頼れる長男ではないか。

「いちばんむつかしいのは、この妙案をうちのみんなに呑ませることですよ」

平吉自身はいい。おっかさんも、今ではおっかさんの世話に頼りっきりの座敷牢暮らしのおみちもいい。難関はおとっつぁんと竹蔵だ。松吉の言うことを、素直に聞き入れるとは思えない。

「意地でも突っぱねるに決まってますわな」

松吉もそのへんは心得ていて、ちゃんと考えていた。まずは竹蔵の妻・お福と、彼女の実家を味方につけて、そちらからこの手強い二人を説得してもらおうというのである。

「お福さんて人は、寄合の肝煎り役の遠縁の娘でしてね。実家は花川戸で船宿をやってました」

船宿は金物屋に比べれば軟らかい商いだし、お福が、実は肝煎り役が妾に産ませた娘ではないかという噂もあったりして、縁談が起きた当時、三好屋の主人はあまりいい顔をしなかった。だが、見合いをさせてみると竹蔵がいっぺんでお福に惚れてしまい、どうしてもと望んだので成就した縁組だった。

「だもんで、先様も、この娘が見下げられてたまるもんかって思ったんでしょう。お福さんは、そりゃあ立派な嫁入り支度を調えてきましたよ。持参金もあったようです」

船宿は盛り場とまんざら縁がないわけではなく、主人が酸いも甘いも嚙み分けていないと立たない商いでもあるから、松吉も話をしやすい。とはいえ、三好屋から縁を切られている身の上で、いきなり独りでお福の実家へ乗り込むのも外聞が悪い。そこにはもう一手間が要る。

「それで、ね」

平吉は、なぜかちょっと口ごもる。

「えっと——初っぱなにお話ししましたが、添うて四年以上も経つのに、竹兄とお福さんのあいだには、まだ子供がおりませんでした」

まったく授からなかったわけではない。一人目は授かって三月ほどで流れてしまい、二人目は月満ちて生まれたがお七夜を迎えぬうちに儚くなってしまった。男の子だった。

「あのころお福さんは、早く次の赤子を授かりますようにって、暇をつくっては、実家の近くにある産土神様のお社にお詣りに出かけてたんですよ」

行き逢い神の騒動が始まってからも、お福は律儀にこのお詣りを続けていた。いや、三好屋の内にたれこめる暗雲が濃くなるにつれて、いっそう熱心に通うようになった。

「ついでに実家に立ち寄って、そのまんま一晩泊まってきたりと。要はお福さんも行き逢い神がおっかなくって、できるだけ三好屋から離れていたかったんでしょう」

普通は、嫁としてなかなか許されにくいふるまいだが、舅姑である三好屋夫婦も、夫の竹蔵も、お福の恐怖が故ないものではないとわかっているから、咎めにくいし止めにくい。

「お福さんの実家の方でも、三好屋であんまり不幸が続くもんだから、娘が顔を見せるとほっとして、なかなか三好屋に帰したがらねえ。竹兄は、こんなことを続けてたら、そのうち向こうからひょっくり離縁してくれって言いだすんじゃねえかと、内心穏やかじゃなかったらしいんですよね。だから」

平吉は指でほりほりと鼻筋を掻く。

「その点でも間が悪かったんだよねえ」

「何がどう悪かったんですか」

平吉はもじもじする。「松兄は、その……お福さんが次はいつお詣りに行くか知りたいわけですよ。そこで落ち合おうって」

「落ち合うという言い方は変だな」と、富次郎が言う。「松吉さんは、お福さんと示し合わせて──って言い方も違うか」

「お福さんに先回りする？」

それも違う気がする。

「待ち伏せか」

もっと違う。

「まあいいや。ともかくお詣りの日取りが知りたいわけだ。で？」

「だから、そのために──」

松吉は文を書いた。三好屋のおかみ、彼の母親に宛てた文である。

「まずおふくろに事情を呑み込んでもらって、おふくろからお福さんに、次はいついつお詣りに行こう、わたしも一緒に行きますよって持ちかけてもらおうと」

「ふむふむ、それならおかみさんにも話が通じて一石二鳥だ。けっこうじゃありませんか。

で？」

「その文をこう、きゅっと結んで手前に」

――いいな、必ずおっかさんに渡してくれ。

他の者に気づかれないよう、こっそりな。

「託してくれたんです。明日、また手習所におまえを訪ねていく。だからそれまでに、おっかさんから文の返事を聞いておいてくれって」

いい段取りである。なのに、平吉はしゃべりながらどんどん縮こまる。

その理由は、続く言葉で知れた。

「けども、その文を、手前はどっかに落っことしちまったんです」

おちかも富次郎も目を瞠った。

「落っことしたぁ？」

声を揃えて叫んでしまった。

そうだった。三好屋をめぐる話の深刻さに忘れかけていたが、平吉は粗忽者なのである。

「こ、小旦那さんもお嬢さんも、そ、そんな大きな声を出さなくったって」

「いやいやいや、これが大声出さずにいられますかね」

「なんでまた、そんな計ったようにうっかりをなさったんですか」

「て、手前だって、わざと落としたわけじゃねえ。ちゃんと懐に入れてたんですよう」

「どこで落としたんです？　外ですか」

平吉はどっとうなだれる。「そンならまだよかった」

「じゃ、うちのなか？」

厠のそばに落としたのだという。

「しかも、拾ったのが竹兄だったんです」

おちかと富次郎はあんぐりと口を開けた。

最悪だ。

「文を読めば、おふくろ宛てだってことはわかります。大して長いもんじゃねえしね。けどもそこには、三好屋の先々のためとか、お福さんの名前も書いてある」

まったく事情を知らぬ竹蔵が、大いに訝しむのは当たり前である。

「竹兄が文をかざして、こりゃ何だ、ここに書いてあるのは何の話だと怒ってるんで、手前はもう肝っ玉がでんぐりがえっちまって」

素直に白状すればいいものを、口を拭って知らんぷりをしてしまった。

「逃げちまったの？　そりゃひどい」

「小旦那さん、どうぞ勘弁してくださいよ。手前はまだ十のガキだったんですから」

今も平吉は、しゃべりながら顔いっぱいに汗を浮かべ、半べそをかいている。

「で、どうなりました？」

「手前が口をつぐんでるんですから、他の誰にも何もわかりゃしません。だいたい、文を読んだって、全部のことは書いてないんだ。要は、ただおふくろとお福さんに、お福さんの実家の方で会いたい、三好屋の先々のために大事な話があるってだけだからね」

下手に簡略なので、謎めいてしまったのが始末に悪い。

「竹兄は真っ赤になって怒って、おふくろを問い詰めたり、なんで勘当者の松兄の手紙におまえの名前が出てくるんだって、お福さんを責めたり」

皆は狼狽えるばかり。それがまた竹蔵の怒りをかきたて、(言い方は何だが) 面白いようにこじれる、こじれる。

「おふくろ、松兄を三好屋に戻そうと企んでるのか？　お福おめえも、その企みに一枚嚙んでいるのかって怒鳴り散らす竹兄は、人が変わったみたいに見えました」

まさに、鬼のようだった。

「お福さんの着物の衿をつかんでゆさぶって」

——この文を見ろ。ここにおまえの名前が書かれてるぞ。

「おまえ、もしや松兄と通じていやがるのか。俺と離縁したくって、松兄に擦り寄っていやがるのかって叫びだしたときには、ほとんど正気を失ってるみたいに見えましたよ」

そして竹蔵は、頭を抱えておいおい泣きだしてしまったのだという。

富次郎が低く、ぐうっと声を引っ張って、

「うううう〜ん」と呻った。「さっき平吉さんが言ったことの意味がわかった。確かに間が悪かったねえ。竹蔵さん夫婦のあいだには隙間風が吹いていていた。松吉兄さんは女好きで女に好かれる気質だった」

竹蔵が、事をよくない方向に解釈してしまう材料が揃っていた。

「その場は親父がどうにか宥めて収めてくれたんですけども、お福さんは怖がって、裸足で庭へ逃げ出したくらいでした」

全部、自分のうっかりのせいだ。平吉にもそれは身に染みてわかったから、また松吉に会えるまで、生きた心地がしなかった。

「翌日、約束どおりまた手習所に来てくれた松兄に、かくかくしかじかと打ち明けたら、こっちは怒るより青ざめちまった」

——まずいな。

「いちばんまずい成り行きになっちまった。こうなったらもう悠長なことは言ってられねえ」

——おふくろも、お福さんも気の毒だ。

「そンで、とるものもとりあえず三好屋に足を運んでくれたんですけどもね」

これが裏目に出てしまった。

「松兄の顔を一目見るなり、竹兄はまたぞろ鬼みたいになって怒りだしました」

どの面さげて、三好屋の敷居をまたぐか！

何をしに来た、何が狙いだ！

三好屋の評判が落ちているのをいいことに、兄貴は俺を笑いにきやがったか！

親父にも俺にも内緒で、おふくろに何を吹き込む気だ！　おふくろだけじゃ足りずに、俺の嫁にまで、何を持ちかけようってんだ！

「松兄はうんと下手（したて）に出て、ともかく落ち着いて話を聞いてくれって頼んだんだけども、竹兄の耳には届かねえ」

おちかは胸が痛くなってきた。

今こうして話を聞いていると、竹蔵の怒りも疑心暗鬼も、いささか短兵急で、度を超しているように思える。あまりに余裕がなさ過ぎやしまいか。事を悪い方へばかり勘ぐり過ぎていやしまいか、と。

だが当時の三好屋は、行き逢い神という恐ろしいお荷物を抱え、続く不幸に打ちひしがれ、商いにも障りが出て、八方ふさがりだった。竹蔵はそんなお店と家族を守り、父母を支え助けようと、懸命に気を張っていたに違いない。

そこに、今自分が跡取りとして背負っている全てを、本来背負うべきだった長兄が現れた。平吉の言葉を借りるなら、こざっぱりした姿で。

対する竹蔵の方は、苦労に圧(お)されて窶れていたろう。身の回りのことなどかまう暇もなかったろう。気ままに暮らす兄よりも、よっぽど老けて見えたかもしれない。

――兄貴はあんなだ。俺はこんなだ。

焦燥と傷心、恥と嫉妬(しっと)。その入り交じった真っ黒な炎に身を焼かれて、竹蔵は怒り狂わずにいられなかった。疑念に急かされ、恐怖に憑かれて、松吉を責めずにはおられなかった。

「盛り場暮らしの長い松兄は、喧嘩慣れしてたもんだから」

怒りのままに暴れ、襲いかかってくる竹蔵をいなして、かわして、上手いこと押さえ込んでしまった。竹蔵は虎のように吼(ほ)え、犬のように歯を剝(む)き、長兄を罵(ののし)って抗(あらが)ったが、お福が泣き泣きおまえさん、おまえさんと呼びかけたら、

「急に骨を抜かれちまったみたいにぐったりと温和(おとな)しくなりまして、ようよう話ができるように

なりました」

大旦那とおかみ、竹蔵とお福を前に、松吉は諄々と説いた。行き逢い神を置き去りに、みんなで家移りして験直しをするといい。そのためなら何でも手伝う。これまで親不孝ばかり、竹蔵にも苦労を押しつけてきた。このとおり頭を下げるが、勘弁してもらえると思っちゃいねえ。ただ、どうか俺のこの案を呑んでもらいたい。

「親父はすぐと承知しました」

この家を明け渡すのはご先祖様に申し訳ない。だが、このまんま商いを先細りにして三好屋を駄目にしてしまうのは、もっといかん。

「竹兄も素直にうなずいて、親父の決めたことには逆らいませんと言うもんだから、それからはもうおおわらわですよ」

大旦那は番頭を呼び、子細を打ち明けて、得意先や職人たちとの交渉に取りかかる。金物屋の寄合にも話を通さなくてはならない。

「松兄は、さぞかし心配かけてるだろうからって、竹兄とお福さんを花川戸の実家へ遣りましてね。若夫婦の話だけじゃ得心してもらえねえようなら、俺が挨拶に行くって言い添えて」

大人たちが連日ばたばたと忙しいので、

「手前は、手習所に行ってるとき以外は、うちのなかでいちばん静かで、誰の邪魔にもならねえところに引っ込んでおりました」

三女のおみちがいる座敷牢のなかである。

「子供でも、そばにくっついていれば、ちっとぐらいは姉ちゃんの世話を焼くこともできましたし」

「そのころ、おみちさんはどんなご様子だったんでしょう」

「こっちも、悪い意味合いで温和しくなってましたよ」

おみちはいまだにおりくの祟りを恐れ、夜は眠れないし、飯もよく喉を通らない。起きているときはぼうっと座ってあらぬ方を見ている。

「で、何かぶつぶつ呟いたり、小声で念仏を唱えたり」

痩せこけて髪が抜け、かつての美貌（びぼう）は見る影もなく衰えていた。

「たまには、ふっと正気に戻るんですけども」

「平吉さんのことはわかるんですか」

「わかってました。あんた何してんのなんて訊いてくるんですから。手前が、姉ちゃん一緒にいろはを復習（さら）ってくれよとか申しますと、ちゃんとやってくれるし」

だが、家のどこかで誰かの声がしたり、物音がたったりすると、やたらに怖がる。

——平吉、今の聞こえた？

「おりく姉ちゃんが怒ってると、布団をかぶって隠れようとするんですよね」

自業自得ではあるのだが、哀れな有様だ。

「評判の小町娘で、きっと玉の輿（こし）に乗るに違いないって言われてた姉ちゃんがこんなになっちまったんだなあって、手前も子供ながらに泣けてしょうがありませんでした」

そんなこんなで四、五日が過ぎた。

「松兄が、そう遠くないところに手頃な貸家を見つけたっていうんで、またみんなで顔を合わせて相談することになりました」

三好屋に打開策を持ち込んでくれた松吉は、自然と座の中心になった。

「親父もおふくろも、すっかり松兄を頼りにしてて、寄合の方はどうだった、職人衆はこんなことを言っているがどうしようかとか」

松吉も、それにきびきびと応じていた。放蕩息子の返り咲きである。

「そのうちに、黙って座ってやりとりを聞いていた竹兄が、すうっと立ち上がったんです」

お福がどうしたのかと声をかけると、

——廁に行ってくる。

竹蔵が中座しても、両親と長兄との熱心な相談は続いた。嫁のお福はしおらしく聞き入っている。平吉はお福のそばに座っていたのだが、

「竹兄と一緒に実家へ行ってきて、向こうの親の心配もちっとは減ったし、先の見通しができてきてほっとしたんでしょうね。お福さんは一時よりずいぶん明るい目になっていて」

そうっと平吉に笑いかけ、耳元に顔を寄せてきて囁いた。

——お店を移すなんて大変なことだけど、あたしは嬉しいの。平吉さんはどう？

「行き逢い神から逃げられるんだから、そりゃあ手前だって嬉しかった」

——うん、おいらも早く移りたいよ。日当たりのいい家だといいな。

「おみち姉ちゃんも、あんなところから出してやれたらきっと元気になるって言って、二人でくすくす笑っていたら」

両親と熱心に語っていた松吉が、いきなり、

——ぐう。

というような声をたてた。

「手前もお福さんも、びっくりして松兄の方を見ました」

松吉の傍らには、いつ戻って来たのか、竹蔵が背中に張りつくようにしてぴったりと寄り添っていた。

「その顔が、まるでお面みたいに見えました」

のっぺりとして表情がない。血の気もない。

——ぐ、ぐう。

松吉がまた呻き、半開きになったその口の端から真っ赤な血がしたたり落ちた。

「おふくろがぎゃっと叫んで飛び退きました」

それで、平吉にも見えた。何が起きているのかがわかった。竹蔵はその手に包丁を握っている。

松吉の横っ腹を刺したのだ。

「みるみるうちに、松兄の顔色も真っ白になっていきました」

松吉はどさりと横様に倒れる。血に染まった包丁を手にしたまま長兄を見おろして、竹蔵は言った。

——俺は騙されねえぞ。兄貴に三好屋をやるもんか。

お福がけたたましく泣き叫び、平吉は長兄の身体の下に広がってゆく血だまりを見つめて呆然としていた。

「竹兄は、ちっとも納得しちゃいなかったんです。黙って話を聞いてたのは、松兄の言うことを呑んだからじゃなかった。そのふりをしていただけだったんですよ」

竹蔵は両親に向き直ってこう続けた。

——兄貴は三好屋を乗っ取ろうとしてるんだ。俺を追い出して、お福も横取りしようとしていやがる。俺は許さねえ。

「そんで包丁をぽいと脇に放り捨てると、帳場の方へ行っちまいました」

松吉の傷は深く、どうにも手の施しようがなかった。両親と末弟が見守る前で、目を見開き身をよじり、驚きを顔に貼りつけて事切れた。

「手前はもう、目の前が真っ暗になりました」

兄弟の間、身内のことでも、これは立派な人殺しだ。世間様に露見(ばれ)れば竹蔵はお縄になってしまうし、三好屋夫婦もお咎めは免れ得ない。闕所(けっしょ)になり、身代を失う羽目にもなるだろう。

この窮地をどう乗り切るか。

ぐずぐず迷っている暇はない。三好屋の主人は決断を下した。

行き逢い神に願掛けをする。

松吉を生き返らせてくれ、と。

今さっき死んだばかりだ。神の力を以てすれば、命を取り戻すことだってできよう。

奉公人たちの多くが逃げ散っていたから、三

好屋の内に残っているのは、番頭を含め古参の数人。三好屋と一蓮托生の者たちだけである。固く口止めして手伝わせればいい。

主人の采配で、男たちは松吉の亡骸を北の納戸に運び込んだ。女たちは血に染まった座敷を掃除し、惨事の痕跡をきれいに消した。

竹蔵は、魚みたいな目をしてそれを眺めているだけだった。

「うちから外に出るな。北の納戸に近づくな。誰かが呼びに行くまで、どっかでおとなしく待ってろ」

おとっつぁんに命じられて、平吉はおみちの座敷牢に行った。一つ屋根の下で起こった異変に気づく様子もなく、おみちは座敷牢の隅っこで、古ぼけた手鞠を転がして一人遊びをしていた。おみちが平吉ぐらいの歳だったころ、徳助が買ってくれたものだった。

待っても待っても、なかなか誰も呼びに来てくれない。やがて陽が傾き、夜になった。

平吉は腹が減った。

廊下に出ると、うっとえずきそうになった。生臭いのだ。いつかかいだ覚えのある、あの嫌な臭いだ。家中に拡がっている。

鼻を押さえて台所に行くと、お福が小上がりの板間に座り込んでいた。こちらに背中を向けており、声をかけても動かない。

足音を忍ばせて台所を探り、冷や飯の入ったお櫃を抱えて、平吉は座敷牢に戻った。蓋を開けて飯を見せると、おみちも寄ってきた。

二人で、手づかみで冷や飯を食べた。おみちがぽろぽろ飯をこぼすので、平吉は端から拾って食べさせてやった。

するとおみちはほんわり笑った。わがままだけど美しかったころの笑顔だった。

——おいしいね。

平吉はうなずいた。涙が出た。おみちは痩せさらばえた腕を持ち上げ、指で平吉の涙を拭ってくれた。平吉は飯をつかんで口に入れ、おみちの口にも入れた。おみちはそれを嚙んで吞み込む。

平吉も涙と一緒に吞み込む。

出し抜けに、おみちの口ががくりと開いた。

嚙みかけの飯がこぼれ落ちる。

おみちは頭(こうべ)を垂れ、続いて身体がゆっくりと前のめりになって、平吉にもたれかかってきた。

息が止まっていた。

平吉がそれを悟るのとほとんど同時に、北の納戸の方から大きな泣き声が聞こえてきた。

「松吉、松吉、ああよかった」

——おっかさんの声だ。

松吉が本当に生き返ったのだ。

——ああ、だから。

平吉は理解した。行き逢い神に願い、松吉を生き返らせてもらうために、おみちが命を取られたのだということを。

願いをかなえるには、必ず代償が要る。引き替えにするものが要る。それが行き逢い神への願掛けの決まりだ。

おゆうが死んで、その子の太郎が三好屋に返されてきたように。

徳助の心を盗るために、おみちが梅吉の命を差し出したように。

今度は、おみちが代償にされてしまったのだ。

だんだん冷たくなってゆくおみちの身体を抱いて、平吉は泣いた。最初はすすり泣きだったが、そのうち大声を放って泣きに泣いた。

ぺたん、ぺたん。

誰かが座敷牢に近づいてくる。

ぺたん、ぺたん。

妙によく響く足音だ。

涙と鼻汁で顔をぐしゃぐしゃにしたまんま、平吉は座敷牢の入口の方を見た。

そこに、おっかさんに連れられて、松吉が立っていた。

浴衣(ゆかた)を着せられて、妙に胸高に帯を締めていた。おっかさんがその傍らに寄り添っていた。松兄の浴衣の帯をしっかりとつかみ、両足で踏ん張って支えている。

「平吉」と、おっかさんが呼びかけてきた。

「こっちに来て手を貸しておくれ。これからは、松吉をここで休ませるから」

松吉は目を開いていた。どこを見ているのかわからない。口の端から涎(よだれ)が糸を引いている。

酔っ払ったようにふらついて、ゆっくりと足を持ち上げては、足の裏でいちいち床を叩くような歩き方をしている。だから妙な音がたっているのだった。

おっかさんに導かれ、松吉は座敷牢のなかに入ってきた。ぷんと、あの嫌な臭いがした。

「さあ、松吉。ここに座って」

歩みを止めても、その身体は前後に揺れている。芯を失ってぐねぐねしている。

身体だけ生き返ったって、元通りにはならないのだ。

それでも「生き返らせてくれ」という願いをかなえるのが、行き逢い神の力なのだ。こういうかなえ方をするのが、やり口なのだ。

「こんなの、松兄じゃねえ！」

平吉は訴えた。

「なのに、おみち姉ちゃんが死んじゃった」

「仕方ないんだよ」

言って、おっかさんもまた泣きだした。

「三好屋のためなんだ。みんなのためなんだ。おみちはもう……半分は死んでいたようなものなんだからこの方がいいって……おとっつぁんが決めたんだから」

おっかさんの手が緩むと、松吉はぐだぐだと身体を折ってその場に倒れた。それでも目は開いている。息もしている。口元から息が漏れ、そのたびに臭いがひどくなる。

おみちの身体をそっとその場に横たえ、倒れた松吉の身体を跨ぎ越すと、平吉は座敷牢から飛び出した。勢い余って壁にぶつかったりしながら、北の納戸へ向かった。

納戸の板戸はまたぴったりと閉ざされ、注連縄が張り戻されていた。塩を盛った小皿が二つ、張り番のように板戸の左右に置かれている。

拳を固め、平吉は納戸の板戸に殴りかかった。何度も何度も殴りながら、大声で喚いた。

「おまえ、おまえなんか、おいらがやっつけてやる！　きっとやっつけてやるからな」

うふふ。

含み笑いが聞こえた。と思ったら、平吉はぎゃっと叫んだ。いつの間にか後ろにおとっつぁんがいて、腕をねじ上げられている！

「行き逢い神様に失礼なことをするな」

脅しつけるようなその声音に、平吉の怒りも勇気も消え失せた。間近に迫る父親の目つきは、さっきの竹蔵のそれとそっくりだった。

ああ、呑まれてしまった。

おゆう、梅吉、おりく、そしておみち。一年足らずの間に四度目の弔いを、悪いことでもしているみたいにこそこそと済ませると、三好屋は表向きは元に戻った。

家移りの話は、もちろん立ち消えである。商いはずいぶん縮んでいたから、暮らし向きは苦しいし世間体もいいとは言えない。

それでも平穏を取り繕うことができたのは、皮肉なことに、あれ以来たちまち老け込んだ大旦那が隠居して、竹蔵が一家の主に収まったからだった。

竹蔵は、自分のしたことをまったく気に病んでいないように見えた。商いには熱を入れ、下がる一方の三好屋の評判を持ち上げるため、去って行った得意先に代わる新しい客筋を切り拓こう、絶えてしまった職人衆との繋がりを取り戻そうと尽力していた。

この真っ当さは、事情を知るまわりの者たちにはかえって恐ろしい。竹蔵はもう元の竹蔵とは違ってしまっている。しかし、他所様から見れば、父親に代わってお店を背負う跡継ぎの凜々(りり)しい姿に映ったことだろう。

真っ先にこれに騙されてしまったのが、ほかでもない松吉の女だった。

盛り場商いの大事な相方でもある情夫(いろ)が、近ごろ悪い噂ばかりの実家が心配だからちょっと行ってくると出かけたきり戻らないのだから、心配するのが当たり前だ。さんざん気を揉んだ挙げ句、女が三好屋を訪ねてきたのは、松吉がいっぺん死んで生き返らされてから十日ほど後のことだった。

女は自分の立場を弁(わきま)えていたから、気の毒なほど低姿勢でやって来たのを、竹蔵はお店の主らしく堂々と迎えて、実は兄は急病で寝ついており、うちでずっと看病しているのだという出任せをつるつると言い並べた。

このころ、母親であるおかみの願いで、松吉は北の納戸に近い座敷に移されていた。その座敷には元の大旦那である父親、隠居も一緒にこもっていた。終日、生き仏になろうとしているかのように無言で座り込んでいる。

寝たきりの松吉に対面すると、女は愛しい情夫の惨状に取り乱し、どんな急病なのだ、医者には診てもらったのかと問い質(ただ)す。大おかみがおろおろ口を濁すのに、竹蔵は、文句があるなら松吉を連れていってくれてかまわないと言い放った。但し、連れ出すのならばそれで三好屋と松吉との縁は本当に切れる。今後一切の関わりはなしで、びた一文出さないと。

女もまた世慣れていたから、竹蔵の冷たい眼差しに、取りつくしまがないとすぐ見切りがついたのだろう。仰せのとおりにさせていただきますと神妙に頭を下げ、自分の店から男衆を呼び寄せて、骨と皮に痩せさらばえた松吉を戸板に乗せ、三好屋の外へと運び出した。

このとき、平吉は物陰からずっとその様子を見守っていた。

――これで三好屋から遠くへ行かれる。松兄はもう安心だ。

一丁前にそう思う一方、もう二度と会えなくなるのかと思えば悲しくてたまらない。

そんな平吉の顔が、女の目にも留まったのだろう。慌てて逃げようとするところを引き止めて、女は平吉に優しく言った。

「本当は、あたしみたいな莫連女が坊ちゃんに話しかけたりしちゃいけない。だから、独り言だと思って聞き流してちょうだいね。坊ちゃんの松吉兄さんのことは任せておくれ。あたしが大切に看病するからね」

平吉は、すぐにはものが言えなかった。まともな大人の優しい声音が胸に染み、喉が詰まってしまったのだ。

女は半べそ顔の平吉を気遣い、いっそう優しく声を落とした。

「坊ちゃんは平吉さんだね。松吉さんから聞いていたよ。腕白だけれどいい子だって。あの人はこんなことになってしまったけれど、三好屋さんには竹蔵さんという立派な旦那がいらっしゃる。坊ちゃんは安心していい子にして、元気を出してくださいな」

平吉の胸にはこんがらがった思いが渦巻いた。竹兄が立派だなんて、この白粉の濃い女の人は、とんだ見立て違いをしている。本当は何があったのか打ち明けたい、うちは恐ろしい行き逢い神に取り憑かれ、にっちもさっちもいかなくて、みんな順番に食い殺されてゆくんだと訴えたい！

だが、言葉は出てこなかった。何からどう話したら信じてもらえるのかわからない。下手に踏み込んで打ち明けて、この女の人まで巻き込んでしまってはいけないとも思った。黙ってくちびるを噛み、抑えようもなく震えている平吉から、女も尋常ではないものを感じとったのだろう。慰め励ますだけでは足りないことがあるらしいと察したのだろう。

「坊ちゃん、何か困っているのかえ」

平吉は黙ってうつむいた。

「三好屋さんに不幸が続いていることは知っている。坊ちゃんも辛かろう。でも、あの立派な旦那がいるんだから、きっとお店は持ち直すさ。竹蔵兄さんに任せておけば大丈夫だよ」

違うんだ、違うんだよ。平吉は胸のなかで必死に叫んだ。

「三好屋さんのような立派なお店の内々のことに口出しするなんて、滅相もないからね。余計なことは言えやしないけれど……」

女はちょっと考え込み、思い切ったように目を上げると、つと手を出して平吉の手を握った。

「あたしは、永代橋を渡った先の八幡様の近くで飯屋をやっている。〈猫丸屋〉という店で、猫の形の看板を出しているから、近所まで来て

くれればすぐわかる。よっぽど困ったことがあって、坊ちゃんがどうしても心細かったら、訪ねておいで。いいね、猫丸屋だよ」

そう言い置いて、女は立ち去った。二度と三好屋を訪れることはなかった。

竹蔵はお店の主人として張り切り、おかみとなったお福はその影のようにひっそりと立ち働き、平吉の両親である隠居と大おかみは北の納戸のそばの座敷にこもりきり。平吉は、その間をうろうろしながら日々を暮らした。

あの後も、何度か北の納戸へ近づいた。板戸を開けて火をつけてやろうと、覚悟を固めて行ったこともある。人を喰らい、鼻が曲がりそうな臭いをさせる行き逢い神は、獣の神だ。きっと火を怖がるに違いない、と。そんなら追い出せる、と。

だが毎度、いつどんなときでも、北の納戸へ近づくと、それこそ獣が吼え猛るような声がたって、平吉を脅しつけるのだった。行き逢い神の声ではない。近くの座敷のなかで、おとっつぁんが、隠居が騒ぐのだった。

「やめろぉお、へぇいきぃぃぃちぃぃぃ！　このぉ、ばぁちあたりがぁあああ。じごくへぇ、おちるぞおおおおお！」

その後に、決まっておっかさんがよろよろと駆けつけてきて、平吉の袖にすがり、頭を抱きかかえて懇願するのだ。やめておくれ、やめておくれ。

「平吉、ここへ来ちゃいけない。あっちへお行き。納戸に近づいちゃいけない。おとっつぁんを怒らせないでおくれ」

それを聞くと足が萎え、勇気がしぼんでしまう。悲しくて胸が張り裂けそうになる。

行き逢い神は笑っているんだろう。

あたしを招き入れたのは、あんたらだ。

あたしはただあんたらの願いを聞き、かなえてやっているだけさ。

何が悪い？


「何が悪い？」と、黒白の間で語る、大人になった平吉は繰り返す。

「ねえ、何が悪かったんでしょうかね。うちの連中は、どこで間違ったんでしょう」

ずっと身を守るように腕組みをして話に聞き入っていた富次郎が、深々とため息をついた。

「おちか、お茶を淹れ替えてくれないかい。いやはや……辛いなんて言葉じゃ足りないほどのお話だ」

新しい茶の香りに包まれ、語り手も聞き手もひとときの休息をとった。

おちかは穏やかに言った。「三好屋の皆さんがどこで間違ったのか、何を間違ったのか、わたしにはわかりません。このお話はとことん理不尽で、あまりに酷いと思います」

ただ、わかることもある。

「平吉さんが、おかみさんが小さな娘さんのために塩断ちすると言い出したとき、怖くてたまらなくて、けっしてさせてはいけないと必死になって、つい手まで上げてしまったお気持ちは、充分にお察しします」

平吉は黙ってぺこりとした。

「おかみさんやまわりの方々に、なぜそんなに怒って止めるんだと問われても、このお話を打ち明けることができなかった、どうしても口に出せなかった理由もわかります」

話すことで、すごく恐ろしいものをうちのなかに呼び込んでしまうような気がする。平吉がそう思うのも、無理はなかった。

「――そうだよなあ」

富次郎も放心したような目をして呟く。

「事の始まりは、おゆうさんの願掛けと塩断ちだったんだもんなあ……」

「でも、おゆうさんのことも責められません」

「そりゃそうさ。わたしだって責める気はないよ。ただ」

言い淀み、富次郎は顔を伏せる。

「悪いものにつけ込まれたんですよね」

と、平吉は小声で言った。

「おゆう姉ちゃんは、身の不幸に心折れて弱り切って、隙だらけだったんですよ。だから」

夏の日盛りの橋の上で、この世のものではないものと取引をしてしまった。

「うん」と声をあげ、富次郎が姿勢を正した。

「こんな辛い話を、よく語ってくだすった。さあ、あとどのくらいか知らないが、結末までお聞かせください」

「へえ、あとちっとでございます」

竹蔵が仮初めの正気を保って商いに励むので、三好屋はだんだん商いを立て直していった。

ただ、そのなかで、松吉が去って半年ほど後、隠居が亡くなった。

「卒中だったんです」

こもりきりだった北の納戸のそばの座敷で倒れ、三日と保たずに逝ったという。

「親父の弔いは、竹兄がおおっぴらにやりました。だから噂を聞きつけたんでしょう、猫丸屋から、あの女将の代人だという年寄りが、焼香させてくださいと訪ねてきました」

確とはわからないままになったが、どうやらその老人は、松吉の女の父親だったらしい。

「ンでそのとき、寝たきりだった松兄も、三月も前に亡くなっていたことを報されました」

亡骸の様子が妙だったので、勝手ながら火葬にさせてもらった。こちらさまが分骨を望まれるならそのようにいたします、と。

「竹兄は断っちまいましたけど」

「松吉さんの亡骸の様子が妙だったというのは、どんなふうに妙だったんでしょう」

「なにしろ、いっぺん死んで生き返らされた身体でしたから」

努めてけろっとした口調で、平吉は言う。

「猫丸屋の女将が頼んだ町医者が診てくれてたんだけども、松兄は、連れ帰られたときからもうずっと脈がなかったんだそうです」

なのに息はしているし、動いている。

「二度目に死んだってわかったのは、目が開きっぱなしになって、息が止まったからです。それでも、あれから何カ月もよく保ったよ。猫丸屋の女将の情が保たせてくれたんだよね」

今度こそ本当に死んだ松吉は、すぐにも腐敗臭を放ち始め、枕経をあげてもらうために招いた坊主が猫丸屋に着いたときには、もう顎のまわりの骨が見え始めていたという。

「そんなんだから、火葬にしたんですね」

これで、三好屋の家族はさらに二人を喪ったことになる。

「親父の見張りがなくなったんで、手前はまた北の納戸へ殴り込もうとしたんですけども、おふくろにすがって止められることは同じで」

――このまんまそっとしておいておくれ。後生だから、そっとしておいておくれ。

触らぬ神に祟りなし。

「手前もおふくろの泣き顔が辛くって、しおらしく納戸からは遠ざかるようになりました」

それに、大おかみがことさら事なきように願うだけの新たな事情もあった。

「めでたいことがありましてね」

ちっともめでたそうではない口ぶりで、平吉は続けた。

「親父の弔いのとき、お福さんはもう腹の膨らみがいくらか目立ちかけていたんです」

「まあ、赤ちゃんが」

「へえ。やっと三人目を授かったわけですよ」

暗く恐ろしい出来事続きだった三好屋に、ようやく一筋の光が射した。

行き逢い神の難は、ようやく終わったのかもしれない。こちらから手を出さなければ、願掛けなどしなければ、あれは北の納戸にいるだけで、これから先はもう禍を招き寄せたりしないかもしれない。

かもしれない。あてにならない、しかし切実な希いだった。

「幽霊みたいになってたおふくろも、お福さんが妊んだってわかってからは、少しずつ元気を取り戻してきてたし……」

「正気の面」の竹蔵も、子を授かったことには手放しで喜んで、お福を大事に労りながら過ごしていた。

「だもんで、手前も思ったんです。竹兄は、あれがホントに正気なんじゃねえかな。松兄を手にかけたときのことは忘れっちまってて、この明るくて優しくて商い熱心な竹兄が、本物の竹兄になったんじゃねえのかなって」

そうだといいな。そうであってほしいな。

呟いて、平吉は鼻先で笑う。口の端を無惨にひん曲げて。

「――ンでもまあ、そうは問屋が卸さなかったわけですよ」

月満ちて赤子が生まれ落ちると、三好屋に最後の、留めの難が降りかかってきた。

「難産でしてねえ。取り上げ婆が呼ばれてから、まる二日かかりました」

お福は痛みに泣き叫び、出血もひどくて、

「下手すると、お福さんも赤子も駄目かもしれねえってぐらいになりまして」

結局、何とか赤子は無事に取り上げることができたが、お福は逝ってしまった。

「おかみさんの忘れ形見ですよって、取り上げ婆が赤子に産湯を使わせて、竹兄に抱かせようとしたんですけどね」

赤子は男の子だった。

「そのとき、取り上げ婆がね……何も悪気があったわけじゃねえ、取り上げ婆なら誰でもやることですけども」

　赤子の産着をちょっとめくって、その小さな身体を竹蔵に見せながら、言った。

「――元気な男の子ですよ。ただ、右の脇腹のところに一筋の赤い痣がございます。難産だったせいかもしれません。おいおい消えるでしょうから、あんまり心配なさらないでくださいましねえ。

「右の脇腹に、一筋の赤い痣」

　語る平吉の頬が強張る。

「竹兄が、松兄を刺したところ。傷の形も同じでした」

　もちろん、竹蔵もそれに気づいた。瞬時に形相が変わった。

「あ、今までのはやっぱり正気の面だった。

「竹兄は叫びました。あんまり逆上してるんで、最初は何を言ってるんだか聞き取れなかった」

　竹蔵はこう叫んでいたのだった。

　――こいつは俺の赤子じゃねえ！　松吉だ！　あの野郎が祟っている。とうとう、俺からお福を奪っていきやがった！

「そんで、取り上げ婆の手から赤子をもぎ取ると、裸足のまんまうちから外に飛び出して、わあわあ叫びながら走ってってって」

　大門通りを抜けたすぐ先で、通りかかった炭団屋の荷車と出合い頭にぶつかって、

「赤子も、竹兄も死にました」

　おちかは言葉もなく座っていた。富次郎は肩を落として上座の平吉を見つめている。

平吉はぐっと下を向いていて、くしゅんと洟をすすると、顔を上げた。

「うちは、また弔いですよ」

悲しみのあまり寝付いてしまった大おかみ、平吉の母親に代わって、番頭が弔いを仕切ってくれたという。

「手前はもう涙も出ませんでした」

弔いが済むと、大おかみは番頭を呼び、残っている者たちで金や金目のものを分け、三好屋から立ち退くようにと言いつけた。

「番頭さんは泣いてましたけども、事がここまで来ると、お店者の忠義も追っつきません。みんな出て行っちまいました」

空っぽになった三好屋で、平吉は母親と二人きりになった。

「ちょうど、桜が満開のころでした」

春爛漫。外の世間は花見に浮かれている。

「おふくろが手前を呼びましてね」

――身の回りの荷物をまとめなさい。

「それが済んだら、おふくろに肩を貸して、北の納戸へ連れていってくれって言うんです」

――本当は一人で行きたいんだけれど、もう這うほどの力も出てこないんだ。済まないね。

平吉は抗った。そんなの嫌だ。おっかさんはどうする気なんだ。何かするなら、おいらもそばにいる。

「おふくろは言いました。どっちみち自分はもう歳だし、皆がこんなことになって、命も惜しくはない」

　だから、これから北の納戸へ行って、行き逢い神に願掛けをする。

「おふくろの命を差し出すから、三好屋から出ていってください、と」

　どうかこの願いをかなえてください。

「おふくろが納戸へ入ったら、手前はすぐ手荷物を持って出ていけって。番屋に行って、月番に金物屋の寄合の肝煎りを呼んでもらえ。あんたのことを頼んであるから」

　嫌だ、嫌だ、嫌だ！　平吉は泣いた。おふくろも一緒に出ていこう。行き逢い神のことなんか、もうほったらかしでいいじゃねえか！

「でも、おふくろは首を振るんです。ちゃんとけじめをつけておかないと、どこへ逃げたって、行き逢い神からは逃れられねえって」

　――もう、うちにはおまえしかいない。おまえには、この恐ろしい難を逃れてほしい。

「手前はね」

　十かそこらの勇敢な子供に戻ってしまったみたいに、平吉は肩を怒らせ、洟をすすり、目を光らせて声を励ました。

「腹のなかで、よし、やったろうと決めていました。おふくろに言われたとおりにしよう。北の納戸まで連れていってやろう」

　だが、母親を置き去りに逃げたりはしない。行き逢い神をやっつけてやるんだ。

「おふくろが納戸の中に入ったら、行き逢い神はまた新しい供物が来たと喜んで、舌なめずりして出てくるだろう」

あの甘い声と臭い息で囁きかけて。

「手前のことは、子供だって舐めくさっていやがる。今度という今度は、その足をすくって目に物見せてやる！　って」

母親を連れていく前に、廊下の端っこの物陰に、火を点けた瓦灯を隠しておいた。瓦灯は火皿に油を入れ、灯心をさして素焼きの小さな容れ物に納めて使うものだ。投げつけて叩き割れば、油が飛び散って火が燃え広がる。

——おいら、もう怖いもんはねえんだからな！

盛り塩の小皿を脇にどけ、注連縄を外し、納戸の板戸に手をかける。逸る平吉を焦らすかのように板戸はちょっとつっかえ、それから呆気なく開いた。

「おふくろに肩を貸して、二人でよいしょっと納戸のなかに踏み込みました」

明かり取りから、一筋の春の日が差し込んでいる。光の筋のなかで埃が舞う。

「手前がおふくろをその場に座らせると、積み上げてある木箱の陰から、着物の袖が滑り出してきました」

あ。平吉は息を呑んだ。

「手前が初めて遭ったとき、行き逢い神は、薄紫の地に蔦のつるみたいな模様のついた着物を着ていました。この目で見たから間違いありません。小袖でした。けどね」

そのとき眼前に現れた袖は、たっぷりと長かった。振り袖だ。しかも袖口に綿を詰めて厚みと重みをつけてある。

「色も、まるっきり違ってた」

鮮やかな朱色に変じていたのだ。

「その朱色に濃淡がついていて、だんだら模様に見えるんです」

以前に見た蔦のつるの、その一本一本が育って、太って、まるまるとしているのだった。

——みんなの血を吸ったからだ。

三好屋の人びとの生き血と精気を吸い取って、行き逢い神は晴れ着をまとうまでになっていたのである。

「おふくろが両手を床について、這おうとしてるんだか、頭を下げようとしてるんだか、ともかくわなわなと動いたんです」

すると、声がした。あの囁き声だ。

——また願掛けをしたいのかえ。

囁きは、またしても平吉の耳のすぐそばで聞こえた。

「けど、おかしなことに、おふくろもまた手前と同じように、耳のすぐそばで何か言われたみたいにきょろきょろしてるんです」

——どんな願いか、言ってごらん。

うふふ。行き逢い神は笑う。平吉は、その笑みが身体を這い上ってくるように感じた。

「おふくろがひっと声をあげて、弱り果てた身でもがくように座り直すと、土下座しました。床に頭をくっつけて」

はい、お願いです。お願いでございます。どうぞ三好屋から出ていってください。

「この願いをかなえていただくために、あたしの命を差し出します。ですからどうぞ、どうぞ三好屋から立ち退いてください」

母親の傍らにしゃがみこみ、固まってしまっていた平吉の耳元に、ふっと生臭い息がかかってきた。

——そうかい。

かなえられた願いが饐(す)えた臭い。

——いいよ。

行き逢い神が、承知した。

——欲をかかずに、最初(はな)からこうして、誰か一人が供物になってこの願をかけたならば、もっと早くに出ていってやったものを。

莫迦だねえ。

「手前は頭がかっとなって、木箱の陰にひそんでいる行き逢い神に飛びかかろうとしました。いや、確かに木箱の角に手をかけたんですけども」

次の瞬間、何か目に見えない大きな手に持ち上げられたみたいにふわっと浮き上がり、納戸の外に放り出された。

「宙を飛んで、反対側の壁に頭っからぶつかりました。やっぱり目から火が出て、でも今度は先(せん)のときとは違って、そのまんま目の前が真っ暗になっちまったんです」

どのぐらいの間、気を失っていたのかわからない。目が覚めて跳ね起きると、納戸の戸は開いていた。

「中で、おふくろがまだ土下座していました」

その姿勢のまま死んでいた。

ほかには、誰の姿もない。

平吉は、おっかさんの言いつけを守らなかった。手荷物を引っ担ぐと、番屋には行かず、まっしぐらに大川を渡って猫丸屋を目指した。

「走っている間は、辛いも悲しいもありませんでした。ただ足を動かして、息を切らしていただけですよ」

幸い、女将の言ったとおり、猫丸屋はすぐに見つかった。八幡様の門前町に入って通りがかりの人に尋ねたら、手を引いて連れていってくれたのだ。

「それくらい、手前の様子が尋常じゃなかったんでしょう」

猫丸屋の女将の顔を見ると、そこでようやく、平吉は本当に正気づいた。

「うわぁって声をあげて泣きだして」

泣いて泣いて、喚いて喚いて。

「わけのわかんねえことを叫びながら女将さんにしがみついて、しばらくは手もつけられない様子だったんだそうです」

本人はよく覚えていない。思い出そうとすると、きまって頭が痛くなった。

「あのとき、おでこに茹で卵を半分に切ってくっつけたみたいなこぶをこしらえてたそうですから、そのせいかねえ」

平吉の話で、初めて、三好屋に降りかかった禍の一切合切を知った猫丸屋の女将は大いに驚き、深く恐れもしたが、

「つくづく、肝の据わったお人でした。おふくろの弔いも含めて、後の始末をみんな引き受けてくれましたからね」

だから平吉は、空っぽになった三好屋に、二度と足を踏み入れずに済んだのだという。

「家はどうなったんですか」

「半年ぐらい空家になってましたかね。経緯を知った上で、それでもいいっていう剛の者の買い手がついたんですが……まあ二束三文だったから、お買い得だったんでしょう」

ちょうどそのころ、大門通り沿いの近所で火事があった。

「火の粉で壁が焦げたりしましたし、上物は験も悪いから建て替えようってことで」

壊してみると、北の納戸の床下は、根太がすっかり腐り果て、吐き気をもよおすような臭いが淀んでいたという。

「そのちょっと前に、近所の人が、うちの裏手から、真っ赤な振り袖を着た女が出てゆくのを見かけたそうです」

花魁のように鬢の張り出した髷を結い上げ、豪奢な簪をつけた振り袖姿の女。

「けどね、足は裸足だったんだって。裸足で、何かこう身をくねらせるみたいに歩っていたそうですよ。見かけた人も肝が縮んで、もちろん声なんかかけやしなかった」

それでよかった。危ないところであった。

「三好屋のあったところには、今は別の金物屋があります。繁盛しているみたいだし、悪い評判も聞きません」

平吉は、一度訪ねてみたことがあるという。

「客のふりをして行ったら、愛想のいい手代が相手してくれましたよ」

小売りもするっていうから、釘(くぎ)を一袋買い、使い道のないままとってあるそうだ。

「これでしゃんしゃん、話はおつもりです」

引き攣(つ)ったように笑い、長々とため息をつく平吉を見守って、おちかは穏やかに問いかけた。

「平吉さんは、その後ずっと猫丸屋さんに身を寄せて暮らしたんですか」

平吉は、ぺんと自分の額を打った。

「あ、そうか。手前の身の上話はまだ残ってましたね」

十五の歳まで、平吉は猫丸屋で小僧働きをしてやっかいになったそうだ。

「女将さんが、先行きはどうしたいって訊いてくれたんで、お店者は嫌だ、とりわけ金物屋はごめんこうむるって言いました」

——どんな生業(なりわい)でもいいけど、金物屋とはうんとかけ離れたことをやりたい。

「そしたら、飯屋がいいんじゃねえかって、どんぶり屋の親父に引き合わせてくれたんです。あのころはまだどんぶり屋の看板を揚げてなくって、旨いけど小汚い飯屋でしたけど」

この親父に娘がおり、長じた平吉はこの娘と夫婦(めおと)になって、親父が舅になった。小汚い飯屋はどんぶり屋として名を揚げ、今に至るという次第である。

「手前は舅にも嫁にも頭があがりませんが、わけても猫丸屋の女将さんには足を向けて寝られませんでした」

「女将さんは、今――」

「先年亡くなりました。大酒飲みだったけど、眠るような最期でしたよ」

平吉はにっこりと笑った。その笑顔に、おちかも富次郎も、ようやく楽に息ができるような心地になった。

「このお話は、今までまったくどなたにも聞かせたことがなかったんですね」

「へえ」

「どんぶり屋の舅さんにも？」

「打ち明けたことはねえです。ただねえ、舅は敢えて何にも訊いてこないみたいなとこがあるから、ひょっとすると猫丸屋の女将さんからちっとは聞かされてたのかもしれませんね」

おちかはつと身を前に傾け、平吉の顔をじっと見つめた。

「語り終えて、お気持ちはいかがですか」

口を一文字に結び、強くうなずいて、平吉は答えた。「すっとしました」

「よかった」

おちかは笑みを浮かべ、声を強めて言った。

「平吉さんは逃げ切りました。行き逢い神とは、とっくの昔に縁が切れておられますよ。ここで語ってくださったのを折に、もうこのお話は忘れてしまっていいと思います」

「お嬢さんがそうおっしゃるなら、そうしますかねえ」

「だけど、おかみさんにはくれぐれも――」

富次郎が言いだすと、それを遮って、平吉はまた破顔した。

「塩断ちはけっしてやらせません。拝んで頼んですがりついて、やめてもらいます」

やっとこさ、控えめながらも三人で笑った。

人が心に抱く、切ない願い。

生き別れた子供に会いたい。自分を好いてくれない人を振り返らせたい。死んだ者を生き返らせたい。うち続く不幸を終わりにしたい。

人は弱いから、欲をかくから、いろんなことを願う。その弱さにつけ込む行き逢い神は、喰らうものに困らない。

くわばら、くわばら。

と、隣の小座敷との仕切りの唐紙が、軽く音をたてた。

「あら、何かしら」

お勝が呼んでいるのか。こんなことは初めてだ。おちかが立とうとすると、富次郎が先んじて唐紙に近寄り、掌の幅ほど開けてのぞき込むと、「お」というような声をたてた。

「従兄さん？」

「ちょっと待っておくれよ、おちか」

手早くやりとりし、戻って来ると座り直していきなり言い出した。

「ねえ平吉さん。おゆうさんの忘れ形見の太郎さん、今じゃ立派なお坊さんになってるころですよねえ」

「へ？　ああ、そうですねえ。ずっと前に別れたきりで、この話を始めるまでは忘れていたくらいですけど……」

「じゃあ、居場所をご存じない？」

「まあ、捜そうと思えば何とかなるとは思いますけども」

「なら、会ってみたらいい」

何だろう、急に。お勝がそう勧めているのだろうか。

「太郎さんは、おゆうさんというおっかさんのことも、三好屋のお身内のことも忘れちゃいませんよ」

妙に熱のこもった言い様である。

「皆さんの菩提のためにもって、一心に御仏（みほとけ）にお仕えしてるはずです」

平吉はきょとんとしているが、富次郎は大真面目だし、何だかわからないけれど変わり百物語の守り役のお勝がそう言っているのならきっとそうに違いないとは思うので、おちかも自信満々にうなずいてみせた。

「ンなら、そうしてみますかねえ」

語り終え、もう帰ろうという際になって、語り手が狐につままれたような顔をする。こんなことも初めてである。

平吉が、娘のために菓子でも買って帰るというので、おちかはおしまを呼び、名月饅頭を包んで持たせせた。

「ありがとうございます」

見送りをおしまに任せ、平吉が黒白の間を出てゆくと、おちかは跳ねるように立って小座敷へ飛び込んだ。はしたないぞと囃す富次郎に笑って言い返そうとして、固まってしまった。

ずっと小座敷に控えていたお勝の、姥子に結った髷の右側の鬢に、真っ白な筋ができている。ひとつかみの髪が白髪になっているのだ。

平吉が訪れる前、今日、お勝がこの小座敷に入るときは、こんな白髪なんてなかった。

「今回の魔は、だいぶ手強うございました」

にこやかに言って、お勝は白髪の部分を指で梳いた。やすやすと抜けてしまう。

「何てこと……」

言葉を失うおちかに、お勝は優しく笑いかけてきた。

「それでも、わたくし一人ではなかったので、首尾良く魔を退けられて、この程度で済んだんでございますよ」

有り難いことですわ、と言う。

「一人ではなかったって？」

富次郎がおちかに近づいてきて、肩に手を置いた。

「お坊さんになった太郎さんがいるからだよ」

仏道に帰依する身である太郎の念が、今も三好屋の人びとを弔い、平吉を守護しているのだという。平吉はその守護を連れて三島屋を訪れ、語っていった。

だから、この程度で済んだ。

「平吉さんが会いに行ってくれるといいね」

そうね、と応じながらも、お勝の指にからんだ白髪を見つめて、おちかは身震いした。

いい、いい。

うふふ。

第二話　だんまり姫

江戸の神無月（陰暦の十月）の二十日は、恵比寿講の日である。

八百万の神々が出雲にお出かけになっても、商売の神様である恵比寿様は江戸に残って留守居をされる。そこで江戸じゅうの様々な商家でにぎやかにお祀りし、商売繁盛を願うのが恵比寿講というならわしだ。

このとき、親戚筋や得意客、職人衆まで大勢が集う席で、面白いことをする仕来りがある。座の一同が売り手と買い手に分かれ、その場にある家具や調度、身に着けている小物などに値段をつけて、商売の真似事をするのだ。値段はうんと高く、千両・万両とつり上げるのが景気づけになる。

三島屋でも毎年この恵比寿講を楽しみにしており、支度にぬかりはない。今年は奥の客間を二つぶち抜きにして、宴と売り買いごっこのために様々なものを取り揃えた。

贔屓の仕出し屋に料理を頼み、出入りの棒手振りから立派な鯛を買い込み、主人の伊兵衛が昔どこかの古道具屋で掘り出してきた黒檀の恵比寿・大黒像の一対を上座に据えた。招かれて来る方もそれぞれに頭をひねり、皆を驚かせたり感心させたりしようと、楽しい企みを胸に秘めて来るから、いい意味で油断がならない。本当に値の張るものに高値をつけるのは野暮で、思いがけないものに価値を見いだし、機転と洒落(しゃれ)っ気を見せるのがこの「ごっこ」の肝である。

　おちかは宴席からは身を引いているのが常で、毎年見物だけしてきたのだが、今年は富次郎が一緒に売り買いごっこに参加しようと言い張ってきかなくて、とうとう引っ張り出されてしまった。来客たちも職人衆も、ずっと他所(よそ)のお店(たな)へ商いの修業に出ていた富次郎が帰ってきて初めての恵比寿講だというので、例年以上に盛り上がっている。

　――従兄(にい)さんは好かれているんだわ。

　晴れ着姿のぱりっとした富次郎の横顔に、そんなことをしみじみ思っていたら、伊兵衛とお民が仕立てた袋物を笹竹に吊(つる)して振り売りをしていたころからのお得意様だというある商家の大おかみから、

「富次郎さんの隣の座布団(ざぶとん)に一千両！」と声がかかった。これはつまり、今おちかが座っている場所を一千両で買うという意味である。

「おっと、一千両では売れません」

　富次郎も大きく出る。

「じゃあ一千と五百両」

「まだまだ」

「そんなら、あたしは二千両」

　声の主は、花も恥じらう年頃の振り袖(そで)娘だ。頬を赤く染めている。その隣にいるのが父親であるらしく、ついでに声を張り上げて、

「富次郎さんがうちの婿に来てくれるなら、三千両！」

一同、大いに冷やかす。

「うへえ、わたしは三千両ですか」

畏れ入ったようにひれ伏した富次郎だが、すぐとにんまり笑って手をひらひらさせ、

「ずいぶんとお安くみられたもんだねえ」

芝居の色悪者のような笑い方をしてみせたもんだから、どっと笑いが起きた。

「つれないことを言わないでちょうだい」

振り袖娘が食い下がる。

「そのお嬢さんの赤いほっぺに二千両」

と、別の声が割り込む。

「頰に差す紅ならば手前ども近江屋に千両を」

ぬかりなく素の商いをする声もあがった。

沸きたつ座の後ろに、おちかは見慣れた顔を見つけた。貸本屋・瓢簞古堂の若主人、勘一である。いわゆる昼行灯のような人で、今ものほほんとしている。

「さあさあ、三千両より上はありませんか」

煽る富次郎に笑いかけ、おちかは座を見回して明るく言った。

「わたしが三千五百両つけましょう」

おお、三島屋のお嬢さんの付け値だと皆がどよめき、富次郎が嬉しそうに声を張り上げる。

「よし、売った！」

しゃんしゃんしゃんしゃん。手を打って、おちかはするりと座を立った。そして件の振り袖娘に、

「わたしはちょっと外します。お客様、買ったばかりの大事な座布団、わたしに代わって見張っていてくださいまし」

「まあ、喜んで！」

振り袖娘が飛び立つように来て、おちかと入れ替わる。富次郎は目を白黒させている。

「おいおい、おちか」

「はぁい、お邪魔様でした」

笑いながら逃げだし、おちかは勘一のそばに行って囁(ささや)きかけた。

「庭へ行きましょう。人いきれで暑くってたまらないわ」

のほほん顔の勘一を引っ張り、座を離れた。

瓢簞古堂は、女中のおしまがよく読み物を借りている店である。三島屋出入りは、十郎(じゅうろう)という軍記物好きなおじさんだ。今日は勘一が直々に来ているということは、

「従兄さんに呼ばれました？」

「はい。今年の三島屋さんの恵比寿講は、細工は流々仕上げをごろうじろという触れ込みでございましたよ」

確かに富次郎は莫迦(ばか)に面白がって、両国広小路(りょうごくひろこうじ)に何度か足を運び、芝居小屋や見世物小屋から小道具を借りたりして、座敷のなかに配していた。

「紙吹雪を笊(ざる)に入れて、違い棚の上に置いてあったの。気がつきました？」

「あ、やっぱりあれはただの紙切れじゃなく、紙吹雪だったんですね」

「三角に切ってあるんですって。その方がきれいにひらひらするから」

二人で黒白の間へ行き、縁側に座ったと思ったら、お勝が茶を運んできてくれた。痘痕の多い顔を客前にさらすのは控えると、見物さえせず裏方に回っていたのだが、それにしても目ざとくて気が回る人だ。渇いた喉にぬるめのお茶は、まさに干天の慈雨である。

「皆様たいそうな盛り上がりで、お座敷は蒸し風呂のようですわねえ」

「おじさんとおばさんはどこにいるのかしら」

「お部屋で他のお客様と寛いでおられますよ。今日の売り買いごっこは富次郎に任せるとおっしゃって、もうお酒も」

「きこしめしちゃっているのね」

話しているうちに、またしゃんしゃんしゃんが聞こえてきた。

「でも、締めは旦那様がなさるおつもりなのでしょう。何かしら腹案がおありのようでした」

仕切りは富次郎にやらせておいて、大詰めの見せ場をかっさらうつもりだろう。

「おじさんは、他のどんなお祭りや催しより、恵比寿講がいちばん好きなのよ」

商人なんだから当たり前だと、小鼻をひろげて言っていた。

「瓢簞古堂さんは、何かに値をつけました？」

お勝に問われ、涼しい顔で茶を飲んでいた勘一は首を振った。

「手前など、ごっこ遊びでも、三島屋さんのお店の内にあるものに値をつけるなど、畏れ多くてできません」

「あら、ご謙遜なこと」

瓢簞古堂では恵比寿講はせず、勘一の父親である大旦那が、得意先の講の手伝いに伺うのだと

いう。貸本屋の客は身分の上下を問わずに幅広いが、その得意先は日本橋の豪商で、

「親父はその年の恵比寿講でのやりとりを書き留めまして、冊子を作るんでございます」

その冊子が、もう棚二つ分を占めるほどに溜まっているという。

「先様の旦那様がそれを〈閻魔帳〉と名付けられまして、代替わりの際には大福帳と同じくらい大切なものとして引き継がれるそうでございます」

「永年の仕来りなんですね」

そのお店が上り坂であれば恵比寿講に集まる客の数は多く、やりとりも派手になる。下り坂であればお客の数は減り、やりとりもちんまりしてしまう。なるほど、その代の主人の手腕とお店の趨勢を如実に示すものだから、閻魔帳とは言い得て妙である。

おちかと勘一が話をしているあいだに、お勝は茶を熱く淹れ替えて、食べ物も持ってきてくれた。煮物と卵焼きと一口ほどの大きさのおにぎりがお重に詰めてある。

おかげさまでひと息もふた息も入れることができて、化粧を直したおちかが恵比寿講の座に戻ってみると、富次郎は右側からあの振り袖娘にぶらさがられ、左側からは江戸褄をきりりと着こなした粋な大年増に擦り寄られ、大汗をかいて売り買いごっこに励んでいた。

おちかが戻ったのを見計らってか、響きのあるいい声がかかった。

「三島屋さんでお嬢さんに百物語を語ることに千両！」

途端に、富次郎が叫んだ。「駄目だめ、そいつには値はつけられませんよ」

おちかも笑顔で、「変わり百物語においでいただくには、まず口入屋の灯庵さんにお声をかけてくださいまし」

当の灯庵老人も、本日の恵比寿講に連なっている。いい気分で飲んでいたらしく、潰れた蝦蟇のような顔が真っ赤になっている。そして濁声でこう言った。

「今のお人に二千両」

「え？　そりゃまた豪気だが、何で」

「──うちの暖簾から十里（一里は約四キロメートル）離れて商いする支度金」

言われた男の客が、「俺は炭屋だから行商でいいよ」と応じて座が笑いに満ちた。

そろそろ大詰めというところになって、伊兵衛がおかみのお民を伴って座敷に戻ってきた。恵比寿・大黒像のそばに揃って座ると丁重に挨拶し、顔を上げると何だか得意満面というふうである。

──どんな売り物を用意しているのかしら。

おちかもわくわくと見守る。瓢簞古堂の勘一は、さっきまでと同じように座の後ろの方に控えているが、その傍らにちょこなんと小僧の新太も座っている。前掛けを外し、着物の衿元を調えて、一丁前のお店者らしい顔つきだ。

「さて、お集まりの皆様に、本日いちばんの出物に値付けをしていただきましょう」

一同、静まりかえって注目する。

「今朝起きまして、手水を使っておりますと、私の頭上に影がさしました。朝日が眩しく輝いておりますのに、それがさあっと翳ったんでございますよ」

朝日を遮る翳りなど、あまり縁起のいいものではない。

「おやおや、せっかくの恵比寿講の日に、朝っぱらから何だろうと見上げますとね」

一拍おいて気を持たせて、座の人びとの顔を見回すと、伊兵衛はうんと両手を広げてみせた。

「これぐらいの大きさの――」

「いったい何が」

堪えきれずに客たちが問いかける。

伊兵衛は満面に笑みを咲かせて声をあげた。

「一羽の鶴が朝の空を横切っていったんでございますよ！」

十月になると、江戸市中にも鶴が渡ってくるようになる。師走（陰暦の十二月）にはその鶴を目的に、代々の将軍が鷹狩りをする習わしもあるくらいだ。

鶴は尊い霊鳥で、その飛来は古の時代から瑞兆とされている。伊兵衛は朝いちばんに、その優美な姿を仰ぎ見たというのだ。

「翼の差し渡しが一尋（約一・五〜一・八メートル）もある鶴が、三島屋の真上を渡っていった。皆様、これは大きな福分が空から舞い降りてきたしるしでございます。無論、それはここにおいでのお一人お一人と分かち合い、分けても分けても減らぬ福分。さて、おいくらに値付けしていただけますかな？」

すぐさま「百万両！」と声がかかり、「いやいや一千万両だ」「一口百万両で、ここにいる頭数の分だけ！」

「では、皆様に売った！」

しゃんしゃんしゃん。伊兵衛の音頭で、恵比寿講は手締めとなった。


それから数日。

灯庵老人が次の語り手が来ることを報せてきたので、おちかは黒白の間で支度をしていた。火鉢を二つと、上座には手あぶりも一つ。おちかのそばの火鉢には鉄瓶をかけて、鎌倉彫りの茶道具入れを置く。茶筒の中身は、春から秋にかけては温めの湯で淹れる玉露、冬場は熱くしてこそ美味しい番茶に替える。

上座で語り手に敷いていただく座布団には、今日は飛鶴文（翼を広げて飛んでいる鶴の姿を描いた模様）の古布を使ったものを選んだ。一つ前の「開けずの間」のお話がひどく不吉だったから気分直しをしよう、それには恵比寿講の朝に伊兵衛が仰いだ霊鳥の力を借りようと思いついたのである。

床の間の花器には、白い一重の花が清楚な山茶花を活けた。出入りの花屋が持ってきてくれたもののなかには鮮やかな紅色のものもあったのだが、今日は白い花弁に心を惹かれた。花器は備前焼のどっしりした重みのあるもので、山茶花の繊細さをいっそう引き立ててくれる。

来客がある八ツ（午後二時）が近づいても、今日はなぜか富次郎が姿を見せない。てっきりまた一緒に語りを聞くつもりだろうと思っていたから、ちょっぴり訝（いぶか）しい。

——もしや、目眩（めまい）がしているのかしら。

富次郎は、商いの修業に住み込んでいた先で喧嘩（けんか）の側杖（そばづえ）を食って殴られ、かなり長いこと目眩に悩まされていた。近ごろではすっかり治ったように見えていたが、傷と違って外からでは覗（うかが）い知ることの難しい不調だし、ひょっくりぶり返してしまったか。

従兄さんはどちらかしらとおしまに問うてみると、お部屋におられますよと言う。

「具合が悪いとか？」

「いえいえ、何か書き物をなさっています。熱を入れておいでですよ」

それを聞いて、つとおちかの頭をよぎったのは、恵比寿講の折に勘一から聞いた閻魔帳のことである。従兄さんもあの話を聞いて、うちでも真似しようと思っているのかしら。

富次郎は勘一とウマが合い、自分からふらりと瓢簞古堂を訪ねて世間話をしたり、彼を誘って出かけたりすることもあるくらいだから、これは充分にあり得る。

興味がわいてきて、おちかは富次郎の居室へ足を運んだ。家の東側の一間（ひとま）で、昔は縫い子たちの仕事部屋だったところだ。

「従兄さん、ちかでございます。お邪魔していいですか」

声をかけると、

「おお、うん、ええ、ああ」

妙に慌てている。紙をいじっているような音も聞こえた。

「あのね、ちょっと待っておくれよ。いや、でも、ううん、いいか」

何を狼狽（うろた）えているのか。

「入っていいよ。だけど怒らないでおくれ」

へ？　わたしが何を怒るっていうんだ。

座敷のなかで富次郎は文机（ふづくえ）に向かっていた。その上には半紙が一枚と、硯箱（すずりばこ）。硯には墨があり、筆が何本か揃えてある。

一瞥（いちべつ）してわかった。書き物って、字を書いていたんじゃない。絵を描いていたんだわ。

そういえば、これも瓢簞古堂の勘一とのやりとりのなかで出てきた話だが、富次郎は絵心がある。奉公先で、ちょっぴりかじる機会があったとか言っていた。

おちかがそばに寄ると、決まり悪そうに文机の上のものを背中で隠すようにした。

「新太にね、手習いに使う半紙をねだってさ。試しに描いてみたんだけども」

おちかは文机のまわりをぐるりと見回す。

「ずいぶん、描き損じをしたんですね」

くしゃくしゃに丸めた半紙がそこらじゅうに転がっている。

「ちゃんと拾って捨てるよ。絵が仕上がるまでは、机の前を動きたくなくって」

「そばに行ってもいいですか」

「怒らない？」

「何も見ないうちにお約束はできません」

「おちかのそういうところ、融通がきかないって言うんだよね」

「じゃあ、怒りません」

「こらこら、軽々しく男の言うことを聞いちゃいけない」

「従兄さんたら」

笑いながら、散らかっている反故をいくつか拾い集めつつ、おちかは富次郎の背中越しに首を伸ばした。

「何を描いてらしたんですか」

どんな絵であるにしろ、墨絵だろう。絵の具は見当たらない。

「何ていうか、こう……思いついちまってね。描いたら気分がすっきりするんじゃないかって思ったりもしてさ」

そう言って、ようやく身を引いて文机の上のものを見せてくれた。

おちかは息を呑んだ。

やはり墨絵である。半紙の右半分には、商家の日除け暖簾と庇が描いてある。全部ではなく、端っこの方だ。屋号や印は見当たらないので、これは三島屋かもしれないし、他のお店であるかもしれない。

半紙の真ん中は白いまんまだ。左半分も、そのまた半分以上が空いている。しかし、左側の下の角に近いところには、見間違いようのないものが描き込まれていた。

裸足の、女の右足だ。着物の裾と、長い袖の下の部分もちらりと見えている。女は大股に歩いて絵のなかから出てゆくところで、綿を縫い込んだ着物の裾も、長い袖つまりは振り袖の下のところも、その動きのせいで跳ね上がっている。

これは、前回、どんぶり屋の平吉が語ってくれた、金物屋・三好屋の人びとを取り殺した〈行き逢い神〉が、最後の最後にとうとう店から出てゆくときの情景を描いた絵だ。三好屋の人びとの煩悩を喰らい、命を吸い取って豪奢に着飾った姿に変わった行き逢い神は、足元だけは異形のモノらしく赤裸足で、三好屋を去っていったという。

おちかは、墨絵に描かれた光景から目を離せず、まばたきさえできなかった。

「――やっぱり、こんな絵を描くのはよくないかなあ」

富次郎のしょんぼりした声が耳に入って、我に返った。

「とんでもない！　ちっともいけないことなんかありません」

おちかの勢いに、富次郎はへどもどした。

「でも、縁起でもないだろ？」

「まるっきり逆ですよ。この絵は、行き逢い神がこの右側のお店から離れてゆくところを描いてあるんだもの」

いや、離れてゆくところではない。逃げ出してゆくところ、だ。そう言い表すべきだ。

「従兄さん、凄い腕をお持ちだったんですね」

「よしておくれよ」

富次郎は、恵比寿講で女たちにぶらさがられたときよりも、もっと赤くなった。

「こんなのは、ただの落書きさ。ただ、どんぶり屋の平吉さんの話があんまり無惨だったから、何かこう、頭に焼き付いちまってね」

描かずにはいられなかったのだ、と言う。

「この右側のお店はね、最初は三好屋さんにしようかと思ったんだ。次にはうちにしようかとも迷った。けども、あの行き逢い神みたいな恐ろしいものには、もうどこのどなたも出遭わないでほしい。だからどこのお店、どこの家であってもいいように、屋号は付けず看板も描かないようにしてみたんだけど」

「ええ、ええ、とても良い趣向だと思います」

おちかは、変わり百物語の聞き手としては、富次郎よりずっと経験を積んでいる。行き逢い神の話よりもっとずっと悲惨な話だって聞いたことがある。ただ今回、語り終えた平吉が帰ったあとで、守り役のお勝の髪がひとつかみ、真っ白になっていたことにはびっくりしたし、実はけっこう震え上がった。その気持ちは今も、水の底に沈む澱のように残っている。

それが、この絵を見た途端にすっと消えた。まさしく祓われたような気がする。

三島屋の変わり百物語は、聞いて聞き捨て、語って語り捨て。それは揺るがせない決まりであり、聞き手の心構えでもある。だが、どれほど強く心構えしていても、聞き手の側に話の余韻が残ってしまうことはあるのだ。

それを、富次郎が絵にしてくれた。つかみどころのない澱に形を与え、外に出してくれた。

おちかはその気持ちを素直に打ち明け、富次郎に礼を述べた。

「従兄さん、わたしも胸が晴れました。ありがとうございます」

富次郎はますます照れる。

「そんなあらたまって……やめておくれよ」

「でも、どうしてもっといい紙に描かなかったんですか。新太から手習いの半紙をもらうくらいなら、ちょっと文具屋さんにお遣いに走らせればよかったのに」

白麻紙でも美濃紙でも鳥の子紙でも、要るだけ買ってこさせればよかったのに。

「ただの落書きだもの。それにさあ、おちか。いい紙を使ったらもったいないよ」

富次郎は思いのほか真面目な顔つきになる。

「だって、わたしが描いたこんな絵に、変わり百物語で聞いたお話を完全に閉じるというか、厄落としするというか、そういう働きがあるとしたらさ、とっておいちゃまずいだろ?」

あ、そうか。そうかしら。

「おちかには見てもらったし、じゃ、これは破っちまおう。それとも火鉢で燃やした方がいいかねえ」

「待って待って待って! ちょっと待って! もったいない!」

まだ墨がすっかり乾いてさえいないのだ。

「とりあえず、今はこのままにしておきましょう。今日のお客様のお話を伺ったあとで、ゆっくり相談いたしましょう」

「え〜、でもさあ」

ぐすぐず言い合っているところに、天の助けのようにお勝が声をかけにきた。

「お嬢さん、小旦那様、黒白の間のお客様がお着きになりましたよ」

「お勝さん、ちょっと入ってきて!」

はい何でしょうかと顔を出したお勝の手を引っ張り、文机のそばまで連れて来ると、

「まあ……」

つくづくと絵に見入りながら、お勝は、思い出したように、白髪になって抜けてしまった髪が

あったところに手を触れた。

「行き逢い神が、すたこらさっさと逃げ出していくところでございますね」

なんて小気味いいんでしょう、と笑った。

「胸がすくようでございますわ」

「そうよね。従兄さん、本物の絵師になれるくらいの腕前だわ」

「ええ、お上手でいらっしゃいます。ただ巧みなだけではなくて、心がこもっていますね。行き逢い神のような恐ろしいものが、二度と誰にも近づかないように——という願いが込められているのがわかります」

富次郎は頭を掻いている。

「二人がかりでわたしを持ち上げるんだねえ」

「従兄さん、これを燃やしてしまうって」

おちかと富次郎それぞれの言い分を聞いて、お勝は言った。

「よござんす。これについては守り役のわたくしにお任せくださいな。それより今は、新しい語り手のお客様をお待たせしてはいけません」

文机の絵の上には半紙を被せ、その上下に文鎮を置いてきっちり押さえて、他の誰の目にも触れないようにしておいて、三人は黒白の間に向かった。

が、廊下でまたまたおちかは思いついた。

「お客様は客間にいらっしゃるのよね？」

「はい。今日はおかみさんがご挨拶しておられますわ」

語り手には、三島屋に着いたら、いったんは別の客間で一呼吸おいていただくことになっている。

「お勝さん、もうちょっと時を稼いで。従兄さん、急ぎましょう」

本日の黒白の間の床の間には、山茶花の風情を損なわぬよう、当たり障りのない山水画の軸を掛けてある。

「これ、取り替えます」

長身の富次郎に掛け軸を外してもらい、

「長押(なげし)の上に、赤い箱が置いてあるんです。それを取ってくださいな」

赤い箱の中身は、たまさか古道具屋の店先で目についたものがあるとすぐ買ってしまう癖のある伊兵衛の「掘り出し物」で、

「この掛け軸、黒漆に金箔縁(きんぱくべり)の軸に、裂地(きれじ)は波に千鳥の柄の正絹(しょうけん)羽二重で、立派なものでしょう？　でも書画がないんです」

ないからいいのだ、好きな書画を使って掛け軸にできると、伊兵衛は言っていた。

「これに、まっさらの半紙を貼りましょう。えっと糊(のり)は——ご飯粒でいいわ」

大急ぎで台所のお櫃(ひつ)からご飯をほんの少し持ってきて、裂地の上に半紙を貼りつけた。

「これを掛けるのかい？」

不得要領の富次郎が焦(じ)れったい。

「そして、今日のお客様のお話が終わったら、この半紙を使って、従兄さん、絵を描いて」

我ながらいい思いつきだと、おちかは悦にいる。「これからはいつもこうしましょう」

富次郎は急に腰が引けている。

「そんな……毎度毎度絵を描けるなんて、安請け合いはできないよ」

「いいえ、請け合っていただきます」

ぴしりと言いきり、おちかは笑った。

「大丈夫ですよ、従兄さん。描けないときは、描けなくてもいいお話だったわけですから、めでたいでしょ。描けたときは、描いたことで厄落としになるんですから、それまためでたい」

「まあ、そうか」

首をひねりながら、富次郎も笑いだした。

「おちかもたくましくなったもんだなあ」

「はい、おかげさまで」

ばたばたしたけれど、これでよし。おちかは髪と着物の衿元を調える。

「じゃあ従兄さん、支度はいいですか」

聞き手の座布団を二つ並べるおちかに、富次郎は驚いた。

「わたしはお勝と一緒に次の間に――」

「いい絵を描くには、語り手のお客様のお顔が見えた方がいいでしょ？」

にっこりして、手を打っておしまを呼んだ。

「お客様をご案内してください」

床の間の山茶花の白い花弁と、真っ白な半紙がよく釣り合っている。おちかも心をまっさらにして、次の語り手を迎えよう。

黒白の間に入ってきたのは、二人連れであった。一見して商家の母子――五十路前後の母親と、三十路前後の息子の組み合わせだ。面差しがよく似ている。

ここの語り手は、一度に一人が決まりだ。ただ、語り手が誰かに連れられてくる場合はある。この母子もそうなのだろう。

「本日は、三島屋さんの変わり百物語にお招きいただきまして、まことにありがとうございます」

滑らかな声で挨拶を始めたのは、息子の方である。

「手前は、神田富松町にございます紙問屋美濃屋の房之助でございます。三島屋さんには商いの上でもお世話になっております」

同じ神田にあるお店の人が語りに来たのも、最初からすんなり身元を明らかにするのも初めてだ。

「こちらこそお世話になっております」

おちかと富次郎もおじぎを返す。

美濃屋房之助は下ぶくれで糸目に糸眉毛、何とも温かな愛嬌がある顔立ちだ。

「手前は付き添いでございまして、ここで語らせていただきますのは、母でございます」

おっかさん、と促され、母親の方はぴょこんと頭を下げた。小柄でぜんたいに痩せている。小さめの丸髷に結った髪の半分方は白髪で、倅と同じ糸目糸眉毛に下ぶくれ。縞縮緬の着物に博多帯を合わせているが、この縞が多彩な色の組み合わせの矢鱈縞で、派手なようでいてしっくりとおさまりがいい。

　おちかは三島屋の商い、それも表向きのことには関わっていないので、美濃屋とどのくらいの付き合いなのか、美濃屋のお店の大きさもわからない。ただ、三十路くらいの歳の房之助の母親ということは、きっともう大おかみのはずだが、それにしては身に着けているものが（色目ではなく風情として）控えめだし、気さくというか気軽な印象を受ける。

「手前は遠州に生まれまして、十三のときに親戚の伝手を頼って江戸に出て参りました。美濃屋に奉公にあがり、幸い縁に恵まれまして、そのまま婿入りした身の上でございます」

　なるほど、房之助は奉公人の立場から引き立てられた婿なのである。その母親が、おかみでも大おかみでもあるわけがない。気楽な風情はそこから生まれているわけだ。

「母は故郷で兄夫婦と暮らしておりますが、冥土の土産に一度は江戸見物をしたいと、ずいぶん前からねだられておりました。有り難いことに、美濃屋の義父母も快くそれを許してくださいましたので、今月の十日からこちらに出てきている次第でございます」

　おちかはにこやかに笑った。

「それはおめでとうございます」

「房之助さんは親孝行な方だ」と、富次郎も笑顔で言う。「わたしなど、爪の垢を煎じて飲ませてもらわなくては」

「いえいえ、お恥ずかしいことでございます」

　房之助は恐縮一方で、首を縮める。

「母の江戸見物など、手前の器量でかなえてやれることではございません。美濃屋の義父母には、この恩を倍にしてお返ししなくてはならぬと、あらためて肝に銘じているところでございます」

確かに、いわゆる「庭先からもらった」婿の母親に対するこの厚遇は、世間に珍しいことである。房之助は、今後いっそう美濃屋のために励むことだろう。

そんな息子の傍らで、当の母親は知らん顔の風である。ここでも見物熱心で、黒白の間のなかをあれこれ見回している。

「実は、先日の恵比寿講にも、母と二人でお伺いしておりましたんですよ」

「まあ、そうでしたか」

「故郷には恵比寿講の習わしがございませんので、母がたいそう珍しがりまして」

「何かに値付けをしていただきましたか」

「皆様の丁々発止のやりとりを眺めているばかりでございました。ただ、その折に」

房之助はちらりと母親の横顔を覗ったが、本人はやっぱりよそ見をしている。どうやら、飛鶴文の座布団がお気に召したらしく、端っこを持ち上げてしげしげと検分している。

決まり悪くなったのだろう、房之助が小声で言いつけた。

「おっかさん、お行儀よくしてくださいよ」

と、母親は座布団から手を離し、まず富次郎を、次におちかの顔を見て、にいっと笑った。思わず釣り込まれてこっちも笑み崩れてしまいそうな、愛嬌たっぷりの笑顔だ。

「――その、恵比寿講の折に、母がお集まりの皆様のお話から、こちらの変わり百物語のことを聞きつけたらしく、遠州に帰る前にどうしても語らせていただきたいと、これまた強くねだりにねだられてしまいまして、手前から灯庵さんに頼み込んだ次第でございます」

委細承知いたしましたと、おちかは言った。

「お母様の語りを拝聴し、三島屋の変わり百物語の一つにさせていただきます」

すると、房之助はあらためて深々と頭を下げた。

「何分にも田舎者の年寄りの話でございます。三島屋さんのお眼鏡にかなうものか、手前としては心許なく冷汗三斗の思いでございますが、どうぞよろしくお願い申し上げます」

黒白の間から出てゆくまで、振り返り振り返り、何度ぺこぺこしたことだろう。そんな息子を母親の方はけろっと見送り、唐紙を閉じる間際には、

「もういいから、早くお店にお帰り」

と、追い立てるようなことまで言った。ちょっと調子が外れてかすれたような、独特の声であった。

「あらためまして、お邪魔いたします」

おちかと富次郎に向き直り、挨拶する。

「美濃屋の婿の母、名はせいと申します。歳は五十二でございます。いつ何時、そろそろ三途の川の渡しのそばへ参って脱衣婆の手伝いをせんかと閻魔様からお召しがあるか知れませんので、この世にやり残したことがないよう、せいぜいわがままを言うている婆でございます」

おちかは目をぱちくりした。横で、富次郎がぷっと噴き出した。

「やあ、それはまた……まだまだ三途の川までは遠いでしょう」

取り繕うようにそう言うのに、おせいはまたにっと笑った。

「五十路を過ぎれば、いつお召しがあるかわかりませんわなあ。寿命は、人の裁量でどうこうで

きるものではございませんから」

　やりとりしているところへ、おしまが茶菓を運んできた。客用の澄まし顔だ。おしまがそろりそろりと並べる小皿の上の菓子を見て、おせいは言った。

「きんつばでございますわな」

「はい。お好きでしたか」

「江戸に来て初めて食べました。もういっぺん食べられるとは思わなんだわ」

　その独特な声音に、おしまもつい気をとられたのだろう。どうぞ、と小皿を勧めながら、おせいの顔をちょっと見た。

「やっぱり、皆さん気にされますなあ。わたしのこの声、変わってございましょ」

　おせい本人は、まったく淡々としたふうに言う。

「故郷では〈もんも声〉と言われまして、あんまり好かれません」

「もんも声？」

「はい。〈もんも〉というのは、わたしの生地(せいち)では、人ならぬ化け物をさして言う言葉でございますわな」

「それなら、もんも声というのは——」

化け物のような声だという意味ならば、かなり意地悪な言い様である。

「もんもに呼びかける声、とでも申しますかなあ」

おせいは言って、口をすぼめた。

「こう、息を潜めてものを言ってみると、ようおわかりになりますろう」

そうやって、「三島屋さん、おじゃまいたします」と言ってみせる。

おや。おちかも富次郎も驚いた。

「お声を小さくしても、普通にお話しなさるときと同じようによく聞こえます」

もともとかすれた声で、低い声音が足元を這うように伝わってくるからだろうか。

「はいな。これがもんも声の〈もんも語り〉ですわな。わたしの生家ではこれが亡者を起こすと忌み嫌いまして、わたしはめごいころから、おめは墓場ではけっして口をきいちゃならんとけつくれて育ちましたわな」

おせいのおしゃべりには、お故郷訛りだろうか、耳新しい言葉が交じっている。「めごい」は「幼い」、「おめ」は「おまえ」、「けつくれて」は「言い聞かされて」だろう。

その解釈でいいかと確かめると、おせいは嬉しそうにうなずいた。

「三島屋のお嬢さんは、えらい耳おらびだと伺って参りましたが、まったくですわなあ」

「耳おらび」とは「聞き上手」かな。耳がいい、という意味かもしれない。

「それに甘えて申しますが、わたしの生まれ育ったあたりでは、女子を呼ぶときは〈おめ〉、男子を呼ぶときは〈おんの〉、自分のことを言うときは、子供は〈めめ〉、女は〈まあ〉、男は〈わあ〉と申しますわな」

富次郎は目を輝かせている。

「そうしますと、さっき貴女のおっしゃったことは、こうなりますか。まあの生家ではこれが亡者を起こすと忌み嫌いまして、まあはめごいころから――」

おせいは笑いながら、顔の前で手を振った。

「若旦那もわかりの早いお方だわな。けども、すっかり故郷の言葉に言い換えますと、もっといろいろ変わります。わたしは縁あってお城にお仕えしたことがございますんで、いくらかは江戸言葉も聞き知りましたもんで、まぜこぜに語りますけども、のうしてくださいませ」

「〈のうして〉は〈許して〉かな」

「〈納めて〉じゃない？　聞き納める、呑み込むという意味で」

三人のあいだに打ち解けた気分が広がってゆくなかで、おちかは言った。

「言葉は好きなように選んでお話しくださいませ。それと、房之助さんは遠州のお生まれだと言っておられましたが、遠州と一口に言っても広うございますし、うちの百物語では場所も人の名前も伏せておいてかまいませんので、もうそれ以上はけっこうでございます」

おせいが「お城に仕えたことがある」以上、この点はよく念を押しておいた方がいい。

「さいですか、はぁい」

おせいは、小鳥のように小首をかしげて考え込む。

「それでも、わたし――まあが聞いていただきたいお話は、故郷のお殿様とお国様と姫様のことですんで、どうしたらええでしょうな」

あらら。ずばり、大名家の話か。

お国様というのは、大名の側室のことだ。正室は江戸住まいだが、側室は領地にいるので、領民にはむしろ正室よりも親しまれ、仰がれていることがある。

「それなら、最初に藩の名前を決めておこうよ」と、富次郎が言いだした。「この場だけの仮の名だからさ、恵比寿藩でいいんじゃないかなあ。お殿様の御家は大黒家。大黒のお殿様ですよ。どうですか」

おせいはぐっぐと、もんも声で笑った。

「若旦那は、きりぼっこなお方ですわなあ」

「きりぼっこ?」

気が利く、機転が利くという意味だそうな。

「へえ〜。面白い言い回しだなあ。これから使わせてもらいますよ。あと、わたしは三島屋の若旦那じゃなく、小旦那でよろしくどうぞ」

「ならば、恵比寿藩のお話とさせてもらいますわな。小旦那さん、お嬢さん、よろしゅうお頼み申します」

おせいは、目元に笑い皺(じわ)を刻んで言った。

「先日、恵比寿講を見物に伺ったとき、こちら様の宴席にはいろんな道具や調度が揃えてありましたけども、あれはみんな普段からお使いの品でございますかな」

いえいえ、と笑って、おちかは富次郎を横目で見た。

「普段使いの物に、珍しい物が交じっていた方が面白いからって、この小旦那さんが趣向を凝らしたんです。両国広小路までわざわざ行って、芝居小屋や見世物小屋の小道具を売ってもらったりしたんですよ」

　おせいは深く納得したふうで、ゆっくりとうなずいた。

「だから、あげな物があったんですわな」

「あげな物と言いますと」と、富次郎。

「紙吹雪ですか」と、おちか。

「陣太鼓かな。からくり覗き箱かな。張り子の生首かな」

「え！　そんな物まで仕込んであったんですか」

「おちかが座ってたところのすぐ脇に、漆塗りの行李があったろ？　あのなかに、おどろ髪の生首が入ってたんだよねえ。誰かが行李に値付けしたら、蓋を開けて見せようと思って」

　ちと凝り過ぎである。

　おせいは楽しそうに笑って、また顔の前で手を振った。

「まあが申し上げているのは、お香棚の下の段に置いてあった、大きな蛤でございますわな」

「ああ、あの貝殻ね！」

　富次郎は嬉しそうに身振り手振りで、

「子供の顔ほどの大きさがあったでしょう。開けてご覧になりましたか」

「はぁい。縁のところに赤い染料がついておりましたなあ。まあは昔、あれと同じものを見たことがございましたわな」

「じゃ、最初からあれが何かご存じだったんだね。おちかはわかるかい？」

　宴席の上座のお香棚にあった物。おちかは一生懸命思い出してみる。

「あれって……紅入れでしょう」

確かに、貝殻の縁に紅がちょっぴりくっついていた覚えがある。

「違うんだよねえ」と、富次郎は自慢げだ。

「あれは芝居で使う血糊さ。見世物小屋でも、お化けやあやかしを売りにするときに使うんだろうな。たとえば〈六尺余りの大鼬〉」

丈が六尺余りの戸板に血糊をなすって、「板・血」だという見世物である。

「指で触ってみればよくわかっただろうけど、血糊は、頬やくちびるにさす紅よりも、もっとどろどろしているんだよ」

富次郎の説明にうなずいて、おせいが言う。

「どろどろしている方が、本物らしゅう見えるからでございますわな」

見世物小屋の暗がりのなかでも、芝居小屋の場合なら舞台から遠い席の客にも、一見して「血のようだ」と見分けられると言う。

「張り子の生首の切り口のところにもなすってあったけど、本物の血と違うのは、時が経っても赤色が鮮やかなところかな」

「時が経って固まってしもうた血に似せて、うんと黒っぽい血糊もございますわな」

おせいはやけに詳しく知っている。

「お客様はよくご存じなんですね」

おちかが感心すると、おせいは口元に小さな手をあてて、ほっほと笑った。

「まあは昔、お芝居や見世物で使う小道具を間近に見たことがあるんですわな」

「おお。とおっしゃいますと、芝居小屋にいらしたことがあるとか？」

「いえいえ」

「だって従兄さん、おせいさんは恵比寿藩でお城勤めをしていらしたんですから」

お城勤めと芝居小屋暮らしでは、鋏と水瓶ほどにかけ離れているではないか。

しかし、おせいはまた笑ってこう言った。

「へえ、ですからそのお城勤めのために、まあは、まわりまわって旅芝居の一座と縁があったんでございますわな」

恵比寿講で血糊の容れ物の大蛤を目にして、そのころのことを思い出したのだと言う。

「いろいろと懐かしゅうて、語らせていただきとうなりました」

遠くを見るようなその眼差しには、温かな茶目っ気が溢れていた。


遠州恵比寿藩は東海道の要衝にあり、開府以来、譜代の旧家・大黒家の所領とされてきた。

領地は狭いが気候温暖、肥沃な平野に水利もよく田圃が広がり、沿岸部には良港があって漁業も盛んだ。白砂の美しい浜では、昔から地引き網漁が行われてきた。石高は三万石だが、豊富な海産物と、果実の栽培・取引が盛んなこともあり、実質的にはこの表高よりもはるかに豊かな財政を保っている。

大黒家は代々、家中では質実剛健を尊び、よく内訌を制し、その治政は穏和で、目立った争乱や一揆などの歴史もない。領民たちはゆるゆると安堵のなかに暮らしてきた。領内の東端、東海道を見おろす丘の上に建つ城は、その独特な天守の形から〈花兜城〉と呼ばれ、人びとの敬愛を集めている。

　おせいは、この花兜城を遠く眺める海沿いの漁村で生まれた。毎朝、まずは海から昇ってくるお天道様に、次には花兜城に向かって手を合わせる。村の名は朝日村だ。おせいは、この村で魚の仲卸商を営む〈浜屋〉の娘なのだった。

　おせいの父、忠二郎は浜屋の五代目になる。妻のおげんは、近隣の他村から、もともとは忠二郎の兄・四代目忠一郎に嫁してきた。ところが、夫婦のあいだに男の子を一人もうけて間もなく忠一郎が急死してしまったので、まだ独り身だった弟がお店を継ぐと同時に兄の寡婦と遺児も引き受けた——という事情である。

　忠二郎とおげんは次々と子供に恵まれた。男の子が二人に女の子が二人。おせいは末の女の子である。忠二郎は、実は甥である長男と実の子供たちを分け隔てることなく、五人兄弟姉妹は仲良く育った。

　恵比寿藩では、魚の仲卸商をさして〈浜ざらい〉と呼ぶ。地引き網であがった魚を、浜の端から端まで「さらうようにして」値をつけ買い上げてゆくからである。自然と、これらのお店には〈浜〉がつく屋号ばかりが並ぶことになるので、主人の名前の一文字をとって〈浜○〉と呼び分けるならわしがあった。忠二郎の浜屋は〈浜忠〉である。

　漁業は恵比寿藩の豊かな内証のもとなので、魚の仲卸商を営むには藩から下される鑑札が要り、株仲間に入ることになる。この株仲間の肝煎り役は城下の町役のなかでも一目置かれる立場だ。そういう肝煎り役を出せるほど大きな仲卸商は、店は城下に置いて、仲買人だけ漁村に住まわせるというやり方をすることが多い。

浜忠も、初代はそういうお店者の仲買人だったのが、永年の奉公を認められて鑑札を許され、朝日村にお店を構えたのだという。

朝日村は大きな村だったので、船持ち・網持ちで乗り子（水夫・漁師）を抱える網元が三家あり、何かにつけては張り合っていた。乗り子同士の喧嘩も珍しくはなかったが、それでも大嵐や不漁続きのときには互いに助け合い、そこに貸し借りは残さない。半里ばかり先に朝日宿という旅籠町があったので、人と物の出入りも多く、村はぜんたいに長閑で明るく豊かなところであった。

さて、朝日村の漁師の子供らは幼いときから親たちを手伝う。沖合に出した船でかけ回し、浜まで寄せてきた網を大勢で力を合わせて引き揚げる地引き網漁は（凍りつくような真冬や土砂降りの雨のなかでさえなければ）子供らにとっても大いに楽しい。

そうやって魚の種類を覚え、その旬や価値を覚え、危険な魚の見分け方と扱い方を覚える。男の子は船や道具の手入れを教わり、女の子は魚を捌いて生干しにするやり方を習う。下働きの積み重ねで、男の子が声変わりするころ、女の子が赤飯を炊くころには、もう一人前の面構えと手つきになっている。

〈浜ざらい〉の子供は商人の子だが、それ以前にまず村の子であり、浜からあがる魚でおまんまをいただいているという意味では漁師と同じだ。だからやっぱり地引き網漁に交ぜてもらっていろいろ教わるのだが、朝日村ではこれに、三家の網元たちが決まりを設けていた。

「漁師になるつもりでなければ、十になったら浜から上がれ」

漁村でもっとも権威を持つのは網元である。仲卸商は網元に厭われては商いができないし、網元は信用できる仲卸商がいなければ、せっかく海からあがった魚を金に換えるすべがない。両者は持ちつ持たれつだ。しかし、時には対立することだってある。また仲卸商は、網元が抱える乗り子たち相手に小金貸をすることも多いので、それで揉めることもある。だから子供であってもなあなあをよしとせず、十を境にけじめをつけるべしという考えであった。

　浜忠の兄弟姉妹もこれに従い、みんな十までは浜で働いた。そして順に浜から上がった。忠一郎の忘れ形見である長男・忠一と、そのすぐ下の次男は仲買の修業と読み書き算盤に励み、三男は村の船大工の親方の弟子になった。

　姉妹の長女、おせいの二つ年上の姉のおまんは、浜から上がる十になると、母方の親戚に乞われて他村に養女にゆくことになった。先方はその村の網元の下で働く船頭（乗り子の束ね役）で、女房が身弱のせいか、嫁して三年過ぎてまだ子を授からない。もらい子をすると呼び水になるというから、立派な五人のお母のおげんよ、ぜひとも一人くれまいか。しっかり者の女の子ならば、身弱の女房でも母親が務まろう。もちろん大切に育ててうちから嫁に出すから――と何度も何度もねだられて、最初のうちは頑として首を縦に振ろうとしなかったおげんも、とうとう折れることになったのだった。

　おせいは、姉と別れることになった夏の朝のことを、あとあとまでよく覚えている。

　その夏は鰯がことのほか大漁で、浜は毎日のようにお祭り騒ぎだった。おまけにその朝は、おせいたちの引いた網に大蛸が入っていて、うかつに手を出した子供がひどく吸い付かれ、引き剝がそうとすればするほど絡みつかれて離れないという珍事もあって、みんなで大笑いしたのだった。

仲良しの女の子と二人、浜茄子（はまなす）を踏みしめて砂地から村の入口へと上がってゆくと、村の西側の辻（つじ）のところを、手甲脚絆（きゃはん）に日除けの笠（かさ）をかぶった見知らぬ男に手を引かれて、おまんがとぼとぼ歩いてゆく。姉もまた、今まで見たことのない着物を着て脚絆を着けていた。

「お～い、あねさぁ～」

おせいは大きな声で呼びかけた。

「どこ行くわいなぁ～」

姉はきゅっと足を止め、こっちを見た。遠目だが、確かにこっちを向いた。

なのに、すぐその顔を背けて、また歩きだした。傍らにいる男も、姉の手を引っ張るようにして心持ち足を速めたようだ。

「お～い、あねさぁ！　ねっくれだかぁ（聞こえないのか）よう～」

浜から直（じか）に西の辻のところへは行かれない。けっこう傾斜が急な、二階家ほどの高さの崖（がけ）があるからである。まどろっこしいが、いったん村のなかに入って通り抜けるか。それとも崖の下まで走って崖に沿って追いかけるか。

八つの女の子の考えでは、ともかくも姉の顔を見失わない方が先で、おせいは崖の下へと駆け出した。走りながら、繰り返し繰り返し姉の名を呼んだ。息が切れても、大きな声を張りあげ続けた。

なのに、姉は逃げるように遠ざかって行ってしまう。後ろ姿がどんどん遠くなる。

「あ～ね～さぁ～！　おせいだわいなぁ～！　おせいをおいてぇ～、どこ行くわいなぁ～！」

わけがわからず悲しくて、泣きだして、涙ながらに叫び続け走り続け、いったん浜が切れて岩場になるところで行き止まり、それでもこぶしを握って泣き叫んでいると、誰かが走って近寄ってきて、後ろから掬（すく）いあげるようにおせいを抱きかかえた。長兄の忠一だった。

「朝っぱらからンなに泣いたらいかん」

「いちにぃ、あねさが」

泣きじゃっくりをしながら訴えるおせいの頭を撫（な）でながら、忠一は言った。

「うん。おまんはよその村に行くンじゃ。おとうとおかあが言うてたろう。おせいはかにっこい（忘れっぽい）け、一晩寝るとかにいて（忘れて）もうんわな」

泣くな泣くなと、忠一はおせいをあやした。

「よその村言うても、おかあの生まれた村だわいな。魚もいっぱいとれるええ村やって。おまんは大事にしてもろうて、盆と正月がいっぺんに来たみてえにええ暮らしをするんじゃ。おせいが一人前になれば、会いに行くこともできるわいな。だから泣くな。な？」

「イヤじゃぁ～！」

おせいはじたばた暴れて泣き、疲れて泣き止（や）んだところには、忠一の顔には痣（あざ）とひっかき傷が

いっぱいできていた。

家に帰って忠二郎に叱られ、おげんにも叱られ、しかし叱りながらおげんも泣きだすものだからおせいもまた泣いて、泣きすぎて腹が減って目が回って寝てしまって、起きたら陽が傾いていた。誰かに報されたのか、はたまたおせいの泣き声があんまり大きかったので直に聞こえたのか、船大工の親方のところに住み込んでいる三男が帰ってきていて、一家は久しぶりに揃って夕餉をとった。

兄たちは口々に、おせいがこれからいい子にしてもう泣かなければ、いつか自分がおまんのところに連れて行ってやると言った。

「おまんは、おめに知れねえようにこっそり行こうとしたんだわな。おせいが嫌いで捨てて行ったんじゃねえわな」

浜忠の人びとはおせいを宥めるのに夢中で気づかなかったのだが、このとき、夏の夜の海を渡り、妙に生臭い風が吹きつけ始めていた。星空を黒い雲が覆ってゆく。

はっきりとそれを見た者はいない。

いなくてよかった。見たら命がなかったからである。命は助かっても正気が危うかった。

おせいがおまんを恋うて泣き寝入りしたその夜、朝日村を吹き抜けては吹き返し、また吹き抜けては吹き返し、戸を叩いて村の人びとを驚かせ、また脅かしたその風は、海亡者の風であった。

海には、様々な化け物やあやかしがいる。海亡者もその一つだ。恵比寿藩の漁村では知らない者はいない。

海亡者は、人の姿をしていない。いや、生きものの形をしていない。強いて喩えるなら山蛭のような形で、大きな一つ目がついている。これが海風にのって飛んできて、人家の戸や窓を叩く。うっかり開けて一つ目を見てしまうと、頭から呑まれて食われてしまうか、正気を失ってしまうという。

名前に反して、これは海で死んだ者の無念が化したモノではない。はるか西方浄土へたどり着くことができず、途中で海に落ちてしまった魂のなれの果てなのだ。浄土へ渡れない死者とは、すなわち充分に供養されていない死者であり、だから海亡者が近づいているしるしの生臭い風が吹きつけてきたら、すぐにも線香を焚くか、読経するとよいと言われている。

という次第で、何も知らずにおせいが眠っていたこの夜、朝日村はやたらと抹香臭く、あっちこっちで南無阿弥陀仏が聞こえていた。

浜忠でも、おせいが寝ついてようやくほっとすると、忠二郎とおげんがほとんど同時に風音のおかしいことに気づいた。親方のところへ帰ろうとしていた三男を引き止め、戸締まりをして線香を焚き、皆で集まって念仏を唱えて難を免れた。

幸い、夏の夜は短い。夜が明けて海亡者が去ってしまうまでは誰も外に出ることができなかったから、朝日村の漁師たちは大慌てで漁の支度に取りかかった。もちろん、みんな昨夜の海亡者の話で持ちきりである。

さて、朝日村の網元の三家は、村の東にあるのが〈東家〉、西にあるのが〈西家〉、三家の菩提寺の檀家総代なので〈寺家〉と、それぞれ呼び分けられている。慌ただしく沖へ出てゆく東家と西家の船を横目に、この朝、寺家だけは船を出さなかった。網元がそう言いつけたのである。

「今日はどうせ魚はおらん」

海亡者が出た翌日は、魚が逃げ散っていなくなる。それより厄落としにてめえらみんなで御神酒を浴びてこいと、乗り子たちを旅籠町におっぱなして、網元は一人でのしのしと浜へやって来た。

東家も西家も、代替わりしたばかりで網元は歳若いが、寺家の網元は還暦間近な爺様だ。身体はぴんしゃんしているが、顔はしわくちゃだし頭はつるっぱげ、その禿まで日焼け潮焼けしているという筋金入りの漁師である。昔、この網元が何かのっぴきならない用事で城下に出たとき、行く先行く先で潮の匂いを振りまき、鷗と野良猫を集めるものだから、町役人が出張るまでの騒ぎになったという笑い話があるが、それはどうやら真実らしい。

浜忠の忠二郎は東家の出入りで、品指し（客先から仕入れる魚を指定される）があるときは西家とも網ごとに商いをするが、寺家には丁重に挨拶するだけの関わりである。浜忠の初代は城下から来た仲買人で「他所者」なので、朝日村でもっとも古株の寺家に出入りは許さんと見下され続けて月日が経ってしまった。

ところがこの朝、寺家が浜に来たのは、忠二郎に用があるからだった。

「浜忠、昨日の売り上げと同じ金を払うけ、今日は商いをせんで、これから一緒にうちへ来てくんな」

忠二郎は、昨夜海亡者をのせた風の音を聞いたときよりも震え上がった。

「網元に口答えするつもりは毛頭ございませんが、どんなご用か教えてもらえませんか」

おそるおそる問うてみると、寺家は塩辛い濁声でこう言った。

「おめに用があるんは、わあじゃねえ。大刀自がおめを呼べと言いなさる」

大刀自というのは寺家の母親のことである。めったに家の外に出てこないが、年に一度、先代寺家の命日にだけ菩提寺に、寺家の乗り子たちが担ぐ駕籠に揺られて行く。

「ますます、大刀自様がわあなんぞにどんなご用が……」

狼狽える忠二郎に、寺家はちっと舌を鳴らして「会えばわかるわいな」と言った。そして忠二郎に顔を近づけると、声を殺して続けた。

「昨夜の海亡者な、浜忠の娘が呼んだもんぞ。大刀自が言うとる。きまいて（急いで）教えてやらんと、また同じことがあったら娘も哀れじゃし、村には迷惑じゃ」

浜忠の娘は、もんも声じゃ。

「寺家の大刀自様からそう切り出されて、おとうはたいそう驚いたそうでございますわな」

急ごしらえの半紙の掛け軸を背に、おせいは語る。

「さっきも申しましたが、まあの故郷には〈もんも声〉というのがあると言われていて、その声は亡者を起こし、あやかしに呼びかけ呼び寄せると嫌われておりました。おとうもおかあも、そのことはよく知っとうて、けども、まさか自分の娘がそういう声の持ち主だとは、夢にも思うてなかったんですわな」

「そのころは、お客様も今のような……」

おちかはちょっと考えて言葉を選んだが、おせいはうなずいて言った。

「へえ、こういう、誰が聞いてもすぐ気がつくような、珍しい声ではなかったんですわな。そこらにいる女の子と変わらない声でした」

もんも声の持ち主も、子供のころはそれとわからないのだ。

「大人になると声が変わってきますから、すぐ知れます。けども子供のうちは、何かしら起きな

いとわかりませんわな」

何かしら——奇っ怪な騒動が。

「大刀自様はいろんな例をご存じで、おとうに話して聞かせてくだすったそうですわいな」

老女の弔いで、死者の幼い孫娘が棺桶（かんおけ）にすがって泣いていたら、棺桶の蓋を外して亡骸（なきがら）が立ち上がってきて、親族一同が腰を抜かしてしまったという話。

侍の子が神社の境内で声を張り上げて剣術の稽古（けいこ）をしていたら、鳥居の上に真っ黒な怪鳥が舞い降りてきて、それが一声啼（な）いたらあたり一帯の草木がみるみる枯れてしまったという話。

歳若い嫁が姑（しゅうとめ）にいびられ、台所の隅で悔し泣きしながら姑の悪口を吐き出していたら、竈（かまど）の奥から一抱えもの太さのある真っ黒けな腕が現れて、その腕がぐんぐん伸び、座敷にいた姑の髷をむんずとつかまえて根こそぎ髪を引っこ抜き、また竈の奥へ消えていったという話。

墓場に近い草原で草刈りをしながらおしゃべりをしていた姉妹が、案山子（かかし）のような顔をした一本足の化け物に追いかけられて、必死に走って逃げて振り切ったという話。

「この話では、姉妹のどっちがもんも声だったかはっきりせんので、親が日をあらためて一人ずつべっこにしてその場所に連れてって、確かめたそうですわな」

富次郎は「げげっ」とたじろいだ。

「ということは、姉妹のどっちかの声に呼ばれて、またその案山子みたいな化け物が現れたわけですか？」

「そうでないと、確かめたことになりませんわなあ」と、おせいは涼しい顔で言う。「けども、

化け物を呼べるもんも声なら、帰らせることもできますわな。だから案山子が出て来たら、お帰りくださいと言えばいいんですわな。ただ、化け物によっては」

――何で呼んだ。

「怒ったりからんだりするのもおるんで、そういうときは、おめさまのお名前を知りとうて呼びました言うて、名前を聞いてお帰り願えばいいんですわな」

なるほど。おちかは感じ入った。「面白いですねえ、従兄さん」

「うん……。でも、わたしはそういうのはあんまり得意じゃないなあ」

おせいは楽しそうに「ほっほ」と笑う。

「小旦那さんは化け物がお嫌いですか」

「好んでお目にかかりたくはないです」

「たいがいのお人はそうですわなあ。けども、そんなら小旦那さんは、どうして百物語の聞き手なんぞなすっとられますの」

「聞き手としてここにいるなら、話だけで済みますから。自分で化け物に出遭うわけじゃありませんからね」

「いっぺんぐらい直に出遭(でお)うてみた方が、肝試しになるのと違いますか。何なら、まあこれから呼んで差し上げましょうか」

「ええ！　それは困る！　困ります困ります、平にご勘弁ください」

冷や汗をかいてぺこぺこする富次郎に、おちかとおせいは一緒になって笑った。

「ひどいなあ。おちかまで面白がって」

「ごめんなさい」

おせいも、にこやかな表情のまま頭をさげる。

「小旦那さんをからこうて、すみませんな。実を申しますと、まあは今でもこういう風変わりな声ですが、もんも声としての働き、化け物や亡者に呼びかける力は、もうほとんど残っておらんのですわな」

歳ですから、と言う。

「もんも声の力も、足腰と同じように、歳をとると弱るんですわな」

ああ、よかった——と、富次郎は胸をなで下ろす手つきをした。

「大刀自様はおとうに、まあのために心得ておかねばならないことを、たくさん教えてくださったそうですわな」

もんも声の子供は、年頃になると声そのものが風変わりになる。知る人が聞けばすぐにそれとわかるので嫌われることもあるが、怒ってはいけない。おせいは女の子だから、縁談であれこれ言われることもあるだろうが、もののわかった家ならもんも声を嫌がったりしないし、むしろ魔除けになると大事にしてくれるだろう。どこに縁づいても恥ずかしくないよう、よく躾けておけばいい。

おせいが墓地で声を出すと、亡者を起こしてしまう。心配ならば、大人になるまで墓地には近づけない方がいい。

おせいに大きな声を出させてはいけない。囁き声を出させてもいけない。大きなもんも声は遠いところまで届いてしまうし、小さなもんも声は地の底の深いところまで染みてしまう。要は無用のおしゃべりを慎ませ、用のあるときだけ、きりきりとやりとりする行儀のいい娘に育てることが肝要だ。

おせいが寝言を言うときは、返事をしてやめさせろ。普通は寝言に返事をしてはいけないが、もんも声の寝言は、先にあやかしのものから話しかけられて返事をしているので、人の声で割り込んでやめさせなくてはいけない。

おせいが独り言を言うときは、よく注意して聞き取っておけ。あとで本人に問うて、どんな独り言を言ったか覚えているときは捨て置いていい。しかし、おせいが独り言を言ったこと自体を覚えていないときは、これまたあやかしのものに話しかけられて返事をしてしまったことになるので、身体に塩をかけ、丸一日経つまでけっして口をきかせてはいけない。

「……大変ですね」

「おとうも青くなってうちへ帰ったそうですわな。けどもね」

寺家の大刀自は、忠二郎とおせいにとって、大きな励ましになる言葉もかけてくれた。

「もんも声の主は、その力が世のため人のためになるから生まれてくる。お役を果たすための命じゃから、病を寄せ付けんし怪我もせん。おせいは、いつか朝日村を大きな災いから救うてくれるのかもしらんし、大黒のお殿様のお役に立つのかもしらん」

それに、もんも声の女の子は必ず器量よしになる、と言ったそうである。

もんも声の主だとわかったところで、その後のおせいの暮らしに、すぐ変化があったわけではない。忠二郎とおげんは寺家の大刀自の言いつけをよく守り、おせい本人にもだんだんとそれを教え込んでいった。海亡者のときのような騒ぎは二度と起きなかったし、周囲におせいの秘密を覚られることもなかった。

しかし、おせいが十三になり、一人前の女のしるしがあると、まるでそれを待っていたかのように、はっきりと声が変わった。こうなるともう隠しようがない。村の大人たちのあいだにも、たちまち知れ渡った。

「浜忠の娘はもんも声じゃ」

「いつかの夏の海亡者は、おせいが呼び寄せたもんだったか」

得心してくれるだけの人びともいれば、今さらのように怯(おび)えたり怒ったり、おせいが朝日村にいることを迷惑がる人びともいた。そういう人びとは陰口をたたき、浜忠を遠巻きにする。

さらに、村の子供らが騒ぐようになった。大人が恐れたり嫌ったりする対象があると、輪をかけて騒ぎ立てるのが子供の性(さが)だ。おせいの姿を見かければ追っかけてきてつきまとい、はやし立てる。

「や〜い、もんも声、もんも声」

面白半分ならば放(ほ)ったらかしでよかったが、ある時、きかん気な漁師の倅たちが、

「村から出ていけ！」

ばらばらと石を投げつけてきたときには、おせいもびっくりして本気で怒った。くるりと振り返り、男子(おのこ)らを睨(にら)みつけ、低く抑えてもよく響く声でこう言った。

「おんのら、まあのもんも声でもんも呼んで、今夜おんのらの枕辺に立ってもろうで、それでもええわいな」

男の子たちは縮み上がった。わっと叫び、砂を蹴立(けた)てて逃げだしてゆく。ところが、そのなか

に一人だけ剛の者がいて、きっとおせいを睨み返すと、

「かまうもんかいな。やれるもんならやってみろや!」

顎を突き出して憎々しげに言い放ち、唾を吐きかけてきた。

まだ物の道理を解さぬ子供のやることにしても、これはひどい。こうまで悪意を剝き出しにするのは、この子の親がおせいを嫌い、もんも声の主なんぞ村からいなくなればいいと、日々言い暮らしているからに違いなかった。

これはおせいも辛いが、村の〈浜ざらい〉である浜忠にとってはさらに辛く、肩身が狭いことだった。一家が困っているのを見かねて、おせいを忌み嫌う人びとを諭し宥めようとしてくれる村人たちも現れたが、それがこじれて喧嘩沙汰になることもあったりして、浜忠としてはさらに申し訳なく、いたたまれない。

それでもまあ騙し騙し暮らせていたのは、ひとつには、寺家の網元が何かと睨みをきかせていてくれたおかげだ。網元の背後からは大刀自の威光もさしかけている。

「もんも声の主は、世のため人のためになるんぞ。うちの大刀自が言うておるんじゃから間違いねえ。おせいと浜忠をくさす者は、寺家に喧嘩を売っとんのと同じじゃと覚悟せえよ」

もうひとつには、朝日村が長いこと豊漁続きで潤っており、災害も災難もなく平穏のなかにいたからである。もしも何かしら禍事が起ころうものなら、「何が世のため人のためじゃ」「やっぱりもんも声は忌まわしい。魔除けの役になんぞたつものか」と、たちまち責め立てられる羽目になったろう。

つまり、これは仮初めの平穏だということである。ちょっとでも不漁があれば、疫病が出れば、

船が転覆するようなことが起これば、理不尽ではあるけれど、それはもんも声のせいにされてしまうだろう。

「おせいは早く村を離れた方がいい」

父親の忠二郎は決断し、寄合に頼んで、城下で奉公先を探してもらうことにした。

「城下町なら人が多いし職も多い。おせいが何とかまぎれて暮らすこともできるだろうよ」

「もんも声だということは隠しておこう」

となると、おせいはどうしたって口数少なくなるし、飯屋だの湯屋だの八百屋だの、商いのなかで大声を張り上げるところには行かれない。無口だろうが愛想がなかろうがかまわない、働き者ならそれでいいという乾物屋が見つかってやれ嬉しいと思ったら、そのお店の真裏に大きな寺があり、おせいにあてがわれる女中部屋はその寺の墓所と隣り合っているとわかって大慌てで断らねばならなかったり、女中奉公の話がうますぎると思ったら実は奉公は奉公でも妾奉公だったり、すったもんだ滑って転んで、忠二郎はすっかり頭を抱えてしまって、

「世間には、もんも声の主を魔除けだと大事にする、もののわかった家があるんでしょう。寺家さんからその家へ口をきいてくれませんか」

「うちに八つ当たりするんじゃねえ」

寺家の網元と言い合いまでやらかす始末だった。〈浜ざらい〉としては不始末だし、寺家に文句を言うのは恩知らずなふるまいでもある。

おせいは気立てのいい娘だったから、こうしたごたごたが身に応えた。村人たちの冷たい眼差しから逃げ隠れし、かばってくれる人には頭を下げ、しかし胸に溜まる鬱憤を打ち明けようとす

れば、慌てて「大きな声を出さんでくれ」と遮られる。一つ一つは苦笑いで済む此事（さじ）であっても、積み重なればその苦みが勝（まさ）ってくる。

――まあなんざ、いっそ死んじまった方がみんなのためだわな。

そんなことを思いつつ、ある日の昼下がり、浜を見おろす崖っぷちへ歩いていった。秋の終わりの曇り空に、海は灰色に凪（な）いでいた。

ひとりぼっちで風に髪を乱しながら佇（たたず）んでいたら、いきなり耳元でわさわさと羽音がたち、驚いて首をよじると、すごく近いところで一羽の鷗と目と目が合った。

鷗は魚を捕らえる強い鉤爪（かぎづめ）でおせいの肩の肉をぎゅっとつまみ、落ち着き払って――というか、いっそ尊大な様子で収まっている。漁村の者は鷗などの海鳥に慣れているし、鳥たちの方も人慣れしており、漁のおこぼれにあずかろうと進んで集まってくるものだけれど、人の肩に舞い降りてきてとまるなんて、そこまでなつっこくなるものなのか。

ぎょっとして固まっていると、鷗がぐうぐう言った。「啼いた」のではない。確かに「言った」。しかも、その「言った」言葉がおせいにはちゃんと聞き取れた。

「もんも声、いいことを教えてやるで、よおく聞け」

鷗はおせいに話しかけてくる。

「朝日宿の松（まつ）屋いう旅籠に、年寄りの夫婦が泊まっておる。夫婦して耳が遠うて身振り手振りで上手（うま）くやりとりしよるが、女中が居着かんで困（こう）じておるぞ」

言うだけ言うと、鷗は翼を広げておせいのほっぺたをぺしりとはたき、また舞い上がって飛んでいってしまった。白い翼が雲の海に呑まれてたちまち見えなくなった。

おせいは驚き呆(あき)れて突っ立っていたが、だんだんと頭が追いついて、わかってきた。今のは鷗ではない。鷗の姿をしていたが、あれは「もんも」だ。

——だって、あの眼(まなこ)。

鳥の目ではなく、人の眼だった。鷗の顔に人の目がついていた。

とにもかくにも、親切なもんもではないか。朝日宿の旅籠の松屋。耳の遠い老夫婦。手がかりはそれで充分だ。おせいは崖を駆け下り、朝日宿へ向かった。

朝日村とこの旅籠町の人びとは行き来があり、顔見知りも多い。おしゃべりな漁師たちが酒や博打(ばくち)のついでに村の噂話を垂れ流すこともあるから、おせいのもんも声のことも知られているだろう。足を踏み入れるなり嫌な顔をされるんじゃないかと思ったが、取り越し苦労だった。忙しい旅籠町にとって、朝日村の内のごたごたは所詮(しょせん)は他人事(ひとごと)。おせいは真っ直ぐに松屋へたどり着くことができた。

あとになったら何をどう言ったのか自分でもよく思い出せなかったのだが、ともかく宿の人に話は通じた。朝日宿に投宿する客が、近くの朝日村で地引き網漁があると聞いて見物に来る

ことがけっこうあるので、息急ききって村から駆けてきたおせいのことを、そういうお客さんの忘れ物でも届けに来たのだろうとか、いい具合に早合点してくれたみたいだった。

「耳の遠いご夫婦って、笹間屋さんのご隠居さんのことかいな」

すぐに取り次いでもらえたのは幸いだった。

笹間屋というのは城下でも指折りの青物問屋で、その隠居夫婦は五兵衛とお陸。共白髪の仲睦まじい二人ながらに耳が遠く、あの鷗もんもが教えてくれたとおり、身振り手振りでやりとりをしていた。

詳しい経緯はおせいもおいおい教わったのだが、事情はざっとこんな具合である。お陸は子供のころから耳が弱かった。この身振り手振りは、幼馴染みの五兵衛がそんなお陸のために知恵をしぼって考えてくれたものだ。想い想われて所帯を持って二十数年、倅夫婦にお店を任せて隠居するころには五兵衛も老齢で耳が遠くなったので、二人の間ではもっぱら声ではなく、この身振り手振りだけでやりとりするようになったのだという。幸せな老夫婦である。

だが、二人で永年練り上げてきた身振り手振りを、他の者はなかなか解することができない。倅夫婦でさえもよくわからず、筆談も手間なので、つい大声を出す。奉公人たちも身振り手振りを覚える辛抱がきかず、日々の家事なら隠居夫婦の意向を聞かずに勝手にやってしまえば済むと(悪気はないが)軽んじる。

(何かと腹の立つこと、もどかしいことが多くて困っている。隠居所の女中はもう三人も替わって居着かない)

と、五兵衛はおせいに身振り手振りで伝えてくれた。

おお、このご夫婦で間違いない。鷗もんもよありがとう。おせいはその場で老夫婦に三つ指をついて頭を下げ、見よう見まねで身振り手振りを返した。

(まあを、おそばで女中に使ってやってください。一心に奉公させてもらいます)

五兵衛とお陸は顔を見合わせ、にっこりと笑った。

(おめは覚えが早そうだ)

こうして、おせいは働き口を見つけたのだった。

五兵衛とお陸は近くの温泉場に湯治に来ており、驚いたことに、昨日の朝は朝日村に地引き網漁見物に行ったという。

(あの村で育った娘ならば、身元に間違いはあるまい)

当のおせいが、本日ただ今から身一つで奉公できると急ぐのには何らかの理由がありそうだということも察しているようなのに、ぎゅうぎゅう問い詰めようとはしない。いくら困っていたとはいえ、夫婦の態度はおおらかに過ぎるようにも思われたが、これもあとあと、おせいが二人と流暢（りゅうちょう）に身振り手振りで「話せる」ようになってから事情が知れた。

なんでも、おせいに出会う前夜、夫婦は揃って不思議な夢を見たそうな。とうの昔に亡くなった五兵衛の母親が現れて、

——明日になったら、いい女中が見つかる。おめさまたちを看取（みと）ることまできっちりしてくれる、働き者のいい娘じゃ。訪ねてきたら、四の五の言わずにすぐ雇っておやり。

そう言い聞かせ、たちまち一羽の鷗に変じて飛び去ったというのであった。

その機会に、おせいも初めて自分のもんも声のことと、人の目をした鷗に出会ったことを打ち

明けた。五兵衛とお陸は深く感じ入り、

（亡き母は、格別に鷗を愛でていたわけでもなかったが、霊魂というものは不思議な現れ方をするものだ）

（まあは、生まれ変わるなら鷗よりも雀になりたい）

（鳥に生まれ変わるなら、わあは鷹がいい。おめが雀では困る。とって食うてしまう）

そんなやりとりをして、おせいを笑わせてくれたのだった。

自分の人生は、まずこの夫婦に出会ったことで救われた。そう折々に胸にしみていたから、このときおせいはひそかに誓った。お二人が何度目の生で何に生まれ変わろうと、まあはおそばにいて奉公しよう。鳥になるなら鳥に、虫になるなら虫に、魚になるなら魚になって、お二人についてゆこうと。

夫婦の隠居所は城下町の近郊にあった。そのあたりの農家を束ねる庄屋の屋敷の離れを借りていて、庭に小さな畑を作り、芋や青菜などを育てながらのんびりと暮らしていた。

城下の笹間屋からはときどき遣いが来て、着物や食べ物などを差し入れてゆく。歳はとっても夫婦ともに身体は丈夫、耳は遠いが目はよくて、おせいはこの隠居所で初めてお針をちゃんと習った。お陸は教え上手の師匠であった。五兵衛からは読み書き算盤を教わった。

隠居所に客が来たり、何か用があって庄屋の屋敷に伺うとき以外は、おせいは口をきかずに暮らせた。穏やかな隠居所の暮らしでは、大声を出す必要もまるっきりない。身振り手振りはどんどん上手くなり、やがておせいにとってはそちらの方が自然になった。

（この煮付けはしょっぱかったかな）

そんな独り言でも、首をかしげながら手振りで「言う」。おせいにとっては、それはまず第一に自分のもんも声を封じる用心なのだが、五兵衛とお陸には、どんな些細な言葉でも必ず自分たちに「聞こえる」ように言おうとする気配りだと褒めてもらえた。

（いえいえ、まあの勝手な都合です）

褒められるのが申し訳なくて、そのたびに打ち消していると、

（おせいは正直者だ）

さらに褒められるのが、解せないけれど嬉しかった。

朝日宿に泊まっていたときの湯治は、夫婦にとって一生に一度の贅沢だったそうで、その後は旅で隠居所を離れることはなく、ただ近隣の遊山にはしばしば出かけた。春は花の盛りに、夏は涼を求め、秋は紅葉狩りに、夫婦の伴をしておせいも隠居所の周辺を歩き回った。弁当を提げて、心楽しく景色を愛でた。晴れ渡る日には花兜城の勇姿をありありと眺め、その天守閣に鷗の群れが舞い飛んでいる様に、ふっと朝日村のことを思ったりもした。

何ひとつ不足も不安もない幸せな日々だった。しかし、世の中に永遠に続くものはない。

隠居所の暮らしを八歳数えたところで五兵衛が病み、半月ほど寝付いた挙げ句に逝ってしまった。とくだんに痛がったり辛がったりすることはなく、ただ夕方になると寒気を訴えて熱が上がり、どんどんものを食べなくなって、最後は眠るように穏やかなお迎えが来た。

（寿命だ。いい死に方だった）

気丈にそう言って弔いを済ませたお陸は、朝な夕なに夫の位牌に「話しかける」日々を送った。おせいもそれまで以上に細かく気を配り、よく寄り添って暮らしたが、やはり気落ちが激しかっ

たのだろう。一年、二年と月日が過ぎてもお陸に本当の笑顔が戻ることはなく、隠居所に籠もりがちになって、少しずつ元気を失っていった。

「身体も気も弱っているところへ風邪を引き込んだのがいけませんでしたわな」

　お陸の死もまた安らかだった。看取ったおせいは、声を殺すために前垂れを嚙みしめて泣いた。大声で泣いてしまって怪しいモノを呼び寄せ、お陸の魂を変なところへ連れ去られてしまってはいけない。

　庄屋が城下へ遣いを出してくれて、笹間屋からは主人夫婦と奉公人たちが駆けつけてきた。笹間屋の菩提寺もその墓所も城下町にあり、亡骸は早桶に納めて連れ帰らねばならない。

　五兵衛の弔いのときは、おせいはお陸付きの女中として立ち働けばよかったが、今度はそのお陸の弔い支度なのだから、万事笹間屋の人びとの言いつけに従う立場となる。

　おせいにとっては、これが難儀だった。久々に、耳が遠くない人びとに囲まれてみて、今さらのように、自分がどれだけ隠居夫婦との暮らしに馴染んでいたのかを思い知った。言葉で何か言いつけられても、つい身振り手振りで返してしまう。自分から何か尋ねたり、申し上げようとするときも、口を開くよりは身振り手振りが先になる。

「もうそれはいいから」

　笹間屋の主人に何度そう窘められても、身に染みついた習慣はやすやすと抜けてくれない。

「おせいは、そンだけ、おとっつぁんとおっかさんによく仕えてくれたんだわなあ」

　主人は優しく言ってくれたが、笹間屋のおかみであるその嫁には、あからさまに嫌われてしまった。

「おまえさん、あれは何ですね？　おせいはああやって身振り手振りを続けることで、まあらが親不孝だったとあてこすっているんですかいな」

「そりゃあ考え過ぎだわな」

「いいえ、おせいは、おまえさんとまあが大旦那と大おかみをほったらかしにしていたと責めたいんですわな。ほれ、ごらんなさいな、あの手振り。あれはまあらの悪口を言うてるんですわな」

おかみは憎々しげにとんがり、おせいは弔いに来させぬ、たった今ここで奉公を解いてやるからどこへでも立ち退けときぃきぃ騒いだ。

言い返したいこともあったけれど、おせいは黙って堪えていた。五兵衛とお陸から受けた恩は、一生忘れ得ぬおせいの宝だ。その菩提を弔い手を合わせることならどこにいてもできる。いたずらにここに居座って、夫婦の倅や嫁と揉め事を起こしてはいけない。

――朝日村へ帰ろう。

帰ったところで、飛び出してきた事情が事情だし、あの村でずっと暮らせるわけはない。それでも、今後の身の振り方をどうするか、おとうとおかあに相談するしかあてがない。

五兵衛とお陸と十年近くも楽しく暮らして、おせいは嫁き遅れと笑われる歳になっていた。

――まるでお伽話の浦島太郎だわな。

今さら縁談はなかろうが、住み込みの女中の口ぐらい、顔の広いおとうに探してもらえるかもしれない。

身の回りのものを手早く風呂敷に包んでまとめ、それを背負って隠居所を出た。木戸のところでぺこりと一つ頭をさげ、歩きだした。

五兵衛亡き後、足が弱ってしまったお陸を励まして散歩に出かけるときは、いつも手をつなぐようにしていた。今は一人きりで、握りしめているのは風呂敷包みの結び目だ。

あんなこともあった。こんなこともあった。たくさんの思い出が蘇り、おせいの足取りは重くなった。ぼんやりと物想いにふけっていたので、後ろから誰かが追いかけてくる足音にもすぐには気づかなかった。

「おせい、おせい」

びっくりした。笹間屋の主人である。泥棒みたいにこそこそして、ひどく急いている。

「済まんが、わあらが城下へ帰ったら、隠居所へ戻ってくれ。まだ片付けがあるし、おめに留守を頼みたい」

「けども、おかみさんが……」

「おかみには内緒だわな。いいから、留守をしておれ。弔いを済ませたら、おめに大事な話があるんで、わあは戻ってくる。庄屋にはもう頼んであるから追い出されたりせんで」

という次第で、今度はおせいの方が泥棒みたいに藪に潜み、誰もいなくなるのを待って、隠居所に戻った。座敷のなかはがらんとして火の気もなく、お陸が城下の仏具屋に作らせた五兵衛のための仏壇が据えてあったところの、畳が四角くくぼんでいるのが寂しかった。

片付けと掃除をし、夫婦と耕していた庭の畑を手入れしながら、おせいは一人で暮らした。一日、二日、三日と経って四日目の朝、台所の米櫃が空になり、どうしたものかと思っていたら、庄屋の屋敷から顔見知りの女中が届けに来てくれた。米ではなく雑穀だったが、おせい一人で食べる分ならこれで正しい。

この女中は、庄屋の奉公人のなかでも年かさで、古参であるらしく、早耳で噂好きだった。

「おめ、笹間屋の旦那に留守を頼まれたんだってな」

「へえ」

おせいが返事をすると、にやにや笑う。

「こんな無口で愛想もねえ、潮焼けしたおなごのどこがよくって、旦那は妾に囲おうなんて思いなさったかねえ」

おせいはきょとんとした。「まあはそんな話聞いとらんわな」

古参の女中は嫌らしい横目になった。

「聞いとらんわけねえわな。こういうのは謎かけだもん。おめがわかってねえだけだわな」

決めつけておいて、「おお、嫌らしい」とか「気が知れない」とか「誰か笹間屋のおかみさんに言いつければいいのに」とか言い散らかして帰っていった。

——おめに大事な話がある。

って、妾奉公の話だったのか。だから旦那様は、あんなにこそこそしとられたんか。

さあ、困った。とは思わなかった。

もちろん、おせいにその気はない。笹間屋の旦那様が仏様のようなお方で（実際おかみさんよりはうんと優しかったが）、お慈悲の心で寄る辺ないおせいを囲ってやろうというのであっても、そんなのは願い下げだ。五兵衛とお陸の思い出の隠居所で、そんな暮らしをしたくはない。大事なものを穢（けが）してしまうような気がするし、きっとひどいバチがあたるだろう。

——もしも旦那様の大事な用がそういうことで、無体をしかけられるようならば。

おせいがやることは一つだ。もんも声で叫ぶのである。ここは海辺ではないから、どんな怪しいものが寄ってくるかおせいも知らない。この際だから、野山や田畑に棲むもんもを見ておくのも、もんも声の主としてはためになるだろう。

そんなことを考える自分は頼もしいのか、はたまた哀れなのか。可笑しくなってきて、おせいはついつい、「くっく」と笑った。そのときは雑穀の入った麻袋を抱え、庭の地べたに鍬を突き刺して、畑の畝の端っこに立っていた。

その夜、草木も眠る丑三ツ時（午前二時）のことである。

隠居所の雨戸を、ほとほとと叩く音がする。五兵衛とお陸がいたときと同じように、おせいは台所の脇の小座敷で寝ていたのだが、雨戸を叩く音はまず庭に面した縁側の方から始まり、やがて外壁をまわって台所まで近づいてきた。そのころにはほとほとではなく、ばしばしと打ち鳴らす音で、うるさくてたまらない。

いったい何事かと身を硬くしていると、ばしばしするのに交じって、何やら濁声が呼びかけてくる。

「呼んだか〜、呼んだか〜」

うへえと、おせいは頭をかかえた。やっちまった。昼間、畝の端っこで笑ったもんだから、まあの声が地面にしみこんで、もんもを呼び寄せちまったんだわな！

仕方がない。ええと、こういうときはどうするんだったか。

「へえ、呼びましたぁ」

おせいはもんも声を出して応じた。と、濁声の言うことが変わった。

「なんでぇ、呼んだか〜」

おせいは寝床の上にぺたりと座り、頭を下げてから返事をした。

「お名前を知りとうて呼びましたぁ」

濁声が呻(うな)る。「おめの名前は〜」

「せいと申しまぁす」

「せいよ、わあが名乗ると地震いが起こるぞ。それでもええかぁ」

「おわわわ、それは困ります。勘弁しておくんなさい」

「そんなら、なんでぇ呼んだか〜」

「まあが粗忽(そこつ)でお呼びしてしまいましたぁ。重々お詫(わ)びいたします」

ばしばし、ばしばし。ぴたりと止んだ。

「畑にもっと肥(こえ)をまけぇ〜」

「あい、かしこまりましたぁ」

ずるずる、ずるずると、何か重たいものが引きあげてゆく音がする。それから朝日が差してくるまで、おせいはまんじりともしなかった。

夜が明けて明るくなってから、おそるおそる庭に出てみた。畑は荒らされておらず、変わった様子はどこにもなかった。ただ、雨戸や壁や板戸にたくさん手形がついていた。全て、七本指の手形であった。

もんも声とは大したものだ。またぞろ、自分でも頼もしいのか哀れなのかわからない。おせいは庭の畑に肥をまいた。重々、笑ったりしないように気をつけて。

「――怖いとは思われなかったんですか」

おちかの問いに、おせいは首を横に振る。

「もんも声なんだから、仕方ないですわな。いちいち怖がるより、折り合ってゆかんとね」

おせいは湯飲みを取り上げて、すっかり温くなってしまった茶に口をつけた。おちかは鉄瓶の具合をみて、茶を淹れ替える支度をする。

「いや、ご立派です。腹が据わっている」

誉めあげておいて、富次郎は苦笑した。

「しかし、その庄屋の女中さんの勘ぐりも、わたしには無理もないように思えますねえ」

「まあなんぞに妾奉公をさせようかってお話のことですかな。ありますかいな、そんなことが」

おせいは笑うが、富次郎は大真面目だ。

「男が考えることなんて、その程度ですよ。だって、おせいさんは器量よしだったんでしょう？寺家の大刀自がそう言って――いやいや今だっておきれいですが」

「従兄さん」と、おちかは窘めた。

「でも、おちかもそう思わないかい？　笹間屋のおかみが妙にきーきー騒いだのも、おせいさんがきれいだったからさ。この女中を、うちの旦那が放っておくわけがないと察したからさ」

「そんな詮索をするよりも、続きを伺いましょうよ。笹間屋のご主人は、いつ隠居所に戻ってこられたんですか」

「そんなことのあった明くる日でしたわな」

おちかの淹れ替えた熱い茶を味わうと、おせいは湯飲みを置いて座り直した。

「旦那様が持ち込んでこられたお話は、もっと法外で思いがけない――そんでもって、ええ、確かに大事な大事なお話でしたわな」

なにしろ、おせいに、大黒家の姫様付きの女中になれというのだったから。

花兜城の城主、大黒家のお殿様は、江戸住まいの正室とのあいだに二男三女、国許にいる側室とのあいだに一女をもうけていた。嫡男は既に元服し、許婚者も決まっている。

側室は武家の出身ではなく、領内鈴原という土地の豪農の娘であった。行儀見習いのため花兜城の御殿女中にあがったところを見初められて側室となり、ほどなく姫を産み落とした。生まれ育った鈴原の名にちなみ、〈鈴の方〉と呼ばれるこの側室、恵比寿藩のお国様は、正室よりひとまわりも歳若く、はかなげな美貌の女人である。お殿様の寵愛は深かったが、姫に続く赤子には恵まれなかった。これはむしろ幸いだったろう。下手に男子でも産んでしまったら、江戸表の正室とその後ろ盾の人びとから憎まれるだけだ。

気性が温和しい上に、もともとあまり身体が丈夫でもなかったお鈴の方は、姫と二人、自身の化粧料（持参金）で調えた城内の一角〈お鈴御殿〉でひっそりと暮らしていた。お殿様の寵愛をいいことに、派手な暮らしをしたりわがままを言うこともない。領民たちのあいだに悪評はないが、とくに仰がれることもない。鈴原は蜜柑の産地なので、〈蜜柑の方様〉というあだ名があったが、これも親しみ半分、土の匂いのする生まれのお国様を軽んじるのが半分ぐらいの所以であろう。

ともあれ、恵比寿藩家中にとっても領民にとっても、控えめで優しいお鈴の方は、どんな形でも悩みのたねではなかったのだが――

　姫の方には、ちと問題があった。

　ものを言わないのである。

　赤子のころは元気に泣いていたから、声が出ないわけではない。大きな音がすれば驚いてそちらを見るし、名を呼べばちゃんとわかる様子だから、耳が聞こえないのでもない。

　ただ、しゃべらない。生まれてこの方、ひと言も発したことがない。お殿様を「とうさま」、お鈴の方を「かあさま」と呼ぶことが一度もないままに三歳、四歳、五歳六歳と成長し、下ぶくれの顔に切り揃えた髪がさらさらと、つぶらな瞳の愛くるしい女の子になったのに、周囲の誰一人、そのしゃべる声を聞いたことがないという有様であった。

　名は加代姫という。お付きの者たちは、ひそかに〈だんまり姫〉と呼んでいる。

　もちろん、お殿様もお鈴の方も放っていたわけではない。大いに心配し、手を尽くした。

　領内の名医には片っ端から診せたし、江戸からも医師を招いた。しかし、どの医師も首をひねって、「姫様はどこもお悪くありません」と言うばかりだ。

「ならば、何かの呪いで言葉を封じられているのではあるまいか」

　大黒家に代々仕えている乳母の一族がそんなことを言いだし、これまた領内から遠州一帯まで名のある僧侶や祈禱者を呼び寄せ、あるいはこちらから姫を連れて出向いていったが、やはり空しく甲斐はなかった。

「姫には何の障りもございません。御身も魂も清らかであらせられます」

　不可解きわまりなく、親にとっては悲しくもどかしいことである。

「姫は言葉を覚えられぬのではないか」

で、またまた学者だの藩校の師匠だのを駆りだしてみたが、

「加代姫様は、きちんと読み書きを覚えておられます。むしろ、同じ年頃の子らよりも多くの文字を解され、手跡も整っておられます」

これは結構なことだが、「だんまり」の謎は解けぬまま行き止まりである。

姫とのやりとりは筆談で行えば、手間ではあるが、日常に不便はない。「だんまり」であることを咎めず、音曲や歌会に親しませて声を発して言葉を使う機会を設けつつ、静かに様子を見守る――というふうに過ごして、姫は今年七歳になった。おそらくは、このまま八歳、九歳十歳となり、やがては年頃になるのだろう。

ずっとだんまりのままなのか、いつかはしゃべりだすようになるのか、悩んだところで始まらない。あるがままの姫を受け入れ、先々困らぬようにしてやるしかない。お殿様もお鈴の方も、ようよう腹をくくった。

さて、万事に風通しのいい気風の恵比寿藩だが、このだんまり姫のことだけは、城内の限られた人びとのあいだの秘密とされてきた。進んで言いふらしたいことではないからなのはもちろんだが、江戸の正室の耳に入ると、

「そんな娘は大黒家に不要でしょう。母親もろとも生家に返してしまわれてはいかがですか」けんけん言われるだろうことが、わかりきっているからだ。大名の正室と国許の側室は、生涯互いの顔を見る機会などない間柄だが、それでも嫉妬は生まれる。姫におかしな性癖があるが故にお殿様が案じられておる？　ふん、猿芝居ではないのか、性悪なうんぬんかんぬん。

正室の機嫌を損ねれば、その生家との外交がこじれて御家が困る。お殿様と正室のあいだが揉めては側近たちも困る。上手に包み隠し、間違っても御正室様のお耳には入らぬようにしておくのが重畳よ――というわけで、だんまり姫のことは花兜城の秘密だった。領民たちのほとんども、このことは知らない。

それでも、お殿様とて人の親である。だんまり姫のために、何かしてやれることはないか。これが病か障りであるなら、それを取り除く術は本当にもうどこにもないのか。

姫には何の悪いところもなく、しゃべれぬよう生まれついただけであるならば、それはやむを得ぬ運命として受け入れよう。しかし、今後の姫の人生をよりよくするためには、筆談に頼るだけではなく、もっと効率よくまわりとやりとりできる方法を編み出すべきではないのか。

いつも考え、思い悩み、側近のなかでも信頼のおける数人の者に命じて、その手立てを探らせ続けていた。

その一端が、あるとき、ひょっこりと城下の笹間屋にたどりついた。

笹間屋は花兜城御用達で、主人はお殿様のお食事を調えるお台所係の役人のもとに出入りを許されている。端（見習い）の若い役人とは懇意にしていて、城下の噂話から身辺のことまで打ち解けてよく話し合う。そんな折に、笹間屋が、近郊の隠居所のこと、父はもう亡く母も元気をなくしているが、しっかり者の女中がついていること、この女中が耳の遠い父母の練り上げた独特な身振り手振りの技をよく身につけ、言葉を介さずとも行き届いた働きをしていること——等々を何気なくしゃべって、本人はそれっきり忘れていたのだが、

「言葉を介さずとも流暢にやりとりすることができる」

その耳寄りな話の肝がめぐりめぐってお殿様の側近にまで達し、側近からお殿様に言上があって、その結果、

「笹間屋を召し出して、より詳しいことを聞き出してみろ。その身振り手振りの技とやらが、加代姫のためになるかもしれぬ」

というご下命があり、側近の使者が取り急ぎ笹間屋を訪ねてみれば、ちょうど当のお陸が死んだので、身内が隠居所へ駆けつけようとしているところであった。

笹間屋は大いに驚いた。耳の遠い両親の身振り手振りの技が、お城のお役に立つ？

ともかくもお陸の弔いは済ませてしまわねばならぬ。お城の役人から固く口止めされていたので、笹間屋はおかみにさえ事情を漏らせず、隠居所へ行ってみれば、母の亡骸を前にして、件のおせいという女中（実はこのときまで、主人はおせいの名前がうろ覚えであった）は、すっかり身に染みこんでしまった身振り手振りが抜けなくて、こっちが話しかけてもそれで返事を寄越してくる。

——よし、親父もおふくろもいなくても、この女中さえいればお役人様の用は足りそうだ。

一安心して、もののけや亡者とは別の意味で怪しく聞こえかねない「大事な話があるから戻ってくる」とおせいに言いつけたという次第であった。

「弔いのときにおめを一緒に笹間屋へ連れ帰りたかったんだが、おかみがうるさくてな。この件を打ち明けるわけにはいかねかったし」

それはわかった。事情は呑み込めた。妾奉公でなくってほっとした。笹間屋の旦那様も大変だったんだ。

でも、この「大事な話」はみんな藪から棒に過ぎる。これから城下へ行ってまずお城のお役人様に会う、そこでお許しがあれば笹間屋が後ろ盾になり、おせいはお城へ上がり、お鈴御殿で加代姫様付きの女中として仕えることになるなんて。

――浦島太郎だって、まず亀を助けてから竜宮城（りゅうぐうじょう）へ行くもんだわな。

おせいは、亀のところをすっ飛ばして、いきなり御殿へ連れて行かれるのだ。

「うちの両親とおまえが身振り手振りだけでずっと不便なく暮らしてきたことや、おまえが働き者であることや、けっして不届きな女でないことは、わたしの方から固く請け合ってある。話はもうまとまっているんだ」

お城のお役人様は、ともかくもおせいを加代姫様に引き合わせ、身振り手振りの技を間近に見せてみたいと御所望だ。

「これはつまり、お殿様とお鈴の方様の御所望なんだよ。わかるわな？」

「わかりますけど、まあのような者がお城に上がるなんぞ……」

「それはわたしもそう思うけれど、おめでなければ用が足りんのだから」

「こんな潮焼けした年増の顔を見たら、姫様は怖がられますわな。泣いて嫌がられたら、どうしたらいいもんかわからねえ」

「そうならないよう、重々気をつけてふるまっておくれ。おめが姫様やお鈴の方様の機嫌を損じたりしたら、おめがお手討ちになるだけじゃ済まずに、笹間屋もお咎めを受ける。わあらは磔(はりつけ)で、身代は召し上げだわな」

うわぁ、おっかねえ。とんでもねえ話だ。

——逃げよっかな。

もっと早くに逃げとけばよかった。

「逃げようなんぞと思うてくれるなよ、おせい」と、笹間屋は凄んだ。

「おめを拾ってやったうちの両親(ふたおや)の恩を忘れたわけじゃなかろう」

恩着せがましいが、そう言われると苦しい。五兵衛とお陸の温かな笑顔が目に浮かぶ。

——お二人は、まあがもんも声だって白状しても、ちっとも嫌なお顔をなさらなかった。

生まれ育った村で嫌われて、親兄弟にも迷惑をかけて、逃げ出すしかなかったおせいを優しく受け入れてくれた。

それを思ったとき、はっとした。

生まれてこの方、一度も口をきいたことがねえという加代姫様も、もしかしたらもんも声の主なんではなかろうか。ご自分でそれがわかっているから、口をきかず声を出さねえようにしておられるんじゃあるまいか。

——だとしたら、まあの仲間だ。

いや、仲間だなんて非礼きわまりない言いぐさだけれど、姫様のお気持ちがわかるのは、もしかしたらまあだけかもしれねえわな。

おせいは、朝日村の寺家の大刀自の言葉を思い出した。

「もんも声の主は、その力が世のため人のためになるから生まれてくる。大黒のお殿様のお役に立つのかもしらん」

あれはまさに、この事態を言い当てていたのではなかったか。神様と同じくらい長生きしてらした大刀自様だから、それぐらいのことはできて不思議はなかった。

「旦那様」

「な、なんだわな」

おせいの顔つきが変わっていたのだろう。笹間屋の主人はたじろいだ。

「まあはお城に上がりますわな」

今度こそ本当に懐かしい隠居所を離れる。おせいに涙はなく、覚悟だけがあった。

――お城で、もしか上手くいかなかったら、もんも呼んで騒ぎ起こして逃げよっと。

それなりに図太い覚悟が。


話がまとまって二日後には、おせいはお鈴御殿に上がった。

「もちろん、もんも声のことは誰にも内緒でございますわな。めったには申されません」

耳の遠い老夫婦に仕え続けた働き者の女中から、花兜城の奥でもいちばん下っ端の奥女中になって、絹の着物に白足袋（たび）、髷も島田に結ってもらった。白粉（おしろい）は潮焼けした肌にはかえっておかしいので、素肌のまま。お行儀については、

「摺（す）り足で歩め。用のないときは頭を下げておれ。勝手にしゃべるな」

なにしろ歳のいった山だしのことだから、この三つの言いつけを守れれば御の字である。

さて、お鈴御殿で、そんなおせいに与えられた役割とは。

「加代姫様のおまるの係」

言って、おちかや富次郎よりも先に、本人がけろけろ笑いだした。

「姫様は七つにおなりでしたから、そのへんの子なら、もうおまるを使う歳じゃありませんわな。けども、御殿住まいのおなご衆というのは重たく着飾ってますんで、廁を使うよりも、おまるの方が楽なんですわな」

おまる係は、姫様がおまるを所望されたらたちまち持参し、用が済んだら片付けるのが仕事である。

五兵衛もお陸も、寝ついてからはおまるを使ったし、最後の方はおむつもあてた。おせいは手慣れている。小さな姫様のお下の世話ぐらい何でもなかった。

「加代姫様のおまるは、どれも作りが珍しくて面白うてね」

「どれも、と申しますと」

「さいさい使うこともあるから、替えがいっぱいあるんですわな。取っ手が鶴の頭になってたり、ぜんたいが琵琶の形をしていたり、塗りもきれいで、色とりどりで」

富次郎がきょとんとする。「おまるなんて、一つありゃ用が足りるでしょう。洗って、同じのを使えばいいんだ」

「水洗いしてすぐだと、濡れてて冷たいですわな。よく乾かしませんと」

「そのへんもお姫様ですねえ」

姫様には好みのおまるがある。日によって気分も変わる。

「だもんで、〈このおまるを使いたい〉というときのために、半紙に字を書いたのを用意してあるんですわな」

〈あひるのおまる〉〈かえるのおまる〉〈びわのおまる〉〈しかくいおまる〉

「あと、どれでもいいときの〈おまる〉。みんなお城の御祐筆（ごゆうひつ）が書いた立派な字で、お下のご用があると、姫様がそれをひらっと掲げるという具合ですわな」

その大真面目な景色を思い浮かべると可笑しいが、おちかは言った。

「ごめんなさい。笑ってはいけませんね」

口をきかない姫様には、こんな些細なことでも手間が要るのだ。仕える方も仕えられる方ももどかしく、不便であったろう。

「お子のことですから、まあもお労（いたわ）しく思いました。だったら、その気持ちを強く保って姫様にそなたの技をお教えしろと、もうろく先生から言い聞かされましたわな」

もうろく先生？

「姫様のお師匠様ですか」

「いえ、恵比寿藩の藩医というんですかな。大黒家に代々お仕えしてきたお医者の家筋は毛木（もうぎ）様とおっしゃいましたが」

お殿様と御正室様、若君らのお脈を診る係とは別に、お鈴の方と加代姫の専任として、その毛木家のなかでも年配の（よくいえば熟練した）医師がつけられていた。

「あのころでももう七十近いじいさま先生でございましたわな」

名を碌山（ろくざん）というので、毛木碌山。それを縮めて「もうろく」だ。

「ご本人がそう名乗られてたんで、憚（はばか）ることはありませんわな」

加代姫に、笹間屋の隠居夫婦が工夫して作り上げた身振り手振りによる会話を身につけさせようと決めたのも、そのためだけに取り立てたおせいをまず「おまる係」に据えたのも、このもうろく先生なのだった。

「〈おまる〉という言葉は短いし、一日のうちに何度も、嫌でも使う言葉ですわな」

「確かにそうですね」

「まあがおまる係をしておれば、おまるの用があるたびに、姫様はまあをお呼びになりますわな。そうして顔を合わせますすわな」

姫様が自然とおせいに馴染んでくださるのを待ち、

「折を見計らって、まあの方から身振りと手振りで、〈おまる〉という言葉はこういう仕草になりますとお教えしてみろ、というのがもうろく先生のご指導で」

実のところ、おせいが花兜城に上がる前の二日間の大半は、このもうろく先生との面談と、

先生による厳しい検分に費やされていた。おせいが習い覚えている身振り手振りの技にはどんな決まり事があるのか。それは他人にわかりやすく伝えることができて、覚えやすいものなのか。要するに「使える」技なのか。

「それで、先生がなかなか使えそうだと思ったからこそ、まあはお城に上がったわけですけれども、正直申しますと、そうやすやすと姫様に覚えてもらえると……まあは思っておりませんでしたわなあ」

だって、おせい自身も、五兵衛とお陸の見よう見まねで細かいところを覚えてゆくまで、何年もかかったのだ。

「まずは〈いろは〉をそれぞれ指の形で表して、それを繋げて言葉にして、それだけだと意味が判りにくいときは身振りを添えます」

たとえば「あひる」なら、「あ」「ひ」「る」と指文字をしてから、手であひるの首の恰好をして、両手で羽をばたばたさせる。

「ははあ……」

「ですから先生にも、こんなのは姫様には面倒でお嫌でしょうって申し上げたんですわな」

すると、もうろく医師はこう言ったそうな。

——面倒で込み入っているからこそ面白いと思えば覚えるじゃろう。幼子はそんなものよ。やるだけやってみようと。その入口が「おまる」なわけだった。

「ちょっとお話を前後させてしまいますが、お尋ねしてよろしいですか」

と、おちかは言った。

「その身振り手振りを学ぶのは、加代姫様お一人では用が足りませんよね。少なくとも母上様のお鈴の方様もご一緒に覚えなければ、姫様とやりとりすることができませんから」

どんな言葉も、それを解する相手がいてくれてこそのものだ。おせいは深くうなずいた。

「もちろん、お嬢さんのおっしゃるとおりですわな。けどもお城の皆様は——まずいちばんにはお鈴の方様ですけども、あいだのいきさつはどうであれ、姫様がしゃべるようになってくだされぱいいんですわな」

あるいは、姫様がなぜしゃべらないのか、その理由を聞き出せればいい。理由がわかれば、それを取り除き解決する道が開ける。

「姫様と、身振り手振りでずっとやりとりしたいんじゃありませんわな。むしろ、そんなふうになったら困るんですわな」

筆談から他の技に代わるだけでは、何にもならない。

「そうか……」

「ですから、まあがこの技をお教えするのは、姫様ともうろく先生だけだったんですわな」

二日間の面談と検分のあいだに、もうろく先生は、ざっと〈いろは〉の指文字の形を書き留めた字引を作ったそうだ。

「けっして耄碌しちゃいないね」

「理屈としてはそうでしょうが、でもやっぱり幼子にとってお母さんというのは格別ですから、お鈴の方様にも覚えていただきたいところですよね」

おちかの言に、富次郎は「いやいやいや」と割り込んできた。

「それは下々の考え方ってもんさ。だって、一国の大名のお方様が、〈あひる〉って両手をバタバタさせられるかい。鳥ならまだいいよ。百足だったらどうするの。這う真似をするのかい」

「お方様が、百足って言葉を言わなくちゃならない用事があるかしら」

「おや、知らないの？　武家のなかには、具足に百足の柄をつける習いがあるんだよ。まさしく一騎当千の働きができますようにと験を担いでさ」

「それで脚が千本の百足？　千手観音様の方がありがたいと思いますけど」

言い合う二人を尻目に、おせいは悠々ときんつばを食べている。

「あ、失礼いたしました」

おちかは赤くなる。おせいはきんつばを食べ終え、指先を丁寧に懐紙で拭いながら言った。

「お鈴の方様は御出自が農家なので、〈卑しい〉と見下げられることもおありで」

巷の〈蜜柑の方様〉というあだ名は、まだ愛嬌がある方だ。城の暮らしのなかでは、もっと嫌な陰口も叩かれていた——

「どれほど加代姫様が愛おしく、切実にしゃべってほしいとお思いでも、お方様御自らは、妙な身振りなんぞはできませんわなあ」

まして、だんまり姫のことはできるだけ秘密にしておかねばならぬのである。

「そうですね。余計な混ぜっ返しをしてすみませんでした」

おせいはくっくと笑う。「隠居所にはよく百足が出ましたんで、五兵衛さんとお陸さんとまあは、三人でこうしておりましたけども」

百足のように身をくねらせ、手もくねくねさせてみせた。

「それよりも、〈おまる〉の続きですわな」

「はい、おまるですね。いかがでしたか、加代姫様は」

おちかと富次郎は座り直した。

「手っ取り早く申し上げれば、もうろく先生がもくろんだようにいきましたわな」

姫は、おせいが指でおまるをさし、「お」「ま」「る」と指文字を形作るのを見て、

「最初は面食らっておられましたけども、すぐと筆談で」

——そのゆびはなに。

「お尋ねを受けて、まあはすぐもうろく先生にも来ていただきましたわな」

医師は「お」「ま」「る」と続けるおせいの傍らに座し、姫に教えた。これは指文字というものでございますよ、姫様。

——ゆびもじ。

「ちょうどそのとき、姫様は乳母様と貝合せの遊びをなさっていましたので、まあはその一つを指さして、〈か〉〈い〉とやりました。そしたら、姫様はすぐとその真似をなさいましたわな」

かい。〈か〉と〈い〉

桜貝のような爪の小さな指で、形作る。

「それから、まあを指して首をかしげられましたので、〈せ〉〈い〉と指文字をして」

おせいが自分の鼻の頭を指でつんつんしてから平伏すると、姫はきれいな字で書いた。

——なまえはせい。

そして指文字で、〈せ〉〈い〉

「もうろく先生が、姫は覚えが早いと褒めあげると」

――もうろく。

と字で書いてから、おせいを見た。

〈も〉〈う〉〈ろ〉〈く〉

指文字でやってみせると、姫も真似る。ちょっと違っていたのでもう一度やると、今度はきっちり正しく真似した。

「まあは感心してしまいましてな。姫様はやっぱり賢い、こんなもの覚えの早いお子はいないと思って、ひとしきり夢中であれこれ手近なものを指さしては指文字で示しましたわな」

同じく夢中で真似ていた加代姫が、やがてつと顔をしかめ、もじもじしながらこういう指文字をした。

〈お〉〈ま〉〈る〉

それ以上待たせては、大変なことになるところであった。

「あとで、もうろく先生がおっしゃいましたわな」

――実は姫も筆談が面倒で嫌気がさしておられ、指文字と身振り手振りで言葉を伝えられるという、全く新しい知見が嬉しかったのであろう。

加代姫は、おせいが教える技を、あたかも砂地が水を吸い込むように覚えていった。もうろく先生が作った指文字字引は早々にぼろぼろになったが、一月（ひとつき）も経たないうちに、姫のためには無用の品となった。

「やがては、姫様とまあのやりとりに、もうろく先生がついてこられなくなってしまいましたわな」

年寄りのために、もう少しゆっくり〈しゃべって〉くれと泣きつかれるほどだった。

「それで、肝心の謎は解けたんですか」

加代姫様はなぜしゃべらないのか。本人の口から、その疑問に答えてもらえたのか。

「それがねえ……なにしろ姫様はまだお小さいもんで」

もうろく先生が尋ねても、

〈いつか、こえがなくなった〉

おせいがお尋ねしても、

〈わらわのこえはなくなった〉

「声がなくなってしまった、か」

富次郎が腕組みをして考え込む。

「なぜなくなったのかはわからない」

どうしたら「ある」ようになる、取り戻せるのかもわからない。

「もうろく先生もがっかりしておいでで」

手間暇をかけて打ち込んできたのに、甲斐がなかったのだから。

「それでも、まあが言うのも何ですけれど、姫様は指文字と身振り手振りを覚えて、うんと明るくなられましたわな」

それはそうだろう。不便な筆談から解放されて、好きなときに好きなようにやりとりできるのだ。

「姫様が楽しそうに指文字を使って、いろんな身振り手振りで話しかけてくださる。まあは、それだけで充分に報われた気がしましたわな」

それに、姫様はホントに可愛らしゅうて——と、思い出し笑顔の花を咲かせる。

無心で無欲なおせいは、加代姫のお気に入りになった。

「こんだけ親しくなったら、そろそろ姫様にお尋ねしてみてもいいかなあと」

加代姫様は、もんも声をお持ちなのではございませんか。いつか誰かにそう教えられ、けっして声を出してはいけないと、ひそかに言い聞かされたのではございませんか。

「それは、もうろく先生抜きで？」

「へえ。姫様に無礼なことを申すなと、お怒りを受けては怖いですわな」

相手がまだ頑是無(がんぜな)い姫様なだけに、まわりの誰にも気づかれずにやりとりしようと思うと、意外と難しい。

「んでねえ……今日はいいか、明日にしようかと様子を覗っているうちに、別に厄介ごとが出てきてしまいまして」

もとから姫についていた乳母が、姫様に重用されるおせいをやっかみ、ちくりちくりと意地悪を始めたのである。

乳母は宇乃(うの)殿というお女中で、先代の殿様のころから花兜城の奥に暮らしている大年増だ。奥女中たちは誰も頭が上がらないし、殿様の側近や小姓たちでさえ、その機嫌を損なうと面倒だと心得ている。

「宇乃殿は、まあをお城から追っ払いたかったんですわな」

毎日毎日いびり倒してやれば、おせいは自分からお城を出てゆくだろう。もともと卑しい漁村生まれの女だ。すぐにもへこたれて泣きべそをかき、尻尾（しっぽ）をまいて逃げ出すだろう。浅はかなもくろみだが、焼き餅（もち）というのは、たいていこれぐらい底が浅いものである。

「いちいち細かいことを取り上げては叱る、嫌みを言う、まあのお役目の邪魔をする。困ったお人だと思いましたわな」

それでも、故郷の朝日村で多くの人たちから疎まれ、石を投げられたことに比べれば、何ということもない。おせいが柳に風で受け流していると、いよいよ意地になった宇乃殿は、これからは乳母である自分と同じ部屋で寝起きしろ、毎日共にいて、行儀作法を一から叩き込んでやると言いだした。

これには、おせいも困った。

「笹間屋のご隠居さん夫婦と死に別れてからこっち、まあは一人で寝ておりましたから」

お城に上がってからも、おまる係はおまるの板の間で一人寝である。

「あ、そうか」と、おちかは言った。「寝言の心配があるんですね！」

一人寝では、寝言を言ってしまったとき、ふさわしい対処をしてくれる人がいない。だから毎晩床に就く前に、洗いざらしてくたくたに柔らかくなった手ぬぐいで、自分に猿ぐつわをかますようにしていた。

宇乃殿に、その姿を見せねばならない。どう言い繕えばいいだろう？

「都合のいい作り話なんぞ、まあの頭では思いつきません。けども、もんも声のことは言いとうなかった。だって、言ってしまえばどうしたって、口から出任せじゃあない、本当だと証（あか）してみせねばなりませんわな」

「いいじゃないですか。もんもを呼び寄せて、意地悪な大年増に目にもの見せてやれば」

「そんな気楽なことじゃありませんわな」

もんも声で怪しいものを呼び寄せてしまえば、宇乃殿を驚かせるだけでは済まない。花兜城のなかに亡者や化け物を呼び込めば、そいつらがもしかして加代姫に悪さをするかもしれない。そうではなくても、加代姫に怖い想いをさせてしまうかもしれない。そういう恐れがある限り、おせいはもんも声を出すことはできない。

「おせいさんは、しんから姫様が大事だったんですね」

富次郎の言葉に、おせいははにかんだ。

「しょうがない。腹をくくって、宇乃殿のお部屋で寝むやすむ最初の夜、ぺこりと頭を下げて、まあこうせんと眠れませんとだけ言って、猿ぐつわをしましたわな」

宇乃殿はぎょっとした。が、すぐと続けてこう問うてきた。

――それは、寝言を封じる用心か。

封じるという言い方は大げさだが、察しはいい。おせいがこっくりとうなずくと、宇乃殿はさらに言った。

――そなた、もんも声だったのか。

これには、おせいが驚いた。おっとり浮世離れした乳母の宇乃殿が、城下から一歩も外に出たことがなさそうな、魚を「おとと」と言う奥女中の親玉様が、もんも声をご存じなのか。

――この地には古くからある言い伝えじゃ。知らぬわけがない。

そして、宇乃殿は急にしんみりした。

——おせい、そなた苦労をしたろう。

「あんなに意地悪だったお方が、まるで風向きが変わりましたわな」

大声を出してはいけない。ひそひそ声はもっといけない。おせいは、できるだけ平らかに穏やかにしかしはきはきと、花兜城に上がって初めて、声を出して自分の身の上を語った。

宇乃殿は感じ入ったように聞き入って、長々とため息を吐き出した。

「そんで打ち明けてくだすったんですわな。昔宇乃殿の身近に、もんも声の方がいらしたんだそうで」

細部を明らかにしたくないのか、その人物のことを「遠縁」と言ったり「幼馴染み」と言ったり、宇乃殿の話はちぐはぐだったが、語りながら涙ぐんでいる様子から察しはついた。

「その方は宇乃殿の許婚者か、少なくとも好き合うていた方のようでしたわな」

役所でうっかりもんも声を出して騒ぎを起こし、切腹したというのだから気の毒だった。しかも、まだ若いころのことらしい。

「ついでに宇乃殿の身の上話まで聞いてしまったわけですねえ」

これで心の隔てがとれて、母娘ほどに歳が離れ、氏も育ちも異なる二人の女が一気に打ち解けた。そして、いろいろと話し合うことにもなった。

「姫様が口をきかないのは、もしかしたらもんも声をお持ちだからかもしれない。まあのその考えを、宇乃殿は『短慮である』とおっしゃいましたわな」

——もんも声の主は、自身ではそれと気づかない。騒ぎが起こって初めてわかるものだ。いくら利発な姫様とはいえ、それは同じだろう。

「だから、加代姫様がご自身の意志でしゃべらず、〈こえがなくなった〉と訴えておられるという説は最初からつじつまが合わぬ」

——そも、姫様がもんも声をお持ちなら、他の誰も気づかずともまずこの宇乃が気づく。まだもんもを招き寄せる力の弱い赤子のうちはともかくも、姫様が今の歳におなりになるまでお見守りしてきて、ご身辺にはもんも声を疑わせる変事など一切なかったぞえ。

「そなたは、この宇乃の目が節穴だとでも言いたいのかえと叱られましたわな」

おせいが、宇乃殿の言のところは御殿勤めの永い大年増らしいしゃべり方で語り、それがまたそれらしくて巧（うま）いものだから、おちかも富次郎も笑った。

「宇乃殿は、ご自分のことを必ず〈この宇乃〉とおっしゃるのですね」

「こう、ちょっと反っくり返って、胸に手をあてられましてなあ」

普通に暮らしていたらまったく出会うはずのない女二人が、腹蔵なく語り合う。その光景を思い浮かべると微笑ましい。

「そんなら宇乃殿は、いつごろから姫様のお声がなくなったか覚えておいでですかと伺うと」

——この宇乃には、さっぱり。

「何だよ、覚えてないのかあ。威張ってても、あてになりませんなあ」

「もう、隠し立てせずに広く領内に知恵を求めてみるしかないんじゃないかと、まあは申しました。そうすると宇乃殿は慌てて」

——この愚か者め、事を大きくしては、姫様の先々に障るではないか。江戸表の御正室様のお耳に入れれば、お方様も姫様も追い出されてしまうかもしれぬ。

「根っから悪い人じゃないんだね。お方様と姫様の味方なんだから」

「それはまあにもわかりましたけども、話し合っていても、ぐるぐると同じところを回るようになってしまいましたわな。くたびれてきて、また明日にいたしましょうと」

すると宇乃殿は、姫様のご様子を見てくると部屋を出ていった。

「まあは、つい息を吐いて呟（つぶや）きましたわ」

——はあ、くたびれた。

おちかはぱちりと目を瞠（みは）った。富次郎もぎくりと固まった。

「おせいさん、それ……」

苦笑いしながら、おせいはうなずく。

「へえ、いけませんわな」

もんも声の主には禁忌の呟きである。

「まあも、言ってしまってから我に返りましたわな。ああああ、どうしよう」

どうしようったって、いっぺん口から出た声を引き戻せるわけがない。

「花兜城のなかに、いったいどんなもんもを招き寄せてしまう羽目になるのか、生きた心地がしませんでしたわな」

「それで、どうなさいました？」

「夜具をひっかぶって、寝たふりをしたんですわな」

「え？　宇乃殿には内緒で？」

「どうせ、もんもが現れればばれますわな」

こういうところ、おせいはやっぱり図太いのであった。

「破れかぶれってやつですなあ」

夜具をかぶって「なまんだぶなまんだぶ」。心のなかで唱えているうちに宇乃殿がしずしずと戻ってきて、

――姫様はよくお寝みであった。

「そのまま寝ておしまいになりましたわな」

何事も起こらなかったわけか。

「もんもは現れなかったんですか？」

おちかの問いに、おせいはちょっと含みのある返事をした。

「その場では」

その夜の残りは、気もそぞろでほとんど眠れず、花兜城に朝日が差しかけると早々に起き出して、おせいはまわりの様子を検（あらた）めた。自分が立ち入りを許されている限りの場所を回ってみた。幸い、宿直の番方たちが騒いでいる様子もなく、

「もんもが現れなかったわけはないんだから、あんまり目立たねえ、害のねえものが来てくれたんかな、そんならよかったと胸をなで下ろしていましたら」

一つ、奇妙なことを発見した。

「どんな？」

おちかと富次郎は膝（ひざ）を乗り出す。

「姫様のおまるが」

またおまるか。

「昨夜、まあが寝所に引っ込む前に整えておいた列が乱れておりましたんですわな」

加代姫様のおまるはいくつもあり、いろいろな種類がある。おせいはいつも、大きい順に並べておくのだが、

「その列がごちゃごちゃになって」

いちばん大きな四角いのが真ん中に、小さい蛙の形をしたのが右端に、幅広で小鳥の絵がついているのが左の隅に。

「まあが見てねえうちに、誰がこんなことをするもんかと怪しみましたわな」

少なくとも、宿直の番方が姫様のおまるを並べ替えるわけがない。

「起きてきた宇乃殿に、昨夜ご様子を見に伺ったとき、姫様がおまるを使われましたかとお尋ねしてみますと」

——いいや、なかった。ご所望があればそなたを起こす。

宇乃殿でもなかった。

「あんまり粘ると、やぶ蛇になりそうで」

それ以上は尋ねられなかった。

「その日一日、肝を冷やしておりましたが、何事もなく平らだったたんで」

やれ助かった、これからはもっともっと気ぃつけようと思い直したのだが、翌朝、また異変があった。

「姫様のおまるが」

どこまでもおまるだ。

「全部、ひっくり返されて裏返しになっていたんですわな！」

これは怪しい。

「おまる好きなもんもが出たか」と、富次郎が興に乗る。「寝ているあいだに枕をひっくり返す〈枕返し〉という妖怪がいるんですよ。その伝でいくと、こいつは〈おまる返し〉ですな」

「従兄さん」

「はいはい、口を慎みます」

さらにその翌日には、姫様のおまるが大きさの順に積み上げられていて、危なっかしく揺れていた。

妖怪〈おまる積み〉、参上。

「姫様のおまるを全部積み上げたら、まあの背丈ぐらいの高さになりますわな。転げ落ちたら塗りに傷がついてしまうかもしれないんで、まあはそうっとそうっと取り下ろしていって」

すると、すぐ背後で小さな声がした。

「わあのは、犬張り子の絵がついてた」

おせいは勢いよく振り返った。

誰もいない。狭い板の間に朝日が照り返し、窓の格子がくっきりと影を落としている。

おせいはおまるの片付けに戻った。と、再び声が聞こえた。

「わあは、十になったのだからもう厠を使わねばいけない。男子はそういうものだと父上に叱られたが」

自分を「わあ」と呼ぶ、確かに男の子の声である。

「大きなかまどうまがいたことがあって、厠に行くのはどうしても嫌だったから、乳母にねだって、こっそりおまるを使っていた」

かまどうまというのは、厠によく出る虫である。脚が長くて、蜘蛛に似ていて、ぴょんぴょん跳ねる嫌らしい虫だ。おせいも好きではない。近くにいたら問答無用で踏み潰す。

今度は、おせいは振り返らなかった。桜の絵柄がついたおまるを手に捧げたまま、できるだけ優しい声で、こう言ってみた。

「はあ、かまどうまは、ホントに嫌らしい虫でございますわなあ」

返事はない。窓の外では小鳥が愛らしくさえずっている。

桜の絵柄のおまるを傍らに置くと、おせいは静かに呼吸を整えた。それからゆっくりと身を返し、後ろを向いた。

瞬間、見えた。子供の影だ。坊主頭で、くるぶしがのぞくほどの丈の着物を着ている。頭をしゃんと上げ、両足を踏ん張り、背中を反らして突っ立っている。

おせいが瞬（まばた）きすると、それは消えた。

もちろん生身の子供ではない。亡者に決まっている。

誰かは知らぬが、この城のなかで、堂々と頭を上げていられる身分の男の子。父親のことを「父上」と呼び、乳母がいる男の子。

おせいはその場で正座した。三つ指をついて頭を下げ、そのまま言上した。

「おはようございます。まあは加代姫様のおまる係のせいと申します。あなたさまはどなたさまであらせられますか」

あなたさまのお名前もお姿も存じません、至りませんで申し訳ございません——

床の上に落ちている格子の影を、もっと黒い影がよぎった。その影から声がした。

「せいは、もんも声だな」

話が通じた。おせいは胸がどきどきした。

「へえ、もんも声を持って生まれつきました」

「この世のものでなくなると、この世の人の声は聞こえなくなってしまう」

声音は間違いなく子供のものだ。しかし、さっき本人も言っていたとおりに十歳の男子であるならば、なぜあんな坊主頭なのだろう。「父上」のいる身分の子は髷を結う年頃である。

「ただ、もんも声だけは聞こえる。せいの声はよく聞こえ」

そこで、しゃべる男子の声が出し抜けに断ち切れた。影も消えた。どうしたのかとおせいはたじろいだが、すぐ近くの廊下を、番方の足音がこっちへやって来るのが聞こえた。

ああ、他の人の気配を嫌ったのか。

（心得ました。まあもよく用心して、他の方には覚られねえようにいたします）

胸の内でそう言って、あとはいつものように立ち働いた。こっそりもんも声で話しかける機会を作れれば、きっとまたあのお子に会える。何だかいそいそするのが、自分でも可笑しい。

そんな気分のせいだろうか、昼過ぎに、加代姫様のおまるのお世話をした際、ふっと思いついて、指文字でお尋ねしてみた。

〈ひめさまは、かまどうまをごぞんじですか〉

長生きだった五兵衛とお陸も、かまどうまについてやりとりする折はなかったのか、あってもあんな虫のことなどわざわざ気にしなかったのか、それを表す身振りは決められていない。おせいは〈か〉〈ま〉〈ど〉〈う〉〈ま〉と指文字をして、ぴょんぴょん跳ねる仕草をして、大げさに顔をしかめた。

姫様は、まさに総身で嫌がった。

〈きらい！〉

〈どこでごらんになりましたか〉

〈きたがわのろうか〉

思い出すだけで忌まわしいのか、半べそ顔になってしまった。

おせいはすっくと立ち上がり、音をたてて片足を踏み鳴らした。姫様の居室を守る番方が御簾(みす)の陰からちらっとこっちを覗ったので、愛想笑いを返しておいた。

〈出てきたら、まあがふみつぶします〉

加代姫は真剣そのものの表情でおせいを見つめ、素早く指文字を返してきた。

〈わるいむし。みるとやまいにかかる〉

ん？　確かにじめじめしたところばかりを好む虫だから、汚い感じはする。だが、かまどうまを見ると病にかかるなんて、おせいには初耳であった。

〈かまどうまがやまいのもとでございますか〉

〈おかあさまにきいた。うのもいっていた。むかし、いっこくさまが、かわやでかまどうまをみてしまってなくなった〉

んん？

〈いっこくさまとは、どなたさまですか〉

〈さきのおつぎさま〉

んんん？　申し訳ないが、おせいはかえってこんがらがってきた。

〈かまどうまがひめさまにちかづかぬよう、みはっております。ごあんしんください〉

それだけを伝えると、姫様はこっくりした。

日が暮れるころになって、やっとこさ、おまるを置く持ち場で一人きりになれたので、おせいは囁き声を出してこう言った。

「もしもし、もんも声のせいでございます」

返事はない。夕暮れの茜色（あかねいろ）の光のなかに、人の気配も、人ならぬものの気配もない。

「お近くにおられますか。あなたさまのお名前は、いっこくさまであらせられますか」

しぃん。

「かまどうまがお嫌いでございましょ」

しぃん。

駄目か。名前が違うのかな。怒らせてしまったかな。

その夜もとっぷり更けてから、おせいは出し抜けに目が覚めた。隣の寝床では、宇乃殿が軽いいびきをたてて眠っている。

その枕元に、小さな黒い影がしゃがみ込んでいた。

「宇乃め、いびきをかいている」

面白そうにそう言って、くっくと笑った。

「おなごのくせに、はしたない」

おせいが起き直ろうとすると、小さな手を振って制する。

「苦しゅうない。宇乃が起きるとうるさい。そのままでよい」

おせいはそろりそろりと寝返りを打ち、小さな黒い影の方を向いた。

「いっこくさまであらせられますか」

「うん」

一の国と書くのだ、と言う。

「先のおつぎさまだと、加代姫様から教わりましたけれども」

「それは、邦一(くにかず)の次に恵比寿藩主になる順位にあったという意味だ」

邦一は今の大黒家の当主、恵比寿藩の殿様のお名前である。おつぎ、すなわち「お次」。

「口惜(くや)しいが、二番目だった」

歳はわあの方が一つ上だったのに——と、むくれたような口調で言う。

ええと、お殿様はおいくつだったっけ。おせいよりは上だが、四十路（よそじ）にはまだ届いてないはず。いや、もっといってたかな。

「邦一は三十七だ」

おせいがもたもた考えているのを見抜いているのか、一国様は言った。

「あいすみません。まあのような下々の者は、お殿様のお歳を数えたりしないんですわな。神様のお歳を数えねえのと同じですわな」

「ふうん、そうなのか」

一国様のその返事の素直さ、声音の幼さに、おせいは急に胸が詰まってきた。

ああ、ここにいるのは本当に亡者なのだ。生きていれば三十八歳の立派な殿方になっていたのに、小さな男子の影のままでいるのだ。

一国様は立ち上がり、おせいの方を向いた。

「どうしてそんな顔をする」

「あいすみません」

おせいは慌てて気を取り直した。

「一国様は、ずっとこのお城にいらっしゃるのですか」

「そうだ。この城を守っている。実は、わあこそが花兇城の城主なのだぞ」

なかなか威張っている。

「城主としては、城のなかに入り込んできたもんも声の主を放っておくわけにはいかぬ。だからこうして出て参った」

おせいは「ははあ」と畏れ入った。

「わあがここにいる限り、そなたがいくらもんも声でしゃべり続けても、他のもんもは寄ってこぬ。わあの威勢が寄せ付けぬから、その点は安堵してよろしい」

あ、そういうことなのか。

「一国様は頼もしゅうございますわな」

おせいがどっとほどけた顔をすると、一国様は急に慌てた。

「しかし、むやみにわあの守護を試そうなどとはするなよ」

加減というものを心得よ、と言う。

「海の方から大きなもんもを招いてしまうと、わあの手には……ちょっと……負えなくなるかもしれぬから」

正直である。

「もっと大きくなってから亡者になれれば、何も怖いものなどなかったのだがなあ」

素直に残念がっているところが可愛らしい。そして、やはり哀れを誘う。

「まあは、大きくなられた一国様にお会いしたかったですけども、今こうしてお目もじできることも嬉しゅうございます」

「せいは、嘘くさいし潮くさいな」

「へ?」

「どこの生まれだ」

「朝日村でございます」

「城下の西南にある、地引き網をする村か？　そうか、だからそなたのもんも声には潮の匂いがするのだな」

目先の暮らしに追われ、今までそんなことは一度もなかったのに、おせいは朝日村が懐かしくなってきた。

「一国様は、領内のことをよくご存じなんですわな」

「絵図を見て覚えた。お祖父様があちこち連れて行ってくださったし」

「どんなところにおいでになったんですか」

小さな影は、楽しげに、いくつかの村や里、領内の景勝地の名を挙げた。

「どこがいちばんお好きでございますか」

「戸毛という山里が好きだ。杏の花がたくさん咲く」

「さぞかしきれいな眺めでしょうねえ」

「いちばん眺めのいい丘の上に、わあらの墓がある」

遠くを見やるように仰向いて、一国様は言った。

「わあの母上の生家は、もとをたどれば戸毛の里の郷士だったのだそうだ。だからお祖父様がまずわあのために墓を建ててくださった。あとから母上もおいでになって、今はお祖父様とお祖母様もご一緒におる」

宇乃殿のいびきが、ひときわ高くなった。一国様はその寝顔を見おろし、

「その昔、宇乃は、わあの乳母になるためにこの城に上がってきたのだよ」

「さいでございましたか」

「母上は乳の出がようなくて、わあは宇乃の乳で育った。宇乃の長男はわあの乳兄弟じゃ。今はどこでどうしておるのかな」

「宇乃殿にお尋ねしてみましょう」

一国様はかぶりを振る。

「何も言うな。誰にも知られとうない」

わあが、ここにいることを。小さな亡者となって花兜城にいることを。

「宇乃は、わあが大黒家を恨んでいると思うておる」

出し抜けな話に、おせいは言葉に詰まってしまった。

「碌山が何かしよったのではないかと疑っていたこともある。わあは知っておる」

「あのぉ……一国様」

「潮くさいせいは、何も知らぬでよい」

「はい。まあはおつむりの出来が粗末なので、今のお話はようわかりません」

「わからんでよい」

「ふンが！」

宇乃殿のいびきだ。もそもそと寝返りを打って、こちらに背中を向けた。

「せいは、何故この城におる」

「加代姫様に指文字と身振り手振りをお教えしておるのですわな」

「あれは面白いな。よく工夫してある。わあも眺めているだけで、だいぶ覚えた」

誰にも姿を見られぬまま、気配を察知されることもなく、一国様はこの城のなかの出来事をつぶさに観察しておられるらしい。

「本当にそのためだけにいるのか」

「はい」

「嘘はないか」

「はい」

「せいが嘘をつくと、わあは怒るぞ」

「畏れ多くて、まあは一国様には嘘なぞつけません」

小さな男子の影は、すうっと寄ってきた。

「加代姫が、なぜ声をなくしたのかわかったか」

「わかりません」

「宇乃も、碌山もわからぬと言うておるか」

「はい」

「ふうん」

一国様はちょっと横を向き、

「わからぬふりをしているのかもしれぬ。わあのことを思い出したくないのだろう」

謎めいて思わせぶりな言である。たまたまもんも声を持っているだけの潮くさい女中には、ついていかれない。

だから、おせいの分別で思いついたことを尋ねた。「姫様から伺ったのですが、一国様は、かまどうまを見たせいで病にかかられたというのは本当でございますか」

「そういえば、宇乃がそんなことを申していたなあ」

まだ思い込んでいるのか、と笑う。

「その方が害がないからかな」

では、「害がある」ような思い込みが別にあるのか。

「かまどうまには害がございますか」

「ああいう汚らわしい虫は、毒を持っていることがある」

「かまどうまにはございませんわな。人を刺したりもいたしませんわな」

「なんだ、せいは虫のことをよく知っているのか」

ふふんと鼻を鳴らして、一国様は言った。

「姿形が不気味なものは、しゅの種として使われることがある。宇乃はそれを気に病んだのだろう」

「しゅ？　何のことでございましょ」

「せい、もう寝め。わあは行く」

「またお目にかかれますか」

「気が向いたら、来てやる」

おせいが瞬きしたら、消えていた。

宇乃殿は熟睡している。めくれてしまった夜着をかけ直してあげて、おせいは、しばらくのあいだぽかんとしていた。

その日を境に、一国様はしばしばおせいの前に現れるようになった。ただし、いつもおせいが一人でいるときだ。一国様は他の人びとの目を嫌った。

「わあのことは、ほかの誰にも言うな。言うたら、二度とせいには会わぬ。せいに崇ってくれるぞ」

崇られたら困るので、おせいはその約束を守った。

「せい、何をしているのだ」

小さな男子の影が、気がつくとそばにいる。

「よい天気だな」

「はい、姫様のおまるがよく乾きますわな」

「天守から城下を見渡すには、今がいちばんいい季節だ」

「桜の盛りでございますわなあ」

「加代姫のおまるを、天守で干してやろうか」

「おやめくださいまし。せいの首が飛びますわな」

「あはは」

一国様は、けっこういたずら者なのだった。さすがにおまるはなかったが、姫様のお好きな人形が、なぜかしら天守のお殿様の座にぽつりと置かれる騒ぎがあって、番方が何人か屹度叱になった。

「一国様のいたずらで、御家中の方が迷惑をなさいましたわな」

おまる置き場で、おせいは腰に手をあてて説教をした。

「一国様がまことにこのお城の城主であらせられるなら、あんなことでご家来を泣かせてはいけませんわな。せいは、一国様を見損ないましたわな」

「――済まぬ」

いたずら者だが、きかん坊ではなかった。さすがは大黒家のお次様で、そこらの十の男子よりもはるかに分別があり、物知りでもあった。

おせいは、一国様のことを誰にもしゃべらなかっただけでなく、誰にも尋ねなかった。一国様が（切れ切れに）匂わせる身の上のことを、他の誰かから探り出そうとはしなかった。

そんなことをしては非礼だ、という気持ちはもちろんあった。だがそれ以上に、一国様がご自分から打ち明けてくださらないことを、先んじて探るのは酷なような気がしたのである。

一国様が丸坊主で、つんつるてんの着物を着ている理由は、あるときひょいと話に出てきてわかった。痛ましかった。

「わあのおつむりの熱を下げるためにと、碌山に髪を剃られてしまったんだ」

つんつるてんの着物も、夏の寝間着だったのである。

「だが熱は下がらず、そのまんま死んでしまったから、この姿なのだ」

「お弔いのとき、着替えをなさったでしょう

に」

「亡者は死んだときの姿のままになるのだぞ。せいは物を知らぬのだな。これからは、わあがいろいろ教えてやろう」

一方で、一国様はおせいのことを知りたがった。親兄弟のこと。朝日村のこと。お城に来る前に何をしていたのか。

「そうか、あの指文字と身振り手振りの工夫を考え出したのは、笹間屋だったのか」

藩の御用達の青物問屋だから、一国様も笹間屋をご存じだった。

「わあが病のとき、蜜柑の献上があった」

「その蜜柑、召し上がれましたか」

「一房だけ」

甘くて旨(うま)かった、と言った。

「今の一国様は、何か召し上がることはおできになりますか。お好きなものがあれば、まあがお供えいたしますわな」

「何も要らぬ」

素っ気なく返事してから、

「あとで考えついたら言う」

そのときの一国様は、少し寂しそうだった。

一国様と出会って二月あまりが過ぎ、春過ぎて夏来にけらし晴天のある日のことだ。お鈴の方様と加代姫様がお城の庭を散策しておられ、おせいは宇乃殿と二人で少し離れて、後ろの方からゆっくりとついて歩いていた。

――おや？

おせいは目を凝らした。加代姫様の影が、なんとなく変な形をしている。

加代姫様が日向(ひなた)に出て影が濃くなると、その形がぎゅうんと歪(ゆが)んで伸び縮みするのである。まるで、姫様の影のなかに何かが入っていて、その何かが動いたり暴れたりしているかのようだった。

怪しい。宇乃殿は気づいておられるかと横目で覗うと、暑い暑いと汗を拭って、いささかげんなりしている様子だ。

そのとき、姫様の影の頭の横っちょに、あの坊主頭がひょっこり覗いて、すぐ引っ込んだ。

――一国様だ！

おせいは冷や汗が出た。誰にも見られたくないと言い張っているくせに、何でまた姫様の影のなかに隠れたりしているのだろう。

「う、宇乃殿」

「何だえ」

「ひどい汗でございますわな。ここはまあがおりますから、宇乃殿は奥に戻ってお休みになってくださいまし」

「そ、そうか。では頼むぞ、せい」

やれ嬉しやという様子で、宇乃殿はそそくさとお城のなかに引き揚げてゆく。おせいは小走りでお鈴の方様と加代姫様に近づき、姫様の影にじっと目を据えた。すると、それを待っていたかのように、姫様の影の右肩から別の腕の影がにょっきりはみ出して、おせいに向かって手を振った。

——何をしておいでなんだか。

おせいは笑いを堪えて下を向き、慎ましく母娘のあとにくっついていった。散策が終わるまでのあいだに何度もそんなことがあり、

「おせい、妙に楽しげですね」

お鈴の方様に訝られて、

「お庭があんまり美しいもので、極楽にいるような気分でございますわな」

今度はおせいが冷や汗だくだくだった。

その後、おまる置き場に現れた一国様は、

「面白かったろう」と上機嫌だった。「ああして誰かの影のなかに隠れた方が、見つかりにくい」

「これまでにも、あんなことをなすっていたんですか」

「庭を歩きたくなるときがあるとな」

「ああいうやり方をなされば、お城から外に出ることもできるんですか」

「外には出ない」

素早く、断ち切るような返事だった。

「わあは、花兜城から離れぬ」

「たまには、他所へ行ってみたいと思われないんですか」

一国様は、拗ねた子供らしく口をとんがらせた。「わあの居場所はこの城じゃ。城主なのだから、ここから何処へも行くものか。せいは愚かなことを言う」

ぷんぷん怒りだした。そして、洗って片付けてある姫様のおまるを、端から放り上げてひっくり返し始めた。

「あいすみません、まあが悪うございました。お詫びいたしますわな」

ご機嫌を直してくださいと下げた頭に、かえるの形のおまるがごつんとぶつかった。

――なんであんなに怒るんだろう。

確かにおせいは愚かだ。賢くない。それでも、一国様よりはずっと大人である。その大人の分別で考えた。

本当は、一国様はこのお城から離れぬのじゃなくて、離れられぬのじゃないのか。

亡者が因縁のある場所や懐かしい場所に縛り付けられてしまうという話は、どこかで聞いた覚えがある。

そもそも、亡者になっておられるということからして、一国様にはいいことじゃないんだわな。人は死んだら三途の川を渡って浄土へ行くもの。亡者としてこの世に残ってしまうのは、何かしら不具合があるからなんだわな。

供養が足りない？　それはなかろう。なにしろ恵比寿藩のお次様だった方だ。思い残し？　それはあって当たり前だ。一国様は、たった十歳で亡くなってしまったんだから。

――宇乃は、わあが大黒家を恨んでいると思うておる。

さらに、加代姫様が声をなくしてしまわれたことについての、思わせぶりな言葉。

——宇乃も、碌山もわからぬと言うておるか。

——わからぬふりをしているのかもしれぬ。わあのことを思い出したくないのだろう。

一国様が可愛らしい、面白いと喜んで、ご一緒に日々を楽しく過ごしてきたけれど、このままではいけないのではないか。このまま一国様を放っておくのは、ただ愚かなだけでなく、不忠につながる過怠なのではないか。

どうしよう。

今さら誰に相談できようか。もうろく先生も宇乃殿も、おせいがこんなことを打ち明けたなら、どうして今まで黙っていたのだとお怒りになるに決まっている。こんな大事なことを、潮くさい女中の胸一つに収めて平気な顔をしていたとは愚かの極みじゃ！

叱られてもいいから打ち明けようか。でも、せっかく築いてきた自分の信用らしきものを台無しにするのは悲しい。一国様に口止めされておりましたと言い訳するのは、いい大人のくせにみっともない。

悩んではみたものの、一夜明ければ一国様の機嫌は直って、もとのように面白かったり楽しかったり。つい面倒なことは棚上げで、そのまま夏が過ぎ秋が訪れた。

そして、思いがけず道が開けた。お殿様がお鈴の方様と加代姫様をお連れになり、藩主の別邸へ紅葉狩りにお出かけになるという。二泊の予定で、もうろく先生と宇乃殿はお供するが、およそ御殿女中としては足りないところだらけのおせいはお殿様ご一行に加わるなどとんでもなく、お城に居残りである。するともうろく先生が、いい折だからおせいも一日宿下がりをいただきなさいと勧めてくれたのだ。

「お鈴の方様にお願いすれば、すぐお許しをいただけるぞ。笹間屋には、儂(わし)から使いを出して知らせておいてやろう」

それを聞いて、おせいは、はっと思いついた。笹間屋の旦那様に相談してみよう、と。

本当なら朝日村に帰り、寺家の大刀自様におすがりしたいところだが、たった一日の宿下がりでは、朝日村は遠過ぎる。おせいの頼れそうなあては、笹間屋の主人しかないのだった。

姫様方が別邸に出立する前日、いろいろ支度を調えてからおまる置き場に下がると、一国様が現れた。

「せいも出かけてしまうのか」

「一晩、笹間屋に帰るだけでございますわな」

「わあを置いていくのか」

「一日で戻って参りますよ」

「つまらぬ」

「なら、一国様も一緒においでなされ。まあの影に隠れてくだされば、お連れできます」

すると一国様は、今まで見たこともないように肩を怒らせ、小さな影がぶるぶる震えた。

「知らぬ！　勝手にどこへでも立ち退け。せいなど、もう戻ってこなくてよい！」

ひどく気まずくなってしまった。

それでも、快く宿下がりをお許しくださったお鈴の方様の手前、やめにしますとはとうてい申し上げられない。おせいは、うなだれてとぼとぼとお城を後にした。

笹間屋へ帰り着くと、主人夫婦が揃って迎えてくれた。旦那様はともかく、おかみさんが福々しい顔をして笑っているのには驚いた。

「毛木先生から丁重な文(ふみ)を頂戴(ちょうだい)したんだ」

「あんた、お姫様に気に入られているんだってねえ」

おせいのお手柄は笹間屋のお手柄になるのだからと、おかみさんも気をよくしているのだった。もっと厄介なお人かと思っていたが、商人の妻らしく、損得勘定で物事を割り切れる気質だったらしい。

おせいはほっと安堵した。これで堂々と相談できる。夫婦で労(ねぎら)ってくれるのを遮って、さっそく「実は」と切り出した。もんも声にひそひそは禁物だから、普段の声音でしゃべり出したのだが、笹間屋夫婦はたちまち寒天のような顔色になった。

「ちょっと、声が大きい！」

「そんな話をいきなりするもんじゃない！」

「何がいけねえんです？」

夫婦は這いつくばるみたいに身を低くし、自分たちのお店の奥にいるというのに、こわごわと周囲を見回す。

「壁に耳あり、障子に目ありというんだ」

「誰に聞きつけられるか知れたもんじゃない。密告されたら、不埒者(ふらちもの)めと番所に引っ張っていかれて、磔にされちまうよ」

おせいがお城に上がるときも怯えていたが、よくよく磔が怖いらしい。

きょとんとしているおせいの顔をつくづくと見て、夫婦は揃ってため息をついた。

「まあ、仕方がないか。城下の噂話なんか、朝日村までは届かないからなあ」

「噂話？」

「一国様――お次様が亡くなった当時、いろいろな話が飛び交ったんだよ」

二十八年前のことなのだから、笹間屋夫婦だって幼かった。話のおおかたはそれぞれの親やまわりの大人たちから教わったのだが、

「めったに口に出していいことじゃない。それだけはきっと言い聞かされたものだ」

なぜなら、一国様の死には怪しいことが多々あったからである。

「熱病で亡くなったということだったが、本当は毒を盛られたのではないか、と」

え！　と声をあげそうになって、おせいはすごい勢いで両手で口に蓋をした。そのまま、もごもごと言った。「それって、誰かに殺されたということ」

「し！　だから声が大きいってば」

「おせいは黙って聞いていろ。わたしらが話してやるから」

一国様は、先代のお殿様のお国様の長子である。お国様は名を〈滝の方〉という。

「先代のお殿様の側用人を務めておられた滝沢新右ヱ門というお方のご息女でな」

「だから滝の方なんだよ」

遠州一、いや東海一と謳われる美貌の持ち主であったという。

お殿様はこのお方様を、それこそ舐めるように可愛がった。

「お側で立ち働くご家来衆が、顔を赤くしてしまうほどだったそうだよ」

寵愛というより溺愛、耽溺である。

「この滝の方様が産んだお子が一国様だ。玉のような赤子で男の子。そのときは、江戸の御正室様とのあいだには姫様しかおられなかったので、嫡男ではないが長男ではある」

「だから、お名前が一国様なんだよ」

父親であるお殿様が命名したのだが、御正室様はえらくお怒りで、ずいぶんと強硬な抗議があったらしい。側室の子に「一」と「国」のつく名を与えるなど、分不相応も甚だしい！ 殿はわらわを軽んじるおつもりなのか、と。

その後、年子で邦一様——大黒家の第一番目の跡継ぎであり、恵比寿藩の次代藩主となる男の子が生まれると、家臣はみな御正室様の勘気を憚り、進んで一国様を「お次様」とお呼びするようになった。御正室様はそれもまたお気に召さず、早く邦一様に弟君をもうけて、その子をお次様にしたいとお考えだったけれど、赤子は天からの授かりもので、人の意思や願いではどうにもならない。

「結局、御正室様の腹の男の子は邦一様だけ、滝の方様の腹の男の子も一国様だけ」

江戸と国許、離ればなれの異母兄弟は、どちらも恵比寿藩にとっては大切な若君だ。お殿様も二人を同じように可愛がられた。

「一国様が袴着（はかまぎ）のお祝いを済ませたころから、江戸藩邸に迎え取るというお話が起こっていたんだとさ」

笹間屋の語りは、自分がその場にいて見て聞いてきたかのように流暢である。

「旦那さん、お城のなかのことをよう知ってるんですわな」

「お国様のお子が江戸へ上られるなんてことになれば、うんと立派なお支度をせねばならん、お祝いの宴席だってある。御用達の商人にはここいちばんの稼ぎ時だ。後手に回って気が利かないことになっちゃ末代までの恥だから、みんな鵜の目鷹の目なんだわな」

笹間屋は領外にも取引先があるそうで、主人は日頃、お国訛りが出ないように気をつけていると言っていた。今は夫婦とおせいの三人だけで、みっしり頭を寄せてしゃべっているからだろう、ひょいと訛った。それがまたいかにも内緒話っぽい感じがした。

「ところが、一国様の江戸行きには、例によって御正室様が反対される」

――側室の子を邦一と等しく扱われるなど、殿のお気持ちが知れません！

「滝の方様も、一国様の将来のことを思えばその方がいいとわかっていても、手放すのはお辛い」

そんなこんなでぐずぐず長引くことは、家中の人びとにも少なからず影響を及ぼした。それも、よくない影響である。

「ざっくり言うと、御家中の方々が二つに割れてしまったんだわな」

御正室様・邦一様を一途に尊ぶ派と、滝の方様・一国様を担ぐ派である。

「もともと、滝の方様のお父上はお殿様重用の側用人だ。その上、滝の方様が一国様をあげたお手柄でさらに出世されて、本当はそこまでの家柄じゃなかったんだが、花兜城の城代家老にまで成り上がっていた」

滝の方様・一国様を担ぐ派にも、それなりの勝算があったわけである。

「御正室様は、恵比寿藩にとっちゃ他所者だしねえ。江戸で贅沢な暮らしをしてて、まあらには馴染みが薄いお方だし」

礫が怖くってしょうがないくせに、笹間屋のおかみさんはそんなことを言う。

「おかみさん、声が大きいですわな」

言って、おせいは笹間屋の主人の顔を見た。ここまで聞けば、もう充分だ。

「一国様は、御家中を二つに割る揉め事のなかで、お命をとられた……」

口に出して言うのも悲しい。

笹間屋はうなずく。「御正室様と邦一様をお守りする派にとっては、一国様は邪魔者でしかなかったろうからなあ」

ある日突然高熱に倒れた一国様は、三日三晩苦しんで亡くなった。枕辺に付きっきりだった滝の方様は悲しみに弱り果て、一国様を葬ると寝付いてしまって、半月後には儚(はかな)くなった。

この悲劇にはまだ先がある。滝の方様の弔いが済んでほどなく、父親の城代家老・滝沢新右ヱ門が切腹して果てたのだ。

「主家の内を騒がせ、殿のお心を乱してしまった責を負う、とな」

滝沢家は断絶になった。新右ヱ門には嫡男がおりその妻子もいたが、一家は離散し消息も知れなくなった。

「その後、先代のお殿様はお国様を迎えることはなかった。御正室様はもう一人姫君を産み、その産厄で亡くなってしまわれたわな」

何だか、誰にもいいことはなかったような顚末(てんまつ)である。邦一様――今のお殿様が立派に成長され、恵比寿藩主になってくださったことだけが救いだ。

「あの当時、一国様の亡くなり方がおかしい、あんな熱病があるもんか、本当は毒を盛られたんじゃないのかという噂は、一国様のお棺に蓋をする前から城下に広がっていたんだよ」

不用意にそんなことを囁いて、番屋に引っ立てられた者たちが何人もいるという。

「んで、誰も帰ってこなかったわな」

事の重大さを覚った城下の者たちは口をつぐみ、ひっそりと物陰に隠れて一国様を哀れみ、滝の方様のために涙した。

「うちの親父は、おふくろを相手にしゃべってたが」

——お城の皆様は、毒味役がきちんと確かめたものしか召し上がらねえわな。毒殺なんて、そうやすやすとできるもんじゃねえ。

「だから、一国様は、呪にあてられたに違いないって」

おせいはぎょっとした。

「呪って?」

「呪いさ。誰か憎い相手に向かって、死んでしまえとか重い病にかかれと念じることだわな」

おせいの頭のなかに、加代姫様と交わしたやりとりが、さあっとよみがえってきた。

〈おかあさまにきいた。うのもいっていた。むかし、いっこくさまが、かわやでかまどうまをみてしまってなくなった〉

そして、当の一国様とのやりとりも。

——姫様から伺ったのですが、一国様は、かまどうまを見たせいで病にかかられたというのは本当でございますか。

——そういえば、宇乃がそんなことを申していたなあ。

——姿形が不気味なものは、しゅの種として使われることがある。宇乃はそれを気に病んだのだろう。

——まだ思い込んでいるのか。

おせいは、ついぶつぶつと呟いた。

「あのおっしゃり方だと、一国様は呪というものをご存じで、ご自分の場合はそうではないと判じておられたようだわな」

一方で、乳母の宇乃殿が、碌山先生が一国様に何かしたのではないかと疑っていたことがあるのも知っている、とも言っていた。

ただ「知っている」とだけ。それが当たりだとは言わなかった。

「ってことは、碌山先生が何かなさったんではねえんだわな。宇乃殿が疑ったり気にしたりしておられたことは、どっちも見当違いだったんだわな」

目を上げると、笹間屋夫婦が顔を並べて真っ青になっている。

「あ！」

おせいは両手で口に蓋をしたが、もう遅い。

ばおん、ばおん。

おかしな音が、笹間屋の奥の方から聞こえてきた。

ばおん、ばおん。

「仏壇だわな」と、おかみさんが言った。

三人で奥へ行ってみると、仏壇の観音開きの扉が、まるで羽ばたくようにばおんばおんと動いているのだった。

「おとっつぁんかな、おっかさんかな」

おせい宥めてくれと笹間屋の主人はせがむ。おせいはその場に正座し、仏壇に向かって平身低頭した。

「大旦那様、大おかみさん、お騒がせしてすみません。まあがうっかりして起こしてしまったんですわな。お静まりくだせえませ」

ばおんばおんはなかなか止まらなかったが、台所から夕餉の匂いが漂うようになると、ぴたりと収まった。

「親父の好きな芋の子汁と、おふくろが死に際に食いたがった卵焼きをつくらせてみた」

うまくいったと、笹間屋の主人は胸をなで下ろした。

「夫婦して食い意地が張っていて、助かった」

おせいは一泊させてもらって、翌朝早々にお城へ戻った。笹間屋から季節の水菓子をたくさん土産にもらい、背負って帰った。

お鈴の方様と加代姫様、もうろく先生も宇乃殿も、まだお留守だ。お部屋はがらんとして寂

しい。

おせいは足音を忍ばせておまる置き場に入った。姫様のおまるは、出かけるまえに並べていったまんまに整っている。

「一国様」

手には、早生の青い蜜柑を一つ持っていた。

「お土産を持って参りましたわな。お出ましくだせえまし」

しぃん。

一国様は拗ねておられる。怒っておられる。

本当に、まあのことが嫌いになってしまわれたのかな。

かたん。

端っこの、かえるの形のおまるが動いた。そして耳元で声が聞こえた。

「蜜柑なら、加代姫にやれ」

一国様だ。おせいはぐるぐるとまわりを見回した。坊主頭の小さな男子の影が、おまるのそばにしゃがみこんでいた。

「わあは、加代姫を嫌っているわけではない」

べそをかいているような声だった。

「怒ってもいない」

「へえ、せいはよく承知してござります」

「嘘だ。せいになど、わあの気持ちがわかるものか」

おせいは生まれ育った家を出てからこっち、涙を流したことがない。涙は、朝日村で初めて石を投げつけられたあの日に涸れてしまった。

なのに、目の前の景色がにじんできた。

「なんだ、もんも声が一人前に泣くのか」

一国様はわざと憎々しげに言い捨て、しゃくりあげた。

「わあは泣かぬぞ。花兜城の城主じゃ」

「ですから、せいが代わりに泣きますわな」

「余計なことをするな」

そして、え～んえんと泣き始めた。両腕で顔を覆い、一国様が声を張り上げて泣くと、おまるがひっくり返ったり飛び上がって壁にぶつかったりした。おせいは動じず、静かにその場に座って眺めていた。

やがておまるは部屋中に散らかり、一国様は物陰の暗がりに隠れてしまった。

「一国様は、どうしてお亡くなりになったんですか。せいに教えてくだせえまし」

返事はない。おせいは、手近に転がっていたあひるの形のおまるを拾い上げた。

「今度、お納戸役の方にお願いして、犬張り子の絵のついたおまるを買ってきていただきますわな」

「ふん。わあはもう、おまるなど要らぬ」

「厠に行くと、かまどうまが出てきますわな」

「怖いものか」

「へえ、怖くなんかねえ。ただの虫ですわな。本当に怖くって辛かったのは、何ですか」

長いこと、一国様はそこにいないふりをしていた。おせいはただ座って待った。

「呪などではない」

一国様の、いつもの声音に戻っていた。

「邦一の母上のせいではない」

「そうですか。やっぱり、一国様はちゃんとご存じなんですわな」

「あのころ、皆で思い違いをしておった。互いを疑い合い、怯えたり怒ったりしておった」

「その思い違いは、今でも続いてますわな」

「うん。愚かだな」

「皆様が愚かになるのは、一国様がお労しいからでございますわな。一国様のことを思うと、悲しいからでございますわな」

またしばらくのあいだ、一国様は黙り込む。

それから、囁くように言った。

「――お祖父様じゃ」

お祖父様がお菓子をくださった。

「手ずから、わあにくださった。毒味役を通っておらぬ。そのお菓子に毒が仕込んであった」

おせいは、ちょっと言葉を失った。

「確かでございますか。それこそ一国様の思い違いではありませんか」

「違わぬ」

強い声だった。伝わってくるのは怒りではなく、苦しみに耐える我慢だ。

「お菓子を食べた後、わあはすぐ具合が悪くなった。だからわかった。そのことを口に出してはならぬということもわかった」

お祖父様を責めてはならぬとわかった。

「その少し前に、お祖父様から言い聞かされていたから」

――一国よ、よく聞きなさい。

「わあがいることで、大黒家が揺らいでいる。一枚岩だった家中が二つに割れてしまった」

――その責は、まず誰よりもこの私が負うべきものだ。故に、私はこの手で、そなたを追放するつもりでおる。

「わあ一人で追いやったりせぬ。すぐにお祖父様もいらっしゃるとの仰せだった。二人で戸毛の里へ参ろう」

一国様は、お祖父様の言うことに逆らわなかった。お祖父様のなさることを誰にも告げ口しなかった。

一国様は、祖父である城代家老・滝沢新右ヱ門の手で殺されたのだ。

追放するというのは、一国様をこの世から追い出すことだった。

滝沢新右ヱ門は、恵比寿藩家中の者として、主家に忠義を尽くし、その内訌を収めるために可愛い孫を毒殺した。そしてその墓を父祖の地に建てた。

「母上は、お祖父様のなさったことを知って、悲しみのあまり亡くなってしまった」

それを見届けて、新右ヱ門も腹を切った。

亡骸は揃って戸毛の里に葬られた。しかし、傷ついた一国様の魂は、この花兜城に閉じ込められてしまった。

「わあは怒っておらぬ。恨んでもおらぬ」

だが、花兜城から外に出ることはできない。浄土に渡ることもできない。

「お祖父様も母上も、それは同じだ。どこにおられるのかわからぬ。地獄にいるのか、そこらで迷っているのか」

一国様にわかるのは、深い悲しみが花兜城に焼きついているということだけだ。

「わあは、加代姫に害をなそうなどと思ってはおらぬ」

ただ、お城に焼きついた昔の悲しみと、抗(あらが)うことを許されなかった十歳の男子の無念が、ここでいちばん弱く幼い者に障ってしまっただけなのだ。男女の差こそあれ、加代姫は、お殿様の寵愛深いお国様の一子だという点では、一国様と同じ立場にいるから、なおさら障りが寄りやすかったのだろう。

姫が声を失ったのは、かつて一国様も声を失っていたからだ。嫌だ、死にたくない、お祖父様そんな怖いことをなさらないでと抗う声を封じられてしまったからだ。

このようにして、因果は巡る。

一国様亡き後もこの世に生き続けている者たちは、悲しかったことを忘れた。酷(むご)い真実には触れずに、噂話や聞き伝えの方ばかりに目を向けて、いつしかそちらが曖昧(あいまい)でもっともらしい「真実」になるのを許してきた。

一国様は、それを見てきた。ご自分の死と、滝沢家の亡き人びとを巡る悲しみが、呪だとか毒殺だとか囁かれるのを。忌まれるのを。そして蓋をされ、忘れられていくのを。

花兜城につなぎ止められたまま。

「わあがここから解き放たれるなら、加代姫の声も戻ろう。お祖父様も母上も救われよう。でも、どうしたらいいのかわからぬ」

今の一国様は亡者に過ぎぬ。影に過ぎぬ。

「なぜせいが泣くのだ」

震える声が、からかうように言う。おせいは手の甲で頬をぬぐった。

「泣いてはおりません。あんまりびっくりしたので、目から冷や汗が出ましたわな」

もんも声だからこそ、一国様に会えた。二十八年前に起こった悲しみの源を知ることができた。だが、そこから先は何ができる？　このもんも声で、一国様のお役に立てるか。

ぬぐってもぬぐっても涙が溢れる。おせいは懸命に考えた。

——いつかも、こうして行き悩んだとき。

人の目をした鷗が飛んできて、助言をくれたのだったっけ。あれは亡者が宿った鷗。あるいは、あやかしのものだったのか。一国様も、ああいうふうになれたなら、どこへでも好きなところへ行かれるだろうに。

一国様は、影のなかに入れる。人の影に潜むことも、物の影にまじることもできる。

だったら、内が真っ暗な影になっている容れ物を探せばいいのでは？　それに入ってお城から出て行けばいいのでは？

「せいは、わあに醬油樽(しょうゆだる)や油樽になってしまえと言うのか」

いや、そういう意味ではない。

「だって、内が暗くて空っぽのものなど、樽ぐらいしかないではないか」

ならば木箱はどうだなどと申すなよと、一国様はむくれた。

「どれも同じじゃ。鎧櫃なら、一度入ってみたことがある。居心地が悪くてたまらなかった。行李や長持も同じだ」

わあは物ではない！　と、一国様は叫んだ。

一国様が癇癪を起こすと、またおまるが飛んだり跳ねたりする。これだけ騒々しいと、誰かに聞き咎められてしまう。おせいは本物の冷や汗をかいた。

「かしこまりました。せいにお任せください。きっと一国様のお気に召す容れ物を見つけてみますわな」

どんと胸を叩いてみせると、一国様が鼻を鳴らすような声を出した。

「安請け合いをするのだな」

「へえ、まあ一人では安請け合いですわな。けども、まあにはもんもがついております」

もんものことは、もんもに訊け。

「一国様をお助けできるよう、このもんも声をうんと使って参りますわな！」

昔語りをするおせいの声音には、張りと勢いがよみがえっている。いったん口を閉じると、当の本人はうっすりと照れ笑いをした。

「大きく出たもんでございますわなあ。自分のことながら、思い出すと恥ずかしゅうて身が縮む想いがしますわな」

　おちかも富次郎も息を詰めて聴き入ってきたので、ふうっと肩の力が抜けた。

「恥ずかしいことなんかじゃありません。一国様は、どんなにか嬉しかったことでしょう」

　初めて差し伸べられた救いの手だ。

「まあなんぞが申し上げることを、一国様がどれだけ恃(たの)みにされたのかはわかりませんわな。けども、空手形にするつもりはありませんでしたから、無い知恵を絞って考えましたわな」

　花兜城内にいては、城主の一国様を差し置いて他のもんもを引き寄せることはできない。

「たくさんのもんもに会うには、まあはまずお暇(いとま)をとって、お城から外へ出ていかねばなりませんわなあ」

　ちょうど宿下がりをいただいていたのが幸いだった。加代姫様たちが別邸から戻られると、おせいは碌山先生に願い出た。

「笹間屋に帰ってみたら、故郷の朝日村から便りが来ていて、〈浜ざらい〉をしているおとうが重い病にかかっているといいます。最後の孝行を尽くしたいので、どうぞお暇をくだせえ」

　姫様はもう指文字と身振り手振りを自在に使いこなしておられるし、

「もうろく先生も、かなり上手になっておられましたからな。先生は恩情のある方でしたし、すぐと承知して、お鈴の方様からお許しを取り付けてくださいましたわな」

　自らも農家の出で、お城では肩身の狭いこともなくはなく、漁村生まれのおせいに親しんでくれていたお鈴の方は、たいそう残念がった。加代姫様も涙をこぼして寂しがった。

「だもんで、おとうの具合がようなったら、またお城に戻って奉公するようにとのお言葉をいただきましたわな」

　これは、願ってもないご下命だった。お城の外で目的を果たしたら、大手を振って戻ってこられる。

　宇乃殿も別れを惜しみ、土産物を持たせてくれた。おせいは心のなかで頭を下げ、ひそかに思った。一国様が晴れてこのお城を出て行かれたあかつきには、宇乃殿に全て打ち明けて差し上げよう、と。

　小さな手荷物を背負って、お城の不浄門から外に出た。門番に頭を下げ、早足で歩いていると、何かがぽんと肩の上に落ちてきた。

「まあの指の長さほどの、小さなヤモリでしたわな」

　お城の石垣か壁にへばりついていたのが、何かの拍子に落っこちてきたのだろう。

「ヤモリは家の守りと言いますから、いじめちゃなりません。指でつまんで、堀端の地面におろしてやりましたわな」

　すると、ヤモリはおせいの右足の甲によじ登ってきた。草鞋（わらじ）の紐（ひも）のあいだで短い脚を踏ん張り、こっちを仰いで、二本の前脚をしきりとこすり合わせるような仕草をする。

　何の真似だろう、餌でもねだっているんだろうかと思って、どきりとした。

「このヤモリは、まあに手を合わせて拝んでいるみたいだって」

　一国様が話していたことが、さあっと頭をよぎった。

　――お祖父様も母上も、どこにおられるのかわからぬ。地獄にいるのか、そこらで迷っているのか。

「その場でしゃがんで、ヤモリをつまんで掌の上に乗っけて」

もんも声を殺して、そっと問いかけた。

「あなた様は滝沢新右ヱ門様でいらっしゃいますか。それとも、滝の方様でいらっしゃいますか」

ヤモリは、その黒い点のような目で、ひたとおせいを見つめ返してきた。

――かたじけない。

そう、声が聞こえた。おせいが一瞬たじろぐうちに、ヤモリは掌の上から飛び降りて逃げ去ってしまった。

「あっけにとられて、口を開いたまんま突っ立ってたもんで、門番に怪しまれてしまいましたわな」

慌ててまた一礼して、おせいもその場を逃げ去った。またぞろ泣けてきそうになったけれど、歯を食いしばって堪えた。
「泣いてる暇はねえ、しゃんとして、一国様と滝沢家の皆様をお助けせねば」
一国様にはああ申し上げたけれど、あてもなくもんも声を使うわけにはいかない。手当たり次第にもんもに呼びかけるのは危ないのだ。だから、おせいは朝日村に向かった。

「寺家の大刀自様にお会いしようと思って」

富次郎が驚く。「え？　だって、おせいさんが村を出てから何年経ってるんです？　どれほど長生きの大刀自様でも、さすがに死んでるんじゃ――」

「従兄さんたら、わかりの悪い人ですねえ」

おちかが笑うと、おせいも笑う。

「へえ。まあは、大刀自様のもんもを呼び出してお知恵を借りようと思ったんですわな」

寺家では、大刀自どころか網元も亡くなって代替わりしていた。先代の長男である今の網元は、〈浜ざらい〉の忠二郎の娘・おせいを覚えていたし、おせいの引き起こした海亡者騒動のことも忘れてはいなかったが、

――大刀自様が、おめを粗略に扱っちゃならねえと言い置いて逝かれたから。

と、快く寺家の仏間に招き入れてくれた。

――もんも声のおせい、どこへ消えたかと思ったら、ひょっこり戻りよる。年増じゃが、ええ女になったの。

――そんな思い詰めたような顔をして、大刀自様のもんもを招く気ぃか。

――ンなら、わあらは外そう。親父のもんもまで呼ばんでくれや。

かっかと笑って仏間を出てゆく網元の背に、おせいは深々と頭を下げた。今更ながら、大刀自様の権威のほどを思い知った。

「仏間に入ると、簞笥よりも大きな黒漆塗りの仏壇に、寺家の代々の網元や刀自様方の位牌が並べてありましてな。燭台の蠟燭をみんな点すと、真昼のように明るくなるんですわな」

その前に正座して合掌し、おせいはひそひそともんも声を出した。この声が地にしみこみ、幽土にまで届くよう、心を込めて語りかけた。

「拝んでおりますと、まあが点した蠟燭が、端から一つずつ消えていくんですわな」

消えるたびに、かすかに「ぱくぱく」というような音がした。ものが弾ける音ほど鋭くはなく、叩くような音でもない。

「蠟燭がみんな消えてしまうまでその音に耳を傾けていて、ああ、と思い当たったのは」

昔、おせいにもんも声のことを説いてくれたとき、大刀自様は既にほとんどの歯が抜けていて、しゃべると口からしばしば息が漏れた。その音が「ぱくぱく」と聞こえたのだった。

「まあの話が通じたんだと思って、そりゃ嬉しゅうございましたわな」

仏間ではそれ以上何も起こらなかったので、おせいは寺家を辞して生家に帰った。

「何と、家のみんなは、まあがお城にあがって加代姫様にお仕えしていることを承知しておりまして」

大した出世だと褒めてくれた。

「笹間屋の旦那さんが、折々に文を書いておとうに送ってくださすっていたんですわな。浜忠は羽振りがよくって、おとうも恰幅がようなっておりました」

あばら家だった生家もあちこち手が入って、住み心地が良くなっていた。その一室で、おせいはゆっくり寝んだ。

「寝言の用心にと、おとうが隣に寝てくれましたけども、いびきがひどくって参りましたわな」

夜半、耳元で「ぱくぱく」という音がするので目が覚めた。

「顔のすぐそばに、寺家の大刀自様のお顔がありましてなあ」

床の上に起き直り、間近に向き合う大刀自様は、少しばかり色が薄くて、大刀自様の身体を透かして向こう側が見えた。

「大いびきをかいてるおとうの寝姿が見えまして、気が引けましたわな」

おせいはひそひそのもんも声で語り、大刀自様は普通に口を動かしてしゃべって応じた。その声は小さいというよりは遠い感じで、

「やりとりしていると、ときどきお姿がちかちかまたたいて、消えたりまた現れたり」

その身体に触れることはできず、大刀自様のいるところに手を伸ばしてみると、ただひんやりしていたという。

「ああ、本当に亡者だと思いましたわな」

さて大刀自様のおっしゃることには、

「一国様をお城から外に出し、解き放って差し上げるために何かを容れ物にするというのは、つまりは一国様がその何かに憑くということなのだから」

軽々に考えてはならぬと叱られた。

「生きている人は亡者の容れ物にならぬ。強いて容れ物にしたら、亡者は憑きものになってしまうし、憑かれた方も悪くすると正気を失ってしまう」

――さりとて、お次様の亡魂を獣に容れようなどは不忠の極みじゃ。

「ヤモリに生まれ変わり、今も花兜城に張りついておられる滝沢新右ヱ門様のご不幸を思っても、一国様を人ではない生き物に移すのはもってのほか」

となると、いくら一国様が「わあは物ではない！」とお怒りになろうと、容れ物になるのは何らかの「物」でしかない。

「大刀自様は、亡者と何かしら関わりのあるもの、亡者が愛慕なり執着なり強い想いを抱いている、あるいは拘っている物を探すしかないと教えてくださったんでございますがなあ」

その線で考えると、おせいが思いつくのは、犬張り子の絵のついたおまるぐらいのものだ。

「それと、いくら一国様が聡くても、十ばかりのお子では、ご自分が〈何かに強く思い入れている〉〈拘っている〉という気持ちがよくおわかりにならんだろう、と」

ただの好き嫌い云々ではないのだから。

「やっぱり、こちらの方から何かしらよさそうな物を見つけて、あれはどうかこれはどうか、一国様のお心が動くかどうか試してみるのがいいとの仰せなんですわ」

人形では駄目だろうか。男子だから武者人形ならお気に召すのではないか。あるいは絵はどうだろうか。誰か優れた絵師に頼んで、一国様の絵姿を描いてもらえばいいのではないか。

「まあもあれこれ申し上げましたが、そうしているうちに大刀自様のお姿がどんどん薄れていって」

――おせい、これまでじゃ。わしはもう幽土の者。そうそう身軽におめの呼びかけに応じることはできぬわい。

「そんな殺生なと申し上げますと」

――知恵を絞れ。もんも声を賢く使え。

そう諭し、蠟燭の灯りを消すように大刀自様の姿がふうっと消えて、あとにはほんのりと冷気だけが残った。

「まあは、朝まで眠れませんでしたわな」

夜明け前、家の皆が起き出す。おせいはふらりと浜へ出てみた。村の人びとが集い、地引き網の支度を始めている。

「地引き網は、沖に出た船がぐるっと回してきた網を浜から引くんですけども、この船が一艘のやり方と、二艘で回すやり方があって」

おせいが村にいたころは、一艘で網を回していた。今では網元の三家が全て、立派な船二艘で回すやり方になっている。地引き網に集う人びとの数も増えていた。離れているうちに、村は豊かになっていたのだ。だからこそ浜忠も繁盛している。

「これも恵比寿藩が太平で、大黒家のお殿様が立派に治めてくださっているからですわな」

一国様は、恵比寿藩のこの太平を守るため、幼くして命を奪われたのだ。

こんな理不尽なことはねえ。きっとお助けせねば。そう思うと、総身に力がわいてきた。

一夜の里帰りの礼をして実家を後にし、おせいは、かつて人の眼を持つ鷗のもんもに出会った崖の上に立った。

「あンときの親切なもんも様」

潮風に乗せて、もんも声で呼びかけてみた。

「朝日村のせいでごぜえます。またお知恵をお借りしたくて参りました。花兜城の一国様をお助けするために、探し物をしております。どこへ行けばよろしいか教えてくだせえ」

繰り返し呼びかけてみたが、何事も起こらない。晩秋の海の色は深みを増し、空には鰯雲が流れてゆく。

がっかりして踵(きびす)を返し、崖を下りようと歩み始めると、何かがほっぺたに触れた。ごくごく微細な、目に見えないものだ。

気のせいだろうかと歩き続けると、また触れた。今度はくちびるをかすめて、顎の方にまでつうっと流れてゆく。

指で触れ、目を近づけてよくよく見ると、髪の毛よりも細い蜘蛛の糸だ。そうしているうちにも次から次へと額に、頬に、鼻の頭に蜘蛛の糸がかかってくる。

顔を上げてまわりを見回すと、小指の爪よりもまだ小さく、身体が半ば透き通った蜘蛛の群れが、それぞれ糸を吐きながら、風に乗って飛び交っているのだった。

おせいは、ぽかんとそれに見とれた。秋の日差しを受けて、無数の蜘蛛の身体はときどき七色に光った。まるで、虹(にじ)が砕けて舞い散っているかのような眺めだった。

蜘蛛の群れは、てんでに歌うように囁いていた。おせいの顔や身体のまわりを飛び交いながら、絶え間なく呼びかけてきた。

（おせい）

（とんひゃらぴー）

（もんも声のおまる番）

（探せ）

（とんひゃらぴー）

（わあを探せ）

（とんひゃらぴー）
（清い魂を宿せる）
（とんひゃらぴー）
（わあを探せ）
（とんひゃらぴー）

とんひゃらぴーというところは、言葉ではなく、お囃子のように聞こえた。笛と太鼓の音に聞こえた。

群れ飛ぶ蜘蛛を追いかけ、導かれるままに走ってゆくと、朝日宿に続く道に出ていた。おせいは迷わずあの旅籠町へと向かった。

手がかりは、「とんひゃらぴー」と「蜘蛛」だ。かつて笹間屋の五兵衛とお陸が逗留していた旅籠を振り出しに、どれほど面妖がられようと、笑われようと気味悪がられようと、おせいは旅籠の一軒一軒を訪ね歩き、訊いて回った。この「とんひゃらぴー」というお囃子を知っている人はいませんか。この恵比寿領内で、「蜘蛛」にまつわる場所や物に思い当たることはありませんか。

旅籠町には様々な人が行き来する。それは見聞が集まるということだ。

日が傾き、おせいの声が嗄れてきて、このまま訊き回っていてはもんも声を出してしまうことになる、そろそろ諦めようかと思うころ、一人の行商人に行き当たった。遠州一帯に生薬を売り歩いているという老人である。

「とんひゃらぴー？」

その節回しなら、とある人形芝居の一座のお囃子だろうと言った。

「三河から来ている旅の一座で、毎年刈り入れのころになると、恵比寿領内を巡っとる。儂は何度か行き会うて、一座の売り物の演目も観たことがある」

　大蜘蛛退治の演目だという。

「もとは源 頼光の大蜘蛛退治の芝居だったんじゃが、行く先々の土地で、その藩の主家のご先祖様を主役に代えて演じるものだから、たいそう評判をとっておる」

　恵比寿領内で演じるときには、槍の名手として誉れ高い大黒家初代のお殿様が名槍〈雷光〉を操り、疫病をもたらす醜い大蜘蛛を平らげるという筋書きになるそうだ。

　それだ！　おせいは踊り出しそうになった。

「その一座、今年も来ているんでしょうか。今はどこにいるんでしょう」

「さて……。あいにく、儂も今年は行き合っておらねえし、そこまではわからん」

　一座は、恵比寿領内のあちこちの村の刈り入れ祭りに合わせて巡って来るのだが、小屋がけが許される場所は毎年変わるらしい。

「とんひゃらぴーというお囃子と、大蜘蛛の姿を描いた緑色の幟が目印じゃ」

　それだけ聞けば充分だ。朝日宿で旅支度を調えて、おせいは街道へと踏み出した。

とんひゃらぴー。

人に会うては人に訊く。

とんひゃらぴー。

もんもに会うてはもんもに訊く。

とんひゃらぴー。

それなら、月の初めにどこどこの村にいた。

去年の今ごろはどこどこの村で見かけた。

足に肉刺（まめ）をつくり、草鞋を履きつぶしながら、おせいは旅の一座を追いかけた。ほとんど野宿で、飯を抜くこともしばしばだった。

とんひゃらぴー。

深い森のなかで出会ったもんもは、熾火（おきび）のように燃える眼の山犬の姿をしていて、

「あの大蜘蛛なら北へ行った」

とんひゃらぴー。

道ばたの地蔵堂で雨宿りを共にした旅人は、

「ああ、あの一座は東の海辺の宿場にいたよ」

とんひゃらぴー。

旅籠の裏口で女中に問えば、

「大蜘蛛退治の人形芝居かい？　たいそうよく出来た演目だったわな。先月の中頃にこの宿を発（た）って、街道沿いに南へ行くと言ってたよう」

とんひゃらぴー。

あるときは、分かれ道で行き迷い、くたびれたおせいがため息をつくと、またどこからかあの七色に光る蜘蛛の群れが舞い降りてきた。

（わあを探せ）

（おせい）

（諦めるな）

とんひゃらぴー。

とうとう件の一座に追いつき、はためく緑色の幟に、真っ黒な身体に金色の眼の大蜘蛛の絵を見つけたときには、一月が経っていた。一座は恵比寿領内で許された小屋がけを終え、領外へ出ようとしているところだった。温暖な恵比寿領でも秋は過ぎて、どの村でも刈り入れの祭りは終わっていた。

一座は既に小屋を壊し、荷車に荷を積み込んでいる。おせいは、件の芝居に使われる大蜘蛛の張り子を目の当たりにした。馬ほどの大きさで、そのままでは運べないからだろう、八本の脚を外していた。胴体の内側はぽかんと空洞になっている。

それにしても、何と醜く恐ろしい姿であることか。ぜんたいに角張っていて、蜘蛛というよりは、あの嫌らしいかまどうまにそっくりだ。

一国様の受けた呪の種だと噂されていたかまどうま。

加代姫様が怖がっているかまどうま。

一座の頭（かしら）は六尺豊かな大男で、見事な禿頭に蜘蛛の刺青（いれずみ）をしていた。普段なら、ちょっとお近づきになろうとは思わぬ御仁である。

だがおせいは怖（お）じけなかった。むしろ座頭の方が、急ぎ旅に窶（やつ）れたおせいの姿に驚き、その食いつくような勢いに押されていた。

「あたしらを追っかけてきたって？」

「へえ。どうしても城下で演じていただきたくって、お探ししてましたわな」

「あたしらの泥臭い人形芝居が、城下のお客に通じるわけがねえ」

「そんなことはねえですわな。まあは一座の皆さんを追っかけながら、いろんなところで評判を聞いたけど、みんな褒めてたもの」

おせいは（身分としてはおまる係だということは伏せて）、自分が加代姫様付きの女中であること、たまたま宿下がりをしている折に一座の評判を聞いたこと、姫様がひどくかまどうまを怖がって、あれの出そうなところには近づけなくて困っていること、だからきっとこのおっかない大蜘蛛退治の芝居をお気に召すだろうこと、自分がその旨をお話しして願い上げれば、お鈴の方様からお殿様にお口添えをいただき、城下で小屋がけするお許しを得られること――もろもろを必死でかき口説いた。

「お頭、うさんくせえ女じゃねえか」

「こんな女におこわにかけられちゃ（だまされちゃ）たまりませんぜ」

「ほっといて行こう、行こう」

「正月の小屋がけに備えて、人形と張り子の手入れを始めなくっちゃねえ」

これまた一癖も二癖もありそうな面々の一座の者たちがくさすなかで、座頭は難しい顔をして考え込んでいたが、

「おせいさんとやら、どっからどう歩ってあたしらを追っかけてきたんだ？　言ってみろ」

たどってきた道筋を思い出しながら、おせいが言い並べてゆくと、つくづく呆れた。

「ずいぶんうねうねと遠回りをしたもんだ」

座頭に地図を見せてもらって、おせい自身も驚いた。きわどいところで一座とすれ違い、逆に

遠ざかってしまったときもあるとわかった。

「ずっと訊き歩きだったから、見当違いの方向へそれてしまうこともあったんでしょう」

「よく山ン中で行き倒れなかったねえ」

迷うともんもの助けを借りた、熾火のような眼の山犬は頼りになった——とは言えない。

「この一座の人形芝居を姫様にお見せしたい一心で参りましたわな。領内で演じるときは、初代様が雷光をふるって恵比寿藩の民を守ってくださるんですもんな」

座頭は大きな手で禿頭を撫であげ、撫で下ろしながら考え込んで、とうとう言った。

「おめえさんの口車に乗ってみるか」

そして、今度こそ本当に小躍りして喜ぶおせいを冷やかした。

「念のために言っとくが、蜘蛛とかまどうまは別物だぞ」

一足先にお城へ向かう前に、座頭に頼んで、件の芝居で大蜘蛛を退治する武者人形を見せてもらった。若武者のりりしい顔をしていた。座頭は、演者としてはもう一線を退いているのだけれど、この演目に限っては、自身でこの武者人形を操るのだと言った。

「加代姫様も、きっとこの人形をお気に召しますわな」と、おせいは言った。

一国様も気に入ってくださるだろう。この武者人形が大黒家の祖を演じる。花兜城の城主を容れるのに、これ以上ふさわしい器はない。

花兜城に帰り着き、まずはもうろく先生と宇乃殿に掛け合って、熱が入るあまりに、

「おせい、病の父親はどうした」

そっちの方をけろりと忘れていて、慌てた。

「ふむ、旅の一座の人形芝居か」

「特に姫様にお目にかけるほどのものではないと思いますよ」

二人には渋られたが、驚いたことに、話を聞いたお鈴の方様が乗り気になられた。懐かしいとおっしゃるのである。

「子供のころ、父の膝に座って、旅芝居の一座が演じる『義経千本桜』の一幕を観たことがあるのです」

そう、この方は蜜柑の方様で、土臭く素朴な思い出をお持ちなのだった。おせいは、その巡り合わせに心から感謝した。

肝心の加代姫様も、久々におせいと指文字でやりとりし、初代様が恐ろしい大蜘蛛を退治される筋書きの人形芝居で、若武者の人形がりりしく美しい顔をしていると知ると、

〈こわいけどみてみたい〉

こうなれば話は早い。お鈴の方様からお殿様に「おねだり」していただき、件の一座が城下で小屋がけするお許しを得ることがかなった。

足取りも軽く、おせいはおまる置き場に向かった。

「一国様、せいでございます。戻って参りました」

一国様の影は現れない。

「一国様のお気に召しそうな器をめっけましたわな。お出ましくだせぇ」

しぃんとしている。棚に並べたおまるも動かない。怒っているのか拗ねているのか。

「そっか、口ばかりでは信用していただけなくてもしょうがありませんわな。今しばらくお待ち

くだせえ」

さて、この興行はあくまでもお方様の「おねだり」によるお許しだから、お殿様は一切関知なさらない。お鈴の方様と加代姫様がおいでになるのに、粗末な小屋ではいけないと支度金が下されることになったが、これも藩の金蔵からの支出ではなく、お鈴の方様が御手元金を出された。つまりご生家からの出金である。

喜んだ座頭は、この興行がお鈴の方様の肝煎りによるものであることを盛んに言い広めた。城下では、初代様が名槍をふるう大活劇への期待も、一座を招いたお鈴の方様の人気も高まっていった。

全て、おせいにとっては、いちいち喜んで小躍りしていたら一日中踊っていなくてはならないような成り行きだった。できるだけ手伝おうと、にわかに城下に滞在することになった一座のために、炊き出しや洗濯や買い出しを請け合って、まめまめしく働いた。毎日通って顔を合わせるうちに、最初はよそよそしかった一座の者たちも、だんだんとおせいを認めてくれるようになり、人形や張り子、大道具小道具の手入れを間近に見物していると、「ちょっと手を

貸してくれ」などと頼まれるようにもなった。芝居で使う紙吹雪や血糊などに触れたのもこのころのことである。

こうして、お鈴の方様と加代姫様ご高覧の興行は、霜月（陰暦の十一月）初めの三日間だけ執り行われることに決まった。その興行のために刷られた真新しい引き札（チラシ）を手に、おせいはようやくお城のおまる置き場へ行った。

「一国様、せいでございますわな」

ご覧くださいまし——と、引き札を掲げて見せた。

「人形芝居ですわな。ここに描いてある武者人形が、恵比寿藩の民に仇なす大蜘蛛を退治するという筋書きでございます」

自分の見てきたこと、手で触れたもの、武者人形の作りやその動き方、大蜘蛛の張り子の恐ろしいこと、糸と棒を使ってその八本の脚を操る演者の技の巧みさ。名槍〈雷光〉の、芝居の小道具とは思えない本物らしさ。おせいはとうとうと語った。

ようやく、おまるの棚の陰から一国様の頭がちらりと覗いた。

「この引き札には真っ黒で毛むくじゃらに描いてありますが、実物の大蜘蛛の張り子は、嫌らしいかまどうまによく似ているんでございますわな。動きもぴょんぴょんと跳ねるようで、そりゃあ忌まわしくって気味が悪くって。せいもまだお稽古を見ただけですが、初代様の役をするこの若武者の人形が、えいやえいやと槍をふるって化け物退治をする様は、もう胸がすくようなんでございますわな」

その熱っぽさに、一国様もお気持ちが動いたらしい。するすると現れると、おせいの掲げる引き札に近寄ってきた。

「せい、肝心なことを忘れておる」

「何でございましょう」

「わあは、城を出て芝居小屋へ観に行くことはできぬ」

「ですから、人形の方をお城に持ってきてもらうんですわな」

おせいには、ちゃんと企みがあるのだった。

「興行が終わったら、座頭が肝煎りのお鈴の方様にお礼のご挨拶に参りますから」

支度金のことが決まったとき、座頭の方から「もしお目通りを賜れるなら、ぜひとも」という願いがあり、これが許されたので、それなら間近に武者人形をお目にかけてはどうかと、おせいはせっせと焚きつけたのだった。

「せいにはもんもの知恵がついております。ぬかりはございませんわな」

「ふん。ちょっと遠出したくらいで、急にいばるようになったんだな」

「あいすみません」

「姫が芝居を気に入らなかったらどうする？　大きなかまどうまのような張り子を見て泣いてしまったら？」

「化け物退治の筋書きが本当によくできていますから、おしまいまで観たら誰だってうきうきと楽しゅうなります。姫様も、必ずお気に召しますわな」

一国様は、また「ふん」と言った。まだ、頑(かたく)なに拗ねたような声音だった。

「当日は、いつかみたいに加代姫様の影のなかに隠れてくだせ。そんで、武者人形のなかにすうっと入れば、人形のなかは暗い空（うろ）になってございますから――」

「わかった。おまる係がわあに指図をするな」

「重ね重ねあいすみません」

あんまり先回りして浮かれてはいけない。おせいがちょっぴり身を縮めていると、一国様はまたするすると棚の陰に戻っていった。

そして、おせいに背中を向けて呟いた。

「この興行で、お鈴の方はたいそう人気が高まっていると聞いた」

お城のなかでも、奥に仕える番方や女中たちが噂しているのだという。

「みな、芝居が楽しみだと浮き立っている」

わあは案じられる――と、一国様は呟いた。

「国許で、お鈴の方があんまり領民に慕われると、江戸の正室の勘気に触れるかもしれぬ」

おせいは、あっと胸を衝（つ）かれた。

これはたかだか旅の人形芝居のことだ。藩の政や人事に関わる大事ではない。それでも、ご自分と滝沢家に降りかかった悲運を思えば、一国様は不安を覚えてしまわれるのだ。

「この興行には、お殿様は一切関わっておられません」

ご高覧もなさらないと、もうろく先生が言っていた。殿は、人形芝居は女子供の娯楽だと仰せだよ、と。

「邦一は芝居を観ないのか」

言って、やっと一国様は小さく笑った。

「ものが判っておる。見直した」

せいもあんまり浮かれるな。城主らしく釘(くぎ)をさして、一国様の影は消えた。

芝居小屋に立派な観覧席が出来上がり、お鈴の方様と加代姫様がお出ましになる際の手配も整って、いよいよ興行が始まる。おせいは強いて一国様に呼びかけなかったし、一国様の方から姿をお見せになることもなかった。

一日目も二日目も、大蜘蛛退治の人形芝居は大盛況だった。城下に住まう老若男女が残らず木戸銭を握りしめ、列をなしているのではないかと思えるほどだった。

いよいよ三日目、お鈴の方様と加代姫様がご高覧になった。観覧席とそのまわりの桟敷(さじき)は、家中の人びとがものものしく固めている。平土間にぎゅう詰めになった観客は、芝居の幕が上がるまでは、お鈴の方様と加代姫様にやんやの喝采(かっさい)を送っていた。

「まあは、小屋の裏側から見物しておりましたわな」

黒白の間で、おせいは語る。話が大詰めになってきて、場の空気が張り詰めている。

「三日で六回の興行でしたが、お方様と姫様のご覧になった回の出来映えがことのほかよくって、座頭は面目をほどこしました」

初代様に扮(ふん)した若武者の人形が大蜘蛛の八本の脚を順に斬り捨て、とどめに胴体を貫いて、そこに足をかけて見得をきる。小屋中の観客が拍手喝采し、お鈴の方様も加代姫様も、目を輝かせ頬を紅潮させておられた。

「それで座頭は、首尾よく人形を持ってお城にご挨拶に上がることができたんですか」

富次郎が先をせっつく。

「はい、段取りどおりでございましたわな」

おせいはゆっくりと深くうなずいた。

「お方様のお部屋で、まあは廊下の端に控えておりましたけれど、わかりました」

一国様が、加代姫様の小さな影に隠れておられることが。

「ほんの一瞬、姫様の影ではない影が、まあの方に手を振ってくださいましたから」

お方様も姫様も、芝居の素晴らしかったことを褒め称え、座頭を労った。その興奮ぶりは微笑ましくも可笑しいほどで、姫様の指文字と身振り手振りの通詞役をする碌山先生は、忙しさに大汗をかいていた。

「まあは、心のなかで一生懸命に呼びかけましたわな」

一国様、皆様がこれほどお気に召したお芝居の主役を務めた人形が、すぐそこにあります。

「一国様にふさわしい器ですわな、と」

そして、おせいは確かに見た。加代姫様の影から一塊の影が分かれ出てきて、油が流れるようにつうっと、座頭が両手で捧げ持つ武者人形の方へと動いてゆくのを。

「これまた、瞬きする間のことでしたわな」

夕暮れ時で、部屋には窓から茜色の陽がさしかけ、灯りもいくつか点してあった。もうろく先生と宇乃殿をはじめ、ご家来衆もその場にいたから、人と物の影の数は多く、その伸びる方向も、形も様々だった。

「そのおかげで、一国様の影の動きに気づく方はいませんでしたわな」

一国様は、武者人形のなかに入られた。

その武者人形を大事に抱えて、座頭がお城から退出してゆく。

一国様は、花兜城から外に出られた。

「おまる置き場に行くまでもなく、そのことは確かめられましたわな」

座頭が退出し、四半刻（約三十分）ほど経ったころだ。まだ芝居話に興じているお鈴の方様と碌山先生、宇乃殿の前で、加代姫様がこうおっしゃった。

「ああ楽しゅうございましたね、母様」

心から嬉しそうに、吐息と共に、姫様は声を出してそうおっしゃった。

「たちまち、お部屋じゅうがまた大騒ぎになりましたわな」

加代姫様に声が戻った。一国様は解き放たれた。永き悲しみは終わったのだ。

「とんひゃらぴー」

歌うように節をつけて、おせいは続ける。

「翌朝、まあは一座のところに行きました。急いで三河へ帰らねばならんと、おおわらわで片付けをしていましたわな」

それを手伝いながら、人目を忍び、大道具小道具の包みに向かって、おせいはもんも声で呼

びかけた。

「一国様、一国様」

武者人形は絹布と真綿に包まれ、立派な櫃に入って旅をする。何度か見かけたことがあるその櫃を捜して、うろうろした。

と、一座の荷車のうちの一つから声が聞こえてきた。

——せい、わあはここじゃ。

その荷車には筵が幾重にもかけられ、荒縄で縛ってある。筵をめくってみると、黄色い油紙の包みが見えた。

「それも、まあは見覚えがございましたわな」

あの大蜘蛛の張り子の脚は、ばらして油紙に包んで運ぶ。その荷造りも荷解きも、おせいは見たことがあったのだ。

「胴体の方も油紙で覆い、潰れぬよう木枠に収めます。その木箱と八本の脚は同じ荷車に積み込んで、隙間に詰め物をするんですわな」

——せい、聞こえぬか。

「一国様のお声が、大蜘蛛の張り子が載せられた荷車から聞こえてくるなんて」

いったいぜんたいどういうことだ。戸惑うおせいに、一国様の声が笑った。

——そう驚くな。わあには、この化け物の方がふさわしい。

「一国様は、まあにおっしゃいました」

——そなたのおかげで花兜城から出ることができた。礼を言う。

だが、せいよ。わあは初代様に扮した武者人形よりも、この大蜘蛛の方がいい。

この化け物こそが、わあの容れ物。

醜くともよい。恐ろしくてよい。

この化け物は、一座が諸国を巡ってあの人形芝居を演じるたびに、行く先々の土地の英傑の手で退治されるのであろう。斬り伏せられ、ばらばらにされるのであろう。

わあはそれでよい。一座と共に旅し、その土地の災いを一身に集める形代となろう。

そして何度でも討たれよう。滅びることを寿がれよう。そのたびごとに、憎まれ忌まれて消えてゆくこの世の邪魔者、悪しきものどもの恨みと悲しみを、わあは喰らおう。喰らって喰らって清めてやろう。そのようにして、この世の衆生を守るものとなろう。

――一国の城主よりも、はるかに偉いものになってやろうぞ。

「せい、どうだ参ったか。そうおっしゃって楽しげに笑っておられましたわな」

語るおせいの目尻に、うっすらと涙がにじんできた。

「その固い決心を伺っては、もうまあのできることなど何もない」

おせいは頭を垂れて一座の出立を見送った。幟をひるがえし、荷車をがたぴしさせて、とんひゃらぴーと遠ざかって行く。

「姫様のお声が戻りましたので、まあの花兜城でのお勤めも終わりまして」

おせいは笹間屋に帰った。お鈴の方様の覚えめでたく、お店はいっそう繁盛するようになって、猫の手も借りたい。

「自分の身の振り方を深く考える暇もありませんで、日々忙しく立ち働くうちに」

半年ほど経って、思いがけず縁談が舞い込んできた。

「笹間屋の知り合いの後妻のお話で、まあは今さらどこへ嫁ぐ気もなかったんですけども」

主人夫婦が乗り気で話をまとめてしまい、縁づいたのが今の婚家なのだという。

「ですから倅は前妻の子。まあとはなさぬ仲でございます。もったいないような孝行息子で、夫亡き後もまあを大事にしてくれますわな」

もんも声はかすれ、もんもを招く力も衰えた嫗となっても、おせいは折々に思う。

「この空の下のどこかに、今も一国様はいらっしゃる」

大蜘蛛のなかに入って、旅しておられる。

北の国から南の国へ。諸国を巡り、旅から旅へ。春は花の森を抜け、夏は蟬時雨のなかを、秋は落ち葉の舞い散る下を、冬は凍える氷雨に打たれながら。

行く先々で、人形芝居の一座は若武者の化け物退治の一幕を演じ、観客からはやんやの喝采を浴びる。

「その化け物、醜い大蜘蛛のなかには一国様が入っておられて、喜ぶ人たちの顔を見ている。歓声を聞いている。その様を思い浮かべるだけで、まあも幸せな心地になるんですわな」

——せい、わあは今も約束通り、この世の邪なものを喰らい続けておるぞ。

語りが終わって一息ついているところに、迎えがやってきた。実はなさぬ仲の間柄だったというあのよく出来た倅、美濃屋の入り婿・房之助は、再びおちかと富次郎に丁重に挨拶して、おせいを労りながら帰っていった。

すぐには黒白の間を出る気分にならず、おちかはぼんやりと座っていた。と、富次郎に声をかけられた。

「どうしたんだい？　泣いたりして」

驚いた。指先で目元に触れてみると、確かに涙に濡れている。

「……今日のお話が心に染み入って」

「うん。わたしも同じだよ」

いい話だったねと、富次郎は言った。

「いい人生だよ。おせいさんも、一国様も」

立派な人たちだよね、と言った。

その日は、夕餉もそこそこに富次郎は自室にこもり、遅くまで行灯（あんどん）を点して起きていた。翌朝、呼ばれて行ってみると、

「昨日のうちに仕上げてしまいたかったんだ」

墨絵をひろげて見せてくれた。

画面の右側に、かまどうまみたいな気味の悪い大蜘蛛がうずくまっている。なにしろ巨体なので、半分ぐらいしか見えていない。

「こいつを全部描いてしまったら、興ざめだからね」

ずどんと投げ出されたその脚の一本に腰掛けて、坊主頭の小柄な男の子がこちらに背中を向けている。一国様だ。

「手に何か持たせようと思うんだが、何がいいと思う？」

なるほど、顔の前に掲げた恰好にしてある一国様の右手の先は、まだ描かれていない。

「それと、遠くに景色を入れたいんだ。やっぱり一国様のお故郷の戸毛の里がいいかなあ。杏の花が満開になっているところ」

ちょっと考えて、おちかは首を横に振った。

「いいえ、海がいいと思います」

「海？」

沖合遠くに、地引き網漁をするための船が浮かんでいる。おせいが生まれ育った朝日村だ。

「湾を隔てて、花兜城の天守閣が小さく見えるのもいいかしら。それだと描き込み過ぎになりますか？」

富次郎はう〜んとうなった。

「もうちっと案を練ってみるよ」

それから数日、おちかは楽しみに待った。

「仕上がったから、見ておくれ」

富次郎に呼ばれて、お勝にも声をかけ、

「さあ、ご披露ご披露」

絵のなかの一国様は、右手に草笛を持っていた。今にも口元にあてて、ぴゅうと吹き鳴らそうとしているところだ。

そして遠景には海が描かれていた。

「一座が、朝日村のある浜辺へと下ってゆく峠道で一息入れていて、一国様は目の下に広がる海と浜と村を見おろしているんだ」

沖合の船と朝日村の家々は、絵がうるさくなるので描かなかったという。花兜城もなしだ。

「ええ、これがよろしいかと思います」

目を細めて、お勝は賞賛する。

「なんて素敵な場面でしょう」

一国様が、これから峠道を下り、おせいの故郷を訪ねようとしている。朝日村でも芝居は大評判になり、皆が喝采することだろう。村の男の子たちは、人形芝居の若武者の真似をして遊びに興じることだろう。

遠景の海の上にごくうっすらと雲がかかっており、その雲のなかに何かがいる。よくよく見つめないと形がわからないが——

「あ、鷗！」

「そうそう。人の眼を持つ鷗さ」

しばらくのあいだしみじみ鑑賞すると、感じ入ったようにため息を吐き出して、お勝が恭しくこの絵を持ち上げた。

「では、わたくしがお預かりいたします」

茶目っ気たっぷりに、うふふと笑った。

第三話　面の家

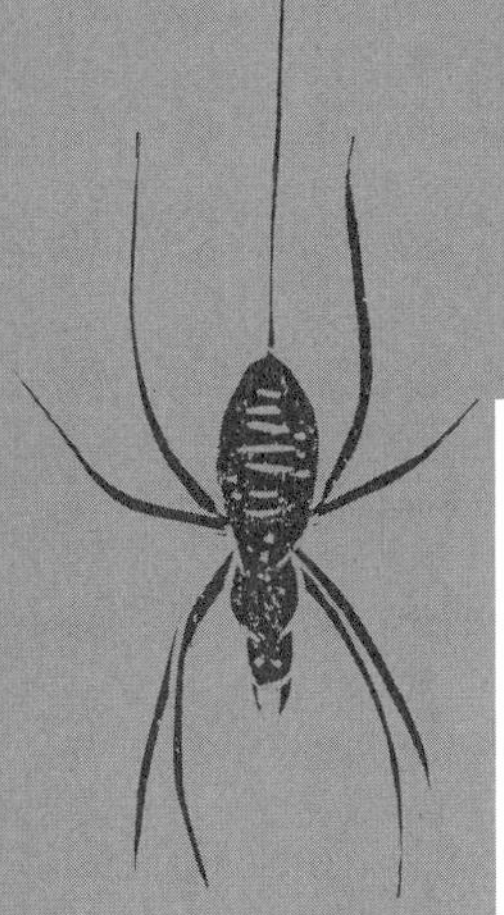

月が変わって、三島屋のこぢんまりした庭の山茶花が咲いた。本格的な冬の到来である。おちかとお勝は冬支度に忙しく、腰痛持ちの番頭の八十助が愚痴る。

「これから春が来るまで辛うございます」

しばしば痛みでくの字になって歩いている彼のために、おかみのお民が手ずから腹巻きを縫ってやった。やあこれは有り難い、具合がいいと、八十助がそれを巻いて床に就いた、寝入りばなのことである。

「擦り半鐘だ！」

近場の火事を報せる切迫した半鐘の音に、家の皆が跳び起きた。伊兵衛はすぐさま、足の速い手代を物見に送り出した。

「どっちの方角だ？」

「北ですね」

「まずいな、こっちが風下だ。火の粉は見えるかい」

「見えませんが、筋違御門を通って、けっこうな数の人たちが逃げてきてますよ」

火事は神田川の向こう側なのだ。とはいえ、のんびりしてはいられない。晴天続きで市中はカラカラに乾いているし、この北風だ。

伊兵衛と手代たちがてきぱきとやりとりし、おちかたちは、いつでも逃げ出せるように、お民の指図で手回り品をまとめた。仕事場に住み込んでいる縫い子の子供たちは寝ぼけ顔だが、しっかり着込ませておかないと風邪を引いてしまう。

「おお、おお、泣くんじゃない。めったなことじゃ、火事は神田川を渡っちゃこないよ」

女子供を慰めながらも、伊兵衛とお民と八十助は、皆を安全に逃がす段取りを話し合う。ここまで煙の臭いが流れてきたら、まずは竜閑橋（りゅうかんばし）を目指して逃げる。そこで様子を見て、さらに火が迫ってくるようなら川沿いに逃げて江戸橋を渡る。神田川を飛び越える火事でも、日本橋川はそうやすやすと越えられまい――

肝を冷やし、身を縮めて半刻（はんとき）（約一時間）ばかりを過ごしたが、幸い、火事は神田川の向こうで消し止められた。鎮火を報せる半鐘を聞き、また物見に走った手代が、火元は神田松永（まつなが）町の飯屋だと聞きつけてきた。

「店のなかで酔っ払いが暴れて瓦灯（かとう）を叩（たた）き割って、その火が障子を伝っていって、あれよあれよという間に燃え上がったという話です」

その燃え方があまりに激しかったので、近場の火の見櫓（やぐら）が一斉に擦り半鐘を叩いたのだ。

「夜中の酔っ払いなんて、人騒がせにもほどがある」

お民はかんかんに怒った。

「どんな飯屋だか知らないけど、何時まで酒を飲ませてるんだよ！」

「それが、暴れた酔っ払いはその飯屋の倅で」

神田松永町は、道一本隔てただけで、藤堂和泉守様のお屋敷に隣り合わせている。

「和泉守様のお情けで、大名火消しが出張ってくださったそうですよ」

「有り難い、有り難い。ついでに、和泉守様のご家来に、その不届きな飯屋の倅を成敗していただきたいよね！」

早朝の冷え込みは厳しく、おちかたちは震えながら朝餉の支度をした。焼け跡を見に行った新太は、戻ってくると震え上がっていて、

「ホントに手際よく消し止められまして……。そうでなかったら、あれは大変な火事になっていたはずですよ。火元のまわり、十軒ばかりの家が、柱も梁も炭みたいに真っ黒けに焦げておりました」

いつもなら朝から山盛りのご飯をお代わりするのに、一膳だけで済ませてしまった。

ほっとしたらくたびれて、眠たい一日となってしまった。が、おちかにもおしまにも、居眠りしている暇はなかった。火事の噂を聞きつけた出入りの商人や知り人らが、次々と見舞いに来てくれたからである。それらの人びとはお民の怒り節に耳を傾け、その怒りようが可笑しいので陰でおちかたちとちょっぴり笑い、これからの季節はいっそう火の用心を心がけようと言い合って引き揚げていった。

おちかのところにも見舞い客が来た。まずは本所亀沢町の手習所〈深考塾〉の習子たち、金太・捨松・良介の三人組である。変わり百物語を通して親しくなった、おちかと丁稚の新太の愉快な朋輩だ。

「夜中の火事のこと、もうあんたたちの耳に届いてるの。早いわねえ」

三人組に親しまれつつ畏れられているおしまが驚き、さらに彼らが手ぶらではなく、ちゃんと火事見舞いを持ってきたことを褒めあげた。

「これ、なあに？」

包みを開けたら、ふかし芋だった。

「あんたらの昼ご飯だろ！」

大笑いしながら、おしまは彼らのために山ほど握り飯をこしらえた。

金捨良には、三島屋の近所の八百濃にも友達がいる。途中からはその直太郎も加わって、新太の焼け跡検分話に聞き入った。

そんなところへ、二組目の見舞い客がやって来た。神田多町二丁目にある貸本屋〈瓢簞古堂〉の若旦那・勘一と、この貸本屋のひいき客であるおしまと親しい十郎という奉公人である。

「昨夜は、瓢簞古堂さんだって眠れなかったでしょうに」

「北風が強うございましたからね。焼け出された方々には気の毒ですが、神田川のあちら側で収まって、小難で済んで安堵いたしました」

軍記物好きなおじさんの十郎は、

「この際、瓢簞古堂に置いておくほど価値のねえ書物を、まとめてあの火事のなかにくべてやろうかと思いましたよ」

なんて口を叩く。若旦那の勘一はいつも穏やかで飄然とした人で、

「どんな書物であれ、世にあるものは全て宝ですよ。そんなことを言っては罰があたる」

と、おっとり窘めて茶を飲んでいた。

「ところで、富次郎さんとお勝さんのお顔が見えませんが」

「従兄さんは、伊一郎従兄さんのところに行きました」

長男の伊一郎は三島屋の跡継ぎだが、今は通油町の小物商〈菱屋〉へ商いの修業に出ている。火事の噂を聞きつけた長兄が気を揉む前に、富次郎がみんな無事だと報せに行ったのだ。

「お勝さんは、おじさんにお供していて」

昨夜の火事で焼け出されたり、延焼を防ぐために打ち壊された家々のなかに三島屋のお客様がいたので、伊兵衛は本物の火事見舞いに出かけているのである。

「禍祓いの力を持つお勝さんを連れてゆけば、今度の災難に遭って弱っているお客様に、これ以上の邪気と悪運が寄ってくるのを防げるからって」

「ああ、それは名案でございますね」

話をしているところに、当の富次郎が帰ってきた。

「お、瓢簞古堂さんだ」

富次郎は勘一の人柄が好きで、さらに甘い物と旨い物が好きだという趣味も合い、言い回しは妙だが年下の勘一に「懐いて」いる。今も嬉しそうに破顔して、おちかの隣に座った。

「和泉守様のおかげで、相生町の〈天下堂〉は火の粉もかからずに逃れたよ」

いきなり言い出す〈天下堂〉とは、最中の美味しい菓子舗である。

「天下堂さんは和泉守様の御用達でございますからね」

「そうか！　きっとあの最中のために大名火消しを差し回してくださったんだね。ああ、話していたら食べたくなってきたよ。新太をお使いにやって、買ってこさせるか」

　富次郎は懐から財布を取り出した。

「ねえ、おちか。台所で賑やかに握り飯を食っている子供たちがいるけど」

「うちのお見舞いに来てくれたお客様ですよ」

「じゃ、あの子らの土産にも」

　それならあたしが行きましょうと、十郎が手を挙げた。

「火事のあった近くに、あたしのお客さんも何人かいますんで、これから顔を出しにいきますから。ついでで申し訳ありませんが、それでよろしければ行って参りますよ」

「そうかい？　じゃあよろしく頼みます。つぶ餡のもこし餡のも、両方ね。あ、子供らは店へ連れていって、好きなのを選んで持たせてやった方が喜ぶかな」

　という次第で、おちかと富次郎、縁先に腰掛けた勘一の三人になった。

「従兄さん、伊一郎従兄さんはいかがでした」

「うん、元気だったよ」

「元気は結構ですけど、火事のことでうちを案じて――」

「まだ知らなかった。わたしが報せる恰好になっちまってさ。大変だったなあって、鯛飯をおごってもらったよ」

あの〈みつむら〉の鯛飯だよと、含み笑いしながら勘一に言った。

「鯛の出汁で炊いた飯に、ほぐした鯛の身を混ぜて海苔をかけて食べるという？」

「そう！　評判どおりの味だった」

この人たちはもう、旨い物のことになると前後を忘れてしまうんだから。

「兄さんは〈菱屋〉でいい暮らしをしてるよ。先方は兄さんを婿にほしいもんだから、下にも置かぬ扱いをしてる。あれじゃ武者修行にはならないよね」

言って、富次郎は頭をかいた。

「そういうわたしも、怪我で寝込んだのを言い訳に、こうして遊んで暮らしてるんだから、兄さんのことは言えないけど」

「いえ、小旦那さんはおつむりに怪我をされたんですから、お大事になさいませんと」

やりとりをしているところに、どかどかと足音をたてておしまがやってきた。おしまは、そうしようと思えば御殿女中のようにしとやかにふるまえる人だから、これは急用なのだろう。おちかは身をよじって振り返った。

「おしまさん、どうかした？」

「お嬢さん！　小旦那様もこちらでしたか。あら瓢簞古堂さんも」

頭を下げるおしまの目元が引き攣っている。どうやら怒っているらしい。

「何だね、鬼のような顔をして」と、富次郎がからかった。

「すみません。でも、あんまり図々しいことを言う小娘なんで……」

「小娘？」

ぜひとも変わり百物語をしたいと、店先で粘っているのだという。

「へえ、そりゃまたびっくりだね」

「もちろん、灯庵さんの紹介じゃありません。ここの百物語の評判を聞いてる、どうしても語りたいって、梃子でも動かないってふうなんですよ」

こういう押しかけは困るとおしまが言うと、

――あんたなんかじゃ話にならない。変わり百物語の聞き手をしてるっていう、ここのお嬢さんを連れてきとくれ。

「うちのお嬢さんは、どこの馬の骨か知れない小娘には会いませんって撥ねつけたら、そりゃもう憎たらしい顔をして」

――そんな選り好みをするんじゃ、本当の百物語をしたことにならないじゃないか。フン、評判倒れだね。

なかなかの毒舌である。

おちかは富次郎の顔を見た。三島屋の小旦那は、ひょいひょいと眉毛を動かしていた。

「どこかの馬の骨の、押しかけ飛び込みの話。面白そうだねえ」

「小旦那さんたら、またそんな」

おちかは興味半分、腰が引けているのが半分だ。何やら手強そうな小娘ではないか。

「その娘、身なりはどんな？」

「顔もろくに洗ってないような、薄汚い身なりですよ。どっかの女中だとしたら、躾のなってないお店でしょうね」

「長屋暮らしかな」と、富次郎が言う。

瓢簞古堂の勘一が、おっとりと口を挟んだ。

「これまで、この手の――有り体に言って市中の貧乏人を語り手にしたことはおありですか」

「いいえ、ありません」

「初物だよね。聴いてみようか、おちか」

富次郎が乗り気なら、おちかに強いて断る理由はない。ただ、気になることはある。

「お勝さんが留守ですから」

この語りは、禍祓いの守り役なしで聴くことになる。

「そうだね。でも、変わり百物語を始めたばかりのころは、いつもおちか一人で聴いていたんだろ？」

「はい」

うなずいて、おちかは指を折って数えた。

「お勝さんがうちに来てくれたのは、七番目のお話が済んだ後ですから」

「じゃあ、最初のころに戻る気持ちでやってみようか。但し、今度はわたしが付き添い」

富次郎は自分の鼻の頭を指さし、にっこりと笑う。

「その行儀悪そうな小娘が、もしもおちかに失礼なことをしたら、叱りつけるぐらいの役には立てるよ」

そして、おちかが何か言う前に、勘一の方に目を向けた。

「瓢簞古堂さんも聴いてみるかい？」

さすがに驚いたのか、勘一はゆっくりと目を瞠った。

「いえ、手前なんぞが……」

「もちろん、次の間に隠れていて、語り手の前には顔を出さないのさ。その小娘が暴れたりしたら、追い出さなきゃならないからね。助っ人が控えていてくれた方が、わたしも心強い」

「あんなに食い下がるなんて、語るよりも、ほかに目当てがあるのかもしれません」

おしまの口調はいっそう憎々しい。

「うちから何か盗もうとか企んでいるのだとしたら、叩き出してやらないと」

「まあ、そうなったらわたしと瓢箪古堂さんに任せなさい。どうだい、おちか」

おちかは勘一の顔を見た。いつも飄然の瓢箪古堂若旦那は、きれいに澄んだ目でおちかを見つめ返してきた。

「そういうことなら、聴いてみましょう」

おしまを怒らせるほど意固地に粘るには、よほど語りたい理由があるのだろう。それを突っぱねるのは情がない。あとあとまで後ろめたい気分を引きずることになっても嫌だ。

「よし、決まりだ」

富次郎がぽんと手を打った。


小娘は瘦せこけていた。

おしまが見てとったとおり、見るからにその日暮らしのふうである。髪は桃割れに結っているが、だいぶくずれて乱れている。簪も櫛もなく、薄汚れた手ぬぐいを手絡の代わりにかけているだけだ。
歳はいくつだろう。十四、五から十八歳ぐらいまでの間か。これほど痩せて顔色が悪いと、ちょっとわかりにくい。年齢は顔よりも声によく表れるものだから、声を聞けば見当がつきやすくなるのだが、黒白の間の上座に収まった小娘は、おちかと富次郎の前ではまだ一言も発していない。いつものようにまずこちらが名乗って頭を下げて挨拶したのに、会釈さえ返さないのだ。口をへの字に曲げ、げんこつに握った両手を膝の上に置き、両肩を張っている。語りたいというから招き入れたのに、ふてくされて口をつぐんでいる様は可愛げがないし、何だか剣呑で薄気味悪い。

――やめておいた方がよかったかしら。

おちかは気が重くなった。

小娘が着ている縞の着物は繕った跡がたくさんあり、ぜんたいに垢じみている。黒衿はすり切れかけて、てかてかだ。帯には目立つ染みがある。

「おまえさんは、うちの評判を聞いておいでだそうだから」

おちかの困惑を察して、富次郎が切り出してくれた。

「ここの決まりも知っているだろうね。三島屋の変わり百物語は、聞いて聞き捨て、語って語り捨て。名前や場所を偽ってもかまわないし、伏せておきたいことは言わなくていい」

小娘は押し黙ったまま、親の仇を見るように、黒白の間の畳をねめつけている。

「わたしらは語り手の話を聴いて、わかりにくいところがあったら尋ねることもあるが、答えたくなかったらそう言ってくれればいい」

小娘はいっそう強く口を引き結んだ。見事なへの字にひん曲がった口元が震えている。

「はい、こちらの申し状はこれだけ。この先はおまえさんの番だ。語りたくって来たんだろう？　どうぞ語っておくんなさい。でも、気が変わってやめたくなったんなら、すぐに表まで送っていくよ」

どんよりと、嫌な臭いがしそうな沈黙がたちこめる。おちかが大急ぎでしつらえた、床の間の半紙が妙に白々として見える。

「――んだよね？」

低く、押し殺した声が聞こえた。

おちかも富次郎も、小娘の方へちょっと身を乗り出した。

「何かしら。何と言ったの？」

小娘はまだ畳を睨んでいる。そのまま、口元だけをくわぁっと開いて、一言ひとこと嚙み切っては吐き出すみたいに言った。

「ここで、しゃべったことは、よそには、しられないんだよね？」

おちかは富次郎と顔を見合わせた。

「ああ、他所には漏れないよ」と、富次郎が答えた。「おまえさんの話は、この座敷から外には出ない」

ここで初めて、小娘が顔を上げた。顎をしゃくるように持ち上げ、目を吊り上げて富次郎を見る。そしておちかを見る。

「これ、しゃべっちゃいけない話なんだ。あたし口止めされてるんだよ」

喧嘩腰、脅しつけるような口調である。

「もししゃべったら、障りがあるって。けど、あんたらはよそに漏らさないっていうから、そんなら、しゃべったってしゃべってないのと同じだろ」

「そうかしら」

「そうだよ！」

鼻息も荒く、小娘は続けた。

「誰にもしゃべっちゃいけないなんて言われたら、こっちは腹にもたれてしょうがない。好きで知った話じゃないのに、たまったもんじゃないよ。だから――」

「うちでしゃべって、腹のもたれをなくしたいというわけだね」

そう受けた富次郎を、小娘はぎらぎらと燃える目で見据えた。

「あたしは、あとのことは知らないよ」

口元を歪め、せせら笑う。

「あたしはここでしゃべって、このおっかない話ときれいさっぱりおさらばしたいんだ。あんたらは聞いて聞き捨てにしてくれるんだろ？　それが売りなんだもんね？　だから、話を引き受けたこの家にどんな障りがあったって、あたしは知らない。あんたたちで何とかしな。恨みっこなしてさ」

おちかは、これまで黒白の間で聞き手を務めてきて、恐ろしさや忌まわしさに震えたことは何度もある。だが、嫌悪に鳥肌が立ったのは初めてだ。

――よりによって、お勝さんがいないときにこんな語り手が押しかけてくるなんて。

今日は運がない。いつもお勝が次の間にいてくれて、どれほど心丈夫だったたか。あらためて身にしみてくる。

「いきなり〈恨みっこなし〉とは、穏やかじゃない言いようだねえ」

富次郎は懐手をすると、うんと顎を引いて小娘を上から下まで検分した。普段は、使い走りの小僧に対してさえ、こんな不躾なふるまいをする人ではない。わざとやっているのだ。

小娘は怯む様子もなかった。むしろ傲然と顎を上げている。

「話の聞き集めなんて物見高いことをやってんだから、そのせいで何があったって文句なんか言えやしないだろ？」

おちかは尋ねた。「あなた、お名前は」

「ここの百物語じゃ、名前は言わなくていいんじゃないの」

つっけんどんな言い返しに、富次郎は苦笑しながらおちかにうなずきかけてきた。

「おちか、この娘さんはうちの決まり事を詳しくご存じのようだ。手っ取り早くって助かるじゃないか。とっとと本題を語ってもらおう」

小娘の方に向き直ると、その顔から笑みがかき消えた。

「ただ、一つはっきりさせておこう。おまえさんがこれから語るのは、誰だか知らんが関わり合いのあるお人から、固く口止めされている話なんだよね？」

「そうだよ。何度言わせるのさ」

「その禁を破ってしゃべるのは、おまえさんだ。だから障りもおまえさんの身に起こるよ。わたしらは拝聴するだけなんだからね。そこんところをよく心得ておきなよ」

小娘はぐっと詰まった。

「だって、あんたらは話を聞き捨てにできるんだろ？　だったら――」

「聞き捨てにするというのは、聴いた話をここだけに収めて忘れるという意味だ。その話に絡みついている因果や因縁を祓い浄めるということじゃない。ましてや、障りの肩代わりなんかできるもんかね。うちは袋物屋で、神社でもお寺さんでもないんだから」

窘めるというより、逆ねじを喰らわせているような口調である。

小娘の貧相な額に冷や汗が浮いてきた。目が泳いでいる。

「あたしは……てっきり……」

「うちで語れば厄払いができると思ってたようだね」

その思い込みが全く間違っているわけではない。ここを訪れた客が、己の語りたい話を語っただけで胸の重荷を下ろしたようになるのを、おちかは何度か目にしてきた。

ただし、その後で命を絶った人もいる。番屋に捕らわれた人もいる。

「当てが外れて、あいにくだったわね。ごめんなさい」

おちかが軽く頭を下げてみせると、くちびるを嚙みしめて、小娘は低く呻いた。

「あたしばっかり、なんでこんな目に遭うんだろう」

恨みがましく、語尾がかすれる。

「給金がいいから、あの奉公口がほしかったんだ。嘘ついたのは悪かったけど、およしなんかバカなんだから、どんな噂されたって困りゃしないんだし」

おちかは穏やかに問いかけた。「およしさんって、誰のこと？」

下を向いたまま、小娘はぼそりと答えた。

「あたしの幼馴染（おさななじ）み」

「仲良しの女の子なのね」

「仲がいいってわけじゃない。ただずっと隣に住んでるから」

「そのおよしさんに、奉公の話が来たの？」

うなずいて、小娘はやっと顔を上げ、おちかの目を見た。

「ちょっきり一年の年季で、住み込みの女中奉公をしないかって」

「どなたの周旋？」

「差配さん。うちもおよしのとこも、店賃が滞ってて……」

「長屋の差配さんが、およしさんに働き口を持ってきてくださったのね」

「一年しっかり働けば、十両くれるって」

ほう、と声をあげて、富次郎が腕組みを解いた。「そりゃ大金だ。割のいい働き口だね」

「ちょっと法外に過ぎますよ、従兄さん」

三島屋の手代たちだって、一年の給料は二両か三両である。

「差配さんは、奉公先が躾の厳しいところだから、給金もいいんだって言ってた。およしは行儀がいいから勤まるだろうって」

「その話を、おまえさんが横取りしたのか」

「だって給金がよかったから」

「どんな嘘をついたの？」

小娘はまた下を向いてしまった。

「およしさんのことで、差配さんに何かよくない嘘を吹き込んで、あなたがその奉公の話を横取りしてしまったのね？」

「……そうだけど」

「どんな嘘？」

「およしは手癖が悪いって」

小娘の口元がへの字にひん曲がる。

「そのちょっと前に、表店の飯屋が、売り上げをくすねられて騒ぎになったんだ。それ、およしが盗ったんですよって」

「差配さんに言いつけたのね」

「そう。近所にも言いふらしたし」

「それ、真っ赤な嘘だったのよね？」

「およしのおっかさんは病で働けなくって、店賃もうちよりたくさん溜めちまってたから、お金に困ってたのはホントだよ」

「でも、およしさんは盗みなんてしてなかったんでしょ」

富次郎が眉をひそめる。「差配さんも、おまえさんの言いつけ口だけで、まるっと信じ込んじまったの？」

「およしはバカだから」

また言うか。まるっきり見下した口調だ。おちかは、この小娘に一太刀浴びせたくなった。

「ホントは、あなたが盗ったんでしょう」

小娘は目を剝いた。「なんでわかるのさ？」

ああ、やっぱり。

「何となくね。たいがい見当がつくわ」

「なんで？　なんでさ？　あとで差配さんにもそっくり同じこと言われたんだよ。嘘だとわかってたって」

ん？　それは訝しい。

「差配さんは嘘だとわかっていたのに、およしさんを周旋するのをやめて、あなたを奉公先に遣ったということ？」

すると、小娘は悔しそうに顔を歪めた。

「最初っから、この奉公はあたし向きだと思ってたんだって」

――先様は、嘘つきや性根の曲がった者をご所望だったからね。

「そんならお種がうってつけだって。けど、念のために試したんだって。そしたら、あたしがまんまと嘘をついたから」

全て差配の掌の上だったのである。

「バカなのはおまえさんの方だったわけだね、お種さん」

富次郎は鼻で笑い、小娘はまた驚く。

「なんであたしの名前がわかるの？」

「今、自分で言ったじゃないか」

手で口元を押さえて、お種はおろおろする。

不愉快な娘だが、この考えの足りなさが、少しばかり哀れでもあった。

「ねえ、〈あとで〉そういう種明かしがあったっていうのは、どういうことなのかしら」

「奉公先から帰ったら、差配さんに叱られて」

奉公話が来たときの事情を打ち明けられたというわけか。

「一年、勤まったの？」

「あんなところ、誰だって無理だよ！」

お種は色をなすが、もう嚙みつくような勢いはなかった。怯（おび）えている。

「どれぐらい奉公したの？」

「三月とちょっと。戻ってきたのは十日前」

「どうして勤まらなかったの？」

口を結んで、お種は固まったようになった。この問いに答えると、口止めされている話に触れるのだろうか。

「先様に追い出されてしまったの？　それとも勝手に立ち退いてきたの？」

「追い出されたんだよ」

小声で言って、泣きべそ顔になった。

「あたしが面を逃がしちまったから。また捕まえるにはえらい手間がかかるんだって。役立たずって怒鳴られて、給金ももらえなかった」

おちかと富次郎は顔を見合わせた。ここまでは、お種のぶっきらぼうで細切れの話を継ぎ合わせて理解してきたつもりだが、今ちょっと驚きの飛躍があったぞ。

「面って言ったわね。それって、能面とか鬼の面とかのお面のことよね」

お種は返事をしない。両腕をよじり合わせるようにして、痩せた身体を抱いている。

「だとしたら、〈面を逃がす〉とか〈また捕まえる〉というのは、どういう意味なのかしら」

普通に考えるなら、面を着けた誰かを逃がしたり、捕まえたりするということだろう。面はそれ自体が勝手に動くものではない。

「お種ちゃん？」

見れば、お種の泣きべそ顔から血の気が失せている。

「ここでしゃべっても厄払いできないなら、もうしゃべれない」

やはり、このあたりから口止め話に立ち入ってくるのか。

「奉公先で戒められたことを破って、障りが起きたら怖い。そりゃ当たり前だ」

富次郎が優しく言った。

「話はここでやめにしておこう。いいな？」

意固地に両肩を強ばらせたまま、お種はうなずいた。涙が一粒、膝の上に落ちた。

お種が立ち去ると、富次郎は庭に面した障子を開け放った。

「ちょっとばかり饐えた性根の臭いがする。冷えるけど、きれいな風を入れよう」

従兄さんの気持ちもわかるが、おちかはちょっぴりお種が気の毒になっていた。黒白の間を出てゆく後ろ姿は寂しげで、背中はげっそりと痩せて、踵はあかぎれだらけだった。

頼りになる親はいるのだろうか。あの娘の稼ぎで家族が食べているのかもしれない。店賃はどれぐらい滞っているのか。

「長屋の店子はみんな大家さんの子供みたいなものだと言うくらいだから、いくら店賃を溜めてしまったからって、あの娘の一家がいきなり追い出されることにはなりませんよね」

富次郎は笑った。「なんだ、あの小娘に同情しちまったのかい？」

「わたしは、子供のころから今まで、暮らしに不安を覚えたことがありません。もちろん、それは親のおかげだし、今はおじさんおばさんのおかげです。でも――」

「わかるよ」と、富次郎は言う。「それもこれも、運がよかったからだと言いたいんだろう。誰も厄介な病にかからず、ひどい怪我もせず、それこそ火事にも遭わずにこられたから、今もこうして無事に満ち足りていられるんだって」

「従兄さんは怪我で大変な思いをしたけど」

「今はケロッとしてるからね」

わかるよ。富次郎は、山茶花の花を眺めながらもう一度呟いた。

「あのお種みたいな不幸を見ると、何だか後ろめたくなるんだよね」

失礼いたします――と声がして、仕切りの唐紙が開き、瓢箪古堂の勘一が顔を覗かせた。

「おお、若旦那。いたんだよね。すっかり忘れてたよ、ごめんごめん」

勘一は相変わらずの昼行灯ふうである。

「こんなふうに、語り手が中途で話をやめてしまったことは、今までにもおありですか」

「ううん、初めてよ」

床の間に吊るしてある半紙も、今回は真っ白のままで出番がない。

「お嬢さんも小旦那さんも、半端なお気持ちで、落ち着きませんね」

「障りを憚って、話のさわりが聞けなかったからねぇ」と、富次郎が地口を言う。

「面が逃げるなんて、気になります」

「若旦那、読み物のなかに似たような話は思い当たらないかい？　商売柄、いろいろ覚えているだろう」

勘一はちょっと考えてから言った。「能面にまつわるお話は多ございますよ。もともと作り手の念がこもっているところに、それを着けて舞う演者の思いも重なりますから」

実話もあれば、読み物もある。

「よさそうなものを見繕って、お届けしましょうか」

勘一の場合、こういうお勧めは商売っ気抜きである。知り合ったばかりのころから、彼はしばしばおちかに読み物の効用を説き、たまには丁をめくってみるといいと勧めてくる。

この黒白の間で語られる話は、語り手の実人生に絡みついた話である。聞き手の顔に血しぶきが飛んできそうなほど生々しいことが語られる。それに対して読み物というのは、（実話であっても）いっぺん文字に書かれて整えられているから、ほどよい感じに生気が散って血抜きがされていて、おちかにはちょうどいい気散じになるはずだ、と。

「じゃあ、それはわたしが頼もう」

おちかの微妙な顔つきから察するところがあったのか、富次郎が言う。おちかはちょろっと舌を出し、勘一に謝った。

「ごめんなさいね、瓢箪古堂さん。わたしは人の顔を模したものって、だいたいが苦手なの。お面もそうだけど、人形も」

「ああ、よくあることでございますよ。お嬢さんだけじゃございません」

「そうかしら。わたし、子供のころにお雛様（ひなさま）を怖がって叱られたことがあるんです」

おちかの生まれ育った川崎宿の問屋場を仕切る親方の家に、一つ一つが猫ほどの大きさのある雛人形が揃っていて、それを家の階段に並べて飾る習慣があった。きれいだから見せてもらおうと祖母に手を引かれて出かけていって、怖い怖いと大泣きして帰る羽目になり、

「あとでおばあちゃんに、えらい恥をかいた、親方に合わせる顔がないって、大目玉をくらってしまったの」

富次郎と勘一は声をそろえて笑った。

「それは災難でございました」

「立派なお雛様の大きさを猫に喩（たと）えるところからしておかしいね」

「あら、わたし猫は好きですよ」

座敷が冷え切ってしまうので、庭に面した障子戸を閉めた。山茶花の花弁が一枚、ほろりと落ちるところが見えた。

「実を申しますと、手前もお面で怖い思いをしたことがございます」と、勘一が言う。

「読み物じゃなく、若旦那自身の話かい」

「はい。それもごく最近のことで」

客先の話だから、名前は伏せると言う。

「逃げちまった語り手の代わりに、若旦那が語ってくださるか」

ウキウキと座り直す富次郎に、勘一は軽く手を挙げた。

「そう期待なさらないでください。短い話ですよ。ある商家のおかみさんが、旦那さんや子供さんたちと喧嘩してへそを曲げてしまって」

——こんな家のなかで、もう誰とも口をききたくない。

「そう言い出して、お面をかぶってしまったというだけのことでございます」

能面のような立派なものではない。誰かが夜店で買ってきたお多福の面だった。

「大して出来のよくない、紙の面ですよ」

おかみさんはそれをかぶり、家族が見ているところではけっして外さなかった。

「最初は笑ったり、バカにしていた旦那さんや子供さんたちも、おかみさんがずうっとお面を着け続けていると、だんだん薄気味悪くなってきたんだそうです」

——あれ、ホントにおっかさんなのかな。

「手前なんぞにもそんな相談を持ちかけてこられましてね」

——瓢簞古堂さん、確かめてみてよ。

頼まれて、勘一が挨拶に行くと、おかみさんはお多福の面を着け、奥の座敷でぽつねんと座っていた。声をかけるとこっちを向いて会釈をした。

「目のところが開いてない面なので、着けたままでは何もできないんでしょう。膝に手を載せて、ちんまりと座っておいででした」

その様が、何だかひどく恐ろしかったのだという。

「あの面の下にあるのは、手前がよく存じ上げているおかみさんの顔ではないんじゃないかと思えて参りましてね」

結局それから数日後、旦那と子供らが詫(わ)びを入れ、おかみはお多福の面を外した。

「何てことはない、もとのおかみさんでした。飯を食べるときと、湯に行くときには面を外さなくちゃならないんで、みんなの目を盗むのが忙しかった、おかげでやたらと早飯食いになってしまったと、ケロケロ笑って」

しかし、詫びを入れた側はすっかり参ってしまっていた。旦那はいささか面やつれしていたし、子供らのなかでも年下の倅は、直ったはずのおねしょ癖が戻ってしまったという。

「その喧嘩の原因は何だったんですか」

「煮物の味付けがどうこうという、つまらない言い合いだったそうでございます」

旦那と子供たちが、おかみの味付けは不味(まず)いと文句を言い、それがあんまりくどいので、喧嘩になってしまったのだという。

「たったそれだけのことで、何日も面を着けて不便な思いをしてたのかい。そのおかみさん、辛抱強い人だねえ。いや、この場合は執念深いと言うべきかな」

「よっぽど腹を立ててたんでしょう」

おちかには、そのおかみの気持ちがわかる気がする。一生懸命こしらえたお菜に文句を言われると、ぐさりと心に刺さるものだ。誰も自分の肩を持ってくれず、皆で口を揃えてくさされたらなおさらである。

「手前は、一件落着の後で、おねしょの倅さんとこっそり話をしたのですが」

――瓢箪古堂さん、ホントだから信じておくれよ。おっかさんがかぶってたあのお多福のお面、ときどき顔が変わったんだよ。

「倅さんがひょっと見ると、まぶたが閉じている。あるいは口がへの字に曲がっている」

二束三文の紙の面なのに。

「いっぺんなんか、一つ目になっていたことがあるというんです」

――坊ちゃん、それは見間違いでしょう。

――違わい。ちゃんと見たんだもの。

「そのお多福の面、おかみさんが外したあとはどうしたの」

「竈(かまど)で焼き捨ててしまったそうでございます」

面にはおかみの汗がしみこんで、破れかけていたという。

「その後は、どうということはございません。おかみさんをはじめ皆さんお元気で、商売繁盛で

めでたし、めでたし」

　おちかは、背中がそわりと冷えた。


　翌日、表戸を開けて商いを始めた途端に、おしまがまたどたどたと奥へやって来た。

「お嬢さん、昨日のあの小娘です」

　続きを語りたいと来ているのだという。

「長屋の差配さんが一緒です。そのせいか、うって変わってしおらしい様子ですけど、どうしましょう」

　おちかは迷わず、すぐに答えた。「お通ししてちょうだい」

　富次郎とお勝に声をかけ、こちらも支度にかかる。お勝には昨日のうちにざっと事情を話しておいたので、

「逃げたり捕まえたりしなくちゃならないお面のお話、楽しみですわ」

　守り役は強者である。

「尻切れトンボだったからね。わたしも胸がつっかえていたから、嬉しいよ」

　富次郎もいそいそしている。

　店先を騒がしてはいけないと、差配とお種は勝手口の方に来ているという。二人で黒白の間に入るのだろうと、座布団も手あぶりも二人分調えておいたら、まずは差配が一人でやって来た。そして、座敷に入る敷居のところでいきなり平身低頭した。

「私は堀江町二丁目の朝顔店の差配を預かる甚兵衛と申します。昨日は、うちの店子が三島屋さ

んにたいへんなご無礼をいたしまして、まったくお詫びのしようもございません」

歳は還暦を過ぎているだろう。髪が薄くなってしまって髷(まげ)が小さいが、眉毛は真っ白で豊かに長い。体つきは細くても、声は朗々と響く。この声で店子の不始末を叱りつけたら、さぞかし効き目があることだろう。

長屋の差配さん——差配人は、土地や上物(うわもの)の持ち主である地主に代わり、店賃の取り立てや店子の世話、揉め事の仲裁などなど、手間の一切を引き受けるのが仕事である。世間知があって世話焼きで、酸いも甘いも嚙み分けた年配者でなければなかなか務まるものではない。

甚兵衛も、おちかと富次郎という、この人から見たら小娘と青二才の二人組に手をついて頭を下げるのは腹立たしいことだろうに、そんな気配を毛ほどもさせないのが見事であった。

「いえ、どうぞもうお顔をお上げください」

富次郎がいずまいを正して礼を返した。

「変わり百物語という酔狂をしている以上、手前どもも、どんな語り手を迎えようと、それもまた興の一つと腹を決めております」

怒ってなどいないし、こんなに丁重に詫びを入れてもらっては恐縮だ。そういうことを滑らかに言っても、甚兵衛の表情は険しい。

「私も三島屋さんの変わり百物語の評判はよく存じ上げております。昨日のお種は、身の程も弁(わきま)えずこちら様に押しかけて上がり込み、無礼千万にしゃべり散らしたかと思えば、手前勝手な臆(おく)病風(びょうかぜ)に吹かれて逃げ出してしまったそうでございますね」

店子の不始末は差配の不始末、放っておいては地主様の顔に泥を塗ることになると、甚兵衛は厳しい口調で言い切った。

「お種を屹度（きっと）叱りつけ、今日は話の頭から尾まできっちり語るよう言い聞かせまして、首に縄をつけて引っ張って参りました。あれを変わり百物語の語り手としてお認めくださり、話を聞き届けていただけますでしょうか」

「それはもちろん、喜んで聞かせていただきますが……」

おちかの当惑を察して、甚兵衛は深くうなずきを返してきた。

「昨日、お種が申し上げた〈口止め〉と、〈しゃべれば障りがある〉ということならば、もうお気になさらんでください」

どちらの難も解決したという。

「まさかお種がこちら様に駆け込んでしゃべろうとするとは夢にも思っていなかったもので、あれには教えていなかったのですが」

言って、甚兵衛はちょっと思案顔になった。これまでの経験でおちかには察しがつくが、ここで語る人がこういう表情をするのは、わかり易く伝えるために、話の順序を考えているときである。

ふむ、と納得したように糸目をしばたたき、甚兵衛はおちかと富次郎の顔を見回した。そして、おもむろにこう言った。

「一昨日（おととい）の夜、神田松永町で十軒ばかりを焼く火事がございましたな」

これはまったく予想外の言だった。ぜんぜんわかり易くない。

「はい、うちでも肝を冷やしましたが――」

「手っ取り早く申しますと、あの火事が起きたことで、お種が怯えていた〈障り〉は済んだのでございますよ」

　甚兵衛はさらに少し思案して、言い足した。

「今般逃げ出した面の分の障りは消えた、と申し上げましょうか」

「ははあ」

　おちかは混乱するばかりだった。それは甚兵衛も承知の上らしい。

「相済みません。まるで戯言のように聞こえましょうが、このあとお種の話を聞いてくだされば得心がゆかれるはずでございます」

「それでしたらかまいません」と、富次郎が応じた。妙に泰然と構えている。

「頭から尾っぽまで、お種さんにしゃべってもらいましょう」

　よろしくお願いいたしますと、甚兵衛はまた丁重に頭を下げた。

「ただ、逃げたり捕まったりする面にまつわる事柄ぜんたいが他聞を憚ることであるのは変わりありません。世間様に知られて困ることではないが、知らせたところで誰の得になるわけでもなく、いたずらに不安を煽るだけのお話でございますので」

「心得ました。わたしどもは聞き捨てにいたします。けっして他所には漏らしません」

「ありがとうございます」

　甚兵衛は、ここで初めて表情を緩めた。

「お種は、およそ世間様に褒められるところのない娘でございます。本人も他人様を褒めたことなどありません。口を開けば悪態か悪口しか言わぬ、行儀の悪い小娘です。ただ昨日、お嬢さんのことは――これまた身の程も弁えぬ言ではありますが、よさそうな人だと申しておりました」

よさそうな人。拙いが、素直な言葉じゃないか。おちかも素直に嬉しい。

「あのぉ、わたしのことは」

富次郎がちょっと身を乗り出した。すると、これはたぶん当人にとっては不覚だろうが、甚兵衛が破顔した。

「これは失礼いたしました。若旦那様のことは畏れ多くて、真っ直ぐお顔を仰ぐこともできなかったのでしょう」

「ってことは、何も言ってなかったんですね」

「従兄さんたら」

おちかはちくりと窘めた。

「いいんだよ。ここの聞き手はおちかなんだから。わたしはおまめですよ、はいはい」

甚兵衛は、とうとう黒白の間には通らずに引き揚げていった。おちかは座布団を一枚にして、床の間の真ん前に置いた。

「さあ、いよいよだ」

富次郎が、なぜか腕まくりをする。床の間の半紙はぽっかりと白い。

お種は身ぎれいになっていた。

行水したのか、湯に入ったたか。顔色がましになっている。髷は結い直し、着物も誰かに借りたのだろう。黒衿はつややかに真新しい。

昨日は怒っていて性急だったのが、今日は神妙に落ち着いている。瞳の底光りが消え、頑なに強ばっていた肩の線が和らぎ、首の突っ張りが消えると、そこに座っているのは、一目で貧しい暮らしをしているとわかる十五、六の女の子だ。

「やあ、また会えてよかった」

富次郎はしみじみと言い、一方のお種は、怒鳴られるか叱られるか、嫌みぐらいは言われると覚悟していたのだろう。この心のこもった（しかし場違いに気取った）台詞(せりふ)に、きょとんとしている。

おちかは笑ってしまった。「あなたのお話の続きを聞きたかったんですよ」

おしまが茶を持ってきた。いつもはあるはずの菓子がない。

「おしまさん、お菓子の皿が」

「差配の甚兵衛さんのご意向なんです」

お種には目もくれず、おしまはおちかと富次郎に言った。

「お菓子を出すと、この娘が」

と、横目でお種をねめつけて、

「そっちに気を取られてちゃんと話ができないからって」

「そう。じゃあ、お話が済んだら出してあげてちょうだい。ここで語る以上はお客様なんだから、から っ茶では申し訳ないわ」

おちかの口調がいつになくきつかったのだろう。おしまはぱちぱちとまばたきした。

「おしまさん、これはわたしの意向です。お願いしますね」

「わ、わかりました、お嬢さん」

とん、と唐紙を閉じておしまが去ると、おちかはお種に言った。

「わたしはね、ちっとも偉かないのよ」

わざと砕けた言い方をした。

「実家は川崎宿の旅籠なの。小さいときから家業を手伝って、お客さんの足を洗ったり、膳の上げ下げをしたり、布団を干したり洗い物をしたり、風呂焚きをしたりしていたの。いいお客さんに、お駄賃をもらえると嬉しくってね」

お種は黙っておちかを見ている。その口元は今日もへの字だ。富次郎は両の眉毛を持ち上げて、面白そうに二人を眺めている。

「この三島屋は伯父さん伯母さんのお店で、わたしは行儀見習いに来ているの。お嬢さんって呼んでもらっているけど、普段は今の女中さんたちと一緒に働いています」

「けど、さっきの言いようは偉そうだったよ」

ぱんと跳ね返すように、お種が言う。おちかは笑みを消してうなずいた。

「今ここでは、わたしは三島屋主人・伊兵衛の名代だからね。お客様に失礼があっちゃいけないから、そのようにしたのよ」

「そうそう」

満足そうに合いの手を入れて、富次郎は首を縮めた。「冷やかしたんじゃないよ」

「ええ、謹聴してくださいね。お種さん、差配さんから前置きは伺っています。お話はどこから始めましょうか」

「どこからって」

障りが消えたなら、お種には続きを語る必要はなくなった。ここに来たのは、さんざん叱られた上に、甚兵衛にそう命じられたからだ。

「迷うようなら、最初のうちは、わたしの方からいくつか尋ねていいかしら」

「う、うん」

「ありがとう。それじゃあ……お種さんはずっと堀江町の朝顔店に住んでいるの？」

「いくつか家移りしてるけど、あんまりよく覚えてないんだ。おっかさんは昔、牛込の古着店で女中をしてて、あたしを妊んで奉公先を追い出されちまって、それからあっちこっち移りながらその日暮らしをしてるから」

「そう。兄弟姉妹はいるの？」

「弟と妹」

「あなたとお母さんで養っているのね」

「うん」

「朝顔店って、きれいな名前ね」

「昔、地主さんが朝顔に凝って、長屋があるところに大きな棚を作ってたんだって。だからそう呼んでるだけで、ちっともきれいな長屋じゃないよ」

ふうん——と、横で富次郎が言った。「おまえさん、ちゃんと話のやりとりができるじゃないか。いいね、その調子だよ」

お種はちょっとへどもどした。褒められて戸惑っているらしい。

「差配の甚兵衛さんは、あなたたちが暮らしていけるように、よく奉公先とか賃仕事とかを周旋してくださるの？」

「いつもあてにできるわけじゃないけど」

「今度の奉公先の話は、お給金が法外だし、何だか最初から妙だったわよね」

——先様は、嘘つきや性根の曲がった者をご所望だったからね。

お種はしゅんと鼻を鳴らした。「あたしだって、いつも盗みをしてるわけじゃないよ。飯屋の売り上げのときは、ホントに食べるものがなくって困ってて」

「ええ、わかった。言い訳はしなくていいわ」

おちかの言葉に、お種の口の端がくいっと曲がった。あんたなんかに何がわかるんだよ！　と言いたいのだろう。

「一年で十両もくれる奉公先は、どんなところだったのかしら」

お種は目を伏せ、畳の目を見据えた。その痩せた顔に影がさす。

「どこかわかるようなことは言っちゃいけないんだ。名前も出しちゃいけないって、差配さんにきつく叱られて」

「ええ、聞いたわ。だからホントじゃなくていいの」

「わたしが適当なのを考えてあげようか」と、富次郎が言い出した。「奉公先はお店だったのかい？　だったら屋号をつけるけど」

「物を売ってるお店じゃない。仕立屋みたいなもんだった」

「みたいな？」

「そこらの仕立屋じゃなくってさ。お坊さんの袈裟(けさ)とか、禰宜(ねぎ)さんの着てる白い筒袖(つつそで)みたいな着物があるだろ？　ああいうのだけを縫ってたんだ」

へえ〜。おちかも富次郎も頓狂な声をあげてしまった。

「そりゃ珍しい仕立て職だね」

「でも、必要な職ですよ。誰かが縫って作らなくちゃ、お坊さんも神主さんも困るでしょう」

「看板は出してた？」

お種はかぶりを振った。「外から見たら、お店にも職人の住まいにも見えないよ。藁葺き屋根の大きなお屋敷で、広い土間があってさ。生け垣の外は雑木林だし」

では、にぎやかな町場ではないのだ。

「人は大勢住んでいたの？」

お種は指を動かして数える仕草をした。

「おかみさんと、おかみさんが〈先生〉って呼んでるじいさんと、職人が男ばっかり五、六人と、あとは女中が、あたしも入れてやっぱり五、六人だったかな」

きちんと皆に引き合わされなかったので、お種にもよくわからないのだと言う。

「おかみさんに家族は――旦那や子供はいなかったのかな」

「会ったことはないよ。ただ、一年経ったらおかみさんの娘がどっかから戻ってくるとかいう話をしてたことはある」

たまたま、立ち聞きしたのだという。

おちかはちょっと思いついた。「それなら、お種さんの奉公が一年限りというのは、その娘さんがどっかから戻ってくるまでの代わりだったのかもしれないね」

すると、お種は意地悪な感じに目を細めた。

「だったら、おかみさんの娘もあたしみたいに手癖も性根も悪いってことになるよね。そうじゃないと代わりにはならないもん」

確かにそうである。

「お種さんはそこでどんな奉公をしたんだい？」

「下働きさ。掃除や洗い物、水汲み風呂焚き。薪拾いにも行かされたよ。藪蚊がいるし、腰は痛くなるし、さんざんだった」

金持ちなのにケチだよ、と口を尖らせる。

「あんな広いお屋敷で、おかみさんも〈先生〉もいい着物を着てたし、毎日白い飯を食べて、お菜だって何皿もあったのに」

それでも、まわりが雑木林なんだから、女中に薪拾いをさせたっておかしくはない。顔を歪めて文句を言うほどの仕打ちではなかろう。このあたりが、お種が怠け者と叱られる所以の一つではないか。

「じゃあ、仕立ての手伝いはしなかった？」

「するわけないよ。できやしないし」

「教わる機会もなかったんだね」

「あたしはただの女中だもん。先生や職人たちが縫い物をしてる板の間には、掃除のときしか入れなかった」

思い出したように、お種は腹立たしげに鼻息を荒くした。

「あの人たちは、あたしのこと、野良犬を見るような目で見てた。ほかの女中たちにはそんなことないのに」

「そりゃ、おまえさんの手癖が悪いからさ」

だが、おかみさんの側は、わざわざそういう娘を望んで奉公させたのだ。なのに白い目で見下げるなんて、解せない話だ。

「だけど、あたしはそれでいいんだって、それだからいいんだって、おかみさんは言ってた」

「どういう意味かしら」

眼差しをキッと強くして、お種はおちかの顔を睨んだ。

「性根の曲がった者の方が、面を見つけやすいからだよ」

あいつらが箱から出ちまったときにね。

「ほかの人には見えにくくっても、あたしにはよく見えるんだ。だからすぐに見つけられる。そもそも男より女の方が、よく面が見える。女には月のものがあって、穢れてるからさ」

お種はまくしたてる。おちかと富次郎は、ちょっと呑まれたようになって口をつぐんだ。

「手癖が悪い者には、面の方から寄ってくることも多いんだって。あいつらは、盗みをするような卑しい者の臭いが大好きだから。うかうかしてると、爪先から齧りつかれて喰われちまうって脅かされてさ。捕まえて箱に戻すまでは、おちおち寝ることもできなかったよ」

一息に言い切って、お種は息をはあはあさせている。怒っているし、怯えてもいる。

「ねえ、お種さん」

おちかは、ゆっくりと嚙んで含めるように問いかけた。

「あなたの言う〈面〉って、何なの」

お種の目の底に、怒りと恐怖の稲光が走る。

「だからお面だよ。木彫りとか紙のお面。あんた見たことないの？　夜店で売ってるよ」

「おちかもわたしも、そういう面なら見たこともあるし、着けて遊んだこともあるさ」

富次郎の頬が、ちょっと強ばっている。

「だが、普通のお面は逃げたりしない。生き物じゃないんだからね。おまえさんが言っている〈面〉は、そこらのありきたりのお面とはまるっきり別物だったんじゃないのかい」

お種は、ぎゅっと目を閉じた。顔がくしゃくしゃになる。

「ああ、嫌だ」と、震える声で呟いた。「しゃべると思い出しちまう。吐き出せば忘れられるだろうって恃(たの)んでたのに、かえってくっきり思い出しちまうよ」

その表情から怒りは抜けていた。今はただ怖がっている。

「あの屋敷には面がいっぱいしまってあった」

箱に入れて、紐(ひも)をかけて、雨戸を閉め切った奥の座敷に、数え切れないほどたくさん積み上げてあった、と言う。

「あいつらが外の世間に出ていかないように見張るのが、おかみさんたちの大事な役目なんだって、そう言ってた」

おちかは富次郎の顔を見た。気のいい従兄は縁先に大きな百足(むかで)がのたくっているのを見つけたかのような目をしている。

「——そうすると、それは悪いものなんだよね？」

何だかお種にお伺いをたてるみたいに、用心深く問いかける。

「世間に出したら悪いことをする、あるいは悪いことを招き寄せる。そうなんだよね」

「うん。昔、面が外に逃げ出して大変なことが起こったんだって。一度や二度じゃなくって、何度も」

「どんなこと？　それも教えてもらった？」

うなずいて、お種は考え込んだ。思い出しているらしい。

「……ええと……振り袖火事って、わかる？」

もちろん知っている。明暦の大火のことだ。

「本郷のお寺から火が出て、当時の江戸の町の大半が焼けた大火事だ」と、富次郎が応じた。

「それがまず、あの家にあった面のせいだったんだって」

「だが振り袖火事というのは、そう呼ばれているとおり、若死にした娘さんの回向のためにお寺で振り袖を焼いたのが発端なんだよ。あいにく風が強くって、火の点いた振り袖が舞い上がって――」

おちかは言った。「でも従兄さん、よく考えてみたら、あいにくにもほどがありませんか」

そんなに風が強かったなら、振り袖を焼くのは日を改めたってよかったはずだ。回向のためならば、そばには何人かついていたのだろう。なぜ早めに消し止められなかったのか。

「おかみさんは、その大火事が本当は面のせいだってことは知られてないって言ってた」

「そう……。他には？」

「う～んと」お種は首をかしげる。「吉原の人斬りだったかなあ」

富次郎が目を剝く。「吉原百人斬りかい？」

「吉原のなかで百人も斬られたんですか」

「うん、遊女に冷たくされた男が逆恨みして、当の遊女と居合わせた人たちを次から次へと斬りまくったという大騒動さ」

遊女の名前は何だっけな、そうそう八橋(やつはし)だよと勢い込んで続ける。

「従兄さん、よくご存じね」

「読み物に出てくるからね」

「なるほど、瓢簞古堂さんから、そういう読み物を借りてるわけなのね」

「おちか、嫌な顔をしちゃいけないよ。人ってのはね、昔の出来事をよく学んでおかないと、同じ過ちを繰り返してしまうんだからね」

にわかに説教を垂れる富次郎と、ちょっとばかり冷たい目つきのおちかを見比べながら、お種は音をたてて茶をすすった。

「お種さん、もっと他にもある？　思い出してみてくれないかしら」

小娘は湯飲みを逆さまにして飲みきって、

「どっかのお祭りのとき、どっかの橋が落ちて人がいっぱい溺(おぼ)れ死んだとかって」

げっというような声を出し、富次郎はまた目を剝いた。

「そりゃ永代橋の崩落だろう！　確か文化(ぶんか)の初めのころの出来事だ」

もしも文化四年なら、伊兵衛の兄、おちかの父親が生まれた年である。

「まだある？」

「お城で人斬りがあったとか」

「殿中刃傷なら何度かあるからなあ。もう少し詳しいことを教わらなかったかい？」

「偉いお侍さんだったとか……。でも、あんまりよく覚えてない。あたしには関わりないもん」

ぽいと投げるように湯飲みを置いた拍子に、お種の腹が景気よく鳴った。

「やっぱり空っ茶は野暮だわね。何か食べるものを持ってこさせましょう」

おしまを呼ぼうと、おちかが手をぱんぱんと打つと、お種は素直に笑み崩れた。今にもよだれを流しそうな顔つきだ。

驚いたことに、おしまではなく、小座敷の方からお勝の声が応じた。「はい、ただ今」

そしてほどなく、たくあんを添えた握り飯と小芋の煮付けの小鉢を載せた盆を持って、お勝が黒白の間に入ってきた。

「お菓子はあとであげますからね。まずはこれをどうぞ」

優しく声をかけて盆を置くお勝の顔を見て、今度はお種の目が飛び出しそうになった。疱瘡による痘痕は珍しいものではないが、お勝のそれは顔一面で、首筋にも広がっているから、ぎょっとしたのだろう。

お勝が黒白の間から消えると、お種は声を潜めておちかに訊いてきた。「今の人、このうちの女中なの？」

「ええ、そうよ」

「あんなに痘痕がひどくっても、ここでは雇ってもらえるの？」

「見てくれよりも、中身の方が大事だもの。それに重い痘痕というのは疱瘡の神様に愛でられた証だから、うちではあの女中さんを守り役として大事にしているのよ」

へえ～と声をあげ、お種はあらためておちかと富次郎を眺め回した。

「三島屋さんて変わってるねえ」

それで気が済んだのか、ガツガツと握り飯をむさぼり始めた。おちかは茶を淹れ替え、富次郎はつと席を立った。

「わたしの手元に、市中で起こったためぼしい出来事を記した読み物があるから、ちょっと取ってくるよ」

お種は気持ちいいほどの食べっぷりだった。皿も小鉢も舐め取るようにきれいにして、満足気におくびするときには、慌てて手で口元を押さえたから、一応は行儀も心得ているのだ。

「美味しかった？」

「うん」

「あなたのおっかさんに、そういうときは何か言うものだと教わってない？」

またおくびがこみ上げてきたのか、ぐっとそれを呑み込んでから、お種は顔の前で手を合わせた。「ごちそうさまでした」

「はい、お粗末様でした」

お種は大真面目な顔になった。

「そういえばねえ、あの家でも、痘痕のひどい人を見かけたことがあるんだ」

お勝を見て思い出したのだという。

「ホントにいっぺん見かけただけで、どこの誰だかわかんないけど、おかみさんと先生と話し込んでたんだ。お客だったのかなあ」

「女の人？」

「ううん、腰の曲がったじいさんだった。頭は丸坊主で、何か変わった着物を着てた」

どんな着物かよく聞き出してみると、どうやら十徳のようである。

「お医者様かもしれないわね」

おちかが言うと、お種は噴き出した。

「お医者が痘痕だらけなんて、おかしいよ」

「そうかしら。大病して命を拾った経験がある人なら、いいお医者様になるでしょう」

医者か僧侶(そうりょ)かただの隠居かはともかく、面の家でも、その痘痕の老人を邪悪からの守護者として尊重していたのかもしれない。

お茶を飲んでいるところに、富次郎が戻ってきた。けっこう厚い綴(と)じものを手にしている。

「あったあった、これこれ」

いそいそと座ると、「お種さん、さっき言ってたお城で人斬りがあったという話ねえ、出来事の順番からして、松平外記(まつだいらげき)というお旗本の起こした騒動じゃないかと思うんだが、どうだい？」

まつだいらげきさまと、お種はあやふやに諳んじた。

「それ、大変な騒動だったんですか」

「そうともさ！　松平外記様は御書院番を務めておられたんだが、年長の同僚たちからのいじめに苦しめられた挙げ句に、殿中で大脇差しをふるって五人も斬ったんだ。三人はその場で絶命、あとの二人にも深手を負わせてね、ご自分も自害してしまった」

文政六年四月の出来事だが、当時はこの惨事をネタにした落首が市中を飛び交い、物見高い江戸っ子たちがお城の外でも大騒ぎをしたそうである。

「お種さん、今度はわたしの方からいくつか尋ねるから、おかみさんに聞いた出来事と合うかどうか教えておくれ」

綴じものの丁をめくりながら、富次郎は熱心に様々な出来事を読み上げては尋ねたが、お種の方は首をかしげるばっかりだ。そのうち飽きてしまい、眠そうになってきた。

「従兄さん、もうそのへんにしましょう」

おちかも、過去に起こった物騒な出来事ばかりを聞かされていると気が滅入る。

富次郎は残念がった。「逃げ出した面が引き起こす災いには、何かしら共通する決まりがあるんじゃないかと思うんだけどなあ」

「この場でみんな解き明かそうとしても無理ですよ」

お種が面の家で女中奉公したのは三月とちょっと。一年の年季の四分の一しかいなかったのだし、家人や他の奉公人たちとちゃんと顔合わせさせてもらえないほどの下っ端だったのに、おかみさんからけっこう深いことを教わっている。それには理由があるはずだ。おちかはそちらを尋ねたかった。

「おかみさんからいろいろ聞かされたのは、どんな時？　最初にお話を聞いた折のことから、順に話してくれないかしら」

お種は目をこすると、着物の衿を引っ張って合わせながら座り直した。

「う〜んとねえ……最初はねえ……」

目玉を動かし、指で顎を掻きながら、一生懸命思い出そうとしている。

「働き始めて、四、五日だったかなあ」

夜中、屋敷の奥で人がしゃべっている。その声で目が覚めてしまって、気になってしょうがない。誰がそんな時刻まで起きているのか。

「他の女中さんに訊いても知らん顔だし、しょうがないから我慢してたんだけど、毎晩続くんだよ。それもね、よく聞いてると、人がしゃべってるんだけど、人の声じゃないような感じなんだよね」

「どんな声？　犬や猫かしら」

お種はかぶりを振る。「何に似てるかって言ったら、虫みたい」

「鈴虫や蟋蟀かい？　あ、蟬かな。そんならかなり騒々しいよなあ」

富次郎の言葉に、お種はまた首を振る。「そういう虫じゃなくて、ぶんぶんうるさいヤツ」

おちかも富次郎も同時に納得した。

「虫の鳴き声じゃなくて、羽音ね？」

お種の顔がぱっと晴れた。

「そうそう！　羽虫が顔のまわりを飛ぶとうるさいだろ。あれみたいな声なんだよね」

「それなら物音であって声じゃなかろう」

「でも、しゃべってるんだもん。大勢でやりとりしてて、しょっちゅう笑うし」

その一言で、おちかの腕に鳥肌が立った。大勢で群れているのか。

「どんなことを言っているのか聞き取れた？」

「わかんない。けど、〈われら〉とか〈しゅじょう〉とか――あと、〈いまいましい〉っていうのは何度か聞き取れたよ」

我ら、衆生、忌々しい。

「それで、おかみさんに訊いてみたんだ。あの話し声は誰でしょうか、うるさくって、あたしはろくすっぽ眠れませんって」

するとと、おかみは平然としてこう言った。

――あれが聞こえるのもおまえの奉公のうちだから、我慢なさい。

「ほかの者には聞こえないから、愚痴をこぼしたって誰にも通じない。おまえの十両の給金のうちに、我慢代も入っているんだからねって」

さらに、おかしなことを言い足した。

――その声だけなら放っておいていいが、何か別の物音がし始めたら教えなさい。

給金のうちだと言われては、おとなしく引き下がるしかない。お種は毎晩うるさいのを我慢していたが、

「それから十日ばかり経ったころ、ぶんぶんする話し声のなかに、何かを齧るような物音が交

じってきたんだよね」

しゃりしゃり、かりかり。

「ネズミかなと思ったけど、おかみさんに言いつけられてたから、これこれですって申し上げたら」

よく言いつけ通りにしたと、その日はおやつに高そうな饅頭を食べさせてくれた。

「すごく旨かったんだ。だからあたし、また変な物音がしないかなって、それからはもっとよく気をつけるようにした」

眠りが足りないので、昼間に居眠りしてしまう日もあったが、うつらうつらと船を漕いでいるのを見つかっても、一度も叱られなかった。

「ただ、耳を澄ましてても、ぶんぶんしゃべる声の言葉はやっぱり聞き取れないっていうか、よくわからないんだよ」

「お種さんの知らない、難しい言葉だったのかな」と、富次郎が言う。「お武家様が使うような角張った言い回しとかさ」

「そっか」お種は今さらながら納得したという顔になった。「そうだったのかもしれない」

「衆生という言葉も、毎日の暮らしのなかでは使いませんものね」

その後一月ほどは何事もなく過ごしたが、ある夜、またぞろものを齧るような音と、どんどんと叩くような音が響き始めた。

「誰かが床を踏み鳴らしてるみたいだった。あたし、びっくりしちまって」

これだけ大きな音なのだから、さすがにみんなに聞こえているだろう。お種は寝起きにあてがわれていた三畳間を抜け出して、廊下に出てみた。

「けど、誰も起きてこないんだ」

そうしている間にも、どんどんという音はさらに大きく、間隔も短くなっていく。

「おっかなくなってきて、おかみさんの寝間まで行って声をかけたら」

おかみさんはすぐ起きてきた。寝間着姿ではあったがちっとも寝ぼけておらず、眠そうでもなく、屋敷のさらに奥の方へと向かいながら、

――先生を起こしてくるから、おまえは皆を起こしておくれ。廊下に出て、犬のようにわんわんと大声をあげればいい。

お姫様でもお嬢様でもないお種だって、出し抜けに犬の鳴き真似をしろと言われたら戸惑うし、恥ずかしい。どうしようかと廊下でうろうろしていたら、その足音のせいか、職人の男たちが起き出してきた。

「それもさ、おかみさんと同じで、みんなきりっと目を覚ましてるんだ。ついさっきまで夜なべしてましたってふうに」

職人たちはお種に目もくれず、おかみさんのいる屋敷の奥の方へと駆けつけて行った。ちょっとは野次馬(やじうま)根性が出てきて、お種がついて行こうとすると、年かさの職人に脅すような声でこう言われた。

――犬は来るな。

「しょうがないから、そのまんま廊下で待ってたんだよ」

女中たちは起きてこない。お種一人きりだ。叱られて心細いし、床を踏み鳴らすような音が続

いていて薄気味悪いし、泣きたいような気持ちになってしまった。

「職人衆が奥へ行ったら、すぐに変な物音はやんじまった」

深夜の広い屋敷が静まりかえると、お種は急に怖くなって、いよいよべそをかいてしまったという。

「みんなは半刻ほどで戻ってきたんだけど、今度は口々にあたしを叱るんだ」

——犬めが、何を泣いてるんだ。

——駄目じゃねえか、犬はちゃんと吠えろ。

——わんわんぐらい言えるだろう。それがおまえの務めだ。

途中から腕組みをして語りに聴き入っていた富次郎が、さすがに気を悪くしたように苦い口調で言った。「いくら女中相手だって、犬呼ばわりはひどい」

おちかは黙って考えていた。確かに、女の子をつかまえて「犬め」はひどい。だが、これまでのお種の話をつなぎ合わせてみると、

「それはつまり、お種さんは番犬だという意味じゃないのかしら」

面の家は、手癖が悪かったり性根の曲がった者を奉公人に求めている。なぜなら、そういう者の方が面を見つけやすいから。

果たせるかな、お種は大きくうなずいた。

「お嬢さんはおつむりがいいねぇ。そうなんだよ。あたしはね、盗人を防ぐための番犬と同じだったんだ。だから、わんわん吠えなくちゃならなかったのさ」

翌日の昼過ぎになって、お種はおかみさんに呼ばれた。またぞろ居眠りしているところを起こ

されて、慌てて参上してみると、

「白絹でできたちゃんちゃんこみたいなのを渡されてさ。これを着ろって」

——これからおまえを奥へ連れていく。

「おまえに何も知らせないままだとかえってよくないから、この家の大事な役目のことを教えてやる」

——ここから先は、おまえはけっして口をきいてはいけない。何かに触ってもいけない。

昼なのに手燭(てしょく)を掲げたおかみさんにくっついて、うねうねと長い廊下を進んでゆくと、突き当たりに観音開きの重そうな扉があって、いくつも錠前が付けてある。おかみさんは帯に挟んだ鍵(かぎ)束(たば)で錠前を開けてゆき、観音開きの扉を開けるときには、顔が赤くなるほど力を入れていた。お種が手を貸そうとすると、触ってはいけないときつく言いつけた。

「その奥に、面の部屋があったんだ」

手燭の灯(あか)りに浮かび上がった。木箱に入れて紐をかけて、雨戸を閉め切った座敷に、数え切れないほどたくさん積み上げてあった。

「そこで初めて、おかみさんが話して聞かせてくだすった」

——形(なり)は面だけれど、その正体は、この世に災いや悪事をもたらす魑魅(すだま)だ。だからここに封じてある。わたしたちこの屋敷に住まう者は、その番人だ。

そして、お種は番犬だと言った。

——わたしたちにはできないけれど、一度悪事に手を染めたことがあるおまえなら、面の声を聞くことができるし、その動きと気配を察することもできるからね。

「夜になると聞こえてきたぶんぶんいうようなしゃべり声も、笑い声も、何かを齧るような音も叩くような音も、みんなここの面の仕業だから、あたしにしか聞こえないんだって」

――この面どもは、ここから逃げ出したら次はどんな災いを起こしてやろう、人を惑わせてどんな悪事をさせようかと、いつもしゃべり合っている。

「そんなのはただのおしゃべりだから、放っておいていいんだけど」

――面どもが箱を齧ったり、箱を動かして転がり出ようとし始めたら、それは危ない。だからおまえに、そういう物音を聞きつけたらすぐに報せろと言いつけておいたのだよ。

昨夜は、いくつかの面が木箱を壊して転がり出ようと騒いでいたのだという。

――わたしたちで封じ直してしまったから、もう心配することはない。この先も、同じようなことがあったら、いつ何時だろうと、火事や大水の最中だろうがかまわない、わたしに報せておくれ。

――この面どもを封じておくことが、世の中のためなのだから。

「面の部屋にはちょっとしかいなかった。ていうか、あたしは敷居をまたがずに、戸口のところから中を覗いただけだったし」

嫌な臭いがしたからだという。

「そんで、おかみさんの部屋に戻って白絹のちゃんちゃんこを脱いでから、もしもあそこにある面が一つでも外の世間に出るとどんなことが起こるのか、さっき話した火事とか、橋が落ちたことなんかを教えてもらったんだ」

おちかもこの黒白の間でずいぶん面妖な話を聞いてきたが、この話は何というか、構えが大きい。なにしろ、世に起こる万の災いの元と、それを封じている家の話だ。

「面の部屋にいるあいだも、お種さんには、羽音みたいなしゃべり声や笑い声が聞こえていたのかい？」

富次郎の問いかけに、お種はびっくりしたような顔をした。

「そういえば、聞こえなかった」

「きっと、おかみさんが一緒にいらしたからだろうな」

「お種さん一人だったら……」

お種は勢いよくうなずいた。「だからおかみさんに、あたしは二度とここに近づいちゃいけないって言われた」

言われなくても近づきたくなかったよ。

「臭かったし、凍えそうに寒かったし」

「どんな臭さ？」

お種はちょっと考えた。「何か腐ったみたいな臭い。夏のいちばん暑いときの厠の臭い。うちのおとっつぁんが病で死にかけのときの息の臭いにも似てたかなあ」

黒白の間にはお香を焚いているし、淹れ替えたばかりの緑茶の香りも残っているのに、おちかは胸が悪くなりそうだった。

「そういう臭いも、番犬にしか嗅げないものなんだって」

「ちょっと話を戻すがね」と、富次郎が口を開いた。「面の部屋に行くときに着たっていう」

白絹のちゃんちゃんこ。

「ただ真っ白だったかな。何か柄がついてなかったかい？　あるいは紋所とか」

「あ、ついてた！　背中にね、あたしの頭ぐらいの大きさの模様が一つ」

「どんな形の模様だった？」

お種は指で畳の上に描いてみせた。「こうなってて——それを丸で囲んであるの」

得心したらしく、富次郎は一人でうなずいている。

「何ですか、従兄さん」

「たぶん、その模様は五芒星だよ。陰陽道で使う魔除けの印だ」

つくづく、富次郎は妙なことに詳しい。これも瓢箪古堂の貸本仕込みの知識だろうか。

さて、面の家の秘事を明かされて、お種は自分の奉公の大事さと、法外の給金の重みを改めて思い知った。身を引き締めて奉公しようという殊勝な気持ちになる日もあれば、夜中になると聞こえてくるぶんぶん羽音のしゃべり声と笑い声が耳障りで、もう一刻だって耐えられないと思う日もあった。

「何にも知らない方が気が楽だったなあって思うこともあったんだ」

「ええ、そうでしょうね」

富次郎は何だか首をひねっている。

「しかし、面の家の面のことって、世間にゃ知られていないよねえ」

「誰もしゃべらないからですよ」

しゃべったら障りがあるからだ。

「しゃべった元番犬はたちまち命を落としてしまうから、話が広がらなかったのか」

ぺろりと言ってしまってから、富次郎は慌てて両手で口を押さえた。

「ごめんよ、お種さん」

お種はちょっと肩をすくめた。

「いいさ。面を逃がしちまって、今じゃホントにあたしが悪かったって思ってる。けど、災いも障りもみんな、この前の火事でほかの人がひっかぶってくれて済んじまったからね」

ひっかぶった方はいい迷惑だし、三島屋だってあの夜火事に一時は肝を冷やしたのだから、お種のこの言い様は面憎い。

だが、おちかはどうにも窘める気になれなかった。ぜんたいに、この話が浮世離れしているせいかもしれない。

「お種さん、いったいどんな経緯（いきさつ）があって、面を逃がしてしまったの？」

いよいよ核心に切り込む問いかけに、お種はしばらく真顔で黙り込んだ。どう語ろうか思案しているのだろう。

「あの家に封じられている面どもはね」

ようよう語り始めたとき、その声音は硬く緊張していた。

「とにかく、隙を見ちゃ外へ逃げ出そうとしてるんだ。その欲がものすごく強いし、あいつら

はこすっからいから、おかみさんや先生たちがどんなに気をつけていたって、うまいこと逃げ出しちゃうことがあるんだよね」

「そういうときは、お種さんみたいに番をする人も出し抜かれてしまうわけなのね」

お種はきゅっとおちかを見返すと、絞り出すように言った。

「番犬は、出し抜かれたりしやしないよ」

口調がぎくしゃくした。

「おかみさんが言ってた。あたしの前にあの家にいた番犬は、三十五年も務めたんだって。そいつがぽっくり死んじゃったもんだから、間に合わせにあたしが雇われたんだけど」

しかし、おかみさんも先生も、お種が長続きすると思ってはいなかった。

「あたしの顔を見てすぐに、この娘は弱そうだってわかったんだって。あっちから一年の年季を言ってきたけど、半年保てばいいぐらいに思ってたんだって」

手の指をいじいじといじりまわしながら、お種は早口に言いつのる。

「どうしてかって言うとね、あたしは手癖が悪いってだけで、頭を使って悪いことをしたわけじゃないからね。おつむりは空っぽだからさ、すぐ面に騙されちまうに決まってるから」

「騙される？」

「そう」お種の目が暗い光を宿した。「何でも望みをかなえてやるって美味しいことを吹き込まれて、信じちまうのさ。そんで、あいつらが逃げるのを手伝っちまうんだ」

それは、お種が面の家に住み込んで、三月と十日目の夜半のことだった。

そのころには、屋敷の奥から聞こえてくる面たちのおしゃべりと笑い声に、もうすっかり慣れてしまっていた。気味悪く思うこともなく、一日働きづめでくたびれた身体を寝床に横たえると、蠟燭を吹き消すように眠ってしまう。眠りは深く、夢も見ない。

なのに、なぜかその夜は、いっぺん眠ってから妙にはっきりと目が覚めてしまった。

雑木林に囲まれた広い屋敷は静まりかえっている。耳に入ってくるのは、羽音のようにも潮騒のようにも聞こえる面どものざわめきだけ。

——どうしたんだろ、あたし。

どこか痛いわけでも、寒いわけでも、厠に行きたいわけでもない。だが眠気が飛んでしまっている。

仕方なく、箱枕に頭を載せて暗い三畳間の天井をぼんやり仰いでいると、夜の闇の向こうから出し抜けに野太い声が呼びかけてきた。

「おい、お種」

ぎくり。お種は固まってしまった。

そこへ、もう一度。

「おおい、お種」

お種はゆっくりと身を起こした。この三畳間に窓はない。雨戸は閉じきってあるのに、廊下との仕切りの障子がほのかに白く光っているのは、突き当たりにある明かり取りから月の光が差し込んでいるからだろう。おかげで、目が慣れてくれれば自分の掌ぐらいは見えるけれど、それにしたって真夜中の暗さだ。

近くに、誰かいるのか。

「おい、お種」

三度、大声が呼びかけてきて、こう続けた。

「金が欲しくはないか」

お種は息が止まりそうになった。脅しつけるように太く強い声だが、ぶんぶん震えているのはあの面どもの声音と同じだ。

あの面どものなかのどれか一つが、お種に呼びかけてきたのだ。

——金が欲しくはないかって？

欲しいに決まっているじゃないか。

その夜はそれきりだったが、夜が白み始めるころまで、お種はもうまんじりともできずにじっと息を殺していた。

後から悔いるから後悔というのだが、のちのち心底悔いたものだ。どうしてこのとき、すぐおかみさんに、こんなおかしなことがありましたと打ち明けておかなかったのだろう、と。

色気があったからだ。面の呼びかけに応じてみたい気持ちがあったからだ。

だって、お金が欲しいんだもの。欲しいに決まってるじゃないか、貧乏なんだもの。

次の夜も同じことがあった。深い眠りからぱちりと目覚め、寝付かれないまま夜の底で息を潜めていると、

「おおい、お種」

二度、三度と呼びかけてきて、こう言う。

「金が欲しくはないか」

お種は横たわったまま、両手を固く握りしめて口元にあて、縮こまっていた。

――返事しちゃいけない。

知らん顔をしていなくては。聞こえないふりをしていなくては。そして、朝になったら必ずおかみさんに報せるんだ。報せよう、報せなくては。

だが、やっぱり言えなかった。掃除をしていても水汲みをしていても、耳の奥にあの呼びかけが何度も何度もこだましていた。

お種よ、金が欲しくはないか。

欲しいと答えたら、どうなるんだろう。

三夜目には、いきなり目が覚めてしまうと、お種は寝床の上に起き直った。寝間着の前をかき合わせ、面が呼びかけてくるのを待った。

「おい、お種」

お種の心の臓がばくばくと激しく打った。気のせいか、面の呼びかける声が昨夜よりも大きく聞こえた。

「おおい、お種」

夜更けに、質素な三畳間で一人、薄い布団の上に正座して、お種は冷たい汗をかき、頬をほてらせ手を握りしめていた。

そして、答えた。「――はい」

静寂。面どものざわめきも消えた、本物の静けさがあたりを押し包んだ。

やがて、野太い声が響いてきた。

「お種よ、返事をしたか」

「はい」

「我の呼ぶ声が聞こえるか」

「はい、聞こえます」

「お種」

おたね。〈ね〉の音が、お寺の鐘の重々しい残響のように夜の静寂のなかを渡ってゆく。それが総身に感じられるようだった。

「――金が欲しくはないか」

運命の分かれ道だった。

お種は答えた。「欲しいに決まってる」

その途端に、面の声が吼えるような高笑いを始めた。他の面どもの騒ぐ声もよみがえってきて、一緒になって大笑いし、大騒ぎを始めた。

「お種、おまえは正直者よ」

お種のこめかみを冷や汗が伝った。

「ならば、我の言うとおりにせよ」

身体が震える。背中が寒い。

「明日、我はこの忌々しい場所から出て行く」

出て行く、出て行く、出て行く。面どもがざわざわぶんぶんと唱和する。

「我が音をたてても、おまえは聞こえぬふりをせよ。我が気配をさせても、おまえは気づかぬふりをせよ。我の姿を目にしても、おまえは見えぬふりをせよ」

そして、誰にも言うてはならぬ。

「この約定を違(たが)えぬならば、おまえの望みを叶(かな)えてやろう。おまえに、人の短い一生では費やしきれぬほどの金を与えてやろう」

わかったか、お種よ。

「はい、約束します」

おお、お種が約定したぞよ！　面たちが声を合わせて騒ぎだした。勝ちどきのような、犬の遠吠えのような、恐ろしく忌まわしく、屋敷ぜんたいを揺るがすような大騒ぎに、お種は両手で耳を覆った。頭ががんがん痛み、目が回り始めて、やがて気を失ってしまった。

次に目を覚ましたら、朝になっていた。

清々(すがすが)しい朝日のさしかける廊下に出て、お種はすぐ気づいた。屋敷の奥からじょりじょり、がちがち、ざくりざくりと音がする。

面が箱を齧っているのだ。箱を食い破って穴を開け、紐を齧り切ろうとしているのだ。

聞こえない。あたしには聞こえない。

やがて、どん、ばりんという音が響いた。

箱が床に落ちたのだ。面はどうしたろう。今にも箱から転がり出ようとしているのか。

おかみさんに言わなくちゃ。面が逃げ出してしまう。

でもお金が欲しい。約束を守れば、面はお金をくれるって言ってた。

でも、面が逃げ出したら、外の世間で恐ろしい災難が起こってしまう。

それがどうした？　他人がどうなろうが知ったことじゃない。世間様が、お種に親切にしてくれたことがいっぺんだってあったか。お種の一家が食うに困っていても、誰も世話なんか焼いちゃくれなかった。

お金が欲しい。楽な暮らしをしたい。

ごろん、ごろん。

ああ、面が転がっている。お種はぎゅっと目をつぶった。瞼(まぶた)の裏に、面が畳の上を這(は)い、板張りの廊下を転がり、柱にぶつかって向きを変え、庭の沓脱石(くつぬぎいし)の上へ落っこちる様がちらちらと映った。

いけない。面を逃がしちゃいけない。

お種は雨戸に手をかけた。おかみさんは毎朝起き抜けに井戸で水を汲む。朝日を浴びてきらきら光る清い水で手を洗ってうがいをして、それから富士山(ふじさん)を拝んで一日を始めるのだ。

雨戸を開けて、声を張り上げて叫ぼう。おかみさん、面が逃げます――

「おおい、お種」

面が呼びかけてきた。すぐ近くにいる。鼻が曲がりそうなこの臭い！

足下だ。お種は目を瞠り、息を呑み込んで立ちすくんだ。

面が一つ、雨戸の外側に張り付いている。なぜかしら上下逆さまになって、顔の左半分だけを覗かせている。耳まで切れ上がった大きな口がぱくぱくし、白目を剝いている。

「お種よ、約定の金をやろう」

嘲(あざけ)るように言い放ち、面は歯を剝き出すと、お種の右足の爪先に嚙みついた。お種は悲鳴をあげ、足を蹴(け)って面を振り落とした。

嚙まれた足の指が焼けるように痛い。血が飛び散る。お種に蹴り飛ばされた面は半円を描いて空を飛び、地面に落ちると、魚が水に潜るようにすうっと潜った。地面のすぐ下を、顔を上にして潜ったまま素早く逃げてゆく。その動きもまた魚のようだ。

今やお種は叫びに叫んでいた。おかみさんと先生、職人たちがわらわらと駆けつけてきた。みんな大声を出している。おかみさんが逃げる面を指さし、鋭い声をあげた。先生が懐から何か取り出しながら面を追って走ってゆく。

お種には何も聞こえない。足の指が痛い。ずきん、ずきん。心の臓が打つのに合わせて傷から血が噴き出す。

そのたびに、耳の底で音がした。小判をぶつけ合わせる音だ。財布のなかで小銭がじゃらじゃら鳴る音だ。ああ、それしか聞こえない。

そんな馬鹿な。そんな馬鹿な。

泣けてきた。目がかすむ。だけど見える。信じられないものが見える。面に嚙まれた傷から血が噴き出し、地面に滴るそばから、金の小粒に変じてゆくのだ。

「お種、何をしている！」

庭の方から、おかみさんの鋭い叱咤(しった)が聞こえ

てきた。

「面はどこにいる？　あれの気配はおまえにしか分からないんだよ、しっかりおし！」

お種は痛みと恐怖に泣くばかりで、肝心のその目をちゃんと開けていることさえできなかった。叫ぶような泣き声を聞きつけて、やっとこさ女中の一人が駆け寄ってきて、手ぬぐいで足の傷を縛ってくれた。

屋敷じゅう、庭じゅうを捜し回っていたおかみさんたちは、ほどなくして引き揚げてきた。いつも無表情な先生が、今まで見たこともないほど険しい目をしていた。

その手に、何か光るものを持っている。よく見ると、お種の中指と同じくらいの長さがある縫い針だった。

「し損じた」と、先生は言った。面が外へ逃げ出してしまったということだ。

それから小半刻、おかみさんと先生と、いちばん年かさの職人の前に座らされて、お種は事情を問い詰められた。うまく話せなくて言葉に詰まると、おかみさんの方から、

「返事をしてしまったのは、三度目に呼びかけられたときじゃないかえ」

「おまえがあれの約定を受け入れたら、あいつらが一斉に笑っただろう」

などと尋ねてくれて、

「だからといっておまえの咎（とが）が軽くなるわけではないけれど、番犬がたぶらかされるときというのは、いつもこんな案配なのだよ」

お種の前の、三十五年も長持ちした番犬のことを聞かされたのもこのときだ。人を殺（あや）めたことのある凶状持ちだったが、自分の子供が殺されたことをきっかけに悔い改め、周旋されてこの屋

敷に入ったのだという。

「皮肉なもので、あれくらいの悪人だと、心底悔い改めたなら、ちょっとやそっとの誘惑には蕩(とろ)かされないものなのだよ」

浮世の欲を、自分の悪事であらかた食い尽くしているからね。

「だけど、おまえのような切れっ端の悪人は、まだまだ浮世の欲に飢えているから、面にほだされやすいのだ。それでも半年は保ってくれるかと恃んでいたのだけれどね」

面に噛まれた傷からは、いつまで経っても血がにじみ出て止まらなかった。お種はふらふらしてきた。

「噛まれたときよりも痛いだろうけれど、このままだと命に関わるから」

そう言って、おかみさんはお種に猿ぐつわをかませた。年かさの職人がお種を羽交い締めにした。先生が懐からあの長い縫い針を取り出すと、座敷にあった火鉢の炭に押しつけて、念入りにあぶった。

そして、その針でお種の傷を焼いてくれた。小さな噛み傷から真っ黒な煙が立ち上り、またあの鼻が曲がりそうな臭いがした。

「臭いだろう。でも、わたしや先生には肉の焼ける匂いしかわからない」

この凄(すさ)まじい臭いは、逃亡した面がお種に植え付けていった悪気が焼けているからだと言った。お種は、何度も吐きそうになった。

傷は塞(ふさ)がったが、お種の右足は頭と同じくらいの大きさに腫(は)れ上がってしまった。

「今日はこのまま寝ていなさい。あとで薬湯を飲ませてやろう。傷が治ったら、朝顔店の差配に遣いをやって迎えに来させるから、勝手に家に帰ってはいけないよ」

　そう言い聞かされたのに、まわりに人気がなくなると、お種は屋敷から逃げ出した。腫れた右足を引きずり、着の身着のままだった。

　追っ手がかかるだろうと思ったから、歯を食いしばり、倒れたら地面をひっかくようにして立ち上がり、しゃにむに走った。雑木林のなかをあてどもなく迷いに迷って、気がついたらあたりはとっぷりと暮れ、満月が昇っていて、その冴え冴えと浄い光を浴びて、自分が大きな武家屋敷の裏手にいることがわかった。

　——どんだけ迷ってたんだろう。

　それでも、ここはもう当たり前の人の世だ。武家屋敷の窓明かりが目に染みて、嬉し涙が溢れてきた。

　疲れ果てて腹もぺこぺこだったが、藪をかき分けて進んで行って、荷車の轍のある小道にたどりつき、這うようにそれをたどって行くと、いつの間にか見覚えのある町筋に出ていた。面の家に奉公に上がった日に、差配さんに連れられて歩いた町筋だった。

　お種が朝顔店に帰ると、夜だというのに長屋じゅうが大騒ぎになった。それほどに、お種はひどい有様だった。右足の怪我に加えて、滑ったり転んだり、小枝や藪に引っかかったりして擦り傷切り傷だらけになっていたし、顔色は死人のように青白く、熱が高くて悪寒にがたがた震えていた。

　誰が報せたのか、差配の甚兵衛がすっ飛んできた。ぐったり寝込んでいるお種のそばから長屋の連中を遠ざけて、少しのあいだお種のおっかさんと話し込んでいた。おっかさんは、約束の給金をもらえないのかと気を揉んでいた。

翌朝になると、熱が下がって悪寒も消えた。お粥も喉を通って落ち着いた。

お種を座らせて、甚兵衛は説教した。

「奉公をしくじったのはわかっている」

それでも、命があっただけよかった。

「あちらのおかみさんからも聞いているだろうが、あれは難しい奉公だ。おまえと同じようにし損じる者が多い。ただ、三月とちょっとというのはさすがに情けないな。お種は、この機会に心を入れ替えないといけないよ」

もう叱りはしない。

「おまえが逃がしてしまった面は、おかみさんと先生が何とかして捕まえるか、退治してくださる。おまえは案じなくていい」

それは、あの方たちのお役目だ。

「そして、くれぐれも他言は無用だぞ。あの屋敷のことも、屋敷のなかで見聞きしたことも、誰にもしゃべっちゃならん」

口を閉じて神妙にしておれば、二日ばかりでみんな忘れてしまうから大丈夫だ、と言った。

「だが、忘れきる前にしゃべってしまえば、おまえの身に障りが起こるぞ」

お種が逃がした面が、お種の声を聞きつけて寄ってくる。

「おまえはその面に声を聞かれ、顔を見られ、血の味を覚えられているからな」

これからは身を慎み、よく働け。そう言い聞かせて、お種の給金を持ってきてくれた。約束の半分の五両だった。それでもくれただけ恩情がある。おっかさんは泣いて喜んだ。

お種は充分震え上がっていたし、差配さんの説教も身に染みた。面の家のことなど早く忘れたいと思った。熱が下がると右足の傷もどんどんよくなり、五日も経つときれいに治って傷痕（きずあと）さえ消えて失くなった。

甚兵衛は次の奉公先を探してくれて、繋（つな）ぎの駄賃仕事も与えてくれた。五両という大金のおかげで、お種たちの暮らしは一息ついた。本当に、この機会にいろいろなことがよい向きになりそうな気がした。

なのに、忘れられないのだ。

屋敷の奥の面たちのざわめきが。虫の群れの羽音のような笑い声が。「おい、お種」と呼びかけてきた声の響きが。

何よりも、雨戸の下に張り付いて、上下逆さまになってお種を見上げていた面の顔が。笑いながら爪先に噛みついてきたとき、剝き出しになった真っ白な鋭い歯が。

飛び散った血が金の小粒に変わり、ころころと降るように落ちてゆく様が。耳の奥でやかましく鳴り響いた銭の音が。

何で忘れられないんだよ。差配さんの言ってたことと話が違うじゃないか。

「――それが耐え難くって、うちでしゃべろうと思い立ったのね」

おちかは穏やかに問いかけた。

お種は、語りながらまた様々なことをありありと思い出してしまったのだろう。少しばかり青ざめて、くちびるを噛んでいる。

「お種さんの気持ちはよくわかりました。この語り、あたしたちがちゃんと聞いて聞き捨てにします。安心してちょうだい」

富次郎は深く懐手をして、なぜかしら目を細めてお種を見据えている。そして言った。

「ちょっと待った、おちか」

「何ですか、従兄さん」

「お種さん、昨日の話と違うところがあるね」

小娘はびくりとした。「え」

「おまえさん、昨日は奉公先を追い出されたと言ってたぞ。役立たずと怒鳴られて、約束の給金ももらえなかったって」

そうだっけ？　面がどうのこうのという方に気をとられて、おちかはよく覚えていない。

お種はバツが悪そうにもじもじした。

「昨日は……そう言っといた方が、同情してもらえるかなって思って」

富次郎はきりりと眉毛を一文字にした。

「嘘はよくない」

「う、嘘じゃないよ。ちょっと話を作っただけだよ」

「それを嘘と言うんだ！」

おちかは笑ってしまったが、富次郎は大真面目である。

「笑い事じゃないよ、おちか。この娘は懲りてない。今のうちにちゃんと叱って矯めておかないと、次はもっとひどい目に遭うか、この娘の方がひどいことをやらかすよ」

風邪が万病のもとであるように、嘘は諸悪の根源だと富次郎は説き、おちかが取りなして、お種はきちんと謝った。

「すみません。もう嘘はつきません」

やれやれである。

「話を戻すけど、ねえお種さん、あなたが見た金の小粒や、うるさいほどだった銭の音って、みんな幻だったのよね」

お種が面にたぶらかされ、目にして耳にした儚い幻影か。

うなずいて、お種は青ざめた顔を上げた。

「うん。人は面の毒にあたると、心が乱れて、ありもしないものを見るんだってさ」

面の毒、か。

「あたし、昨日ここから長屋に帰っても怖くって、泣いてたんだ。そしたらおっかさんが差配さんを呼んできて」

甚兵衛の顔を見たらもっと怖くて、切なくなってきて、屋敷のことが頭から離れないこと、面の顔が目に浮かんでくること、ちっとも忘れられないこと、聞き捨てにしてもらいたくて神田の袋物屋の三島屋へ行ったこと、でも見込み違いだったことを打ち明けた。

「差配さんも顔色が変わっちまって」

これはしたり、と呻いたそうな。

――おまえは面に噛まれ、その毒が抜けきっておらんのだな。だから屋敷のことが忘れられず、面のことも忘れられず、心が乱れたままなんだ。

甚兵衛はお種に長屋でおとなしく待っておれと言いつけると、慌てた様子でどこかへ出かけていった。急いでいても、ちゃんと羽織を着ていたそうだ。

「そりゃ、おかみさんと先生に相談しに行ったんだろうね」と、富次郎が言う。

日暮れ時に帰ってくると、甚兵衛はくたびれた様子だったが、顔色は元に戻っていた。むしろ機嫌がいいくらいだった。

で、開口一番、お種にこう言った。

——昨日の夜、神田松永町で火事があった。お種が逃がしてしまった面は、その火事のおかげで捕まったそうだよ。もう、災いも障りも怖がらなくていい。

昨夜はおかみさんも先生も一睡もしておられなかったのに、おまえの相談事を持ち込んでしまって申し訳なかった。

「まったく面目ないって、あたしまた叱られちゃった」

一応、お種も萎(しお)れた顔をする。

「あのね、面に嚙まれたって、ちゃんと手当てしてもらえば、普通は一日ぐらいで毒が抜けるものなんだって」

——それが抜けないまんまなのは、よほどおまえが悪に染まりやすい気質だからだ。このまま放っておくと、面の毒が血肉になってしまいかねぬと、おかみさんは言っておられた。

それはおっかない。

「そういうときはどうするものなの?」

「手立てはいろいろあるらしいけど、あたしの場合は、もういっぺん三島屋さんに行って、よく謝ってお願いして、ちゃんと語って聞いてもらうのがいちばんだって」

あらまあと、おちかは思わず声をあげてしまった。

「うちを見込んでくださったのかしら」

すると、富次郎が重々しく遮った。

「見込むなんて軽々しい言葉を使うもんじゃないよ、おちか」

「あら、そうですか」

「うちの変わり百物語は、世の悪を封じ込めている偉いお方に信用されているんだ。頼りにされてるんだ。おお、そうだ、きっと面の家のおかみさんも、うちの変わり百物語の評判をご存じなんだよ。そうに違いない！」

気負いすぎだと思う。

「それより、昨日お種さんがうちに来たとき、中途半端にしゃべっちゃっていたでしょう？　面のこととか障りとか」

半端にしておくのはかえってよくないから、（先ほどの富次郎の言葉を借りるなら）頭から尾っぽまですっかり語ってこい。まずはそういう意図なのではないか。

「正直なところ、わたしも従兄さんも話の続きが気になっていたし、語って吐き出せばお種さんもすっきりして毒が抜けるし」

ここを訪れた語り手が、帰るときには重荷を下ろしたような顔つきになるのを、おちかは何度も見てきた。胸に溜めてきた秘事を吐き出すと、人はそれだけ身軽になれる。この件の場合は、そこに「毒抜き」の効能もあると、面の家のおかみさんは判断なさったのだろう。

「まあ、甚兵衛さんがうちの変わり百物語の評判をご存じで――」

挨拶を交わしたとき、そう言っていた。

「ここの話は他所に漏れない、必ず聞き捨てになるってあてにしてくださったのは確かだろうから、そこは自慢していいと思うけど」

その沽券にかけて、お種から受け取ったこの語り、しっかり聞き捨てなければ。

「おちかは謙虚だねえ」

お種は、ぽんぽん言い合うおちかと富次郎の顔を見比べている。

「お嬢さんたち、おっかなくないの」

「うちには守り役がいるから大丈夫。強い禍祓いがついてるからね」

お種は上目遣いになった。「それって、さっきの痘痕だらけの女中さんのことだよね？」

「ええ、そうよ」

納得したようなしないような、お種はまた指をいじくっている。

「それにしても、火事のおかげで面を捕まえることができたって、どういう事情だったんだろうね」

松永町の夜火事は飯屋が火元で、酔っ払ったその家の倅が瓦灯を叩き割り、飛び散った油に火が回ったのが発端だったはずだ。

「お種さん、差配さんから詳しく聞いてる？」

お種は指をいじくるのをやめ、顔を上げると素っ気なく言った。「うん。その飯屋の倅が面を見たんだってさ」

は？

「酒癖の悪い倅で、毎日のようにぐでんぐでんに酔っ払ってんだけど、昨日の夜もそうやってるところに、面が近寄ってきたんだって」

驚いた倅が、前後を忘れて手近にあった瓦灯を面に投げつけたという次第。

「人の生首が転がってきたって、叫んで喚（わめ）いて大変だったらしいよ」

まわりの人びとは、こいつとうとう酒毒で頭がおかしくなったのかと思ったが、

「火消しをしてるあいだに、ほかにも何人か面を見ちゃった人たちがいて」

——ホントに生首だ！

——違う、違う、首じゃねえ。地面の上を人の顔が滑っていったんだ。

「火事が収まった後には、ンな馬鹿なことがあるもんかって、誰も信じなかったらしいけど」

当の飯屋の倅も、あれは酒のせいだった、これっきり深酒はやめると、いたく反省しているとかいないとか。

おちかも富次郎も、ものすごく納得がいったので、かえってすぐには言葉が出なかった。

「そうか……」

「屋敷から外に出れば、〈番犬〉みたいなお人がいっぱいいるからね」

山のような悪から爪の垢ほどの悪まで、大きさはとりどりでも、悪を行う者たちは、星の数ほどそこらを歩いている。

「屋敷にいたときよりも、面は見つけられやすいってわけか」

それは実に悲しい事実であり、面そのものよりも恐ろしいことでもある。

「だけど、どうやって捕まえるのかねえ」

またも、お種はあっさり言った。

「針で刺すんだって。いったんその場に留め付けておいて、箱のなかに封じ込めるらしいよ」

おちかはぽんと手を打った。「先生がお種さんの傷口を焼くときに使った針ね！」

お種の中指ほどの長さのある縫い針。

「逃げた面を追っていたときも、先生はそれを得物にしていたんだろうね」

その光景を想像しているうちに、さらに得心がいってきて、おちかはお種に訊いた。

「お種さん、おかみさんと先生と職人たちは、お坊さんの袈裟や、神社の禰宜さんの白い着物を仕立てていたって言ったわね？」

「そうだよ」

「あなたは筒袖と言っていたけど、それはたぶん下に着けるもので、禰宜さんや巫女さんが着ているのは袖のある着物よ。水干というの」

それはともかく、

「おかみさんたちはそれを、反物から裁って新しく仕立てていたのかしら。それとも、もう出来上がっているものをほどいて仕立て直していたのかしら」

お種は目をぱちぱちさせた。

「仕事部屋のことはよく知らないけど、そういえば、あの屋敷で反物って見かけたことがないような気がする」

「やっぱり」

おちかが大きくうなずいていると、富次郎が口を出してきた。「どういうことさ。わたしにも教えておくれよ」

これはただの臆測ですよ――と前置きして、おちかは説明した。

「おかみさんたちは仕立屋じゃなくって、実は針を浄めていらしたのじゃないかしら」

僧侶の袈裟や神官の衣類に針をくぐらせることによって、その針を浄める。さらに、

「徳の高いお坊さんや、邪なものを祓う力を持った禰宜さんが身につけていた衣類を縫わせることで、針にもその力が宿るのよ」

そういう針だから、悪の魑魅である面の動きを止め、封じることができる。

「……なるほど」

それで当たりだと、富次郎も手をぱちんと打ち合わせた。「おちか、ご明察」

「あてずっぽうですけどね」

それに、推察ぐらいでちょうどいい。あまり図々しく詳しいことまで詮索していいことではなさそうな気がしてきた。

「わたしも一つ考えたんだけど、面の家は、たぶん一軒じゃないよね」

一軒の屋敷と、そこに住まうおかみさんたちだけでは、とうてい手が足りぬ。

「世の中には悪が多いんだからさ」

この国のいたるところに、面の家はあるのだろう。誰にも知られずひっそりと、山奥や、人気のない島や、深い森のなかに隠れているのだろう。

「で、おかみさんや先生たちと俗世とを繋いでいるのが、甚兵衛さんみたいな手練れの差配とか

さ、世事に通じて度胸があって、口も堅い人たちなんだろう」

おちかの頭に、ちらりと口入屋の灯庵老人の脂ぎった顔が浮かんだ。あのお人も顔は広いし世事にも通じている。面の家に〈番犬〉を周旋する仕事をしてたって不思議はなかろう。

「まあ、まっこうから訊いたって答えちゃくれまいがね。野次馬はよくないし、自分が番犬に志願するくらいの気構えがなくっちゃ、訊いても意味のないことだし」

「嫌ですよ、従兄さん。番犬になろうって、悪いことをしないでくださいな」

これが話のオチになったようである。

「お種さん、語ってくれてありがとう。お茶を淹れ替えて、お菓子にしましょう」

「ちょっと待って」

意外にも、お種がおちかを止めた。

「あたし、どうしてもわかんないんだ。お嬢さんたちならわかるかな」

面は、どうして面なのだろう。

「あれって、悪い魑魅なんだよね。だったらもっとわかりやすく、見るからに怖くて気持ち悪い形をしてたってよさそうなもんじゃない？」

大きな蜘蛛(くも)とか蛇とか百足とか、絵草紙に描かれているみたいな化け物とか。

「何で面なんだろ。変だよね？」

おちかは富次郎の顔を見た。富次郎はうっすらと笑っている。

「面は、つまり人の顔だろ」

目鼻と口がついている。

「目で見て悪い性根の持ち主を探し、鼻で腐った性根の臭いを嗅ぎ――」

「口を開いてしゃべりかけて、人を騙して操るのね」

たまたま面の形をしているのではない。悪しき魑魅は、人の間に交じって跳梁するために、面の形をとっていることが必要なのである。

「お種さんが見た面の顔、まさか誰かに似ていたなんてことはない？」

おちかの問いに、お種は素朴に驚いた。

「そんなこと考えてもみなかったよ」

「男だった？　女だった？」

お種はかぶりを振った。慎重に考え考え、何度も何度も首を横に振った。

「男でも女でもなかった。誰でもなかった」

だけど。

「今こうやって思い浮かべると、いろんな人の顔に重なってくるような気がするよ」

富次郎が優しく言った。「じゃあ、もう思い浮かべないようにしなさい」

お菓子は土産に包んで持たせることにした。甚兵衛は別の客間で待っていたので、おちかがお種をそこに連れて行き、また挨拶を交わしていると、

「失礼いたします」

声をかけ、顔をのぞかせたのはまたお勝だ。

「お帰りでございますね。わたくしがご案内いたします」

指をついて一礼してから、甚兵衛に向かって問いかけた。

「差配さん、もしお許しをいただけますなら、お種さんに差し上げたいものがございますのですが」

甚兵衛はちょっと驚いたようだ。おちかも、お勝が何をするのかと見守った。

「喜んでご厚意に甘えますが……」

それではと、お勝は半紙に包んだ小さなものをお種に差し出した。

「開けてみてくださいますか」

おっかなびっくりの手つきで、お種は半紙を開いた。なかには、使い込まれて飴色になった柘植の櫛が一つ入っていた。

「髪に差してくださいな。僭越ではございますが、いいお守りになると存じます」

すぐさま、甚兵衛は顔をほころばせた。面の家にも、痘痕の多い人が客人として来ていたことがあるという。手練れの差配であり、面の家と俗世との繋ぎ役であるこの人は、お勝がしようとしていることの意味がわかるのだ。

座り直してお勝に向き直り、甚兵衛は深々と頭を下げた。「有り難く頂戴します」

お種、大事にするんだぞと言った。

おちかはそこで二人と別れた。見送りを終えて戻ってきたお勝に、「いいお土産をありがとう」と言った。

お勝ははにかんだ。「差し出がましいことをいたしました」

「とんでもない。さすがお勝さん」

あの櫛は、お勝が永年大事に使ってきた品である。これからは、あれがお種を守ってくれるはずだ。

　ところが、後でそのことを富次郎に話すと、従兄はつと何か言いたそうな顔をしたのに、

「いや、余計なことだな」

　と呟いて、呑み込んでしまった。

　翌日のお八つ時、近所の木戸番の芋の壺焼(つぼや)きがことのほか甘くて美味しいというので、新太がお使いに行って、両手で抱えるほど買い込んできた。おちかは番茶を淹れ、富次郎の部屋にも熱々の焼き芋を運んだ。

「従兄さん、お邪魔します」

「お、焼き芋だね」

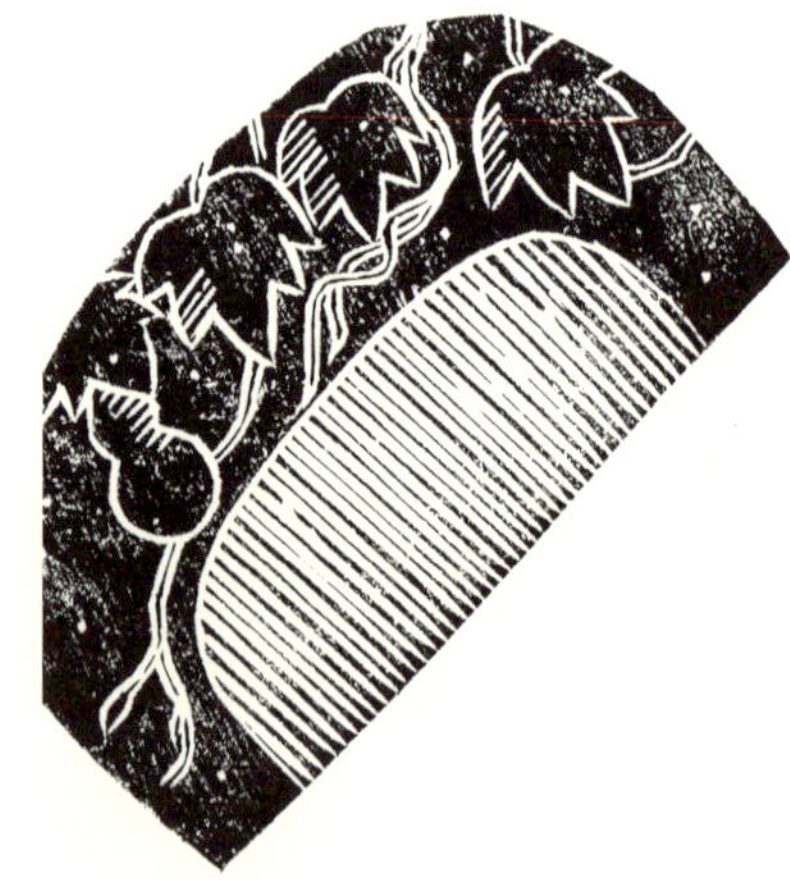

旨いものに目がない富次郎は、鼻が利く。文机(ふづくえ)のところでこちらを振り返って、嬉しそうに笑った。

「やっぱり絵を描いておいででしたか。途中で覗くのはいけませんから、お茶はここに置きましょう」

「もう出来上がったからかまわないよ。こっちに来て見ておくれ」

　文机の前をあけてくれたので、おちかは膝を揃えて座った。

　簡素な絵であった。柘植の櫛がぽつりと一つだけ。背景は何もない。櫛の歯は丁寧に一本一本

描いてある。墨絵だから色はないが、櫛の先がみんな丸っこくなっていて、新しい品ではないことを表していた。

「今回はね、話の肝を絵にできなかった」

邪な魑魅を描くのは気が進まなかったし、どんな表情を浮かべた面にしていいのかもわからなかった。

「それで、面の家の縁側に立っているお種の姿を描こうと思ったんだけど、どうにも絵面(えづら)が思い浮かばなくてね」

昨夜は、ほとんど寝ないで考えて明かしてしまったのだという。

「今朝になって、櫛を描いてみようと思いついたってわけさ」

「これは、お勝さんがあの娘にあげた櫛ですよね」

「そう見えるかい？　ああ、よかった」

富次郎は、心底ほっとしたように、ほどけた笑顔になった。

「実は、昨日ね」と、ちょっと声を潜めて続ける。「おちかは、お勝の櫛はお種のお守りになると言ってたけど、わたしは別の櫛のことを思い出しちまって」

行き逢(あ)い神に見込まれてしまった、あの不幸な金物屋の話に出てきた櫛の方である。

「出戻りの娘さんが……おゆうさんと言ったっけ。ああ、名前なんぞ思い出さない方がいいよね。ともかく発端となった人が行き逢い神を家に引き入れるきっかけになったのは」

橋の上で、行き逢い神から古い櫛を受け取ってしまったことだった。それを家のどこかに隠せと命じられ、言われるままにしたのが災いの始まりだった。

「あのときの櫛は呪いだった」

いつになく真剣な眼差しで、富次郎は自分が描いた絵を見つめている。

「そんなことを思い出しながら描いていたら、だんだん怖くなってきたんだよ」

これはお勝がお種にやった櫛だ。わたしはそれを描いている。でも本当にそうなっているだろうか？　気づかぬうちに、行き逢い神の櫛になってしまっているんじゃないか。

「だって、見た目は同じ古い櫛なんだから」

そこまで言って、富次郎は急にぐりぐりと頭を掻いた。

「うまく言えないなあ。これじゃ譫言のようだね。ごめんよ、おちか。わたしはただ——」

おちかは穏やかに言った。

「従兄さんは、ご自身が、黒白の間で聞いた語りをちゃんと聞き捨てにできていないんじゃないかと不安なんですね」

富次郎は目を瞠った。「うん、そうだ。煎じ詰めればそういうことだね」

「そんなら大丈夫ですよ。だってこの櫛は、わたしの目にはお勝さんの櫛にしか見えません。それは従兄さんが、お種さんのこの先の人生にご加護があって、いい方に向かっていってくれるようにと願いを込めて描いたからでしょう」

それは、面の家の話を聞く前も聞いた後も、富次郎の優しい人柄に変わりはないということだ。富次郎は、聞き取った語りのなかの怖いものに染まらなかった。

「まさに正しく、聞いただけ。聞き捨てができているんですよ」

富次郎は、月代のところに手をかけたまま、おちかの言葉に聞き入っていたが、その手を下げて顔をぬぐい、大きく一つうなずいた。

「そうか。今回は、この櫛を描けてよかったんだね」

「はい」

おちかは思う。黒白の間で語られる話を聞き捨てにするというのは、本当に物を捨てるように扱うということではない。

むしろ尊重するからこそ、聞いた話をいじらない。聞き手の側で意味を足さない。聞いたままに受け止めて、そっと見送る。

「やっぱり、おちかは腹が据わっているなあ」

年季の差だねと、富次郎は笑った。

「いつか、わたしもそれくらい腹が据われば、魑魅の面を描くことができるようになるんだろう。いや、今だって描いてみたいんだけど。おかみさんをね。きっといい女のはずだよ。歳のいった天女みたいな感じでさあ」

いつもの富次郎の調子が戻ってきた。

「これ、お勝さんにも見せましょう」

もちろんお勝は櫛の絵を大いに喜び、富次郎の腕前を褒めあげた。

「小旦那様は遊び半分だとおっしゃいますが、実はきちんと絵を習っておられたのではありませんか」

「いやいや、ホントに遊びだよ」

「それなら、生まれつき絵師の目をお持ちなんですわねえ。古い櫛と新しい櫛のどこがどう違うのか、ちゃんと見てとって描いておられるんですもの」

「歯の先が丸いことでしょ？」

「櫛目がほんの少し歪んだようになっているのもそうですよ。使い込んでゆくと、櫛の歯はむらに削れてきますからね」

「それは、手が震えて真っ直ぐな線を描けなかっただけだってば」

ひとしきり語り合うと、いつものように、お勝は櫛の絵を大事に取り上げた。

「では、わたくしがお預かりいたします」

「それなんだけど、お勝さん。どうやってとっておいてるんだい？」

「ご心配ですか」

「別に、わたしとしては丸めて捨てちまってもかまわないんだけど」

「つれないことをおっしゃいますねえ」

では、よござんす、種明かしをいたしましょうと、お勝は言った。

「急ですから、今日はさすがに無理でしょうけれど、明日なら大丈夫でしょう」

お楽しみに——

第四話

あやかし草紙

翌日はうんと冷え込んで、朝から小雪が舞った。屋根や道に積もるほどの降りではないが、人の肩には微細な氷の欠片のような雪粒がくっついて、手ではたくとこぼれ落ちる。その眺めは美しいが、いっそう寒い。

真の洒落者は季節を先取りするという。しかし、袋物屋の手堅い商いの源は、暑さ寒さが身にしみて初めて小物を新調しようという普通のお客様の方だ。三島屋では衿巻きや肩掛け、頭巾が飛ぶように売れて、元気者が揃っている手代たちが、小雪を横目に汗をかくほど忙しい日和となった。

昼食の賄いも慌ただしく、お店の者たちの分を済ませてから、おしまとお勝と三人で湯漬けをかきこみ、やっと一息ついていると、寒さで鼻の頭を赤くした新太がやって来た。

「お嬢さん、瓢簞古堂の若旦那がお見えでございます」

そこそこ重たげな紙包みを捧げ持っている。

「お土産をいただきました。万年橋のそばに屋台を出している蒸し饅頭屋さんの品で、湯気が消えないうちに召し上がってくださいということです」

正直なもので、蒸し饅頭のぬくもりを大事そうに戴いて、新太は今にも口の端からよだれを垂らしそうな顔をしている。

「瓢箪古堂さんは、このお土産が蒸し上がるあいだに食べてきたのでおかまいなく、まず皆さんでどうぞ、手前は縁側でお待ちしておりますと言っていました」

「あらまあ。じゃあ新どん、さっそくいただきなさいな。わたしは挨拶（あいさつ）だけしてくるわ」

立ち上がりかけたところを、お勝についと袖（そで）を引いて止められた。「今日ばかりは、瓢箪古堂の勘一さんは、わたくしのお客様なんです。わたくしが参りますわ」

そして、黒白の間にお通ししてよろしいかと言う。

「あの座敷にふさわしい用事で来てもらいましたので」

「ん？　ええ、それならいいわ」

こんなふうに、お勝が進んで舵取（かじと）りをするのはめったにないことだ。おしまも驚いている。

「お勝さん、読みものを借りるのかい」

だったら先にあたしに一言相談してくれりゃあいいのに、水くさい。

「そうじゃないんですよ。おしまさんには、あとでゆっくりお話しします。ほら、お饅頭が熱いうちに召し上がれ。旦那様にもお声をおかけしてきましょう」

伊兵衛とお民、富次郎も何だどうしたと台所へやってきて、板の間の上で火鉢を囲んでほくほくと饅頭をいただいた。

「おいしい、おいしい」

ほっぺたをまん丸にして饅頭を食（は）む新太に、

「確かに旨（うま）いが、わたしの知っている菓子屋の酒饅頭はもっと旨いよ。今度買ってきてやるから比べてごらん。しかし瓢箪古堂は油断ならないな。万年橋のそばだって？　屋台の蒸し饅頭屋なんて聞いたことがないぞ」

富次郎は負けん気を出して張り合っている。

「ものを食べながらしゃべると喉に詰まるからやめなさい。行儀が悪い」

お民に叱られても、しかしおっかさんと抗弁して、本当に喉に饅頭を詰まらせた。おしまが慌てて背中を叩いて大騒ぎだ。

「こりゃあ旨い」と伊兵衛は喜び、「新太、その貸本屋さんに場所を教えてもらって、他のみんなの分も買っておいで」

先の壺焼き芋のときもそうだったが、働き者の新どん、こういうお使いにはいっそう気合いが入り、足に羽が生えたようになる。

饅頭の温かさ、あんこの甘さ。思いがけず皆で一緒に台所の板の間に寄り集まってお菓子を食べる楽しさ。竈の煙抜きからふわりと舞い込んでくる粉雪の粒。

ああ、幸せだとおちかは思う。

「お民、台所の隅で饅頭を食べるなんて、何十年ぶりだろうねえ」

伊兵衛が嚙みしめるように言いだした。

「振り売りのころなんか、土間で立ったまま飯を食ってたけれど、こうしてお店が立派になってからは、私らは座敷でお膳に向かうのが当たり前で――」

「何十年ぶりってことはありませんよ。それにあたしは、今でも、作業場が忙しいときは廊下でご飯をいただいてますけど」

「何だよ、つまらないねえ。古女房と昔語りをしようっていうのに」

お民はけろけろ笑った。「あら、ごめんなさい。そうねえ、こういうひとときを嚙みしめておかないといけませんね。おちかがお嫁に行ってしまったら、それだけでもうこの顔ぶれは揃わなくなるんだから」

何気なく言ってのけた。

「だったら、おちかに婿をとりましょう」

富次郎も尻馬に乗る。

「従兄さん、またお饅頭が喉に詰まりますよ」

「そうすげなくするもんじゃないよ、おちか。わたしは本気で言ってるんだ。袋物屋みたいなきれいな商いは、女系でつないでいった方が栄えそうな気がする。伊一郎兄さんもわたしも、一から他の商いを起こして、昔おとっつぁんがしたような苦労をしてみることこそ男の本懐というものだろうし」

とんでもないことを言う。おちかは座り直して真顔になった。

「従兄さん、冗談でもそんなことを口にしちゃいけません。わたしがこの三島屋の身代をどうかしようなんて」

「思ってもないのはわかってるよ。じゃあおちかは嫁に行くんだよね。よかったよかった」

三年ほど前のことになるが、おちかは不幸な形で許婚者を亡くした。その後を追っかけて下手人も死んだ。おちかとしては「わたしのせいで死なせてしまった」と思う出来事だった。

実家を離れて三島屋に身を寄せ、変わり百物語の聞き手を務めるうちに、少しずつ心の傷がふさがり、このまま自分の人生を閉じてしまってはいけないと思い直すようになってきたし、江戸で出会った人に恋心のようなものを抱いたこともあったけれど、まだ完全に吹っ切れたわけではない。悲しみは癒えても、罪悪感は消えない。我が身の幸を望むなど許されることではないという想いが胸の底に絡みついている。

でも三島屋の人びとは、ここ一年ばかり前から折節に、鬼門に待ち構える鬼の前をにっこり笑って通り抜けるような気軽さで、おちかのこの先の幸せ、「良いご縁」のことを口にするようになってきた。

おちかとて、いつかは真正面から自分の身の振り方を考えなければならないことは承知している。だが、問いかける富次郎の目が励ますように優しく笑っており、けっして意地悪されているわけではないとわかっていても、今はまだそんな話をしたくはないのだ。

おちかは顔を伏せてしまい、火鉢を囲んでいる面々はおちかに注目した。

「そのうち、いい縁談が来るさ」と、伊兵衛が取りなすように言った。「こういうことは縁のものだから、なるようになる。さあ、仕事に戻ろうかね」

皆が散ってしまうと、お民がおちかをちょこっと手招きした。

「越後屋のおたかさんと、跡取りの清太郎さんのことを覚えてるかい？」

越後屋は堀江町にある草履問屋で、三島屋とも商いでつながりがある。おたかというのは事情があってそこに身を寄せた女で、一人息子の清太郎から「姉さん」と慕われている。

変わり百物語を始めたばかりのころ、おたかは語り手として三島屋を訪れた。語られた不可思議な話は、実はその時点では閉じておらず、おちかはその幕引きに一役買うことになった。

以来、親しくしていたのだが、越後屋からおちかを清太郎の嫁にと強く望まれ、そんな気持ちになれないおちかは、だんだんと遠ざかるようになってしまった。

その後おたかは良縁を得て嫁いだ。数奇な運命にもてあそばれ、歳はとっていたけれど、心は花のような娘のままで、臈長けた美女でもあったから、先様に大切にされているという。

「先月、清太郎さんの縁談がまとまって、内祝言を挙げたんだって。そのために、おたかさんも嫁ぎ先から里帰りしていたそうよ。おかみさんから、おちかにくれぐれもよろしくと言付かっていたんだけど」

言いにくくってと、お民は苦笑した。

「清太郎さんは、どうにもあんたへの未練を断ち切れずに、なかなかほかの縁談を受けなかったんだって。越後屋のおかみさんも苦労なすったんだろうねえ」

――これでもうご迷惑をおかけすることもなくなり、親としても安堵いたしました。

「ちくりと皮肉っぽいことを言われたよ」

おちかは身が縮むような気がした。

「あいすみません」

「あんたが謝ることじゃない。清太郎さんとの縁談には、あたしも反対だったんだから」

いつか、おちかにはいい人に縁づいて幸せになってもらう。このお民が三島屋おかみの沽券にかけて、叔母の魂をかけて、必ず良縁を呼び込んでみせる。

「でも、その相手は清太郎さんじゃないって思っていたからね」

何にせよ、おちかの今後は慌てて考えるべきことではないと、お民は言った。

「富次郎があんなことを言うのは、いつか誰かに可愛い従妹をとられてしまうのが悔しくて、いじいじと気が揉めるからさ」

怒らないでやっておくれ。怒るなんて滅相もありません。そんなやりとりをしていると、お勝が台所へ呼びにきた。

「お嬢さん、よろしゅうございますか」

「そうだ、瓢簞古堂さんをお待たせしてた！」

髷と衿元を手早く調え、前掛けを外して急いで行くと、瓢簞古堂の若旦那・勘一は黒白の間の縁側に座り、富次郎と語り合っていた。勘一はいつものようにのほほんと長閑な風情だが、富次郎は熱が入っているようだ。

二人の間に、米櫃ぐらいの大きさの桐の箱が置いてある。真新しいもので、木目がきれいだ。勘一の荷物だろうか。

「あ、おちか」

さっきのやりとりなどあさってに放ってしまって富次郎は屈託がない。

「ご覧よ。これがお勝さんの宝箱だ」

と、軽く桐の箱の角を叩いた。

「どこで調達したのかと思えば、軍師はこの若旦那だった。まったく隅に置けないね」

微笑みながら、お勝が裾を払ってするりと座った。「そのおっしゃりようだと、何だか怪しく聞こえますわ」

「じゃあ、言い換えよう。まったく油断も隙もあったもんじゃない」

おちかは面食らうばかりである。「どういうことですか？」

聞いてみるならば、この桐の箱が、富次郎の描いた絵の保管箱なのだという。実際、蓋を開けて見せてもらうと、これまで描いた三枚の絵がきれいに収まっていた。

箱の内側の両端には、やはり桐の板を使った柵のようなものがはめ込んであり、厚手の美濃紙に貼りつけた絵を、この柵に挟んで縦にしまうのである。これなら絵と絵がくっつくこともなく、折り目もつかず、皺もよらない。桐だから虫除け湿気よけにもなる。

「この箱一つで、あと二十枚は絵が収まるよ」

富次郎は楽しそうだ。

「張り切って描き続けなくちゃいけないねえ」

「いっぱいになったら、新しい箱を作っていただきますわ」と、お勝が言う。「これならいくつでも重ねておかれますし」

「これ、瓢簞古堂さんの商いものなの？」

おちかの問いに、勘一はようやくおっとりと口を開いた。

「手前どもで、薄い冊子や、書画や手紙などをしまうために工夫した箱でございます」

店置きのものには、蓋に瓢簞古堂の焼き印をつけてあるそうな。

「お勝さんからお話がありましたとき、すぐにこれならちょうどいいと思い当たりまして、お勧めしたんでございます」

　富次郎の絵を預かると決めたはいいが、さてどうやってしまおうという段になって、お勝は勘一に相談したのだそうだ。

「以前、貸本屋さんの店先で、ご本を紙や木でできた薄い筺（はこ）に入れて立て並べているのを見かけたことを思い出したものですから」

　普通、書物は重ねて置くものだが、重さで下の方のものが傷んでしまうし、いちいち取り出すのも面倒になる。だから、貴重なものは筺に入れて立てておくのだ。

「筺の背に題簽（だいせん）を貼っておけば、一目でどの本を収めてあるのかわかりますので、便利なのでございますよ」と、勘一は言う。

「貸本屋さんはそういう工夫をお持ちだから、わたくしの相談にも乗ってもらえるのじゃないかと恃（たの）んでお伺いしたのですが、たちまち解決してもらえたので、手妻を見るようでございましたわ」

　これがお勝の「種明かし」か。しげしげと木箱を検（あらた）めるおちかに、富次郎は言った。

「この木箱は〈聞き捨て筺〉だ。一人の語り手が来て、語って帰り、わたしは絵を描く。そしたらここにしまって、蓋を閉めたらもうそのお話はなかったことになる」

「ですから、しまってある絵の内容を表す札や付箋（ふせん）の類（たぐ）いは用意してございません」

　蓋を開けると、美濃紙が並んでいるのが見えるだけだ。中身はわからない。

「いつか三島屋さんのお気が変わって、目録ぐらいは付けようとお思いでしたら、手前どもでいちばん達筆の者に書かせましょう。どうぞお申し付けください」

おちかは木箱の蓋を閉めてみた。軽い蓋はすうと吸い込まれるようにはまり、横を撫でたぐらいでは開かない。

富次郎が囃すように促した。「箱を持って、逆さまにしてごらん」

言われたとおりにしてみたが、蓋はまったく動かない。

「振っても開かないよ。試してごらん」

本当にそうだった。

「開けるときは、蓋と本体の隙間に爪の先をちょっと入れるんだ」

言われたとおりにすると、ほとんど力を入れてないのに、蓋が音もなく持ち上がってきた。ほのかに桐の香が立つ。見事な作りだ。

「俗なことを言うようだけど、これだけの品、きっとお高いのでしょう?」

お勝に払わせるのは申し訳ない。三島屋で購うべきだと思って言ったのだが、お勝と勘一は顔を見合わせてにっこりした。

「それがね、お嬢さん。お代はつけておいてくださるそうなんです」

勘一がうなずく。「手前どもで、禍祓いのお勝さんのお力を借りたいことが生じたとき、一肌脱いでいただければけっこうでございます」

有り難い話だ。おちかは勘一に頭を下げた。

「お心遣い、有り難くいただきます」

「もったいない。お得意様のお役に立てていただけで充分でございます」

「ごめんよ、おちか」

富次郎がいきなり謝った。先ほどまでのいたずら小僧めいた表情を消し去り、神妙だ。

「わたしが絵なんか描くもんだから、変わり百物語に余計な手間を増やしてしまった」

「そんなことはありません。このごろでは、わたしも従兄さんがどんな絵を描かれるのか楽しみなくらいです」

これまでは、おちかが一人で話にしまいをつけてきた。最初のころは、後で伊兵衛やお民に話を語り直して分け合うこともあったのに、だんだんと自分の胸だけにたたんでしまうようになったのは、聞き終えて話を結んだら、再びそれを解く(ほど)くのが難しくなってきたからだ。経験を積むうちに、黒白の間で聞く話は、それぐらい扱いに用心が要るものだとわかってきた。

そこへ富次郎が現れて、最初はお勝と並んで隠れて聞き、やがて隣に座って聞いてくれるようになった。客が去った後には、語りを絵のなかに収めてくれる。おかげで、より上手に聞き捨てができるようになったと思う。

そうだ。聞き捨て、聞き捨てと言いながら、おちかはこの三年間、黒白の間で語られた話を受け止めることによって変わってきた。いや、「変わらなければ聞き捨てにできなかった」というべきか。

だが富次郎は、客の語りを絵に描くことで、一つの怪異をしまいにする。おちかが「大丈夫ですよ」なんて偉そうなことを口に出して言えるようになったのも、富次郎が話を絵にして封じてくれるからこそなのかもしれない。

――従兄さんがいてくだされば、安心して続けていける。

噛みしめるようにそう思った。

「嬉（うれ）しいねえ。おちかのお墨付きをもらった」

富次郎は破顔して、つと勘一の方へ向き直った。「ところで若旦那、わたしは気になってきちまったんだけど」

「はい、何かございますか」

「貸本屋さんが、お勝のような禍祓いをあてになさるというのは、いったいどういう時なんだろうなあ」

勘一はおっとりと返した。「あくまでも、いつかそういう場合があるかもしれないという備えでございますよ」

「いやいや、過去にいっぺんもそういうことがなかったら、備える必要もなかろうさ」

瓢簞古堂も、商いのなかで何かしら怪異や不思議にぶつかった経験があるのではないか。

ここは黒白の間なんだよと、富次郎は言う。

「うちの変わり百物語の舞台さ。ここへ通されたが百年目と思ってくれなくっちゃ野暮（やぼ）だ。どうだい、何かぴったりな話の持ち合わせはないかい？　あると言っておくれよ」

急に持ちかけられても困るだろう。おちかは割って入ろうと思ったのだが、

——あら、当たりみたい。

瓢簞古堂の若旦那は、ゆっくりと首をかしげて考え込んでいる。こういう表情は、何かを語ろうとしている人のものだ。おちかはここで何度も相対してきたから、見間違えはしない。

そのまましばらく固まっていて、やがて姿勢を戻すと、勘一は言った。

「お嬢さんや小旦那様がご所望のお話かどうかはわかりませんが……」

「語ってくださるの？」

「はあ。小旦那様のおっしゃるとおり、ここで会ったが百年目」

「いいねえ！　そうこなくっちゃ」

「では、わたくしは外しましょう」

お勝は桐の箱を大事そうに抱えて立ち上がった。「おしまさんに言って、お茶を用意してもらいますね」

「ありがとう。瓢箪古堂さん、さあ上がって、上がって。上座にどうぞ」

「そうだ、床の間に新しい半紙を掛けなくっちゃな」

富次郎はいそいそと支度をし、そこへおしまが鉄瓶と茶道具を運んできた。

「さっきは美味しい蒸し饅頭をありがとうございました。お返しに、こちらも温かいものをお出ししします」

お民が手ずから、お汁粉をこしらえてくれるそうである。

「きりのいいところでお持ちしますので、お嬢さん、呼んでくださいましね」

「おっかさんの汁粉なんて何年ぶりだろう」

富次郎はさっきの新太みたいな顔をする。

おちかは熱い湯で香ばしい番茶を淹れた。その手つきを見ながら、勘一は言った。

「そういえば、小豆には魔を祓う力がありますから、お汁粉は変わり百物語にふさわしゅうございますね」

「へえ、知らなかったよ」

「鬼遣らいには豆を使うけど、あれは小豆じゃないでしょう？」

「小豆を投げる土地もございますよ。そもそも豆の類いはみな神聖なものでございます。神前のお供物になりますからね」

瓢簞古堂さん、物知りだわ。

勘一は旨そうに番茶をすすり、湯飲みを手にしたまま、また少し考え込んだ。

「貸本屋が語るのですから、書物にまつわるお話でいいかと思うのですが」

切り出して、かすかに眉根を寄せる。

「手前は少々案じられます」

なにしろ、この語りはごまかしがきかない。

「手前の身元もお店のことも、三島屋さんはみんなご存じでございます。語りが終わった後、あんな話をする瓢簞古堂はもう出入り禁止だ、くわばらくわばらとなってはかないません。せっかくのお得意様をし損じたと、十郎に叱られます」

十郎とは、おしまがよく読本を借りている瓢簞古堂の奉公人である。年長の古株だから、若旦那のことも叱るらしい。

「そんなことはしません。約束します」

「本当にようございますか、お嬢さん」

勘一は一重まぶたで、目尻がすっきりと切れている。その目で見つめられ、おちかはちょっとどきりとした。

「ええ、わたしもこの家の百物語の聞き手。二言はありません」

大きく出たねえと、富次郎が囃す。

勘一はほっこり微笑んだ。

「では、遠慮なく語らせていただきます」

手前と、手前の親父の話でございます――


瓢簞古堂は神田多町の一角にある。勘一の父親・勘太郎が興したお店だ。勘太郎は上州の貧しい農村に生まれ、口減らしも兼ねて江戸に奉公に出されたときは八つだったという。

「奉公先は吾妻橋のたもと、材木町にある貸本屋でございました。使い走りや子守にしても、田舎の子がいきなり奉公するにはかなり珍しい商いのお店ですが、後々聞いてみたら、ここのおかみさんが上州の同じ村の生まれだったそうでございます」

年端もいかぬ、うっかりすればまだおねしょをするような勘太郎を雇い入れてくれた奇特な主人の方も、人徳の厚い人だった。

「親父を育てて躾けて商いを教えるばかりか」

――貸本屋になるんだから、そこらの他人より読み書きが達者でないといかん。

「高い束脩（謝礼）を出して、評判のいい手習所に通わせてくだすったそうです。おかげで、親父は十年もしないうちにいっぱしの貸本屋になっておりました」

さらに勘太郎が三十路になると、それを節目に暖簾分けしてくれて、

――おまえの店だ。屋号は好きにつけろ。

だから勘太郎は、懐かしい故郷の村にたくさん生(な)っていた瓢箪をもじって店名をつけた。

「材木町のご主人はとうに亡くなりましたが、お店は継いだ方がおりまして、親父は今でも命日とお彼岸には線香を上げに伺っております」

勘太郎は独立と同時に所帯も持った。相手は勘太郎の得意先の一つだった一膳飯屋の娘で、名前はおつる。

「その飯屋が多町にあったんでございます。ですから所帯を持ったと言っても、親父がおふくろの実家に転がり込んだという恰好(かっこう)で」

勘太郎は多町の家の奥に商い物の本を置かせてもらい、ときどき飯屋の手伝いをしながら、貸本屋の方は出商い一本でやった。

「おふくろの親父、手前にとっては母方の祖父(じい)さんになりますが、これがまた律儀者でして、親父の身の上を聞いて以来、死ぬまでいっぺんも材木町の方に足を向けて寝ませんでした」

もちろん勘太郎にも同じようにさせた。

「親父は、夏の盛りの油照りの日に、出商いから戻って下帯一つになり、ついつい うたた寝してしまって、祖父さんに叱り飛ばされたことがあるそうでございます。ごろりと横になった拍子に、うっかり材木町の方に足の裏を向けていたらしくって」

不義理者めが！　と、水をぶっかけられたのだそうである。

この義理堅い祖父さんと仲睦(なかむつ)まじい妻だった祖母(ばあ)さんは、勘太郎が三十四、おつるが二十五で一粒種の勘一が三つのときに、二月ほど間をあけただけで相次いで世を去った。

「親父はおふくろと相談し、思い切って飯屋をたたんで、貸本屋のお店を持つことに決めたんでございます」

このお店の看板を掲げたとき、最初に雇い入れたのがあの十郎だという。

「十郎も材木町の貸本屋で商いの修業をし、そのまんまいけばあちらで大番頭になるか、親父と同じように暖簾分けしてもらえるはずだったんでございますが」

あまりにも軍記物が好き過ぎて、貸本屋をやめて軍記語りになるとお店を飛び出し、結局うまくいかなかった。今さら材木町には帰れないと、勘太郎を頼ってきたのだ。

「おしまさんがうちの十郎を贔屓（ひいき）にしてくださるのは、あれの話が面白いからだと言ってくださいましたから、語りに向いてはいたのでしょう。でも、それを生業（なりわい）にできるかどうかはまた話が別なんでございますね」

勘太郎は商い熱心、道楽は一切しなかった。おつるもよく夫を助け、悔い改めた十郎は材木町のお店に不義理をした分だけこちらで客先回りに励んで、瓢箪古堂は繁盛した。もとは一膳飯屋だった貸し店では手狭になって、同じ多町のなかでもっと広いところに移った。裕福な質屋である大家の許しと口添えを得て、お店の一部を普請直しして書庫にした。

順風満帆、欠けるところのない満月のように幸せな暮らしだったが、やがてそこに大きな不幸の穴が開いた。

「親父もおふくろも、ずっと手前の下に子がほしいと願っておりまして」

その願いがかなっておつるが妊（はら）み、やれ嬉しやと一家で喜んでいたのに、この赤子が死産となり、おつるまであの世にいってしまった。

「弔いに来てくれた人たちが、赤子一人をあの世にやるのが心配で、おふくろもついて行ったのだろうと申しておりましたが」

このとき勘一は八つだった。頑是無い幼子には、そんな理屈は通らない。おっかさんはおいらより赤子の方が可愛かったのか、ひどいひどいと泣き騒ぎ、飯も食わずに泣き続けて、とうとう父親に怒鳴られた。

——今のおまえの歳に、俺は一人で江戸に出てきた。甘ったれたことを言うな。

勘太郎は勘一の首っ玉をつかまえると、引きずっていって書庫に放り込んだ。頑丈な二重扉を閉め切られ、閂までかけられて、

「それでも手前は泣き喚いておりましたが、そのうち日が暮れて夜になりました」

書庫には高いところに明かり取りの小窓があるだけで、据え置きの灯りの用意はない。あいにく糸のような三日月しかない夜で、まわりにはだんだん闇が凝ってくる。

泣き疲れた勘一は、書庫の隅で膝を抱えた。

「それまで、貸本屋という家業のことを、手前はよく存じませんでした」

炊事や掃除など、おつるの手伝いをしたことはあっても、店に出たことはない。たまに覗いてみても、勘太郎とお客は、勘一にはさっぱりわからぬ難しい話ばかりしている。商いものの書物は、やたらに触ると叱られる。興味の持ちようがなかった。

「ですから、そのとき初めて、書物の匂いというものを感じたんでございます」

紙の匂い。墨の匂い。それだけではない。

「人の匂いもまじっておりました」

その書物を著し、手数をかけて筆写し、それを扱い、その丁をめくって読みふけってきた多く

の人びとの匂いである。

「そのなかに、おふくろの匂いもまじっているように感じましてね」

また涙が出てきたが、長くは泣かなかった。角袖で涙を拭いて仰ぎ見ると、あたりは暗いのに、棚にみっちりと積み置かれた書物は、ほのかに白く見える。不思議だった。

一人きりなのに、寂しくないと思った。

――書物が一緒にいるからだ。

父の勘太郎は、材木町の貸本屋に奉公したとき、ろくすっぽひらがなも読めなかった。同じ八つでも、倅の勘一は手習所に通ってもう四年目、主立った教本は読みこなせて、師匠にも褒められるほどだった。

「何だか目が覚めたみたいになって、ここにある書物をみんな読んでしまおうと思いました」

そしたら、どんなに楽しかろうか。

その夜は隅っこで丸くなったまま眠ってしまい、小窓から朝日が差し掛けてくると、また書庫のなかを見て回った。

「腹が減ってふらふらで、立って歩くだけの元気が尽きていたもんで、這いました」

坊ちゃんが可哀相だと、ばあやが様子を見に来てくれたときには、勘一は読みかけの書物を胸に抱いて気絶していた。

「見越入道というあやかしが大暴れする読本でございました。絵が愉快だったので目を惹かれたんだと思います」

介抱してもらって息を吹き返し、飯を食って元気になると、勘一は勘太郎に言った。

「おとっつぁん、おいらは書物が好きだ、と」

今日から、大きくなったら立派な貸本屋になれるよう、一途に修業する。おとっつぁんもおいらのことを倅じゃなく丁稚だと思って仕込んでください。

「そうして小さい頭を下げると、そばで見ていたばあやは土砂降りのように泣きました」

勘太郎は不機嫌そうに押し黙っていたが、以来、少しずつ勘一に商いのいろはを教えてくれるようになった。

「八つのガキが、なんでそんな腹をくくったようなことを口に出せたのか、今となってはよくわかりません」

聞きようによっては、健気を通り越して生意気で、面憎いような台詞である。

「手前にも、当時の自分の心の内を量りかねます。ただガキはガキなりに、おっかさんを亡くして、自分はもう子供ではいられない、これからは一人前の大人のように生きていかねばならない。子供のままでいては、いつまで経っても寂しさに泣き暮らす羽目になってしまう。そんなのは嫌だと思ったんでしょう」

だからうんと背伸びをして、母の死を乗り越えようとしたのである。

その決心は本物だった。勘一は日々書物に親しみ、手習所でもよく学び、商いの手伝いにも進んで励んだ。

こうして、瓢簞古堂は今日のように、勘太郎と勘一、大旦那と若旦那の父子で切り回す店となった。十郎の他にも奉公人を雇い、女中と下男も増えて大所帯になった。

「八歳の手前のために泣いてくれたばあやは、手前が初めて出商いのために書物を詰め込んだ箱を背負ったときには、手を打って喜んでくれました」

ばあやは古稀まで生きて働き、これという病を得ることもなく、老い衰えて灯が消えるように亡くなった。

「亡くなるその日まで、手前の嫁取りの心配をしておりました」

勘一はそのとき十四だったから、嫁取りはまだ先の話だが、

——坊ちゃんや、よく笑う人をおもらいなさい。亡くなった坊ちゃんのおっかさんも、玉を転がすような声でよく笑うお人でした。ばあやと約束してくださいまし。

「手を握ってこんこんと乞われたもので、必ずそうすると約束してしまいました」

勘一はここで一息つき、番茶で喉を湿した。そして、おちかと富次郎の顔を見回した。

「前置きが長くってあいすみません。これからが本題ですが、あと少しご退屈を辛抱していただいて、貸本屋という商いについて少しばかりお話ししておきたいんでございますが」

どうぞどうぞと、聞き手の二人は口々に言った。勘一の声音は耳触りが柔らかく、口跡は切れがあって聞き取りやすい。

「ちっとも退屈じゃありません」

「恐れ入ります」と、勘一はぺこりとした。

米問屋や酒問屋、薬種問屋などの強固な株仲間制度には及びもつかない緩いものだが、貸本屋にも同業者同士の連帯がある。品数が足りなくなりがちな流行（はやり）の読本を融通し合ったり、小金を貸し合ったり、上客や悪客の噂を共有したりと、手を携えていた方が便利なことが多々あるからだ。

「上客をめぐっては、抜け駆けや横入りは禁物でございまして」

たとえば、この三島屋は瓢箪古堂の客だと、市中の主立った貸本屋はみんな承知している。

「手前や十郎に断りなしに、他のお店の者がお伺いすることはございません。手前どもに何かの不始末があったり、三島屋さんが瓢箪古堂の品揃えには飽いたとおっしゃる場合には、手前どもから他の店をご紹介いたします」

貸本屋にも「格」と「縄張り」があり、武家屋敷や寺社を上客とする店は、紹介なしの商いはしない。商家を客とする店でも、主人一家を客とするか奉公人を客とするかで格が変わる。町中を流し、長屋や貸家に飛び込みで客をつかむ貸本屋は、格としてはいちばん下だ。

ただ、どんな貸本屋でも、商い物である書物の調達元は一緒である。書物を刷って作っている版元から買い付けるか、蔵書の持ち主から買い取るか。で、それを貸本にするためには写本を作るし、在庫の書物もある程度傷んだら写し直して新品にするので、たいていの貸本屋は写本作りの内職を何人か抱えている。

内職は年季抱えもあれば、月極（つきぎめ）もあり、一作品ごとの買い切りもある。だから、同じ人物があちこちの貸本屋で内職していることも珍しくはない。またその多くが武士や武家の子女である。

写本の内職は、懐具合の苦しい御家人や貧しい浪人に人気があり、貸本屋の側も、手跡の正しい武家に仕事を頼めるなら安心だからだ。

「士」が暮らしのために「商」から内職をもらい、手間賃を得る。「商」は「士」に頭を下げて内職を頼み、それで儲けて「士」よりもいい暮らしをする。「士」が写した読本を賃借りして読むのは、その書物の内容によって、「士」よりも高貴な人、富裕な人であることもあれば、その日暮らしの長屋のかみさんや、ほっぺたが赤い商家の女中だったりもする。

これが貸本屋という商売の特異なところなのだ。貧富や身分の貴賤、教養のあるなしや氏素性。全てがごちゃまぜだ。学だ品格だ教養だ、書物は尊いものだ、金儲けだけを考えてはいないと胸を張る一方で、一文字いくらの手間賃と一冊いくらの貸し賃で成り立っている、つましくせせこましい商売でもある。

瓢簞古堂の主人・勘太郎は物堅い人柄だったから、内職に出した写本を受け取って手間賃を払うとき、相手が士分の場合は、どんな貧乏浪人のところでもけっして奉公人任せにせず、自ら羽織を着て出向いていった。この厳格な礼儀正しさを、「かえって面当てがましい」「賃料をはずんでやった方が喜ばれる」とくさす同業者もいたが、勘太郎は気にしなかった。

勘一も、お店の切り回しを手伝うようになったばかりのころは、忙しい時でも勝手に出かけてしまう父親に不満を抱いた。だが商いを続けていくうちに、瓢簞古堂が抱えている内職の人は、事情があってこちらから断る場合はあっても、向こうから仕事を断ってくることは一度もないと気がつくと、これは信用を築くための大事な心がけなのだと覚った。身分も貧富もごちゃまぜの商いだからこそ、おろそかにしてはいけない一線があるんだ、と。

「ただ、こういう親父にも、一人だけ、親しくしている内職のお武家様がおりました」

瓢簞古堂の近所にある裏長屋「おくめ店」に住む、栫井十兵衛という浪人者である。

「お歳は三十路を過ぎたくらいでしたから、親父よりずいぶん年下だったのですが、手前が物心ついたころには、もう瓢簞古堂の内職をしてくださっていました」

十兵衛は妻を亡くし、その大事な忘れ形見を男手一つで育てていた。花枝という名前の愛らしい女の子だ。

「この出来事がありましたのは、ばあやが逝った明くる年でしたから、手前は十五、花枝様は七つにおなりでした」

勘一は、勘太郎と十兵衛がどんなきっかけで打ち解けるようになったのか、詳しいことはよく知らない。勘太郎は花枝のことも可愛がっており、おくめ店へこの父娘を訪ねる際にはあめ玉などのちょっとしたお土産を欠かさなかったし、女の子が喜びそうな絵草紙の仕事が入ると真っ先に十兵衛に頼むようにしていた。

栫井十兵衛は気取りのない人柄で、住まいが近いということもあり、また仕事が手早いので、頼まれた写本が出来上がると、自分から瓢簞古堂へ届けに来ることがあった。そんなときは花枝の手を引いてくる。勘太郎と十兵衛が茶飲み話をしているあいだは、勘一が花枝の遊び相手を務めた。

「といっても、おとなしいお嬢様で、ほとんど手はかからなかったのですが」

花枝は瓢簞古堂に入ると、いつもお人形のように行儀よくしていた。

「すぐそばに積み上げてある書物でも、興味深そうに眺めはしても、けっしてご自分からは手を触れませんでした。瓢箪古堂にあるのは大事な商いものだと、お父上からよくよく言い聞かされているんだろうなあと思いました」

勘一が御伽草子や化け物草紙などを広げて読み聞かせると、花枝はたいそう喜んだ。折り紙よりもあやとりよりも手鞠歌よりも、花枝が好むのは物語であった。

「手前が読みますときは、講釈師がするように声色を使い、べんべんと口三味線を入れたりして盛り上げますので、それがお気に召したのでございましょう」

勘太郎と十兵衛は、市中の出来事のこと、近頃のご政道のこと、流行の読み物のこと、瓢箪古堂の商売敵の動き——と、いろいろ世間話をしていたが、たいていの場合、もっぱら年長の勘太郎の方がよくしゃべって、若い十兵衛は聞き手に回っていた。

「手前どもも客商売でございますから、親父も無口ではございませんでしたが、仕事を離れれば、進んで世間話をしたがる方ではない。それが、椨井様がお相手のときだけは別人のように口が滑らかになりました」

そして、昼時ならば椨井父娘に昼食を出し、しゃべっているうちにお八つ時になれば、勘一を遣って饅頭や最中を買ってこさせる。

「親父のそういう気遣いを見ていて、手前も遅まきながら察しました」

勘太郎は世間話好きを装って椨井父娘を引き留め、二人の食を助けているのだ、と。

父娘はいつも着た切り雀だった。花枝は同じ年頃の子供よりも小さく痩せていた。十兵衛もくたびれて、目のまわりを薄黒くしていることがよくあった。

「写本の内職の手間賃はそう高くはございません。それでも、椨井様は手前どもからまめに仕事を受けておられましたし、親父からの周旋で他所の貸本屋の内職もしておられましたから、花枝様と二人口なら足りるはずなのに」

訝しかったから、詮索がましいと叱られるのを承知で、そっと勘太郎に尋ねてみた。

「すると親父は、思いのほかすんなりと教えてくれました」

――椊井様の奥様は、長く患って亡くなられたのでな。薬礼がたいそうかさんで、借金になってしまった。それを今でも月割りで返しておられるんだ。

「え、借金があるのかと、手前は驚きました」

もちろんその事は胸一つにたたんで、椊井父娘に対するふるまいを変えたりはしなかった。自分がそうできると踏んだからこそ、親父が教えてくれたのだと思えば、大人として扱ってもらえたのが誇らしい。

それでも、十五の小倅らしい感慨はあった。椊井様のようないい方が、どうしてそんな辛い目にあうのだろう、まったくこの世には神も仏もないのだろうかと。

江戸市中の暮らしには、何をするにも銭がかかる。銭がないのは頭がないのと同じだというくらいに世知辛い。その上に借金――しかも、返しきったところで亡妻が生き返ってくるわけでもない、空しい借金の返済に追われるとは。

「手前はぐるぐると思案してしまいました。金はどこから借りておられるのだろう。利子はどれぐらい払っているのだろう。親父も本気で椊井様をお助けしたいなら、その借金を手前どもで肩代わりして、もっと安い利子で貸し付け直すぐらいの親切をしたらどうなんだとか」

言って、勘一は小さく笑った。

「思い詰めましてね。その案を口に出してみましたら、また親父に叱られました」

――お武家様を相手に、貸本屋風情が出過ぎたことを考えるもんじゃねえ！

「おまえの思いつきは思いやりのように見えるだけの思い上がりだと。それに、栫井様は別に高利貸しから金を借りているのではない、薬種問屋に滞ってしまった薬礼を少しずつ払っているのだから、利子なんぞとられていないと」

そんなら最初からそう言ってくれよと、勘一も怒り返してしまった。

「ただ、思いやりのように見えるだけの思い上がりだという言葉は身にしみました」

さて、そんなことがあってから一月ほど後、師走の初めで寒さは厳しく、北風は強く、空はきっぱりと晴れ上がったある日のことである。

「珍しいことに、栫井様がお一人で瓢箪古堂へおいでになりました」

花枝を連れていないだけでなく、その日は写本を納めてもらう約束もなかった。

「手前どもから栫井様にお願いする内職はちょうど切れ目で、親父が次を見繕っているところでございました」

だから十兵衛は手ぶらである。それに何となくいつもと様子が違い、落ち着きがなかった。

勘太郎は十兵衛を帳場の脇の小上がりに通し、

「手前はお茶と手あぶりをお出ししました」

勘一が心配すると思ったのだろう、十兵衛は先回りしてこう言った。

――花枝に変わりはござらん。今は差配殿の家に遊びに行っています。今日はちと相談があるので、私一人で参りました。

十兵衛は、お店の小倅である勘一にも丁寧に話す人であった。

——いつも娘と遊んでくれてありがとう。勘一殿がいろいろな書物を面白おかしく読み上げてくれるおかげで、花枝は多くの字を覚え、手習所の師匠を驚かしています。

「こちらこそいつも楽しゅうございますとおじぎをして、手前は下がろうとしたのですが、そこを椊井様に引き留められました」

——この相談は、勘一殿にも聞いていただきたい。勘太郎殿、よろしいか。

「親父も手前も目をぱちくりさせましたが」

——うちの小倅が何のお役に立つとも思えませんが、椊井様がお望みならばどうぞ。

かたじけないと頭を下げ、十兵衛は、これまたこの人には珍しく険しい顔で切り出した。

「お二人は、井泉(いせん)堂という貸本屋の評判を何かご存じでしょうか」

勘一はさっぱり心当たりがなかったので、また目をぱちくりさせた。が、勘太郎はすぐと言った。

「愛宕下(あたごした)にお店のある本屋でございますね」

貸本だけでなく、本を出す版元も兼ねているので「本屋」と呼ぶべきだという。

「代々の主人が〈一泉(いっせん)〉と名乗っており、確か今は六代目だったたか——」

「七代目です」と、十兵衛は言った。「少なくとも本人はそう言っておりました。井泉堂七代目当主一泉がお願いにあがりました、と」

お願い、とは。

「写本作りを頼まれたのです」

それ自体は、別に驚くようなことではない。十兵衛は腕前も人柄もいいので、もう数年前から、瓢箪古堂の周旋を抜きにした内職の依頼も舞い込むようになっていた。勘太郎は、うちに遠慮などなさらず、良い筋のお仕事でしたらどんどんお受けなさいましと勧めていた。

「井泉堂の仕事は初めてどころか、実は私は店名さえ知りませんでした。無論、一泉殿に私の仕事ぶりを見込んで来たと言われて、悪い気はしなかったのですが」

詳しく話を聞いてみると、これが異様な依頼であった。

「まず手間賃が法外なのですよ」

「いかほどでしょう」

ちょっと息を止めて間を置いてから、十兵衛は答えた。「百両でござる」

勘一は目玉がぐりっとひっくり返ったような気がした。

「戯れ言でも、聞き違いでもござらん。井泉堂は本当に懐から包みを取り出し、私の目の前に切り餅を四つ並べてみせたのですから」

切り餅一つが二十五両だから、それで百両に間違いない。

「私がこの仕事を引き受けるなら、まず半金の五十両。仕事を終えたとき、写本と引き替えに残金の五十両を支払うという申し出で」

勘太郎の眉がひくりと動いた。「よほど難しい書物か、あるいはたくさんの書物を、栫井様がお一人で写されるというお仕事では？」

「いや、それが違うのです」

――写していただきたいのは、薄い冊子が一冊でございます。

「これは現物ではありませんがと、井泉堂は見本を出してきました」

本当に、三十丁ほどの薄いものだった。それで期限は半月。作る写本は一冊だけ。

「引き受けた日から半月後に、また井泉堂がおくめ店に引き取りに来る、と」

十兵衛は言って、手の甲で額の冷や汗をぬぐった。

「冊子の内容を問いますと、この十年ばかりの間に市中にまかれた瓦版（かわらばん）のうち、めぼしいものや珍しいものを集めて綴（と）じてある、こういう物は好事家のあいだで人気があるのだと教えてくれました」

勘太郎はうなずいた。「おっしゃるとおりでございますが、手前が存じている限りでは、その種のものは刷り物でございます」

勘一も思い当たった。「おとっつぁん、うちにも何冊かありますよね。わたしは見た覚えがございます」

勘一が覚えているのは、わざわざ刷って本にした冊子ではなく、瓦版の現物をそのまま集めて綴じたものだった。書物としての体裁を整えるために天地を切って大きさを揃えてあるが、そもそも瓦版は紙質が粗悪だから、不恰好に膨れていた。

「ああ、そうだ。でも井泉堂さんのその品は、刷り物か手書きか、まだわからんのですな？」

「ええ、私は現物を見ていませんから」

この仕事を引き受けるかどうか、返事を三日待ってもらっているという。

「井泉堂が来たのは一昨日（おととい）のことですから、今日明日（あした）とまだ時がありますが、一人で考え込んでいても埒（らち）があかぬので、こちらに相談してみようと思い立ったのです」

この仕事の異様な点の二つ目は、

「その冊子の内容を読んではいけないということでござる」

一言一句再現すると、井泉堂はこう言った。

――写本を作るためには文字を追わねばなりませんが、文章までは読み取らぬよう、固くご自分を律していただきたいのでございます。

字を見て写すだけで、文を読んで解してはいけない。

「この言いようが、私には心外でした」

十兵衛は軽々に怒るような人柄ではない。

「写そうとする書物の内容を外に漏らすなと、遠回しに釘を刺してきたのだろうと思ったからです。そのくらいのことは、写本作りを生業としてきたこの身、重々心得ております。しかし、その旨を抗弁しますと、井泉堂は慇懃に違うと言うのです」

――中身を読まれぬ方が御身のためになると申し上げております。

勘一は思わず「うへぇ」と声を出した。読まない方が身のためだ。それって脅しじゃないか。

「椿井様の腕前なら、読まずに見るだけで引き写すこともたやすかろうと思いますが」

勘太郎はそう言って、胸の前で深く腕組みをした。考え事をするときの癖で奥歯を嚙むので、えらが張って見える。

「それでも、必ずそうしろと脅しつけるのは、どれほど丁寧に言おうが無礼でございますな」

浪人とはいえ武士に対して、なんでまたわざわざそんなことを言い放つのか。

異様な点の三つ目は、

「これこそ、もっとも奇異だと私は思うのですが」

出来上がった写本と元本を引き比べると、必ず違うものになるはずだ。だがそれで正しいのでかまわないと、井泉堂は言ったという。

「引き比べるというのは、内容を見比べるという意味でございましょうかね」

「いや、一目見るだけで異なっているとわかるのだそうです」

何だそれは。勘一は笑ってしまった。

「栫井様、もしや狐か狸に化かされたんじゃございませんかね？」

十兵衛はほどけたように苦笑した。

「うむ、私もそう思いかけたよ。しかし井泉堂の一泉殿にはきちんと影があったし、私と話しながら何度もまばたきをしていたから、あやかしのものではないだろう」

この世のものではない化け物やあやかしの類いは、真っ昼間でも影を持たない。目がまばたきをしない。咳（せき）やくしゃみをしない。その手の草紙や読本に記されている知恵である。

「勘一、つまらん茶々を入れるな」

むっつりと叱っておいて、勘太郎は言った。

「栫井様が井泉堂さんをご存じなかったのは当たり前でございますよ。あそこは、昔から大名家やお旗本だけを顧客にしています。手前も同業者の端くれで、たまに評判を耳にこそすれ、顔を合わせたことは一度もございません」

大した金持ちだというぐらいの評判である。

「井泉堂さんの扱う書物は、大名家の文庫に納めるものが主なはずでございます。草紙ものや読本、ましてや瓦版を集めた冊子なんぞは、まず差配違いと思いますが……」

勘一は口を出した。「けどおとっつぁん。大名家の若様や姫様だって、たまには物語を読みたいでしょうよ」

いつも四書五経ばかりでは肩が凝ってしまう。『太平記』や『源氏物語』、唐(もろこし)の歴史書である『三国志演義』などは筋書きが面白い上に教養書でもあるのだから、いいじゃないか。

そう言ってみると、十兵衛がにっこりと笑った。「勘一殿は物語が好きなのだね」

「はい」

好きなだけではない。読み物は人の心の滋養になり、人を癒やし励ます効用を持っていると信じている。かつて己が書物に慰められた経験があるから、その思いが揺らいだことはない。

「だから花枝にも面白く語ってくれるのだな。花枝は母を亡くして以来、心から楽しく笑うことがなかったのだが、近頃ではすっかり明るくなり、私も安堵している。これも勘一殿と、勘一殿が大切にしている物語のおかげだ」

真っ直ぐに褒められて、勘一は頬が熱くなるほど嬉しかった。気をよくして、さらに父親に訴えた。

「おとっつぁんは瓦版の冊子なんてと言うけれど、一つの藩や所領を治めるお殿様には、世情に通じていただいた方がいいよ。だから側近の方がそういう冊子をお勧めになって、井泉堂さんに依頼をかけたんじゃありませんか」

勘一の言を聞き流し、勘太郎はまだ腕組みを解かない。やがて、奥歯を嚙みしめるのをやめて口を開いた。

「栫井様、失礼を承知で伺いますが、やはり百両という大金にはお心が動きますか」

十兵衛は勘太郎の顔を見て、それからつと目を伏せた。

「――それだけの金があれば、溜まっている薬礼をきれいに返済し、花枝にももっといい暮らしをさせることができます」

贅沢しなければ、この先一生、父娘で平らかに暮らせるだろう。

あたりの耳を憚るように声をひそめ、十兵衛は続けた。「勘太郎殿のご厚意をよいことに、これまで口をつぐんできましたが、私は国許でただ禄を失い、生計の道を求めて江戸へ流れて参ったのではありません。厄介な揉め事に巻き込まれ……いや、私自身で揉め事を引き起こし、妻を連れて逐電してきた身の上でござる」

二度と国許には帰れない、と言う。

「帰参の目は全くござらん。むしろ上意討ちの追っ手がかからなかったことを幸いとしているほどなのです。新たな仕官先を得ようと試みても、この過去が障りになりましょう」

石に齧りついても、この市中で身を立ててゆくしかない。ただでさえ目映い大金の百両だが、栫井父娘にとってはその倍も三倍もの価値がある。この先の人生を一変させるほどの価値だ。

勘太郎は腕組みを解くと、座り直してきっぱりと言った。「ならば、この仕事をお引き受けになるのがようございます」

十兵衛は、はっとしたように顔を上げた。勘一も、父親のめったに見せない怖いような真顔に心の臓がどきんと打った。

「栫井様の人品骨柄を、この瓢簞古堂はよぉく存じ上げております。貴方様ならば、井泉堂さんがつけてきた面妖でうるさい条件も、きっちりお守りになれましょう」

重々しく言ったかと思えば、にっと笑って、

「なあに、たかだか三十丁ほどの薄い冊子、栫井様なら二日もあれば仕上げておしまいになれますよ。それで百両。これは天からの賜り物でございます」

十兵衛の口元がほころぶのを見てとって、勘一も何か言い添えたくなった。

「写本作りを請け負うのではなく、富くじを買ったとお考えになってはいかがでしょう。必ず百両の大当たりになるとわかっている富くじでございます」

このお調子者めがと勘太郎には睨まれたが、十兵衛は笑ってくれた。その笑顔が嬉しく、勘一は得意に思った。だけど栫井様が一緒に相談を聞いてくれとおっしゃったのは、わたしがお調子者だからこそだよな。うちのおとっつぁんは、真面目に考え事をすると鬼瓦みたようになっちまうんだから。

勘太郎は言った。「このお話そのものが他聞を憚るのでしょうから、手前も倅も口に固く閂をかって、けっして外には漏らしません。ですから栫井様、井泉堂さんの仕事に、何か少しでも不審なことや剣呑な気配がありましたら、いつでもまたお訪ねくださいませ」

「そうしましょう。かたじけない」

十兵衛がおくめ店に帰ったあと、勘太郎は勘一に、今お店にあるだけの瓦版の冊子を持ってくるように言いつけた。そして帳場を勘一に任せ（そんなことはめったにない）、自分は小上がりに引っ込んだまま、かなり長いことそれらを検分していた。

「うちの手持ちのをめくり直してみたってしょうがないですよ、おとっつぁん」

声をかけても、返事をしなかった。

それから五日後の昼下がりのことである。

勘一がお使い帰りにおくめ店の近くを通りかかると、長屋の木戸へ入る路地の手前に、栫井十兵衛が立っていた。勘一の方には背中を向けており、商人ふうの男と話し込んでいる。

その男の風体を一目見ただけで、勘一はピンときた。

――井泉堂さんだ。

丈は短いが恰幅のいい老人だ。太っているのではなく、中身がみっしり詰まっている感じがする体格である。頭はほとんど禿げており、髷は結っていない。眉毛はふさふさで真っ白だ。唐桟の着物に羽織を着て、雪駄履き。どちらも高価な品である。

そっと物陰に隠れ、目を凝らしてみると、その羽織の背中に花紋がついていた。桜を模した刺繡の中に、文字が一つ。「井」だ。これはもう間違いない。

井泉堂は、件の写本のことで十兵衛を訪ねてきたに違いない。もう仕上がったのか。だったらこんなところで立ち話でもないだろうにと見守っていると、井泉堂が姿勢を正し、深々と十兵衛に頭を下げた。勘一が呼吸を三つする間、たっぷりと下げていた。

そして二人は別れた。井泉堂はこちらに背中を向けて歩き出した。悠々とした足取りで去って行く。雪駄の踵の尻鉄がかちんかちんと鳴るのが聞こえる。その後ろ姿を、十兵衛はその場を動かず見送っていた。

勘一は胸がどきどきした。十兵衛が長屋に戻ったら、近くまで来たのでご機嫌伺いに参りましたと訪ねてみよう――

桴井十兵衛が身を返して、こちらに横顔を向けた。勘一は息を呑んでしまった。何という顔色だろう。意気消沈を絵にしたように、がっくりとうなだれている。これまでも日々食うことに追われ、十兵衛はくたびれていた。しかし愛娘と暮らす幸せに、その瞳のなかにはいつも、慎ましくも明るい光がたたえられていた。

今はその光が消えている。痩せた肩が落ち、背中を丸め、胸をへこませている。いったいどうなすったんだ。声もなく見つめる勘一の前で、そのとき十兵衛は水を浴びた犬のようにぶるりと胴震いすると、背中を伸ばした。肩をいからせ、口の端を引っ張り上げた。笑みをこしらえたのだ。そして、大股でおくめ店の木戸の内へと帰っていった。勘一も息を潜めてその跡を追っかけた。

見るからに金持ちふうの客が来たので、店子仲間の野次馬が気にしていたのだろう。十兵衛に向かって、たちまち問いかけが飛んでくる。

「先生、今のお客さんどこの誰さ？」

「いつもの貸本屋さんじゃないよね。先生、河岸を変えたのかい」

「あのお客さん、先にもいっぺん先生のところに来てたよねえ。ひょっとして仕官の口でも見つかったの？」

十兵衛は「いやいや」などといなしている。花枝と暮らす住まいは手前から三番目の四畳半土間付きだ。その障子を開け、にこやかな顔で野次馬連中に会釈して、十兵衛は消えた。

冷やかすように、誰かの声が追っかけた。

「先生ったら、そんなニコニコ顔をして、いいことがあったんだね？　だったら花枝ちゃんにべべの一枚でも買っておやりよ。古着のご用なら、いつでも承るでござりますよう」

わっと笑い声がわきたった。

勘一は、まだざわつく胸を宥めながら立ちすくんでいた。

――あれが逆ならわかるんだけど。

井泉堂の写本の仕事が終わり、十兵衛の懐には百両きっちり納まった。長屋の店子は貧乏人同士よく助け合い、気のいい者たちが多いけれど、そんな大金を目にしたら、誰がどんな了見違いを起こすかわからない。百両のことは誰にも知られぬようにしておくが重畳だ。だから十兵衛が、井泉堂と向き合っているときには笑顔で、長屋に帰るときには仏頂面になっているのなら、何の不思議なこともないのだが。

十兵衛のあの作り笑顔は、他の誰でもない、娘の花枝のためだろう。裏を返せばそれは、花枝に隠しておかねばならないこと、花枝に心配かけるに違いないことが、何かしら生じているということだ。

結局、勘一は十兵衛を訪ねず、走って瓢簞古堂へ帰った。そして勘太郎に、今し方見た光景を打ち明けた。

「桴井様、井泉堂さんのせいで何か厄介な目に遭っておられるんじゃないのかな」

息せき切って言う勘一をぎろりと睨んで、

「余計な詮索をするもんじゃねえ」

と、勘太郎は言い捨てた。

それから毎日、勘一は桴井十兵衛が訪ねてくるのを待った。朝は店先を掃き清めて水を打ち、宵の口になって表戸を閉める間際まで、おくめ店の方から十兵衛が歩いてこないかと、折々に首を伸ばしては待ち焦がれた。

十兵衛は来なかった。先に来たのは噂の方だ。同じ内職仲間で、歳は十兵衛よりずっと上だがひどい癖字で、手間賃のことでしばしば勘太郎に不平を言う文句垂れの木っ端御家人が、つい先日、行きつけの質屋でばったり十兵衛に会ったというのだった。

「私も桴井殿もその質屋の常連だが、店先で顔を合わせたのは初めてだ。まあ、今さら気まずいこともなかろうと思うて挨拶したのに」

十兵衛は大刀を請け出しに来ており、対するこちらは脇差しを質草に入れるところだったので、大いに気恥ずかしかったという。

「竹光から本身になおすなど、どこぞへ仕官が決まったのだろうか。瓢簞古堂、何か聞いてはおらんか」

「さあ、手前は存じません。それより次の仕事でございますが――」

その次に来たのはおくめ店の差配人だった。水気の涸れきった痩せっぽちの老人で、目が飛び出し気味なので、勘一がひそかに〈煮干し〉と呼んでいる人である。

「瓢簞古堂さん、栫井様からなんぞ聞いておられませんかね」

「へえ、何のことでしょう」

「へえって、おたくさんが周旋したんじゃないんですか。先生、近々うちから立ち退かれるんですよ」

　煮干しは探りを入れにきたらしく、下からすくうような目つきである。

「何でも手習所を開くとか……」

「そりゃあ、おめでたいことです。栫井様なら立派な師匠になられることでしょう。場所はこの近くですかね」

「いや、下谷の方だとかいう話です」

「ご近所でなくなるのは残念ですなあ」

　つるつるやりとりして煮干しを追い返し、勘太郎は勘一に言った。

「栫井様は新しい暮らしの支度を調えておられるようだ。よかったよかった」

「もちろん結構なことですけど」

　勘一は釈然としない。

「うちは蚊帳の外ですねえ」

「おまえ、何を身の程知らずなことを言ってるんだ」

　また叱られるのも納得できない。

「だって……」

「だっても明後日もあるか。栫井様の方からうちにご用がないのなら、こちらがごちゃごちゃ言う筋合いはない。もっと弁えろ」

「これが本当におめでたいだけの話なら、わたしだってそうしますよ。けど栫井様は」

あんなに暗く、打ちひしがれたような横顔を見せていたのだ。

「そんなことはもう忘れておけ。おまえの見間違いだったんだろう」

「おとっつぁんはお忘れのようですが、わたしは目がいいんです」

「どれだけ目がよくたって、心の眼が曇ってちゃ役に立たんわ」

ひどい言われようで、いつも神妙な勘一もさすがにへそを曲げた。ぷんすかしながらその日の仕事を片付けて、日暮れ時、出商いから戻ってきた十郎の帳簿付けを手伝い、表戸を閉めようと店先に出ていって、そこに栫井十兵衛が佇んでいるのを見つけた。

「あ」

つい棒立ちになってしまった勘一に、十兵衛は拝むように頭を下げた。

「無沙汰をして申し訳ない」

夕まぐれのなかで、その顔はやっぱり悲しそうに歪んでいる。いや、たった今、勘一と向き合った瞬間に、堪えきれず歪んでしまったように見えた。

「お父上はご在宅だろうか。申し訳ないが、ちと頼み事があって参上しました」

勘太郎は十兵衛を奥の客間へ通した。床の間も違い棚もないただの六畳間だが、どこもかしこも本や冊子や紙束でいっぱいの家のなかで、いちばん片付いている場所である。

勘一はお茶を運び、すぐ下がろうとしたところを、また前回と同じように十兵衛に引き留められた。

「これからお頼みすることは、私よりも花枝のことでござる。いつも花枝に親切にしてくれる勘一殿にも聞いていていただきたい」

勘一は親父の後ろにかしこまり、あらためて十兵衛の瘦せた顔を見た。行灯の明かりのなかで、その表情はやっぱりどこまでも悲しげだ。

温い茶でくちびるを湿して、十兵衛は思い切ったように口を切った。

「井泉堂の一泉殿から受けた仕事は、先頃無事に終えました」

「おめでとうございます」

勘太郎が畳に手をついて頭を下げた。勘一も慌ててそれに倣った。

「写本と元本は一泉殿にお返しし、前金の五十両に加えて後金の五十両、しめて百両の法外な手間賃を受領。しかし――」

行灯のなかの火が揺れるので、十兵衛の顔の上で影がちらちら踊る。

「仕事を受けた際とはいささか事情が変わり、この大金があっても、私一人の力では、今後の花枝の暮らしを保ってやることが難しくなりました。そこで、一泉殿のお力を借りることにしたのです」

井泉堂は十兵衛の相談に快く応じ、この先の椿井父娘の住まいや十兵衛の生計の手立てを調えてくれた。

「当初は道場を開いてはどうかという話だったのですが、先日お話ししたように、恥ずかしながら私は仇持ちになりかねなかった身の上。剣術や槍術の看板を掲げて武家の子弟を集めることは憚られます」

そこで手習所を営むことに決めた。

「住まいと教室に頃合いの貸家は、一泉殿が手配してくださいました。花枝を連れ、明日にはそちらに移ります」

明日とは！　勘一は驚いたし、けっこう傷ついた。そんなギリギリになるまで、瓢箪古堂は蚊帳の外に置かれっぱなしだったのか。

「私と花枝はほとんど身一つ、荷物らしい荷物などござらん。家移り（やうつり）をしてまず暮らしまわりを落ち着かせ、それから手習所を開講するつもりでおります」

勘太郎は柔和な表情で、ゆっくりとうなずいた。「重ねておめでとうございます。教本や文具はお揃いでございますか」

「それはまだ……あまり……」

「それでは、差し出がましゅうございますが、この瓢箪古堂から、開講祝いのお品として、主立ったものをお贈りしたいと存じますが」

教本ならまず『七ツいろは』と『商売往来』だな。開講当初はこの二冊の数が揃っていればいい。最初のうちは習子は少なかろうが、きれいな教本を積み上げていない手習所の景色は貧乏くさくっていけない。十冊ずつは要るな。『名頭字尽（ながしらじづくし）』と『庭訓往来（ていきんおうらい）』は、年長の子らが入ってきてからでいいだろう。そこは商売だから、勘一は早々にそんなことを考えていた。

「勘太郎殿にも勘一殿にも、これまでひとかたならぬお世話になり申した。この上、お言葉に甘えることは心苦しく思います」

十兵衛の言葉に、勘太郎はまたふっくりと笑みを浮かべた。

「お世話になったのは、この瓢簞古堂の方でございます。栫井様は教養深く、手跡正しく、どんな気を兼ねる写本でも安心してお頼みすることができました」

十兵衛は勘太郎の顔を見て、苦しそうに一つ息を吐いた。

「実のところ、勘太郎殿のそのご厚情をあてにして、私はひどく重い頼み事をしようとまかり越したのです。ですからどうか」

喉が詰まったようになり、言葉が途切れた。

勘一は目前の十兵衛ではなく、勘太郎の顔を覗(うかが)い見た。父はかすかに目を細めている。

「勘太郎殿」と、十兵衛は続けた。

「はい」

「それがしは――」

十兵衛のこの角張った自称を、勘一は初めて耳にした。

「三年後の六月朔日(ついたち)に死に申す」

行灯の火が大きく揺らいで、一瞬、十兵衛の顔が真っ暗に翳(かげ)った。

「これは運命であり、どうにも避けようがござらん。しかし三年後では花枝はようよう十歳。まだ独りでは生きられぬ」

つんのめるようにして言いつのる。

「無論、これから末期(まつご)の日を迎えるまでの間、それがしも力及ぶ限り、花枝のために支度を調える所存でござる。暮らしを定め、手習所に習子を集め、近隣の信用を勝ち得て、然(しか)る後に花枝を託すに足る後妻を迎え――」

「ちょ、ちょっとお待ちください、栫井様」

息を吹き返したように、勘太郎が割り込んだ。

「え、縁起でもないことをおっしゃいますな。手前なんぞよりずっとお若い栫井様が、何でまた、たった三年の後に亡くなるなどと」

勘太郎が取り乱したことで、十兵衛は逆に落ち着いたようである。井泉堂の仕事の件で相談に来たあの時と同じように手の甲で冷や汗をぬぐうと、穏やかな笑みを浮かべた。

「にわかに信じていただけないのは承知の上でござる」

勘一は息を止めて目を瞠(みは)ったままでいたが、このとき、出し抜けにすとんと腑(ふ)に落ちた。

「先ほど、井泉堂さんのお仕事を受けた際とは事情が変わったとおっしゃったのは、このことでございますね？」

三年後の六月朔日(ついたち)に自分の寿命が尽きることが判ったので、百両を元手に先のことをのんびり考えるなどと悠長なことは言ってられなくなった。花枝のため、後顧の憂いなく死んでゆけるよう、てきぱきと暮らしを固めてしまわねばならない。良い後妻を迎え、花枝の母親になってもらう必要もある。だから井泉堂に相談して事を進めた。

なぜ、そのための相談相手が瓢箪古堂ではなく井泉堂だったのか。もちろん、勘太郎よりもずっと顔が広くて財力もある一泉の方が頼りがいがあったから――ということもあるだろうが、それだけではあるまい。

十兵衛が己の寿命を知ってしまったきっかけが、井泉堂にあったからだ。正しくは、井泉堂から受けた写本の仕事にあったからだ。つじつまを合わせてみたら、ほかに考えようがない。
そういう事柄が頭のなかで一気に渦巻き、勘一は口走った。

「栫井様、何を写されたのですか」

十兵衛は凍りついたようになった。勘太郎は目を剝いた。

「井泉堂さんが持ち込んできた冊子には、いったい何が書かれていたのでございますか」

それは元の冊子と写本とで別物になる。写す者は、その内容を深く読んではいけない。読まぬ方が身のためだという。

だが、それでもつい読んでしまうような事柄が記されていた代物——

「勘一殿」

声を絞り出すように、十兵衛は言った。

「申し訳ないが、私の口からはお答えできぬ」

約束したのだ、と言った。

「井泉堂さんに、そういう約束を強いられたんじゃございませんか」

「そうではない。無論、他言無用と言われたが、このまま伏せておこうというのは私の意志にも添っている」

かしこまって座す十兵衛の顔に、どっと冷や汗が噴き出してきた。

「済まない。やっぱり来るべきではなかった。勘太郎殿や、ましてや勘一殿をこれに巻き込むべきではなかった」

こんなにも狼狽する十兵衛を見たのも初めてのことだった。瓢簞古堂の父子は顔を見合わせた。

勘一は父の目の奥に、ごく珍しい色を見つけた。恐れのような色である。

「手前は先日、おくめ店の近くで、栫井様と井泉堂さんがお二人で話しておられるのをお見かけしました」

勘一が言うと、十兵衛は顔を歪ませた。

「和やかなご様子でしたが、井泉堂さんはお帰りになる間際、栫井様に深々と頭を下げておられました」

十兵衛の方は悄然（しょうぜん）としていた。長屋に戻るときは無理に笑顔を作っていた。

「井泉堂さんがあんなふうに頭を下げたのは、栫井様をひどい目に遭わせたからに違いありません。百両なんていうお金じゃ埋め合わせのつかないひどい目に」

それこそが、読む者の寿命を報（しら）せる冊子を写す仕事だったのではないのか。

「件の冊子は、瓦版を集めたものだというお話でございました」

十兵衛も勘太郎も黙ったままだから、勘一はしゃべり続けた。

「ですから察するに、その瓦版のうちに、それを読む者の——写本をこしらえる人も読む者のうちでございますから——死を報じる記事が混じっているのではございませんか」

写す者は、おやこれは自分の名前ではないかと思う。強いて気をそらし、内容を読み込まずにただ写せばそれで済むが、読み切ってしまえば知ってしまい、もう逃れられない。

いや、ちょっと待て。勘一は考え直す。

——出来上がった写本と元本を引き比べると、必ず違うものになるはずだ。だがそれで正しいのでかまわない。

井泉堂はそう言ったという。つまり別ものになる。そっちはどういうことだ。どう解釈すればいい？

勘一の煩悶を見抜いたように、十兵衛が低く囁いた。「写すそばから消えてゆくのだ」

写本を作ると、元本の文字は消えてゆく。紙の汚れや皺が残るのみ。

「そういう冊子だった」

だから、あれはこの世に一冊しかない。

「本来、井泉堂の書庫から外へ出ることはないはずのものでござった」

勘太郎に向き直り、冷や汗の浮いた顔のまま、静かに言った。

「今回の仕儀は異例も異例だったとか」

それ故、百両も積んだのですと言った。

「この身に白羽の矢を立ててくれたことを、井泉堂殿には深謝しています。悔いはござらん。これも全て運命、いや天命だったのでしょう」

勘一は、これまた珍奇なものを目にした。語る十兵衛を見据えて、勘太郎が呆然と口を開けっぱなしにしている。

「ただ一つ、心残りは花枝のことでござる」

言って、ようやく自分の冷や汗まみれの顔に気づいたのか、十兵衛は懐紙を取り出し、丁寧にぬぐった。汗と共に焦燥や狼狽もぬぐい去られてゆくのか、落ち着きを取り戻してきた。

「三年後の六月朔日、この椊井十兵衛が死んだなら、必ずこちらに一報が届くよう、然るべく頼んでおきます」

神田多町にある貸本屋、瓢簞古堂に報せてくれ、と。

「その一報を受けたなら、まことに相済まぬことながら、花枝を見舞ってやっていただけまいか。そして私の死後、もしもあれが幸せに暮らしておらぬようならば」

十兵衛を遮って、勘太郎が言った。

「もちろん捨て置くものですか。瓢簞古堂主人の面目にかけて、花枝様をお守りいたします」

十兵衛はがくりと頭を垂れた。

「かたじけない」

泣くような声でそう言って、懐を探る。

「これはその折のための……」

切り餅が一つ滑り出て、畳に落ちた。白い包みに、揺れる行灯の明かりが映える。

勘太郎はじっとそれを見つめた。顔を上げると、穏やかな声音で言った。

「手付ならば、大枚は要りません。一両をお預かりすれば充分でございます。すぐ証文を書きましょう。勘一、文箱を持ってきなさい」

今度は勘一の方が口を開けっぱなしに呆然としていて、ほっぺたを打たれた。

「何を寝ぼけているんだ。そうか、さっきぺら

ぺらしゃべっていたのは寝言で、おまえはずっと居眠りしていたんだな」

「あ、あいすみません」

　よろけながら立ち上がり、勘一は帳場へと急いだ。文箱を持って戻ってみると、勘太郎と十兵衛は、いつもの世間話の中休みのような顔をして茶を飲んでいた。言葉はないが、場はくつろいでいた。

　自分一人、悪い夢を見ているようだった。

「その夜を節目に——」

　瓢箪古堂の勘一は、おちかが淹れ替えた熱い番茶に手を伸ばしながら言った。

「親父と手前のあいだで、栫井様のお話が出ることはなくなりました」

　この黒白の間の光景も、傍目（はため）には、男女三人が寄って世間話をしているように見えるだけだろう。風変わりなのは、床の間の掛け軸に麗々しく半紙が貼りつけてあることだけだ。

「手前はまだまだ言いたいことも訊（き）きたいこともありましたが、親父がさっぱり受けつけてくれません」

　一度だけ、件の冊子についてあれこれ考えることをやめられなかった勘一が、

　——瓦版の記事になるってことは、世間の話題になるような、尋常じゃない死に方をするってことだよね？

　そう問いかけたら、張り倒されたそうだ。

「それと、おくめ店の煮干しの差配さんは、栫井様の家移り先が下谷の方だと言っていましたが、それも本当ではありませんでした」

井泉堂の仕事を受ける以前の暮らしときっちり線を引くために、十兵衛が敢えて偽っていたのだろう。

「本当の家移り先は、誰も存じませんでした。うちの親父も……たぶんお尋ねしなかったんでしょうし、教えてもらって知っていても、手前には漏らしませんから同じでございますね」

勘太郎一人で、ひそかに栫井父娘を訪っている様子もなかったという。

「知らなくっても、三年後の六月朔日には向こうの方から知らせが来る、と」

富次郎の言葉に、湯気の立つ湯飲みを掌にくるんだまま、勘一はうなずいた。

「たった三年。でも、その三年は長うございました」

そのあいだに、勘太郎は軽い中気を患った。幸い何カ月も寝付くことはなく、左足をちょっと引きずるようになったくらいで済んだが、勘一は肝を冷やした。まだ、自分一人でお店を背負うだけの器量はない。

「井泉堂さんに会う折もなかったんですか」

「まるっきりございません。もともとあちらと瓢簞古堂は、楢の大木と筍ぐらいの差があったんで、根を張るところが違ってます」

おくめ店では、栫井親子の後に、手間大工の夫婦が住みついた。しばしば犬も食わない夫婦喧嘩をやらかしてけたたましかった。

「そのたんびに煮干しの差配さんに叱られてましたねえ」

その他にめざましいことと言えば、

「十郎が嫁をもらったんですが、半年保たずに逃げられたことでしょうか」

嫁は水茶屋あがりの艶っぽい女で、もとは十郎の得意客の一人だったという。

「客でいるうちは十郎の軍記語りが楽しかったんだけども、いざ夫婦になってみたら」

――朝から晩まで「鞭声粛々」と大声でやらかされちゃ、うるさくってたまんないわ。

十郎には悪いが、おちかは噴き出した。勘一も笑っている。

「嫁さんは水茶屋勤めに戻って、いい看板になってましたよ。魚によっちゃ棲む水が違う。やたらまぜこぜにしちゃいけませんという教訓でございますね」

番茶を飲み干し、空になった湯飲みを、勘一がとんと手元に置いた。

「さて、と」

おちかと富次郎は、思わず姿勢を正した。

「三年後の六月朔日、蒸し暑い雨の降る日和でございました」

夕方の七ツ（午後四時）を過ぎてまもなく、一人の男が瓢簞古堂を訪ねてきた。着物の尻をはしょり、すね当てをつけて草鞋を履き、土の匂いを身にまとった農夫である。

――栫井先生の奥様のお言いつけで、柳島村の〈ときわ塾〉から参りやした。

「栫井様の手習所は〈ときわ塾〉といったんですね。ときわは、亡くなった前妻のお名前です」

勘太郎も勘一も、この伝言の意味するところを即座に解した。

「柳島村ってのは大川の向こう、さらに横川という掘割を渡った先でございますよ。田んぼばかりの鄙なところで」

栫井十兵衛は、そんな長閑な地で手習所を開き、農家の子らを教えていたのだ。後妻もちゃんと迎えていた。自身の死の混乱に負けず、彼の遺言を果たしてくれる後妻を。

「親父は遣いの男の案内で、すぐ柳島村に発(た)ちました。手前は置いてけぼりで、それから三日ばかりは気を揉みながら待つしか術(すべ)がございませんでした」

ただ十兵衛が死んだことと、その死にまつわる事情は知れた。柳島村は遠いが、起こった事が事だったので、すぐさま瓦版が刷られ、神田あたりまで出回ったからである。

「じゃあ栫井様は、本当に瓦版の記事になるような亡くなり方をしたんですね」

おちかの問いに、勘一はうなずいた。

「手っ取り早く申しますなら、女敵討(めがたき)ちに遭われたんでございます」

女敵討ちとは、夫が己の妻と通じた間男を成敗することを言う。

「栫井様は、禄を失い国許から江戸に出てこられた事情について、こう言っておられました」

――厄介な揉め事に巻き込まれ……いや、私自身で揉め事を引き起こし、妻を連れて逐電してきた身の上でござる。

――帰参の目は全くござらん。むしろ上意討ちの追っ手がかからなかったことを幸いとしているほどなのです。

その詳細が、ようやく知れた。

「栫井様の前妻のときわ様は、お国では家中の他の方に縁づくことが決まっておられた。でもその縁組を嫌って、先から恋仲だった栫井様と手に手を取って駆け落ちしたという事情だったんでございますよ」

当時、ときわの許婚者だった藩士は、まだときわとは縁談がまとまっただけで妻に迎えてはいなかったこと、栫井家の方が家格が高く、家中での身分も上であったことを鑑(かんが)みて、女敵討ちを願い出ず、ただの破談で事を収めていた。

「お城の方にも、栫井様をかばう向きがあったそうで……」

「よほど重臣のご家系だったのですね」

「細かいことは憚られますので、まあ、お殿様の側近だったというぐらいでご勘弁ください」

栫井夫妻は江戸に逃れ、細々と暮らしながら花枝をもうけた。やがてときわが病み、長患いの末に亡くなって、栫井十兵衛と花枝はおくめ店で父子二人きりとなった。

「手前どもの写本をしてくださり、井泉堂さんと会い、百両を手にして柳島村に移って手習所を開き、後添いを迎えた。これがまたよく出来た奥様でございました」

あと三年。三年後の六月朔日まで、十兵衛は懸命に生きていた。しかし、彼の思いもしないところで運命は変転していた。

「ときわ塾が開講して二年後のこと、ですから栫井様が討たれることになった一年ほど前ですが、お国の方で藩主の交代がありました」

先代藩主に嗣子がなく、その弟が新藩主として立った。この殿様は、栫井十兵衛が親しく仕えていた人ではない。

「むしろ兄弟仲が悪かったので、先代の殿様が重用していた家臣の首をすげ替え、先代の殿様の施策を次から次へと翻し」

先代藩主が家臣に授けた報賞も、家中や領内で起きた紛争や法度破りに下した裁決も、片っ端から見直し始めた。

「良いことも悪いことも、等し並みにお仕置きし直したんでございます」

そのなかに、内々に手打ちとなっていた桴井十兵衛逐電のことが入っていた。

「表向きは、桴井十兵衛は病療養のため隠居、家督は分家の嫡男に譲るということで済んでいたそうですから、誰かわざわざ真実をご注進に及んだ家臣がいたんでしょう」

「桴井家が偉いから、妬んだのさ」と、富次郎が言う。「新しい殿様にすり寄ろうと、先代の目こぼしを言いつけて手柄にしようとしたんだろうよ」

どこにだっているんだ、そういう輩は。妙に熱心に憎々しく言うので、おちかはこの従兄が「商いの武者修行」に出ていた年月のことを、ちらっと察した。

「まあ、そういう経緯でございましょうね」

勘一はいつものように飄々として、一人で息んでいる富次郎に眉をひそめるふうもない。それに気づいたのか、富次郎は照れたように咳払いをした。

「で？　とうの昔の駆け落ちが蒸し返され、討手がかけられたというわけかい」

「はい。女敵討ちを果たすまでは帰参を許さぬという厳しい上意を拝し、ときわ様の縁組のお相手だった方は、十兵衛様を捜し始めたんでございますね」

広い江戸市中で探索を続け、一年かけてようやく目当ての女敵を捜し当て、立ち合いへと持ち込んだのが、

「その六月朔日の早朝だったんでございます」

桴井十兵衛は形ばかり太刀を抜いたが、進んで相手に討たれたようであったという。

かつては許婚者を盗んでその顔を潰した。此度は立ち合って退ければ相手の家が潰れる。

それに、ときわは先立ってしまって、もうこの世にいない。

「瓦版には、〈柳島村の女敵討ち　嫁盗人の手習所師匠の末路　伊島流抜刀術の達人　姦夫成敗の顚末〉と謳われておりましたよ」

伊島流抜刀術とは居合の一派で、十兵衛の国許で盛んなのだという。

「居合じゃ……本当に一撃で」

胸が痛む。花枝はその場を見てはいなかったろう。よく出来た人だという後妻が、けっして見せなかったに違いないけれど。

「椊井様の後妻になった方は、お名前は美津江様、やはり武家の女人でございましてね」

青山の御家人の娘で、一度は嫁したが夫と死別し、忘れ形見の女の子を育てながらつましく寡婦暮らしをしていた。

「美津江様も、井泉堂さんで写本の内職を請け負っておられたんですよ」

剣呑な冊子じゃない、小難しいけれど普通の書籍ですと、勘一は笑って言い足した。

「ふん、結局は後妻までもが井泉堂の周旋か」

富次郎はちくりと棘のある言い方をした。

「井泉堂さんは、それほど椊井様には申し訳ないことをしたと思っていたんでしょう」

おちかは宥めたが、従兄は返事をしない。

勘一が言った。「椊井様と美津江様は、仲睦まじいご様子だったようです。あ、このへんのことまでは、さすがに瓦版じゃわからない。あとで親父から聞き出しました」

連れ子の女の子は花枝の二つ年下で、真の姉妹のような仲良しになっていたそうだ。

それなら十兵衛も心残りはなかったろうと思いたいが、やっぱり切ない。

「柳島村でお幸せだったなら、一年でも半年でも、一月でも一日でも長く、その幸せを守られたかったでしょうに」

富次郎がまた「ふん！」と鼻を鳴らした。

「わたしは気にくわないよ、勘一さん」

けんけん言うのに、勘一は飄然と問い返す。

「へえ、どのあたりが小旦那様のお気に召しませんでしたか」

「だってさ、こりゃ手の込んだ騙り（かたり）だよ。栫井様は井泉堂に手玉にとられて、みすみす寿命を縮めちまったとしか思えない」

どういう意味だろう。

「そんな怪しげな冊子に読む者の寿命が記されているなんて、作り話に決まってらぁ。百歩譲って、井泉堂はそれが真実だって固く信じていたとしてもだよ、そんなのはただの信心さ。鰯（いわし）の頭も信心からってね、拝むのは勝手だよ。だけど、他人（ひと）に押しつけていいもんじゃない」

本当は栫井十兵衛にはもっと寿命があった。なのに井泉堂に説きつかれ、自分は三年後の六

月朔日に女敵討ちで命を落とすと思い込まされてしまった――

「だから、まっとうに立ち合わなかった。打ち合えば勝機もあったろうに、みすみす命を無駄にしてしまったんだ」

みんなみんな井泉堂のせいだ。そのへんてこりんな冊子が悪い。それを解さぬまわりの者もぼけなす揃いだ。富次郎がいつになく怒気を露に言いつのるので、おちかはハラハラした。いくら昼行灯の勘一とて、こう頭ごなしにやっつけられては気分が悪かろう。

だが、瓢簞古堂の若旦那は平然としていた。むしろ富次郎の言い分を受け入れるようで、しんみりとうなずいている。

「およそ予言の類いには、今、小旦那様がおっしゃったようなところが多分にございますからね」

人は今を生きるしかなく、今ここのことしかわからない。学べるのは過去からの教訓ばかりだ。先のことを見通し得る千里眼なんて便利なものは、残念ながらこの世にはない。

「それでも、誰かがそれらしいお膳立てをして予言すると、聞いた者どもがその内容を気にするもんだから、いつの間にか予言のとおりになるようにふるまってしまうんですよ」

人の心が、予言が成就するような方向に、何となく偏っていってしまうのだという。

「たとえば、互いに何とも思っていない男女の幼馴染みが、おまえたちは数年後に必ず所帯を持つよと予言されたら、まるっきり気にせずにいるのは難しゅうございましょう?」

まわりからもそういう目で見られて、二人が一緒にならないのはおかしい、一緒になる方が自然だ、そうなるべきだと思うので、予言どおりになるという案配だ。

もちろん、気候の寒暖や雨の多寡、天災の類いの予言はこの限りではない。天地は人の思惑なんぞに影響されないからである。しかし、「いついつどこどこで大水がある」「大火事が起こる」「疫病が流行る」などの不穏な予言は、実際にそういう事どもが起こったとき、

——そういえば誰々がこの事を予言していたじゃないか！

と、まことに都合がいい感じに想起される場合がある。人にとって災いのもっとも忌まわしく恐ろしいところは、その惨禍の内容ではなく、不意打ちであるということだ。だから、災いがひどければひどいほどに、

——これは予言されていた。

——予言のおかげで助かった者もいる。

なんていう風評があれば飛びついてしまう。そう信じれば少しは慰められ、心が落ち着くからである。

「ですから、予言というものは、思いのほか当たるんでございますよね」

勘一は淡々と語る。おちかはそのちょっと離れ気味の目や、こぢんまりと形のいい鼻や、下ぶくれの顔をつくづくと眺めて、何とも言い様のない感嘆の念に打たれた。

この人はホントに動じない。それは商人のお客に対する礼儀の域を超えて、骨の髄からの気質なのだろう。子供の頃は確かにお調子者だったようだけど、長じてすっかり落ち着いて、今のこの人がある。冬には日だまりのよう、夏には木陰のように優しい。

「若旦那は物知りだねえ」

勘一の飄々の風に、逆上が冷めたのだろう。富次郎がそう言った。嫌みではなく、ただ褒めあ

げているだけでもない。

「まったく面白い人だよ」と言って、頬のこわばりを溶かして笑った。

「ありがとうございます。親父には、おまえはもうちっと商いの役に立つことに頭を使えと、しょっちゅう説教されておりますが」

鼻の下を指でくしゅくしゅっと擦(こす)って、勘一も照れ笑いの顔になる。

「さて、椊井様の弔いが済んだ後も、親父はしばしば柳島村に足を運んでおりました。そのたびに二人のお嬢様にお土産を持ってゆくので、美津江様が遠慮されるほどでございました」

「手習所はどうなったのですか」

「美津江様には兄上がお二人いて、次男の方は部屋住みでしたから、その方が師匠となって引き継がれました」

この次男はやや身弱(みじやく)だったので妻帯せず、美津江も夫と二度死別して三度の縁は望まず、兄妹(きょうだい)で花枝たち姉妹を育てて仲良く暮らしていたという。

「手前も親父にくっついて行ったり、親父に言いつかってお届け物をしたりと、柳島村に通わせていただきました」

勘一の顔を見ると、花枝はおくめ店にいたときと同じように読み物をねだった。べんべんと口三味線も賑(にぎ)やかに、声色豊かに物語を読む勘一に、妹はすぐ懐いてくれた。

「そんなことばかりしていたわけではありませんよ。手習所の教本のご用を手前どもで承っておりましたし、家事手伝いもいたしました」

椊井十兵衛の一周忌の慎ましい法事には、瓢簞古堂父子で参上した。

「習子たちと、その親たちもみんなお線香をあげに来ておりました。手前はあらためて栫井様のご人徳を偲んで手を合わせました」

その後、梅雨が明け、柳島村を囲む田んぼが青々と波打つ夏の盛りのことである。

「手前が柳島村のお宅に伺いますと、先客が来ておりました」

誰あろう、井泉堂の主人・一泉だった。

「あの禿げ頭は忘れません」

縁先で美津江と語らっていた井泉堂は、勘一が挨拶すると、驚いたふうもなく微笑んだ。

——ああ、瓢箪古堂さんか。あんたは倅さんだね。これは有り難い奇遇だ。

「実は手前も、一周忌には井泉堂さんが来るのではないかと思いまして」

待ち受けていたのに井泉堂は姿を見せず、肩すかしを食ったようだったたから、これは確かに奇遇だった。

「その日の手前は、傷んでしまった教本を直してお届けにあがったのですが」

勘一が教室で美津江や美津江の兄と商いの話をしているあいだ、井泉堂は縁先に居座って、花枝姉妹と一緒に鳥に餌をやったり、水を張った盥に入れた金魚を眺めたりしていた。用事が終わった勘一が、姉妹に会おうと縁先へ回ってゆくと、

「用が済んだなら一緒に帰ろうと、手前に声をかけてきました」

どうやら、勘一を待っていたらしいのだ。

「高価な銚子縮の着物の前が濡れて、あちこちしみになっていました。金魚の世話をしていたようなんです」

それを見つけた美津江がひどく恐縮し、女中に手ぬぐいを持ってこさせた。井泉堂は上機嫌で、着物のしみなど気にしなかった。

「金魚は井泉堂さんのお土産だったんでございますよ」

姉妹は大喜びしており、井泉堂も娘たちににこにこと手を振って、柳島村の家を後にした。

「手前は、今日も読本を読んで差し上げたかったのに……と、恨みがましい心地でいたんでございます。おまけに」

井泉堂の「一緒に帰ろう」は本当に歩いて帰るの意味だった。勘一には当然のことだが、

「いい着物に、今度は汗染みができると余計な心配をいたしました」

昼前だったから、お天道様はぐいぐいと中天へ昇ってゆく。飛び飛びに雑木林やお寺や屋敷があるだけで、後は田んぼばかりのだだっぴろいところだ。土埃（つちぼこり）のあがる道を井泉堂が先に立ち、勘一は本箱を背負ってついて行く。

しばらく黙々と歩いて、充分に村から離れると、おもむろに井泉堂が言いだした。

「金魚の二、三匹をお土産にしたくらいじゃ、私がしたことの償いにはならんけれど」

勘一はどきりとした。

「あんなに喜んでもらって、勝手ながら少しは憂いが消えたような気がしますよ」

井泉堂は前を向いたまま、独り言のように述べている。

「瓢簞古堂の倅さん、以前に一度、私と会っているよねえ。私が椿井様をお訪ねして、帰り際に立ち話をしているところへ、おまえさんが通りかかったんですよ。覚えておいでかな」

もちろん、勘一は覚えている。しかしあのとき、井泉堂に気づかれていたとは驚きだ。

「栫井様には、あの百両の写本のことは他言無用とお願いしたんだが、瓢箪古堂さんにだけは相談したいと頼まれました。私もおたくの評判は聞いていたから、よしとしたんだよ」

勘一は本箱を包んだ風呂敷の結び目をきつく握りしめ、前を行く井泉堂の背中を見つめた。初めて見たときよりも肩が痩せ、肉が落ちている。最初に受けた印象よりも、実はこの人は歳もいっている。足取りは軽やかで、今日も雪駄の尻鉄が鳴る音がよく聞こえるが、本来はこんなところまで自ら出かけてくるような立場でも年齢でもないのだ。

「──だから、あんたも事情はご存じだろう。くどくどとは言わないけれどね」

依然、こちらに背中を向けたまま続けた。

「あれは傷みやすい冊子で、長くても十年、早いときは二、三年で新しい写本を作らねばならないんですよ。本来、うちの中で作業を済ませて、けっして外には出さない決まりなんだが」

あのときだけは例外だった──

「次の写本を作り、そこに綴(つづ)られた己の運命を知るはずだった者が、土壇場になって臆病風(おくびょうかぜ)に吹かれて逃げ出しましてね」

口調は穏やかだ。井泉堂の表情が覗えぬまま、勘一は総身を耳にして聴き入った。

「その臆病者は私の倅、うちの跡継ぎでした。まったくお恥ずかしい話だが、嫁と生まれたばかりの赤子を連れて夜逃げしてしまってね」

今もどこにいるかわからない、と言う。

「うちは倅は一人きりで、あとは娘ばかりが三人です。あの冊子は女人の気を嫌うので、男でないと写せません」

長女は既に嫁いでおり、次女は嫁に出すつもりのところを、跡継ぎが消えたので急遽婿取りの話を決めることになった。三女はまだ肩揚げのとれない子供である。

「私は、井泉堂の主人となり一泉の名を継ぐ際に、一度あれを写しております。同じ者が二度写すことはできないので、やむを得ず、外に写本作りを頼まねばならなくなってしまった」

土埃が喉に入ったのか、井泉堂が軽く咳をしたので、勘一はようやく問いかけた。

「なぜ、同じ人が二度あれを写すことはできないんですか」

ちょっと前かがみになって歩いていた井泉堂が、顔を上げた。だが足は止めず、こちらを振り返りもしない。そのまま言った。

「既に一度写して、己の運命と寿命を知っている者があの冊子を開くと、その場で息が絶えてしまうからですよ」

勘一の背中を冷たい汗が流れ落ちた。

「昔、私の祖父が試みましてね。むざむざ身内の者を死なせてしまった。それに懲りて、うちでは決して同じ試みはしないんだ」

言って、井泉堂は立ち止まった。懐から手ぬぐいを取り出し、額の汗を押さえる。その手ぬぐいにも井泉堂の屋号が入っていた。

勘一も足を止め、背中の本箱を揺すり上げて背負い直した。

夏の青空の高みを、トンビが悠然と飛んでゆく。それを仰いで眩しそうに目を細めてから、井泉堂はようやく振り返った。

「あの冊子を読めば己の寿命を知ることになるといっても、呪われたり祟られたりするわけじゃあない。その人が八十八の米寿まで長生きするとわかるという場合だってある」

言われてみれば、それはそうなのだ。

「だから謝金も、この冊子のことを言いふらさぬという口止め料として払う。百両ならきりがいいし、富くじの一番富と同じ額だ。どなたにお頼みするにしても、降って湧いたような幸運だと思ってもらい易かろう——そう思案しましてね」

人選を始め、ほどなく桙井十兵衛に決めたのは、その人となりを買ったからだ。

「さっきも言ったが、桙井様の後ろ盾がおたくさんだというのもいい材料でした」

瓢簞古堂の主人・勘太郎は、信用できる商人だ。いずれ跡継ぎになるだろう倅もよく勘太郎に躾けられている。そんな評判を耳にしていたからである。

「有り難いことでございます」

「勘一さんというんだよね。愛想のいいお調子者だが、山のように本を読み、調べ物をし、よく言えば勉学好き、悪く言えば知りたがりだそうだねえ」

何だよ、いい評判ばかりじゃないのか。

「その評判どおりだ。あの冊子のことも捨て置きにできないのだね」

「て、手前はそんな詮索好きでは」

こちらは何も訊いてない。探ってさえいないのに、そっちが勝手に打ち明けているだけじゃないか。

「いいや、おまえさんの顔には、もっともっと詳しく知りたいと書いてある」

言葉つきはやわらかいが、容赦のない決めつけである。

「書物を扱う商いには、希にこういう不可思議なことがついてくる。首を突っ込まずにやり過ごすのが肝要だが、勘一さんはそれじゃ飽き足りない性分なんだろう」

「そんな、でも、だって、今日、井泉堂さんにお会いしたのはたまたまでございますよ」

「そうだね、偶々だ。だが、おまえさんが引き寄せた偶々だよ」

井泉堂の顔から笑みが消えた。お天道様は高く、その額や頬に浮いた汗の粒が見える。なのに、その眼差しは冷ややかで決然としていた。

「私はいつでもかまいませんよ。うちへ訪ねておいでなさい」

何の話だ？　とは思わなかった。勘一にはその言の意味がわかったから。真正面から井泉堂と目を合わせて、思わず口に出してしまった。

「み、見せてくださるんですか」

件の冊子を。

「見たいんだろう？　だったらおいで」

何なら、写してくれてもかまわない。

「次の写本を作る時が来たら、真っ先におまえさんに声をかけよう」

その目で見れば、全てがわかる。

「あれの来歴も因縁も、その時に教えてあげましょう」

言い捨ててくるりと踵を返し、早足で歩き始めた。話はそこで終わりで、勘一もただ後をついてゆくしかなかった。

一丁（約百九メートル）ほど先の寺の門前に駕籠が待っていて、駕籠かきが日陰で昼寝していた。井泉堂が柳島村まで乗ってきたのを、ここへ追いやって待たせていたらしい。

「それじゃあ、私はここで失礼しますよ」

井泉堂は駕籠に乗り込み、眩しい夏の日差しの下を、えいほえいほと遠ざかって行った。

勘一は自分の短く濃い影を踏みしめて、最初はほっぺたをつねってみた。それから自分で自分の頰を張った。痛かった。夢を見ているのではない。

水を浴びたように汗だくで、喉が干上がっていることに気づき、その寺の山門をくぐって僧に挨拶して、水を所望した。親切な僧は、

「ひどい汗だ。本屋さん、具合が悪いんじゃありませんか」

どこまで行くのですか。神田多町のお店に帰る？　それはなかなかの道のりだ。日陰で涼んで休んでおいでなさいと、勘一の手を引くようにして、本堂の隅の風通しのいいところに上げてくれた。

勘一はまずご本尊様を拝んだ。子供の背丈ほどの大きさの古い阿弥陀（あみだ）仏だった。その優しい微笑みを浮かべたお顔を眺めているうちに、波立っていた心がだんだん静まってきた。

「おかげさまで、うちに帰り着くころにはいつ

もの手前に戻っておりました。親父に何か覚られることもなく、井泉堂さんとのやりとりはこの胸一つにしまい込んで」

　そのうちに忘れてしまった、と言う。

「手前に水と日陰をくだすったお寺さんは双法寺(そうほうじ)といいまして、それをきっかけに親しく出入りさせていただくようになりました」

　お坊さんにはくだけた読み物など不要だが、法話や昔話集、歴史書は喜ばれる。寺の庫裏(くり)にしまい込まれていた古書を写し直したり、綴じ直したりする仕事も瓢箪古堂で請け負った。

「ご住職から檀家衆(だんかしゅう)につないでいただいて、いい商いに結びついたこともございます。敷地の中のお堂に立派な大黒天様も祀(まつ)ってあるお寺ですから――」

「ね、ちょっと待って」

　淡々と語る勘一を、おちかは遮った。

「それから後、二度と井泉堂さんに会うことはなかったの？」

　語気が鋭かったからだろう、富次郎が目をぱちくりさせた。

「そりゃそうだろうよ。忘れちまったっていうんだから」

　勘一はにっこりしてうなずいた。

「はい」

「本当に？」おちかは膝を乗り出した。「瓢箪古堂さん、嘘ついてない？」

「おいおい、おちか」

「ごめんなさい、従兄さん。でもわたし、気になるんです」

勘一は、まだ全てを語りきっていない。どうしてもそう思える。

「このお話、尻切れトンボですもの。件の冊子の来歴も因縁もわからないままでしょう?」

「だってしょうがないさ。若旦那は井泉堂に会わなかったんだから」

本当に会わなかったのか。井泉堂を訪ねることもなかったのか。

おちかにはそう思えない。納得できない。勘一の穏やかな眼差しの奥には、まだ隠されているものがあるような気がしてたまらない。自分でも、どうしてそこまで確信できるのかわからないけれど、

——さっきの「はい」は嘘だ。

「まあまあ、おちか」

富次郎がおちかの肩を優しく叩いた。

「たまにはこういう、核心が謎のまんまのお話だってあるさ」

「お耳汚しで申し訳ございません」と、勘一は丁寧に頭を下げた。

「ところで、若旦那の親父さんは今もお元気なんだよね?」

「憎らしいほどに元気でございます。耳だけは遠くなってしまいましたので、いちいちやりとりに手間がかかるのが困りもので」

「耳が遠い人は長生きするんだよ」

「よくそう申しますね。商いの方は半分がた隠居しまして、下手な俳句をひねったり、もっと下手くそな俳画を描いたりして好きに暮らしておりますから、手前よりも長生きするかもしれません」

おお！　と手を打って、富次郎は喜んだ。

「大旦那は絵をたしなむ人なのか。お会いしてみたいなあ」

「ありがとうございます。隠居じじいが三島屋の小旦那様にご挨拶するなど、本人は固く憚りましょうが……」

「わたしがお店へ遊びに行くよ。何か旨い物を手土産にぶら下げてさ」

楽しげなやりとりを、おちかは口をつぐんで眺めていた。まだ胸が収まらない。

おちかの目つきから逃れようとするかのように、勘一は身をひねって、床の間の半紙を仰ぎ見た。

「小旦那様は、手前のこんな半端なお話でも、また絵にお描きになるんですか」

「そうだねえ。今日のは難しいな」

おちかはぼそっと言った。「だって、お話が終わっていないんですもの」

「まだ言うのかい」

さすがに、富次郎も困惑している。

「そんなに意地になるなんて、おちからしくもないよ」

ちょうどそこへ、唐紙の向こうから声がかかった。どうぞと富次郎が返事をすると、おしまが顔を出した。

「すみません。お勝さんが、お話は済んだと知らせてくれたものですから」

「うん、済んだよ」

富次郎は手をすりあわせ、今にもよだれを垂らしそうな顔をしてみせた。

「おっかさんの汁粉は出来たかい？」

「とっくに出来てるんですけど、それがね、小旦那さん──」

そしておしまは勘一に目を移し、

「ちょっと前に、十郎さんが寄ったんですよ。あたしが頼んでおいた読み物を持ってきてくれたんですけども」

「毎度ごひいきにありがとうございます」

「いえいえ。それで十郎さんが、うちの若旦那は大事なご用をお忘れじゃないかって気を揉んでたんですよ。これから、お店にお客様が来るからって」

するとと、勘一はぽんと自分の額を打った。

「そうだった。こちらの居心地がいいので、ついつい浦島太郎になっておりました」

「え？　じゃあ汁粉を食ってる暇はないか」

「玉手箱に入れて持って帰りますか」と、おしまが笑う。勘一も笑みを返し、その場で座り直した。

「お名残惜しく、お汁粉も惜しゅうございますが、手前はこれで失礼いたします。ただその前にあと一つ」

肝心なことを忘れちゃいけないと、頭を掻き掻き言いだした。

「ここで一つお話を聞くたびに、小旦那様は絵をお描きになりますね。一つ一つの絵は聞き捨てにするお話にまつわるものなんだから、無題でよろしゅうございます」

しかし、それらを桐箱に集めたものには、何らかの題をつけた方がいいと言うのだった。

「もちろん、箱に題簽など貼る必要はございません。そんなに仰々しくしなくたって、小旦那さんとお嬢さん、お勝さんのお三方がわかっていればいいだけのものですが」

「それでも題があった方がいいのかい？」

「はい。題して名付けておいた方が、何かと扱いやすうございますから」

富次郎は首をかしげたが、おちかには勘一の言わんとすることがわかった。

「名前がないものはつかみどころがない。この先、もしかしてあれをつかむ必要が出てきたときのために、つかみどころを作っておいた方がいいということよね」

おちかの言葉に、勘一は深くうなずいた。その眼差しはやっぱり優しく、さっきのおちかの物言いに気を悪くしているふうはない。

——あたしの思い違いだったのかしら。

勘一の話は本当にあれで終わりで、井泉堂には二度と会わなかったのか。不気味な冊子のことも忘れてしまったのか。

「つかみどころねえ……ふうん」

富次郎はまだ不得要領なようだが、

「そんなら、お勝に題を考えてもらうことにするよ。それでいいかい？」

「はい。差し出口をしましてあいすみません」

こうして、勘一は慌ただしく帰って行った。

三島屋の面々は、にぎやかにお民の汁粉を味わった。甘い物は人の気持ちを和らげる。おちかの物思いも少しはまぎれた。

だがそのあと、台所で洗い物をしているときに、お勝がそっとおちかの耳元で囁いた。

「わたくしは、お嬢さんの勘が正しく当たっていると思います」

勘一は嘘をついている。あの冊子の話にはまだ続きがあるはずだ、と言った。

おちかは目を見開いた。「お勝さんもそう思う？　わたしの勝手な思い込みじゃない？」

お勝はうなずき、さらに声を潜めて続けた。

「ただ、瓢箪古堂さんがあそこで話を切ったのには、相応の理由がおありなんでしょう。その理由も合わせて、よっぽどの覚悟がなくては聞き出すことはできないと思いますわ」

よっぽどの覚悟、か。

「わたくしは、まずお嬢さんがご自分の胸に手をあてて、とっくりとお考えになるようお勧めいたします」

節気の「大雪」の日、江戸の町には冷たい雨が降った。

おちかは黒白の間に炬燵の支度をした。飛び入りだった瓢箪古堂の勘一の次の語り手がやって来るからである。

周旋を頼んでいる灯庵老人から、

「もう仏様に近いような歳の婆様だから、重々丁寧におもてなしするように」
との伝言があったので、座敷を温(ぬく)めるために朝から火鉢を置いておいた。語り手の背中が冷えぬよう、縕袍(どてら)も用意してある。

今年は、冬の初めのころから厳しく冷え込むことがあった。そのせいだろう、昨日の夕方から伊兵衛が咳をするようになり、今朝は起き抜けから熱を出した。お民は慌てても騒ぎもしなかったが、おしまとお勝が大いに心配し、番頭の八十助の勧め（というか半ば懇願）もあって、伊兵衛は床に就いている。

帳場には富次郎が座ることになった。

「いくらおとっつぁんが休みでも、わたしが座ったんじゃ伊一郎兄さんに申し訳が立たない」

盛んに抗(あらが)うのを説きつけたのも八十助だ。

「いずれご自身のお店を持つ前に、帳場からの眺めを知っておいた方がようございます」

「そんなの御免こうむるよ。おとっつぁんの代わりなら、番頭さんでいいじゃないか。だいたいわたしよりもあんたの方が、とっくに暖簾分けしてもらう潮時だ」

八十助は、目下の奉公人たちを叱ることはあっても怒ることはない。少なくとも、三島屋に身を寄せてこの三年、おちかは一度もこの番頭の怒り顔を見たことがなかった。

しかしこの時、八十助はきっぱりと怒った。

「いけませんね。小旦那様は、長いこと他店で商いの修業をなすってきたのに、人を見る目は養ってこられなかったんでございますか」

普段は寡黙な八十助が、とうとうと語った。人にはそれぞれ器というものがある。この八十助には、一つのお店を背負って立つ主人になり得る器量はない。旦那様はそれを見抜いて、手前をずっと三島屋に置いてくださった。手前もその恩義に報いようと忠勤して参りました。

「なのに小旦那様は、その手前を暖簾に包んで三島屋から放り出そうとお考えでしたか。八十助は情けのうございます」

怒りながら涙をはらはら落としたので、富次郎は大慌てで謝り、身支度をして帳場に座って殊勝な顔をしている——という次第だ。

この椿事に驚いて、おちかはけっこう動揺してしまったのだが、

「あの怒り説教泣き落としは、八十助の奥の手なんだよ」

お民がこっそり教えてくれた。

「奉公人もあれくらい年季を積むと、若い主人を躾けるという務めも果たさなくちゃならなくなる。ああして奥の手を出してくれたってことは、八十助が、富次郎は躾け甲斐があると見極めたってことさ」

やれ嬉しや、めでたいねえとお民は喜び、伊兵衛の枕頭にも知らせに行った。ついでに、おちかが叔父のために炊いた芋粥を、「美味しそうだわ」と、ぺろっと平らげてしまって、代わりに葛湯をこしらえた。

「まったく鬼の霍乱で、あの人が寝込むのは十年に一度ぐらいのもんだけど、あたしは古女房だから忘れちゃいません。風邪っぴきの旦那様は、子供みたいに葛湯をほしがるのさ」

本当に、熱で赤い顔をしながらも、伊兵衛は葛湯を喜んだ。

「気を利かせたつもりだったけれど、おばさんにはかないません」

おちかは笑って、叔母に頭を下げた。

「あたしにかなわないんじゃない。夫婦ってもんにはかなわないとお言い」

明るく言い返され、ますますかなわない。

さてそういう事情だから、今日は久々に、おちかは一人で変わり百物語の聞き手を務める。床の間には冬木立の水墨画を飾った。塗り物の花器には、庭木の枯芙蓉を伐って山茶花と一緒に活けた。これを眺めたお勝がたいそう褒めてくれて嬉しい。

語り手は三島屋まで駕籠で乗り付けてきた。小柄な婆様で、すっかり腰が曲がっている。お供の女中の手を借りてようよう奥まで通ってくると、上座の座布団に崩れるように座って、しばらくのあいだ息を切らしていた。

見事な白髪を小さく島田に結い上げ、鈍い光沢のある鼈甲の簪をさし、銀鼠色の着物に渋茶の昼夜帯をきれいに合わせている。裕福な商家のご隠居だろう。

語り手の婆様は歯の大方が抜け落ちており、言葉が聞き取りにくかったが、おつむはすっきりと冴えていて、その話はたいへん興味深いものだった。

めでたく古稀も通り越したという婆様は、江戸生まれの江戸育ち。生家は小さな雑穀問屋だった。その家から十五で嫁いだときを振り出しに、何と都合六度も嫁にいったのだという。

「ふがふが、ふがふがふ、がふがふが」

と息の抜けるその語りに耳を傾けつつ、おちかは息を呑んでばっかりだった。

一人目の夫とは、嫁して四年で死別した。夏の暑い盛りに、夫の目の上に小さな腫れ物ができたと思ったら、数日でそれが大きく膨らみ膿をもってきて、高熱が出た。町医者を呼び、薬を与え、あれこれと懸命に手当てをしたが空しく、腫れ物の毒が総身に回って亡くなったのだという。

二人目の夫はその弟だった。婆様は、最初の夫とのあいだに授かった男の子を連れて、義弟と添い直したのだ。こういう再縁は、家を保持するべき武家や商家ではたまにある。

二人目の夫（元義弟）とは、夫婦仲がよろしくなかった。彼がことあるごとに亡き先夫（実兄）に悋気したからである。

「また兄さんのことを思い出しているのか」

「俺より兄さんの方が好きなんだろう」

「腹の底では、いつも、どうして俺が生きていて兄さんが死んでしまったのかと思っているに違いない」

この悋気と邪推は、夫婦に実子が生まれるとさらに激しくなった。

「兄さんの子ならよかったのにと思っているんだろ？」

という嫌みだけでも意地が悪いが、

「本当に俺の子なのか」

とまで言いだしたというのだから酷い。

義弟であったころには、こんな陰険な気質の人ではなかったのに。婆様は当惑と悲しみのあまり乳が止まってしまったそうだ。

結局、再縁から三年余りで離縁になった。子供は二人とも男の子なので、婚家に残った。幸い姑ができた人で、

「息子のことは本当に済まなかったね。子供は二人とも大事な孫だから、分け隔てのないように

わたしが育てるよ」

と約束してくれたから、婆様は身一つで実家に帰った。

それから二年ほどして、三人目の夫との縁談がまとまった。

相手は若いころに大病を患い、いまだに身弱だし、おそらく子胤もなかろうという話だったが、婚家は家作持ちで金回りがよく、本人は気楽な三男坊。人柄も優しくおおらかで、気前がよくって気風もよかった。

振り返ってみれば、この三番目の結婚がいちばん幸せだったと婆様は言った。

「ふがふが、ふががぁ」

三人目の夫のことは、今でも思い出すだに涙が溢れてくるほどに慕わしい。あんないい男はいなかったそうである。

その幸せな暮らしも、五年足らずで終わりになった。身弱の夫が流行病を引き込んであっさり死んでしまったからである。さらに、死なれて初めて露見したことには、婆様に優しいこの夫は、婆様に隠れて水茶屋の女や芸者、謡や三味線の師匠にもたっぷり優しくする男だった。女の方から言い寄ってくることも多く、事が明らかになった時点で、一夫に一妻六妾という有様になっていた。

六妾がいることがわかったのは、三人目の夫の通夜のときである。婚家に次々と乗り込んでくる妾たちの姿に、姑は目を回してひっくり返ってしまった。既に当主となっていた夫の長兄は苦り切り、妾たちに涙金を握らせて追い返したが、その揉め事の最中に、妾の一人が婆様を指さして、こんなことをわめき立てた。

「この女は夫殺しだ。家の人たちは何にも知らないようだが、先にも嫁した男を一人取り殺している」

婆様が先に婚家から帰されていることは、三人目の夫の実家も承知していた。だが、妾がなぜそんなことを知っているのか。

そう問えば、亡くなった三人目の夫が、ときどき不安そうに愚痴をこぼしていたのだと、その妾は泣きながら訴えた。

――うちの妻は、添う男の寿命を食ってしまうんじゃなかろうか。

――わたしはもともと身弱だし、このままでは妻に精気を吸い取られて死んでしまう。

――それでも妻は気立てがよいし、何も悪いことはしていないのだから追い出せない。

長兄は分別のある大人だったから、愚痴は愚痴、本気ではあるまい、弟が真剣に不安に思っていたならば自分に相談があったはずだと言って、婆様を庇ってくれた。

「そんな台詞は喋々喃々のうちで、まともに相手にするような話ではない」

だがしかし、この庇い方が上手すぎたのが仇になり、皮肉なことに、婆様はこの長兄の妻から憎まれるようになってしまった。

「最初の夫を取り殺した後、けろりとしてその弟の妻の座に収まったような女だ。今度は、うちの人の妻に直ろうと企んでるんでしょう」

長兄は驚き呆れたが、弟の妾は鼻先であしらえても、怒れる自分の妻はそうはいかない。婆様の最初の夫が横死したことも、二人目の夫が元義弟だったことも事実だ。長兄の妻がただ婆様に言いがかりをつけているのではなく、本気でこのように思い込み、窶れ果てるほど悩んでしまったことが哀れでもあった。

「ふがが、ふがふが」

しんみりとうなだれながら語る婆様は、この当時は自分自身も、あの妾の言ったとおり、わたしは夫運が悪いのではなく、わたしが夫の命を喰らっているのではないかと思うようになってきて、とうとう自分から縁切りを言いだした。

婆様の実家も両親は亡く、弟へと代替わりをしており、帰っても肩身が狭いだけだ。幸い、裁縫の腕がよかったので、実家の近くに小さなしもた屋を借りてもらい、仕立ての内職を請けて、つましく暮らし始めた。そうして三年余を静かに過ごしていたら、四度目の結婚話が舞い込んできた。

今度は後妻の話である。相手は内職を請けていた仕立屋の主人で、歳は四十七、立派な跡取り息子と良いところに縁づいた娘がおり、内外あわせて孫も六人いた。またこの仕立屋も名店で内証が豊かだった。

「あんたが後妻に来てくれたら、わたしは倅に跡を継がせて隠居するつもりだ。二人で楽しく暮らそうじゃないか」

熱心に乞われ恋われ、実家の弟夫婦にも勧められて、婆様はこの申し出を受け入れることになった。その際、三人目の夫と死別したときに揉め事があった、自分は夫殺しと難詰されたときちんと打ち明けたが、仕立屋の隠居はこれを笑い飛ばした。

「人の寿命を決めるのは幽土におわす神様だ。くだらん難詰をいつまでも気に病んでいちゃいけないよ」

四人目の夫は趣味人で書画骨董に通じ、旅を好む風流の人であった。婆様はこの夫に連れられ、江戸近郊の名所をずいぶんと見て歩いた。

「旬のものを食おう」

「今が盛りの花を見よう」

そう思い立つと、夫はすぐに駕籠を頼んで婆様を連れ出した。箱根の湯が好きで、七湯巡りの湯治には、近所へ散歩に出るような気楽さで出かけたものだという。馴染みの旅籠では下にも置かぬ扱いを受ける上客であった。

「ふがふが……ふがふがふ」

安楽で贅沢な日々が続いたが、婆様はいつも心のどこかで不安だったと言った。

「この人もまた貴女を置き去りに、ふつっと逝ってしまうのではないかと思ったんですか」

おちかの問いかけに、目をうるませて何度もうなずくのだった。

幸い、四人目の夫は七十一歳まで生きた。婆様と添って二十四年、夫婦で二度目のお伊勢詣りを果たした直後に、卒中で倒れてそのまま眠るような最期を迎えた。

婆様は夫婦で住んでいた隠居所をそのまま与えられ、跡取り夫婦に養ってもらって暮らしていたが、四人目の亡夫の一周忌を潮に、髪を下ろして尼寺に入ろうか――と考えていた。これまで縁があった四人の夫たちの菩提を弔いながら余生を過ごしたい、と。

ところが、その一周忌のこぢんまりした集まりに参列した客の一人が、

「故人と約束しておりました。これがご隠居にいただいた証文でございます」

と、一通の文書を出してきた。

「実は、ご隠居から、自分の亡き後、一周忌が終わったら妻と添うてやってくれと頼まれていたのでございます」

——妻は儂より二十近くも若い。儂が死んだからといって、人生の楽しみをなげうってしまうのでは勿体なさ過ぎる。後をよろしく面倒みてやってほしい。

その客は故人と親しかった骨董商で、歳は当時の婆様と釣り合う五十代の初め。若いころにもらった妻を産褥熱で亡くして、忘れ形見の娘を男手一つで育て上げ、嫁に出して孫の顔を見て、これからは勝手気ままに余生を過ごそうと思い決めたところだった。

——娘さんのために、あんたもずっと男やもめを通してきたのだろうが、死ぬまで一人ではさすがに寂しかろう。妻はよく気のつく優しい女だし、儂がしっかり教え込んだので、粋を解する教養も身につけている。どうかね、この話に乗ってはくれまいか。

骨董商が差し出した文書は婆様宛のもので、亡夫の達筆で同じようなことが綴ってあった。その言葉には思いやりが溢れており、婆様は読みながらほろほろと泣いた。その涙のまま、五人目の夫に嫁することを承知した。

この骨董商はさほど裕福ではなかったが、商いそのものが婆様には面白く、物知りの夫の蘊蓄を聞くのも楽しかった。夫はなかなかの目利きで、身分の上下を超えて幅広く顧客を抱えていた。仕入れのためによく旅をし、都合さえつけば、そこに婆様を伴っていった。

この暮らしは一年と半年続いたが、残念ながら婆様は夫と生き別れることになった。夫の一人娘が激しく婆様を憎み嫌って、どうにも折り合いがつかなかったからである。

娘はとうに嫁に出ているのだから、気にせずにいればそれで済んだろう。だが婆様は、足繁く実家に通ってきては、夫の面前でも憚ることなく目を吊り上げて、やれ身代狙いの泥棒ババアだの疫病神だの、死んだおっかさんが怒って化けて出てくるだのと罵る娘の姿に、腹が立つより哀れをもよおしてしまった。娘の悪罵を窘め、あとで婆様に平謝りする夫のことも気の毒でたまらず、この人はちっとも幸せではない、自分がいることでこの人を苦しめていると思うと、いたたまれなくなったのだった。

重ねてまずいことに、父親の後添いを責めるためだけに頻々と実家へ帰るこの娘に、嫁ぎ先の方の堪忍袋の緒が切れかけてきた。娘の夫はもちろんだが、舅姑が腹に据えかねている。このままでは娘が三行半を突きつけられてしまうと、婆様は骨董商と話し合い、荷物をまとめて家を出た。事情を打ち明けてひとまず四人目の夫の仕立屋に身を寄せ、そこから実家の雑穀問屋に音信してもらうと、お店は婆様の弟の倅、甥っ子の代になり、身代が二回りも大きくなっていた。弟は商人として優れていたのである。

悲しいことに、当の弟夫婦は相次いで亡くなったばかりだったが、

「そんなときにこんな事情が起きてきたのは、おとっつぁんとおっかさんが、自分らに孝養を尽くしきれなかった分、伯母さんに尽くせと言っているからでしょう。ぜひおいでください」

婆様は、十五で嫁に出てきた生家に、還暦を前にして、五人の夫と別れて戻ってきた。お店は広々とした家に移っていたから、元の場所ではないけれど、古い簞笥や長持、母親の着物など懐かしいものは残っていた。

婆様はこのお店の奥に一部屋をもらい、弟夫婦の孫たちの相手をしながらにぎやかに暮らし始めた。骨董商の娘とのいざこざが身にこたえていたから、甥の嫁がどんな人なのか、婆様のこと

をどう思ってくれるかと気が揉めたが、嬉しいことに明るく気立てのいい嫁様で、おかみとしてきりきりとお店の内を仕切りながら、婆様にもよく親しんでくれた。孫たちも「おばば様」と懐いてくれた。

こうして一年が過ぎたころ——信じがたいことだが、婆様に六度目の縁談が舞い込んだ。

相手は、実家の商い仲間の雑穀問屋で永年勤め上げた大番頭であった。歳は四十五だから、婆様より年下だ。十歳で丁稚に上がってから奉公一途で生きてきて、一度も所帯を持ったことがなく、お店の外で暮らしたこともない。とうに暖簾分けを許されていたのだが、本人が固辞してお店勤めを続けたがるので、せめて通いにして自分の家を持ったらどうかと勧めたら、今さら若い嫁をもらい、子を持ったところで育て切る前に自分が死んでしまうから、今のままでようございますと言い張る。仕方がないので本人の望むようにさせておいたら、今般、思い詰めた顔をして主人夫婦に頭を下げ、婆様との縁組を許してもらえないかと言ってきたという。

婆様は面食らった。こちらは件の大番頭のことなど何も知らない。本人の言い分で、その年の正月、主人夫婦のお供で婆様の実家に年賀の挨拶にきたとき見初めたのだと聞かされて、もっと面食らった。

とにかく会うだけでもいいから会ってやってくれと頼み込まれ、顔を合わせたらかき口説かれて、婆様はこの縁談を受けることに決めた。六人目の夫となったこの大番頭のお店のすぐ近くに行灯建てのこぢんまりした家を借り、小女を一人つけてもらって、夫のために家事をし、裁縫をし、迷い込んできた子猫を飼い、およそ趣味のことには縁のなかった大番頭にねだられるまま、書画骨董のこと、旅や温泉巡りの楽しさを語りながらままごとのように暮らした。

「足腰が達者ならうちにお伊勢様に詣ろう」

そう言い交わし金を貯めて七年と十月、いよいよというときに夫に先立たれてしまって、つい先日三回忌を済ませた。

この後はもう何があってもどこにも行かず、猫と日向ぼこしながらお迎えが来るのを待とうと思い決めているが、ふと人づてに三島屋の変わり百物語のことを聞いて心が動いた。

「ふがふが、ふがががが」

こんなばあさんの身の上語りではあるが、そこそこ数奇とも言えるかと思い、灯庵老人に頼んでみたら、思いがかなって本当に嬉しい。器量よしだと巷で評判の聞き手のお嬢さんに会えたことも嬉しい。婆様は思いを込めてふがふが言って、また涙ぐんだ。

さて、これは確かに婆様の言うとおり数奇な話ではあるが、怪異の要素はない。充分に興味深いけれど、怖くはないし不可思議でもない。まあ、たまにはこういう話もいいだろうと思いつつ聴いていたおちかは、大詰めになって、唖然とするほど驚くことにぶつかった。

「ふがが、ふがあねえ」

婆様が何気なく言い足したのが、とんでもないことだったのだ。

「わたしが添った六人の夫たちは、なぜだか知りませんけれど、みんな顔がそっくりでした」

これに驚かぬ者はいないだろう。

「とおっしゃいますと……」

「ですから、顔がよく似ていたんですよ」

一人目と二人目は兄弟だから、顔が似ているのはそう不思議なことでもない。だが三人目から六人目は赤の他人同士なのに。

「もちろん、背恰好は違いますのよ。気質や癖も違います。それでも顔はそっくりで、顔が似ていると声も似るんでございますもんで」

だから婆様は、六人の夫と出会って別れはしたものの、胸の内ではずっと一人の夫と添い遂げたような気がしないでもないのだと言う。

「五人目の骨董商のときも、六人目の大番頭のときも、本人に会って顔を見るまでは断るつもりでおりましたんですよ」

だって、わたしはもうババアでございますからねえ。

「でも、いざ相手に会うと、先夫と顔がそっくりなもんですから、あら、これじゃあ話を受けないわけにはいかないわと」

こうなると、数奇を飛び越えて立派な摩訶不思議、怪異である。

「まわりの皆さんは、そのことに気づいておられましたか」

「いいえ、誰も」

そうだろうなあ。気づいていたら、四人目あたりで誰かが何か言いそうなものだ。

「だったら、貴女の目にそっくりに見えていただけで、本当は似ていなかったのかもしれませんね」

おちかの言葉に、今度は婆様の方が驚いたふうで、細い目をちかちかとまたたかせた。

「わたしの目にそっくりに見えたならば、そっくりだってことじゃございませんか」

おっしゃるとおりである。他人の目は関係ない。婆様に見えるものが真実だ。

「不躾(ぶしつけ)なことをお尋ねするようですけれども、この先、またそっくりのお顔の人との縁談が来たら、どうなさいます？」

婆様はふがふがと笑った。「それはさすがにございませんわなあ」

「いえ、あるかもしれません」

「お嬢さん、次にわたしが夫とそっくりな人に会うのは、あの世でございます」

生き別れた二番目の元義弟の夫も、五番目の骨董商の夫も、もう亡くなっているそうだ。

「ああ、それならば、極楽浄土で一度に六人の旦那様と再会できるんですね」

おちかがうなずくと、婆様は楽しげに、違う違うと骨張った手を振ってみせた。

「ええ、あの人たちは浄土におりますわなあ。けれども、わたしが彼岸で会うのは閻魔様でございますよ」

二夫にまみえずどころか六夫に添い、子供とは生き別れ、分不相応な贅沢に染まったり、夫自身やその身内から悋気や憎しみをかったこともある。この人生は煩悩の葎(むぐら)のようなものだった
──

「それだもの、わたしが真っ直ぐ極楽に行かれるわけはなし」

三途の川を渡り、顔を合わせるのは閻魔様に決まっている。

「わたしの閻魔様は、きっと夫たちとそっくりなお顔、懐かしゅうて慕わしい顔をしているはずでございますよ」

婆様がしわくちゃに笑み崩れるまで、おちかは返答に困った。

「なんにせよ、わたしは死ぬのがちぃとも怖くありません。並のおなごの六人分の人生を生きさ

せてもらいましたからなあ」

その瞳の奥には、淡いけれどけっして消えない光が宿っている。強靭で明るく、揺るがぬ光だ。死ぬのが怖くなくなると、人はこんなに豊かになるのか。

しかし、それは一方で、何か大事なものを心から切らしてしまうことではないのか。

婆様のお歳なら、それは悟りに近いものなのだろう。敬うべき心構えであるのだろう。

――でも。

この長閑な笑顔と、動じない物腰。

胸を衝かれて、おちかは気がついた。

――わたし、同じような人を知ってる。

それこそこの婆様とそっくりの、つかみどころのない飄々とした人を知っている。もっとずっと若いのに、何かをわかりきってしまったみたいに澄んだ目で、いつも風の向こうを見ているような人。

おちかの想いをよそに、婆様は語りを締めくくった。
「これが婆の話でございます。お付き合いくださり、ありがとう存じました」
語り終えて満足げな婆様を黒白の間から送り出すと、おちかは膝に手を置いたまま、へたんと座り込んでいた。

お勝が次の間から出てきた。茶道具を片付けたり座布団を寄せたりし始めるのに、座ったまんま動かないおちかに、

「お嬢さん、どうかなさいましたか」

うん――と、おちかは生返事をした。お勝がじいっと見つめてくるので、慌てて床の間の掛け軸の方に目を移した。

「今日は従兄さんを欠いてしまって、残念だったわ。あの話を聴いていらしたら、どんな絵を描かれたかしら」

まだ量るようにおちかの顔を見つめたまま、お勝は言った。「それでしたら、お嬢さんから今日のお話を小旦那様に教えてさしあげたらいかがでしょう」

「ええ、そうね」

しかし当の富次郎は、夕餉（ゆうげ）の席に、げっそりと面やつれして現れた。

「帳場に座るってのは大変だね。わたしにはお店の主人は務まらないよ」

ぐずぐずとこぼしながら飯を終え、手代たちを誘って湯屋に出かけて、帰ってきたときには湯上がりのせいではなく酒気で顔を赤くしていた。湯屋の二階はちょっとした遊び場になっているから、気晴らしをしてきたのだろう。おちかは話しそびれてしまった。

一夜明けると伊兵衛の熱は下がったが、まだ咳が出る。富次郎は本日も帳場に詰めるので、朝飯のときに顔を合わせたきりになった。

午後のひととき、おちかは一人で黒白の間に入り、昨日のように聞き手の座に座ってみた。

そしたら、なぜか悲しくなってきて、両手で顔を覆ってしまった。

この季節、毎年恒例鷲(おおとり)大明神の酉(とり)の市。

伊兵衛とお民が夫婦で一の酉に出かけて熊手を買ってくる。これは、二人が三島(みしま)町にお店を構えて看板を揚げた年からずっと続けてきた習わしなのだが、

「今年は、私はよしておいた方がよさそうだねえ」

首に手ぬぐいを巻きつけ、ごほんゴホンと咳(せ)き込みながら、伊兵衛は残念そうにこぼした。

「そんなら、二の酉にお出かけになったらいいじゃありませんか」

今年は三の酉まである。よく「三の酉まである年は火事が多いから用心せよ」と言うから、「案配のいいことに三の酉まである」とは言いにくいけれど、一の酉に拘(こだわ)ることはないとおちかは勧めた。

しかし伊兵衛は渋るのだ。「毎年の習わしを違(たが)えるのは気持ちがよくない」

するとお民が、今年は富次郎と二人で行ってくると言いだした。

「わたしがお供だと、やっぱり毎年の習いと違っちまいますよ」

当の倅に混ぜっ返されても、

「いいじゃないの。たまにはおっかさん孝行をしてちょうだいよ」

「そうだそうだ。とにかく一の酉で熊手を買ってくることが大事なんだから行ってこい」

と、夫婦で口を揃える。

「熊手は、去年と同じ大きさのを買えばいいからな。年々大きくするのは高望みのし過ぎのよう

で、私ゃ嫌なんだ」

伊兵衛は富次郎に言い聞かせる。

「売り子の言い値で買っちゃいけないよ。必ずねぎるんだ。うんとねぎって、でも商いがまとまったら、最初の言い値を払うんだよ。それが作法なんだからな」

「おとっつぁん、わたしだってお酉様に行ったことはあるから、知ってますよ」

「なんだと？　いつ行ったんだ。誰と行ったんだ。まさか土手八丁を浮き浮き歩きで、鳥居じゃなくて大門をくぐったんじゃあるまいな？」

鷲大明神は吉原のお隣にある。で、浅草聖天町から三ノ輪まで、山谷堀に沿って築かれている日本堤の、吉原の入口までのところを俗に〈土手八丁〉と呼ぶのである。日頃は吉原通いの遊び人たちで賑わう土手道だが、酉の市のときばかりは婦人客が盛んに往来する。

富次郎はまたぞろげっそりした。

「おとっつぁんもおっかさんも、何でこんなにやかましいのかねえ」

行ってらっしゃいと見送るおちかは、申し訳ないけれど可笑しくってしょうがなかった。

「お土産に、おこしと切山椒を買ってきてね。お詣りの女の人たちがどんな色目の頭巾をかぶっているか見てきてくださいね」

二人が出かけてお店のなかが落ち着くと、伊兵衛に呼ばれた。おしまが熱い飴湯をこしらえてくれたので、その湯飲みを持って居室へ訪ねると、三島屋の主人はすっぽりと炬燵にはまっていた。

「おちかもお入り。あったかいよ。おお、飴湯か嬉しいねえ」

おちかには、飴湯のほのあまい香りよりも焼き葱の匂いが鼻につく。

「おじさん、焼き葱を召し上がったんですか」

「まさか。このなかに巻いてあるんだよ」

伊兵衛は首の手ぬぐいをちょっと引っ張ってみせた。

「お勝が作ってくれたんだ。喉の痛みに、実によく効く。知らなかったかい？　よく覚えておくといいね」

炬燵で差し向かいになると、伊兵衛は傍らの手文庫から一通の文を取り出した。

「今朝早く、私宛に届いたんだ。〈丸千〉からだよ」

おちかの実家、川崎宿にある旅籠である。

喜一からだよ、と言う。

「読んでもいいんですか」

「うん。本当のところはおちか宛だもの」

「嬉しいことがあったんだ。まずは目を通してごらん」

伊兵衛がふうふうと飴湯を味わう傍らで、おちかは文を読み通した。

喜一というのは、おちかの七つ年上の兄である。〈丸千〉にはこの兄妹しかいないから、喜一が跡継ぎになる。

不幸な経緯があって命をとられたおちかの許婚者は、名を良助といった。同じ川崎宿の旅籠〈波之家〉の息子で、歳は喜一より二つ下。おちかにとっては二番目の兄さんのような幼馴染みであり、やがて恋しい人になった。

その良助が殺（あや）められた事件は、川崎宿ぜんたいを戦（おのの）かせ、悲しませた。ざっくり言うならおちかをめぐる色恋のもつれが原因だったし、下手人も自ら命を絶ってしまったので、宿場町の人びとが怒りや悲しみ、恐れや哀れみをぶつける相手は、おちかしかいなかった。

その辛さに耐えかねて、おちかは故郷を離れ江戸の叔父夫婦のお店、ここ三島屋に身を寄せた。それからこうして三年、昼は働き、夜は眠り、季節のうつろいのなかでしゃべったり笑ったりしながら暮らしてきた。

だが、丸千に残った兄・喜一はどうだろう。おちかのせいで、今も肩身の狭い思いをしているかもしれない――いや、そうに違いない。

実家とは、ときどき文をやりとりしてきた。丸千の常連客が、江戸に来たついでだと三島屋に立ち寄り、両親と兄の消息を知らせてくれたこともある。そこではけっして暗い話は伝えられず、父母も兄もこちらは変わりない、おちかは元気かと案じてくれるばかりだった。

おちかが三島屋に落ち着いたころ、一度だけ喜一がこちらに出てきて、何日か逗留（とうりゅう）したことがある。たくさんお土産を持ってきて、

――俺が顔を見せるには、まだ早かったかなあ。悲しいことを思い出させちまったかなあ。

気遣ってくれる兄の手を取って、おちかは涙をこぼしてしまった。

両親にも兄にも会いたい。だが、おちかはもう川崎宿には帰れない。たかだか三年の月日ではもちろん、この先十年二十年かかっても、小娘だったおちかの軽率な言動や、浮ついたふるまいが招き寄せたあの出来事の記憶は消し得ない。悲しみを癒やしきれまい。

おちかは懐かしい人びとに合わせる顔がない。故郷には居場所がなくなった。

だが喜一はそこにいる。おちかの分まで咎（とが）を背負って暮らし続けている。川崎宿は、江戸から発つ旅人にも江戸へ向かう旅人にも要（かなめ）となる大きな宿場だ。到来するお客がいるなら丸千は一日だって商いを休まない。老いてゆく両親を助けながら、喜一は日々働き続ける。江戸に出てきて三島屋に逗留するようなことは、もう二度と望めまい。

兄だって、町にいる幼馴染みたちに合わせる顔がなかろう。旅籠の株仲間のあいだでも肩身が狭かろう。それでも逃げずに留（とど）まっている。

喜一もとうに妻を迎え、子の二人や三人いたっておかしくない歳だ。だが、これまでの消息では、そんな気配は毛先ほどもなかった。あのおちかの実家の丸千に、波之家の良助を非業に死なせた小娘の兄に、嫁いでこようという女がいるわけはない。

申し訳ないと思いながらも、自分にはどうすることもできない。

——兄さん、ごめんなさい。バカな妹を恨んでください。

そう思い決めて、両親と兄の健勝と、少しずつでも幸あることを祈ってきた。

だが、しかし。

伊兵衛がくれたその文に、喜一は、先月末に嫁をもらったと綴っていた。その女の名はおえい。去年の秋口から丸千で働いていた女中で、死に別れた先夫とのあいだに子が一人いる。歳は五つで女の子、名前はおみつ。

さらにおえいの腹には、喜一の子がいるという。月満ちて生まれてくるのは、来年の弥生（やよい）の半ばあたりだという。

文を前に、おちかは呆然とした。

兄のとつとつとした筆致からは、確かに温もりが伝わってくる。兄さんは幸せなのだ。しっかり、幸せになってくれている。

無力なおちかが——いつも自分のことだけでいっぱいいっぱいで、両親にも兄にも甘えてきたおちかが、詫びながら、拝みながらも目を背けているうちに。

「日にち薬は、喜一にも効いていたんだね」

やわらかな声音で、伊兵衛がそう言った。

「丸千にも、丸千を囲む世間にも効いていたんだよ」

よかったね、おちか。

「私の目には、喜一の字が笑っているように見える。私の兄さんも嫂さんも、喜一に巡ってきたこの縁を喜んでいるんだろう」

この三島屋伊兵衛の甥っ子は根っからの親孝行者だから、親不孝な嫁のもらい方をするわけがない。えへん！

「実を言うと、私はだいぶ前から、喜一とこのおえいさんのことを知らされていたんだよ。ただ兄さん夫婦から、おちかにはまだ内緒にしておいてくれと頼まれててね」

——この縁が本当にきっちり固まる前に、空

騒ぎをしたくない。半端なところでおちかの耳に入れ、やっぱりまとまりませんでしたとなって落胆させたくない。

ゆっくりとうなずいて、おちかは手元の文の上に目を落とした。

いつかはおちかに、おみつと赤子の顔を見せたいと書いてある。遠からず自分とおえいが丸千を引き受け、両親には楽隠居してもらうつもりだ。そうなれば、二人は気軽に江戸を訪ねておちかに会うことができようから、楽しみにしていてほしいとも。

「おえいさんが再縁で、連れ子がいるってことが気になるかもしれないが……」

伊兵衛の言葉を、自分でもびっくりするくらい明るく、おちかは遮った。

「いいえ、ぜんぜん気にしません。つい先だっての語り手の方から、再縁三縁だって、その絆（きずな）を大切にすれば幸せに結びつくって聞かせてもらったばっかりですから」

胸がいっぱいだけれど、おちかはちっとも泣けなかった。嬉し涙にくれるより、喜一のために踊りだしたいような、大きな声で快哉（かいさい）を叫びたいような、そんな心地だ。

――ありがとう、喜一兄さん。

そう、何よりもおちかは、兄にお礼を言いたいのだった。負けないでくれてありがとう。背負ってくれてありがとう。顔を上げていてくれてありがとう。

幸せをつかんでくれてありがとう。

「わたしもおとっつぁんとおっかさんと兄さんに文を書きます。お祝いの品を贈りたいんですけど、何がいいでしょう」

「お民もいろいろ考えているようだから、よく相談するといいよ」

言って、伊兵衛は首の手ぬぐいをぐるっとまき直した。なるほど、ちょこっと焦げた葱が包まれている。

「毎年お酉様が始まると、ああ、ぼつぼつ正月の支度を始めなくっちゃなあと思う。そういう節目なんだね。しかし一年の過ぎるのが早すぎて、目が回りそうだ」

歳をくうというのはそういうことだと、伊兵衛は笑った。

「お正月がくると、みんな一つ歳をとる。おちかは二十歳になるんだよね。二十歳のおちかは、今までのおちかとは違うおちかだ。その心構えはできているかい？」

何に対して構えればいいのか。自分の心は今どんな色をしていて、次はどんな色に変わっていきたいと思っているのか。

「さて、お民と富次郎は大丈夫かねえ。人混みで迷子になってなきゃいいが」

それから一刻（約二時間）ほどして、二人は無事に帰ってきた。いつもは吉原通いの遊客を相手にする茶屋が、お酉様参りの人びとのために休み所をつくり、様々な茶菓を並べていたので、

「茶腹、菓子腹で満腹だよ」

土産にもらった切山椒は、おちかの心までほんのりと甘くしてくれた。


それからおちかは、一人で黒白の間にこもることを始めた。掃除をし、花は活けず、床の間には富次郎がするように半紙を貼って、それを見つめて静かに過ごす。

叔父夫婦も富次郎もお勝もおしまも、その姿に何となく察するところがあったのだろう、好きにさせてくれたのが有り難い。

白い半紙の上に、おちかは自分の心の色を映した。ときどき、兄の喜一の顔を思い浮かべてもみた。すぐには会えない嫂（あによめ）のおえいや、連れ子のおみつや、生まれてくる赤子の顔も思い描いて映してみた。

両親のことを想うと、思い出が溢れてきた。生き生きと動き、声が聞こえてきそうな鮮やかな思い出が半紙の上に映った。

そうやって暦が巡り、二の酉の日の朝に、心を決めた。

おちかは腹をくくった。

最初に思い浮かんだのは、「何を着て行ったらいいだろう」ということだった。

「ねえ、お勝さん」

相談するならこの人だ。

「これから人に会いに行くの。大事なお話があって行くんだけれど、大げさにはしたくないんです。どんな支度をしたらいいかしら」

お勝は、二人が初めて親しく向き合ったときのように、目元に細かい皺を寄せて微笑んだ。

「わたくしは常々、お嬢さんのお顔には路考茶がとてもよく合うと思っておりますの。流行の元の瀬川菊之丞（せがわきくのじょう）より似合うのじゃないかしらと」

この渋い灰緑色の衣装を身にまとい、一世を風靡（ふうび）した女形のことである。

「帯は南天（なんてん）の刺繍（ししゅう）のを合わせましょう。確か、お実家のお母様が作ってくださったものですわね」

難を転じて福を呼ぶという縁起ものの南天の帯を、おちかに贈ってくれたのである。

「髪はわたくしが整えて差し上げます。玉簪を南天の色に合わせて、衿は蘇芳の縞のものを掛けるときれいに映ると思いますわ」

さくさくと支度に取りかかりながら、お勝は一切尋ねようとしなかった。どこへ行き、誰と会うのか。大事な話とはどんな話なのか。

そのかわり、こう言った。「新太をお連れになってくださいましね。先様に着いたらあの子はお帰しになって。その方が、お嬢さんが落ち着いてお話しになれますでしょう。ところで場所はご存じですの？」

「場所って――」

おちかがたじろぐと、ああはいはいと先んじて、「おしまさんに訊いて、新太によく教えておきますわ」

おちかの方からお勝に相談しようと思ったのだから、この切り返しに驚いてはいけないのだが、やっぱりたじたじとなってしまう。

「お勝さん、わたしの考えをお察しなのね」

「はい。わたくし、いちばん初めに申し上げておりましたでしょ。この方にご縁がありますよって」

おちかは頬に血が上るのを感じた。正しくは、かつてお勝はこう言ったのである。

――お嬢さんは、今のあの方とご縁がありますよ。

「本当にそうなるかどうかはわからないわ」

「だから、ご自分でお確かめになりたいんでしょう」

結構なことでございますと、お勝は妖艶(ようえん)な笑みを浮かべる。

「そうだわ、お嬢さんをお使い立てするなんて滅相もございませんが、一つお願いしてもようございますか」

「何かしら」

あの桐箱——と、お勝は続けた。

「小旦那様の絵を集めて納める桐箱に、題が要るということでしたわね」

決めました、と言う。

「〈あやかし草紙〉にいたします」

あの桐箱は、形は箱だが書物と同じだ。だから草紙と名付けていいだろう。

「その旨、先様にお伝えくださいましね」

おちかは三島屋の内にこもりきりで、めったに外出しない。ましてやきちんと支度して出かけるなど、去年の二月に亀戸(かめいど)の梅屋敷に出かけたのと、今年の春のお店の花見、その二度があるきりである。

そういえば、あの梅見行は越後屋のおたかと清太郎に誘われて出かけ、その出先でお勝と袖すり合ったのだ。春の花見に美味しい弁当を届けてくれた〈だるま屋〉の主人は、そのあと黒白の間の語り手の一人となって来てくれた。

まだ三年、もう三年。三島屋で過ごした年月のなかで、夢にも思わなかった行いを、これからおちかはしようとしている。

お勝がさらりと根回ししてくれたのだろう、出がけは誰にも引き留められなかった。お供の新太も何にも問わない。

「よく教わって参りましたから、道はわかります。お嬢さん、寒うございますから衿巻きは要りませんか。手前がお持ちしておりますから、お声をおかけください」

そう遠くへ行くわけじゃない。目指すところは同じ神田の多町である。

貸本屋、瓢箪古堂。

貸本は出商いが主なので、家族で切り回すくらいの小さなところでは目立つ看板を出していないこともある。瓢箪古堂は版元になるほどの大店ではないが、そこまで小さくもないので、間口二間の表店に風除けを立てかけ、入口には瓢箪を染め抜いた藍色の暖簾を下げていた。

看板は、やや大きめの掛行灯が一つ。そこに記された〈瓢箪古堂〉の文字がたいそう面白く、行灯からはみ出して、今にも躍り出てきそうな形をしていた。

店の前では、暖簾と同じ瓢箪柄の前掛けをつけた丁稚が箒を使っていた。新太より小さい子だ。北風にほっぺたも鼻の頭も真っ赤にしており、手の甲にも手首にも墨をくっつけている。

「ごめんください」

新太が声をかけると、丁稚の小僧さんは箒を放り出さんばかりにびっくりした。掃き掃除をしながら、何やら考え事をしていたらしい。

「は、は、はい！　いらっしゃい！」

バネ仕掛けのからくり小箱の内のお人形のような可愛い小僧さんである。

「神田三島町の袋物屋、三島屋でございます。こちら様の勘一さんをお訪ねして伺いました」

新太が丁寧に頭を下げ、おちかがそれを受けて続けた。

「三島屋のちかと申します。突然に申し訳ありませんが、若旦那はおいでですか」

瓢箪古堂の小僧さんは丸い目をいっそう丸くした。

「はい、はいはいはい！　若旦那でしたら今は奥の書庫におります。少々お待ちを！」

暖簾をはね上げ、転がるように店のなかに入っていった。と思ったら、転がった鞠がどこかにぶつかって跳ね返ったみたいにすぐさま戻ってきた。

「どうぞお通りください〜」

背伸びして暖簾を持ち上げてくれる。が、いかんせん背丈が小さいので、暖簾はあんまりめくれない。反対側から新太が手を添えて、おちかはその下をくぐった。

お店のなかはほの暗かった。

「こちらでございま〜す！」

バネ仕掛けの小僧さんに導かれて足を進めながら、おちかは思わず「わあ」と声をあげてしまった。

当たり前だが、書物だらけだ。積んである立ててある飾ってある。日向くさく、紙くさい。だがまったく埃っぽくはない。積んであるもののなかには大福帳のようなものも交じっているのが面白い。

突き当たりには帳場格子に囲まれた机があって、これが大きいことに驚いた。三島屋で伊兵衛が座っている机の倍はある。しかし、そのぐるりにも書物が積み上げてあるので、机として使えるところは伊兵衛のそれより一回り狭くなっている。帳場格子には挟み燭台（しょくだい）が何本も挟んであり、蠟燭（ろうそく）の太さも長さもとりどりだ。このお店の大旦那と若旦那は、これらの蠟燭を灯（とも）して夜なべすることが珍しくないのだろう。

「どうぞお上がりくださ〜い」

小僧さんが帳場の後ろの引き戸を開けた。四畳半に板の間が一畳半ほどついた小上がりの座敷だ。ここには本がないが、据え置き型の古びた違い棚があって、香炉と焼き物の招き猫が飾ってある。

その上の長押(なげし)のところには、お酉様の熊手が掛けてあった。お民と富次郎が買ってきたものよりは、だいぶ小さな熊手である。真ん中に七福神の宝船の飾りがついている。

「どなたがお酉様にいらしたんですか」

おちかが尋ねると、小僧さんは鞠みたいにぽんと跳ねた。

「はい！　大旦那様が行ってきました」

隅に重ねてあった円座を持ち出し、小僧さんはおちかに勧めてくれる。新太は座敷には上がらず、帳場の脇に立ったまま控えていた。

「新どん、もういいわ。ありがとう」

「はい、お嬢さん」

新太は鞠みたいな小僧さんに頭を下げた。

「お邪魔しました」

「は〜い、はいはい！」

その声の響きが消えないうちに、小上がりと奥の仕切りになっている唐紙の向こうから、慌ただしい足音が近づいてきた。

「失礼いたします。勘一でございます」

唐紙が開き、勘一が現れた。面を伏せているので表情が見えない。

「先日の菓子番付ですが――」

言いながら顔を上げて、絶句。

「あいすみません」

瓢箪古堂の勘一は、いつものように飄々と失礼を詫びている。

「丸子が、三島屋さんがいらしたと取り次いだので、てっきり小旦那様だとばかり思い込んでおりました」

おちかにはいくつか疑問がわいた。

「従兄さんは、こちらにお邪魔したことがあるんですか」

「はい、もう三度か四度になりますか」

「それは、さっき言ってた〈菓子番付〉というもののためですか？」

「左様でございます」

勘一は照れ笑いをした。

「ある食通の方が、市中の菓子屋の看板商品を並べて番付を作りましてね。十年前に始めて、七年続きました」

立派な書物ではなく、一枚の刷り物だ。

「それが七枚まとめて手前どもの手に入りましたので、写して冊子に作り直しましたところ、小旦那様がお気に召して、ぜひ元の番付表も欲しいとおっしゃいました」

しかし元の番付は虫食いがひどく、日焼けして色が褪(あ)せてぼろぼろなのである。

「できるだけ修復しておりますが、小旦那様のご期待に添えるとは思えませんで……」

富次郎は、その菓子番付を表具屋に持ち込んで、掛け軸に仕立てたいと言っているのだそうである。

「従兄さんらしいお好みだし、勘一さんらしい商いですね」

この二人は旨い物大好き、甘い物大好きで気が合っているのだ。

「ちなみに、その番付の東の張出横綱に、三島屋さんのご近所の〈雲仙(うんせん)〉の練羊羹(ねりようかん)が入っておりますよ」

菓子舗〈雲仙〉は富次郎贔屓の店の一つであるが、

——栗羊羹がないのと、水羊羹が今ひとつなのが残念だ。

なんて評している。その菓子番付の作者も同じ見解だから、張出横綱なのかもしれない。

「瓢箪古堂さんは、わたしたちが普通に思う書物とはぜんぜん違うものも扱うんですね」

勘一は嬉しそうにうなずいた。

「はい。手前にとっては、文字が並んでいるものは全て読み物でございます」

さて、次は疑問の二つ目だ。ちょうどよく、その疑問の主がお茶を持ってきてくれた。

「はいはい、いらっしゃいませ！　お茶をどうぞ！」

小さなバネ仕掛けの小僧さんは、幸い、お茶の盆を持っているときは、ぴょんぴょん跳ねずにいられるらしい。

「ありがとうございます」

面白可愛らしくて、つい笑ってしまう。

「あなたのお名前をきいてもいいですか」

小僧さんは、答える前に若旦那の顔を見た。

「おまえがお尋ねを受けているんだよ。お答えしなさい」

勘一に促され、その場にぺたりと正座に直ると、小僧さんは元気よく言った。

「丸子と申します！」

やっぱりそうなのだ。おちかの聞き間違いではないのである。

「珍しいお名前ですよね」

「はい！　大旦那様がつけてくださいました」

「いわれはあるんですか」

「東海道五十三次の二十番目、丸子宿（まりこしゅく）からとった名前でございます」

ここで勘一が割り込んだ。「親父が、代々の丁稚に五十三次の名前をつけているんでございますよ」

最初の小僧さんは「品川（しながわ）」だった。振り出しだから縁起のいい名前だったかもしれないが、いささか呼びにくかったろう。

「奉公に来て、三日と保（も）たずに逃げてしまった者でも名前はつけますので、もう二十番目までたどり着いてしまいました」

貸本屋の出商いは力仕事だし、客あしらいが大事で愛想や愛嬌（あいきょう）も要る。市中には同業の競争相手が多いから、楽な奉公ではないのだろう。おちかがそんなふうに考えていると、勘一が決まり悪そうに鼻筋をこすりながら言い足した。

「別段、手前の親父が鬼のように厳しいというわけではございませんが、お店と奉公人にも縁というものがあるらしく、気立てのいい働き者でも長続きしないことがございまして……」

「ええ、わかります」

にっこりして、おちかは丁稚の丸子どんに問いかけた。

「丸子宿はどんなところか知っていますか」

丸子は嬉しげに目を輝かせ、すぐと応じた。

「はい！　駿河(するが)国有渡(うど)郡、江戸からは四十六里（一里は約四キロメートル）と四丁四十五間、京へは七十九里と十二丁のところにございます。字は〈丸子〉のほかに、手鞠の〈鞠子〉とも書くそうでございます」

名物はとろろ汁だが、ある東海道案内書には「味噌(みそ)が不味(まず)いのはいただけない」と記されているそうな。

「教えてくれてありがとう。わたしは川崎宿の生まれなんですよ」

丸子はすぐに、「武蔵(むさし)国橘樹(たちばな)郡、江戸から四里半、京へ百二十一里と二丁でございますね！」

「旅人が往来するほかに、お大師(だいし)様詣りのお客様も大勢立ち寄る宿場なの」

「宿場町の入口からお大師様までの大師道は十八丁ございます」

「まあ、そうだったかしら」

子供のころから、おちかも何度も歩いた道だが、十八丁もあったろうか。

昔日を思い浮かべてみて、思い出した。

――よく兄さんに背負ってもらって、あんまり自分の足じゃ歩かなかったんだわ。

行きは喜一の背中ではしゃぎ、帰りはぐっすり寝ていた。七つ年上の兄の背中は、おちかにとってはどんな駕籠よりも速く、どんな輿よりも立派な乗り物だった。

「丸子、表の掃除は済んだのかい？」

勘一に問われて、丸子どんは「はい！」と座ったまま跳ねた。

「そしたら、次は何だっけね」

「はいはい！　書物の埃取りでございます！」

「〈はい〉は一度にしなさい」

「はいはい！　三島屋のお嬢さん、失礼いたします」

鞠のように弾んで出て行った。ホントにあの子は〈鞠子〉でもある。ぴったりの呼び名だ。

「あれは年が明けたら十になります」

ちょっと首を縮めて、勘一が言った。

「親父とも、丸子がいくつになったら落ち着くかと賭けをしているんですが、手前は十、親父は十五と」

「大旦那さんの勝ちのような気がしますわね」

と言って、おちかは笑った。

「お嬢さんもそう思われますか。手前は賭け事は苦手でございます」

あくまでも生真面目に言うのだが、すっとぼけたように感じられるところがこの人の味わいである。

それこそ小僧のころには、よく「お調子者」だと言われたという。本人が三島屋で語ってくれた話のなかでも、小僧の勘一は生き生きとして機転が利いて、まさに調子に乗ったり生意気だったりした。

長じた今もその気質に変わりはないはずだ。だが、勘一のなかの悟ったような静謐さが、彼の明るさ面白さ、時には面憎いようなおつむりの良さをふんわりと包んで隠している。

いつ、何を悟ってそうなったのか。

「お勝から言づてを頼まれて参りました」

おちかが「あやかし草紙」のことを話すと、勘一は膝を打って感じ入った。

「いい題ですね」

中身は富次郎の描いた絵だけれど、これは画集の題ではない。あの桐箱は書物だ――

「三島屋さんが黒白の間で聞き捨てた様々な世のあやかしを預かり置くあの桐箱は、この先、変わり百物語の大切な介添え役になりましょう」

箱であって書物。書物であって聞き手の助っ人。その名が「あやかし草紙」なのだ。

「ついこのあいだ、瓢簞古堂さんの次の語り手がおいでになって、とても面白いお話を聞かせてくださいました」

おちかは切り出した。不思議なほどに心が凪いで、声音も落ち着いている。

「もちろん、そのお話をここで披露することはできませんけれど、その語り手がお帰りになった後、わたし思ったんですよ。ああ、今日の語り手の方は、死ぬことを怖がっていないって」

だから柔和に微笑みつつ、吹き流しのように生きている。

「その方と同じ笑顔の人を、もう一人知っているとも思いました」

勘一は黙って聞いている。その顔を、おちかは掌でそっと指した。

「ほら、今のそのお顔。瓢箪古堂さんのことですよ」

勘一は「へえ」と言った。恐れ入ったときの「うへえ」を縮めたような「へえ」だ。

「だからわたし、やっぱり気になって」

どうしても、どうしても、どうしても。

「瓢箪古堂さんは、栫井様の一件が終わったあと——どのくらい後かわからないけれど、また井泉堂さんに会ったんでしょう？」

いつでもおいで。何なら声をかけよう。井泉堂の誘いを忘れられずに。

「そして、読む者の寿命を教える件の冊子を見たんでしょう？　手にしただけじゃなく、写本まで作ったんじゃありませんか」

勘一もまた落ち着き払っていた。「なぜ、そう思われるんですか」

怯（ひる）まずに、おちかは真っ直ぐ答えた。

「だって、あなたがいつもそんなふうに瓢箪鯰（なまず）みたいなのは、自分がいつまで生きられるか、いつどんなふうに死ぬのか承知しているからだとしか思えないから！」

だから、何にも怖くないのだ。

「あなたは百まで生きるので、どんなことにも余裕綽々（しゃくしゃく）なのかもしれない。あるいはまるっきり逆で、三十路にもなれずに彼岸へ渡ってしまうとわかっているから、小さなことに怒ったり悩んだりしないで、残された月日を穏やかに過ごそうと思い決めているのかもしれない」

どっちだかわからない。おちかには、それがもどかしくて仕方がない。

「教えてほしいんです。どっちなの？」

勘一はゆっくりと口を開きかけ、また閉じてしまって、頭を掻いた。

「うっかり口に出せないのはわかってます」

おちかはたたみかけた。

「だからわたし、覚悟してお尋ねしています」

よっぽどの覚悟がなくては聞き出せない。お勝もそう言っていた。

ゆっくりゆっくり、空を嚙むように口を開き直して、ようやく勘一は問い返してきた。

「どんな覚悟でございますか？」

おちかは答えた。「見届ける覚悟です」

瓢簞古堂の勘一のそばにいて、彼の人生をつぶさに見守る。

「見届けられるよう、わたしを嫁にもらってください。お願いいたします」

うっかり身動きすると目眩がしそうで動けなかった。

瓢簞古堂の勘一は言った。「手前の、嫁に」

口を結んで、おちかは強くうなずいた。そのとき、店先の方で丸子の明るい声がはじけた。

「いらっしゃいませ〜、本日はお日柄もよろしゅうて〜、『花比夢ノ通路』など読みごろでございます〜、はいはい！」

不意を突かれて、おちかは噴き出してしまった。ついでに溢れた涙のままにこう言った。

「勘一さんのばあやが言っていたような、よく笑う嫁になれるよう努めますから」

そんなおちかを見つめながら、勘一は口元を緩ませた。

「あまりにももったいないお話で、ばあやも墓から起き上がって喜んでくれましょう」

いささか妙なこの台詞で、「あやかし草紙」の引き寄せた縁(えにし)は、ここにめでたく結ばれることとあいなった。

第五話 金目の猫

黒白の間に持ち込んだ文机に頬杖をついて、富次郎は冬枯れの庭を眺めている。

師走に入って冷え込みが強くなった。傍らに火鉢があっても、手足の指先が冷たくしびれるほどだ。

それでも三島屋の内では皆が忙しく立ち働き、明るく浮かれている。慌ただしいのは年末の大棚ざらえと新年の初荷に向けての品物作りに忙しいからだが、浮かれているのはおちかの嫁入り支度があるからである。

富次郎が自慢の器量よしの従妹の嫁ぎ先は、同じ神田の多町にある貸本屋・瓢箪古堂だ。そこの若旦那の勘一がおちかの夫になる。祝言は年が明けて藪入りを過ぎた一月二十日と決まった。

この縁組に、富次郎はちっとも驚いていない。秋刀魚の旨いころ、初めてこの二人の顔を並べて見たときに、

——何となく似合いだね。

と思っていたからだ。おちかが妙に勘一の動静を気にしたり、勘一が顔を見せると嬉しそうなことにも気づいていた。こういう勘は当たれば幸いだが外れたらややこしいことになるので、口には出さないようにしてきたけれども。

ヤマ勘が当たって嬉しい。瓢簞古堂の若旦那はいい男だ。優男とか色男という意味ではなく、人柄のいい男なのである。富次郎と勘一は、甘い物好き・旨い物好きで話も気も合うが、そういう趣味の部分だけではなく、人となりぜんたいを鑑じて、いい奴だと思う。袋物屋と貸本屋と商いは違えど、勘一の算盤勘定だけに拘らぬ姿勢には、商人としても見習うべきところがあると思っている。

おちかがこの三島屋に身を寄せて三年。伊兵衛とお民は、実の娘のように可愛がってきた。気持ちとしては一人娘を嫁がせるのと同じだ。おちかと仲がよく、「大事なお嬢さん」をお守りしてきた女中のおしまとお勝もこの縁を喜び、支度に熱を上げているから、朝から晩まで賑やかなこと甚だしい。

そんななかで、さしあたって富次郎は暇である。嫁入り支度には女衆の意見がものを言う。男は口を出さずに財布の紐を緩めるだけだ。瓢簞古堂に正式に挨拶に伺い、祝言の日取りを決め、仲人を頼み、ぞろりと顔合わせをする等々の段取りは伊兵衛が押し出しも手際もよくこなして、富次郎が手伝う余地はなかった。邪魔にならぬよう、おとなしく引っ込んでいるのがいい。

今日こうして文机の前に座っているのは、気ぜわしい両親とおちかの代わりに、おちかの実家、川崎宿の旅籠〈丸千〉に文を書こうと思いたったからだった。おちかの嫁入りが決まったことは、既に伊兵衛からの文で知らせてあるが、その後の段取り、支度の進み具合、幸せそうなおちかの様子を書き送ったら、先方も喜ぶだろうしほっとするだろうと思ったのだ。

なのに、あれこれ文案を練ってみても、どうにもまとまらない。富次郎にとっては伯父伯母であるおちかの両親にも、従兄弟同士であるおちかの兄さんにも、話はいろいろ聞いているが一度も会ったことがないから、顔を知らぬ人には文も書きにくいものだと、筆で字を書かずに鼻筋をなぞってみたりした。

　で、ちっと気分を変えようと、黒白の間に文机を引っ張ってきたわけである。同じ家のなかとは思えぬほど静かで、こいつはいいやと思ったが、今度は落ち着きすぎてしまってのほほんと放心し、やっぱり文は進まない。

　ときどき遠くで家人や奉公人たちのやりとりする声が響く。廊下を慌ただしく行き来する足音が聞こえてきたりする。富次郎は一人だけ仙人になったかのようだ。

　おちかが嫁に行くのは大いにめでたい。そのめでたさと同じくらいの寂しさがある。一つ屋根の下で暮らしたのはここ半年ほどだけれど、子供のころから一緒に育ってきた兄妹にも負けぬくらいに、富次郎はおちかを愛おしんでいる。それはたぶん、「変わり百物語の聞き手」などという珍しい役割を共にしたからだろう。

　——まあ、最初は勝手な野次馬だったんだけど。

　一度やってみたらその面白さに目覚め、共に語り手の話に耳を傾け続けただけでなく、奇異な謎を解こうと調べたり、知恵を出し合ったりもした。

「従兄さんが加わってくださって、一人で聞き役をしていたときより、聞き手の務めが大事なものになりました」

　おちかがそう言ってくれたのも嬉しい。

　富次郎は十五の歳に、「他所の釜の飯を食うのも商いの修業」と、新橋尾張町の木綿問屋〈恵比寿屋〉に奉公に出された。三島屋に帰ってきたのは今年の夏だ。奉公人同士の喧嘩に巻き込まれ、頭を強く打って危うく死にかけたからである。

実のところ、彼がおちかのしている変わり百物語に興味を抱いたのも、この「三途の川を渡りかけた」経験のせいだった。あのまんま死んでいたら、自分は無念のあまり怨霊と化したかもしれないと、けっこう本気で思っていたので、生者を脅かす死者の念とか、この世のものとは思われぬ恐ろしいモノとか、そういう薄暗いことに気を惹かれたのであった。今はそのへんのもやもやはきれいに整理がついて、すっきりしているが。

あんな椿事が起こらなければ、富次郎はまだ恵比寿屋にいただろう。あちらの娘との縁談も持ちかけられていた。うちが暖簾分けするから木綿問屋の主人になってはどうか、と。三島屋には跡取りの兄・伊一郎がいるのだから、いつかは身の振り方を定めねばならない富次郎にとって、悪い話ではなかった。

恵比寿屋からは、三島屋の方にもかなり熱心な申し入れがきていたらしい。それを伊兵衛が「まだ早いでしょう」「そのうち本人と話してみます」とはぐらかしているうち富次郎が難に遭い、お民が「うちの大事な倅にもう関わってくれるな」と怒り狂ったものだから、この縁談は吹っ飛んだ。

恵比寿屋の娘は素直で可愛らしかったけれど、今となっては富次郎もぜんぜん惜しくない。家に帰ってきてよかった。おちかと並んで変わり百物語の聞き手をできてよかった。一つの語りが終わったあと、それを絵にするのも面白いし、絵を見たおちかが感想を聞かせてくれるから、工夫を凝らす甲斐もあった。

富次郎は子供のころから絵心があったが、伊兵衛が（四十路を過ぎてから夢中になった囲碁を除けば）てんで野暮で無趣味な男なので、師匠について習う機会はなかった。それが恵比寿屋に行ったら、俳諧と俳画を嗜むあちらの主人の知己に絵師がいたことで、正しい絵筆の持ち方から教わる幸運に恵まれた。日々の勤めの合間を縫ってのことだから存分に習えたわけではないが、師匠と向き合っているときはいつも真剣だった。

変わり百物語の後で、聞いた話を絵に描くようになったのは、ほんの思いつきだ。おちかに見せたらひどく感心してくれたので、嬉しくて調子に乗った。三枚描いたところで、お勝がそれをひとまとめにしまう容れ物をあつらえてくれて、「あやかし草紙」と命名までしてくれた。

三島屋の変わり百物語は、そもそもは伊兵衛がおちかのために始めたことである。最初は臆していたというおちかも、幾人かの語りに耳を傾けてゆくうちに、伊兵衛が意図した以上の意味と意義を、この一人語り・一人聞きの百物語から得るようになった。

おちかは成長し、もう百物語の聞き手を続けなくてもよくなった。この黒白の間に足を運んでくる語り手たちを介さずとも、おちかは自身の生きていく意味を探せるようになった。幸せを求められるようになった。

ならば、百物語をどうするか。あらためて数えてみれば、ここまでで二十六の話を聞き捨ててきた。そこで終わりにしてしまうのか。

伊兵衛とお民はあっさりしたものだった。

「やめてしまえばいいさ」

だから、富次郎は手をあげた。

「わたしに続けさせてください」

理由はいろいろある。変わり百物語は世間でけっこうな評判になっているから、本業の商いの足しにもなっていよう。いきなりやめてしまっては、語り手の調達に世話になってきた口入屋の灯庵にも義理を欠く。それに、百物語というのは完遂しないと験が悪いのではないか。この先、何かしら三島屋に難があったとき、百物語を半端なところでやめちまったのがいけなかったのかと気に病むようではつまらない——

両親にはこう説きつけたが、富次郎の本音は一つだった。面白いから続けたい。自分はまだまだ多くの語り手に会いたいし、その語りを聞きたいし、それを絵に描きたい。

「お店の商いはしっかり手伝いますし、学びます。いつかおとっつぁんとおっかさんに、これなら暖簾分けしてやってもいいと認めてもらえるように精進しますから、変わり百物語を続けさせてください」

富次郎の両親は顔を見合わせ、

「そんなに面白いのかねえ」

と冷やかしたりしたものの、快く許しをくれた。

「わたしたちはまだおまえの身体の具合が案じられるから、商いの方はほどほどに、のんびりしていてくれる方が安心だ」

「いったん働きだしたら、商人の暮らしに休みなんかないからね」

頭の怪我のせいで、富次郎はかなり長いこと目眩に苦しめられた。ひどいときは駕籠に乗れなかったし、よくなってきてからも、出し抜けに目が回って立っていられなくなることがあった。今ではそんな障りはすっかり影を潜め、本人は本復したものと安心しきっているのだが、両親の胸の内は違っていたようである。

「いつまでも心配をかけてすみません」

富次郎は殊勝に頭を下げた。

変わり百物語の引き継ぎを、もちろん、おちかも喜んでくれた。

「勝手な言い分ですが、わたしも、従兄さんに引き継いでもらえたらいいなあ……と恃(たの)んでいました」

変わり百物語の守り役のお勝は、おっとりと笑った。

「わたくしは、最初から小旦那様がお続けになるものと思っておりました。やめてしまうという筋もあったとは、そちらの方が意外でございますわ」

ただ当面、おちかの祝言が無事に終わるまではお休みにしておこう。その方が、引き継ぐ富次郎もきりがいいだろうということになって、だから暇なのはこの黒白の間も同じなのである。

——暇なわたしと、暇なこの座敷。

しんみり静けさを分け合って、いいじゃないか。

頰杖をしたまんま、富次郎はうふんと一人笑いを漏らした。すると突然、誰かがその声に合わせて短く「ははッ」と笑った。

あんまりびっくりしたので、富次郎は跳び上がった。文机の天板の裏側に両膝(りょうひざ)をしたたかぶっつけてしまったから、本当に座ったままぴょんと跳んだのだ。

泡を食って振り返ろうとするよりも早く、背後から右肩をつかまれた。

「ガキのころとちっとも変わってないなあ」

身を折ってこちらの顔を覗き込んでくるのは、兄の伊一郎だった。

「兄さん！」

「おうさ、わたしだよ」

応じて、着物の裾を払って傍らに座った。おつむりがよくって弁が立ち、人あしらいがうまくって男前。憎らしいほど出来物の兄は、相変わらず颯爽としている。

「おまえさんは昔からよくそうやって一人で物思いにふけっては、何かぼそっと呟いたり、小声で笑ったりしていたもんだ。恵比寿屋でも直されなかったのかい？」

富次郎はちょっと声が出なかった。あんまりびっくりしたんで、目玉がいっぺん外に飛び出して、宙でくるっと回ってから元のところに収まったような感じがした。

「兄さん、どうしてここに」

「ご挨拶だなあ。いちゃ悪いか」

「だってさ、お店の方は」

「ずるけてるわけじゃないよ。ちゃんと断りを入れて出てきた」

今夜は久しぶりにうちの釜の飯が食えると、嬉しそうな顔をする。

伊兵衛とお民の長男・伊一郎は、富次郎の二つ年上の二十三歳だ。十六歳になるとすぐに通油町の小物商〈菱屋〉に奉公に出た。以来、奉公一途で今に至る働き者である。

富次郎が恵比寿屋に行くときは、年季について特に取り決めをしなかった。伊兵衛が、三年は奉公しろ、それから先はおまえの了見に任せると言っただけである。だが、伊一郎を菱屋に遣るときは、最初から十年年季の約定を固めた。

——どんなことでも十年続けないと意味がない。だから、他所のお店で十年きっちり修業してこい。

父が兄にそう言い聞かせていたことを覚えている。このへんが長男と次男の違いなんだろう。

富次郎はちらっと兄をからかった。

「いいのかねえ。兄さんがいないと、菱屋は立ちゆかないんじゃないの」

伊一郎は悠々と懐手をして反っくり返った。

「いなくても立ちゆくように手配りしてきたから大丈夫だよ」

「うへえ、恐れ入りました」

富次郎はおどけて頭を下げた。

「今のうちに、おちかにゆっくり会っておきたいと思ってさ。ついでに、おまえさんの顔も見たかったし」

「おいらはついでかぁ」

子供のころのように「おいら」と言ってみせると、伊一郎は可笑(おか)しそうに笑った。

「そうさ、すすけた弟の顔なんか、ついでに拝むだけで充分だよ。あれから身体の具合はどうなんだい?」

すっかりいいよと、富次郎はにっこりした。

「よかった。一時はどうなることかと肝を冷やしたんだぞ」

「ご心配をおかけしました」

「とんだ災難だったが、あれで一生分の厄落としが済んだと思えばいいよ」

口先だけの台詞(せりふ)ではない。富次郎の心に、兄の情がじんわりとしみた。

「うん、そうだね」

一生分の厄落としか。いい台詞だ。

「百物語を聞くってことは、語りを通して怪異と関わるってことだからね。厄は落ちてた方が安心だ」

その一言に、伊一郎は富次郎が思っていたよりもずっと驚いた顔をした。

「そりゃどういう意味だ」

「これからは、おちかに代わって、わたしがうちの百物語の聞き手になるんだよ。せっかく評判になっているんだし、半端なところでやめちまったらもったいないからね」

伊一郎だって、三島屋の変わり百物語の評判はよく知っているはずである。それなのに、あれ？　なんでそんなにびっくりするかなあ。

「それ、おとっつぁんも知ってるのか。おまえさんとおちかで勝手に決めたんじゃあるまいな」

「もちろん、おとっつぁんもおっかさんも承知の上さ。お店の手伝いと商いの修業もちゃんとやるよ」

今度は「悠々と」ではなく、首を縮めるようにして伊一郎は懐手をした。そして、こちらがいささか決まりが悪くなるくらいまじまじと顔を見て、問いかけてきた。

「百物語なんて遊びが、おまえさんにはそんなに面白いのかい。本気で言ってるの？」

何だか正気を疑われているみたいだったから、富次郎は姿勢を正して、きちんと伊一郎に向き合った。

「今のところは四人ばかりの語り手に会っただけでも面白かったし、おっかなかったし、そりゃいい経験をしたよ」

「経験、か」

呟いて、伊一郎は首をかしげる。

「ああいう趣向が、おちかを立ち直らせるために効き目があったってことは、わたしも認める。あの娘（こ）の人見知りにはいい薬になったんだろうさ。だけど、おまえさんまでそんなに入れ込むとは」

ただ不思議がっているだけではなく、少しばかりがっかりしたような口調だった。おまえがそんなに子供だとは思わなかった、というような感じだ。

こりゃ心外だと、富次郎は思う。いっぺんここに座って語り手と向き合ってみたら、うちの変わり百物語は暇つぶしや道楽じゃない、ましてや子供の遊びなんかとは全く違うとわかるのに。

それで、ふと思いついた。

「兄さん、わたしが描いた絵を観てくれないか」

「絵？」

「お勝に言いつけて、出してもらっておくれよ。ここで聞いた不可思議な話をもとに、わたしが描いた絵なんだ。ただ、講釈をつけることはできない」

伊一郎はまばたきをする。「三島屋の変わり百物語は、語って語り捨て、聞いて聞き捨てだから——」

「そうそう。ご存じだよね。相手が兄さんでも、その約定を違えるわけにはいかない」

富次郎は真面目に言っているのだが、伊一郎はどんどん「引いて」ゆく。

「まあ、わかった。お勝も忙しそうだから、折を見て言ってみるよ」

ついと腰を上げかけて、文机の上に目をやった。

「文を書いていたのかい」

「うん。おちかの実家にこのごろの様子を知らせようと思ったんだけど、なかなか上手く書けなくってさ」

「どれどれ」

伊一郎が代わって文机に向かい、富次郎は書こうと思っていた事どもをしゃべり、ほどなく文は書き上がった。

やっぱり、兄さんは何をやってもそつがないや。かなわないねえと、富次郎は思った。

夕餉はご馳走だった。熱燗も旨かった。富次郎がいい気分で新太を連れて湯屋に行って帰ってくると、伊一郎が手燭を掲げて待っていた。

「兄さん、湯は」

「明日、朝風呂に行くからいい」

新太はよくあったまって、まだ身体から湯気が漂い出そうな様子である。

「湯冷めしないように、早く寝なさい」

「はい、お先にやすませていただきます」

それから、伊一郎は富次郎を促した。

「黒白の間に行こう」

「こんな時刻に？」

「おしまに言って、行灯と火鉢の支度はしてある」

ついでに酒と肴も――と微笑んだ。

「え、まだ飲むのかい」

「おまえさんはいったん酔いが醒めただろ。もうちっと飲んでも宿酔いにはならないよ。わたしはざ
るだから心配ご無用だ」

飲む打つ買うの道楽のうち、博打と女遊びには目もくれない伊一郎だが、酒だけは好きだし大いに飲む。強い。というか飲んでも飲んでも酔っ払わない。顔は赤くなるが、それだけだ。だから笊にたとえられる。

黒白の間には本当に灯りが点けてあって、火鉢が二つ、たっぷりと炭を熾こしてあった。温いほどではないが、夜の底冷えは和らいでいる。

兄弟がそれぞれ火鉢に座布団を寄せて座ったところへ、おちかが酒肴を載せた盆を運んできた。

「面倒をかけてすまないね」

「いいえ、お安いご用です」

おちかは夕餉の際の支度のままで、薄化粧も顔に残っている。

「深酒はしないよ。銚子三本だけ」

先回りして言い訳しつつ、伊一郎は嬉しそうである。

「あとは勝手にやるから、おちかはゆっくり湯に行っておいで」

「はい」

嫁入りが決まってから、おちかはいっそう美しくなった。もともと器量よしだったのが、今は内側から輝いているように見える。

「先に言っとくが、富次郎、わたしだっておちかの縄張りを勝手に踏み荒らすつもりはないんだから、ちゃんと断ってあるよ」

伊一郎の言葉に、おちかはほんのり微笑んで富次郎の顔を見た。

「というより、わたしの方からここを使うようにお勧めしたんです」

そして二人で目配せし合った。

「兄さんとおちかの間じゃ、もう打ち合わせが済んでるみたいだね」

「打ち合わせ？　まあ、何の話でしょう」

おちかは素直な気質（たち）なので、空とぼけるのは上手くない。

——今はまだ、な。

嫁いでいったら、とぼけて本心を隠すのも、隠した本心を小出しにする加減も覚えてゆくのだろう。それが娘から女房になるということだし、大人になるということだ。

なぁんて、まだ所帯を持っていない富次郎が説教がましいのだが、心のなかで呟いてみて、今さらのように気づいた。この黒白の間で語られてきた話ってのは、ぜんぶ語り手の本心なんだよな。ここは、人がありのままの魂をさらけだす場所なんだ。

「炭はかなり保つと思いますけど、足りなくなったら呼んでくださいましね。あと、隣の小座敷には褞袍がありますから」

「そりゃいいね。このまま雑魚寝もできる」

いけませんよ、風邪を引きます――と富次郎を戒めて、おちかはしとやかに引き揚げていった。

「いい娘だね」

見送って、伊一郎が言った。

「従妹でなかったら、わたしが嫁にもらいたいくらいだ。瓢簞古堂の若旦那は幸せ者だな」

「うん、あいつは天下一幸せな野郎だよ」

「おまえさんが二人の縁結びをしたんだって？」

「それはちょっと違うな。誰に聞いたの」

「おしまもお勝もそう言っていた」

富次郎は、ここの語り手の話に関わるところは避けて、瓢簞古堂の勘一が三島屋に親しく出入りするようになった経緯を語った。入用があって、瓢簞古堂から『江戸買物独案内』とその類似本を山ほど借り受け、三人で調べ物をしたときの話は、伊一郎に大いに受けた。その件で、勘一が富次郎に負けず劣らず甘い物に目がないとわかり、気が合ったと話すとひやかされた。

「おまえさんは今でも子供みたいだ」

伊一郎は辛党で、甘い物は女子供の好物だと思い込んでいる。

「いやいや、身銭を切って自分の食べたい物を買えるようになったからこその食い道楽だからね。

おいらは立派な大人だよ、兄さん」

おいら、おいらと連発していると、本当にガキに戻ったみたいで心楽しい。

おちかが用意してくれた肴は、目刺しの炙ったのと、しみ豆腐の煮染め、刻み葱を混ぜ込んだ焼き味噌だ。燗酒は晩酌に供されたものと味わいが違う。それを言うと、伊一郎は喜んだ。

「酒の味もわかるんだな。こっちはわたしが土産に提げてきた方だ。水のようにさっぱりしていて後を引かない。燗冷ましになると香りが変わって、ちょっぴり甘みが出てくる。寝酒にはぴったりなんだよ」

兄さんは菱屋でどういう暮らしをしているのかと、富次郎はちょっと心配になった。そんなにしょっちゅう寝酒をしてるのかよ。

しばらく差しつ差されつして、湯上がりの富次郎の身体がまた内側から温くなってきたころ、おもむろに伊一郎が切り出した。

「――観たよ」

富次郎は目刺しを嚙みながら兄の顔を見た。

「おまえさんの描いた絵」

言って、伊一郎はくいっと手首を返して猪口をあおる。

「恵比寿屋に行く前よりも巧くなったような気がしたんだけど、わたしの勘違いかな」

目がいい。

「いや、当たりだよ。あちらでちっとばかり習えたからね」

富次郎がそのへんのことを話すと、伊一郎はくっくと笑った。

「恵比寿屋の大旦那はカニがくしゃみしたような顔をしているが、わざわざ師匠を招いて絵を習うなんて、粋人だったんだなあ」

兄の突飛なたとえに、弟は水のようにさらりとした酒にむせてしまう。

「カ、カニがくしゃみって」

「似てるだろ？　四角い顔に、目も鼻も口も真ん中にくちゃくちゃっと寄っちまってて」

「兄さん、意外と容赦ないことを言うんだね。昔からそんなんだったかな」

「酒が入ると口が悪くなるんだ」

悪びれたふうもなく、伊一郎は言った。

「でも、酔っておべんちゃらは言わないぜ。だから真っ直ぐ聞いておくれよ。三枚ともいい絵だった」

ありがとうと、富次郎は言った。

「あの着飾った遊女が裸足で逃げてく絵——あれはさ、恰好は遊女のようだけど、本当は婆さんなのかな。後ろ姿だから顔は見えないのに、何となくそんなふうに思ったんだが」

富次郎は酒を口に含みながら微笑んだ。

「三枚のうちでは、海辺の村を見おろしながら

草笛を吹いている男の子の絵が好きだよ。軸に仕立てて飾りたいと思ったところで、男の子がでっかい蜘蛛に腰掛けていることに気がついた。あんなにでっかいのに、どうしてすぐ目に入らなかったんだろう」

「そういうことはあるもんだよ」

絵のどこに何を見るのか、見つけるのか、見いだすのかは、見る者の目と心にかかっているのだ。富次郎が恵比寿屋で習った絵師はそう教えてくれた。だから、描く者はただ無心に己の心に浮かんだものを写すつもりで描くことが肝要だ。人に見せつけようとして描けば描くほどに、見せたいものは見てもらえなくなる、と。

「三枚目の古い柘植の櫛の絵は、曰くありげだったなあ。百物語に関わりがあると知っていて見るからなのかもしれないけど」

呟いて、伊一郎は箸でしみ豆腐をつまみ上げた。夕餉でも鉢に盛って供されたお菜だ。よく味がしみている。

「これ、子供のころは嫌いだったんだよ」

意外だった。しみ豆腐の煮染めはお民がよくこしらえるお菜で、兄弟が慣れ親しんだ味であるはずなのだ。

「今夜のもおっかさんが煮たんだよな？」

「たぶんそうだと思うよ。いつもの味だし」

「こういうお菜の味わいは、酒を飲むようになって初めてわかるもんだよなあ」

うちのおっかさんのは出汁が濃い。菱屋の女中頭が煮るのは醤油味ばかりでしょっぱい。たまにおかみさんが煮ると固い。若おかみは煮物というと焦がしてばかりいる——と、伊一郎はつるつる語った。

「恵比寿屋の飯はどうだった？」

「だいたい何でも旨かったけど、難といえば、飯が硬かったことかな。大旦那が強飯好きで、ちっとでも軟らかいと、朝っぱらから大声で叱るのにも閉口したよ」

伊兵衛は軟らかめの飯が好きなので、恵比寿屋の強飯は、富次郎にとってはまさに他所の釜の飯だった。

「へえ、面白いな。というか難しいな」

「難しい？」

「白状すると、わたしはうちの軟らかい飯が苦手だったんだよ。菱屋は強飯じゃないが、軟らか過ぎもしない。ちょうどいい案配なんで、初めて食べたときは嬉しかったなあ」

お民が聞いたら寂しがるような話だけれど、兄弟がおふくろの味を懐かしみつつ、他所の飯の良さもわかるように育ったのは自慢にしてほしい。

温もりをやりとりするようにちびちびと飲みながら語り合う。伊一郎は瓢簞古堂のことをもっと知りたがり、祝言の前に勘一と飲みたいと熱心にねだった。その話が一区切りつくと、

「嫌なことを蒸し返すようで悪いが」

そう前置きし、恵比寿屋で富次郎が被った災難についても詳しく知りたがった。

「起こったことは、当時兄さんにも知らせたとおりでね、だから隠しておいたわけじゃないんだけど」

富次郎も先にそう断っておいて、言った。

「わたしを殴りつけた奉公人は、恵比寿屋の大旦那が外腹に生ませた子なんだよね。詳しい事情は知らないが、母親は芸者だったらしいよ」

これを聞くと、伊一郎は思いっきり嫌な顔をした。「何だい、そんな事情があったのか。そいつはひどい」

いきなりすごい剣幕なので、ひどいのは女房のいる男が他の女と浮気することなのか、それとも浮気で出来た子供を奉公人として家に入れることの方なのか、富次郎は問いそびれてしまった。

「おまえさんが難に遭ったのだって、そいつの腹のなかに恵比寿屋への憤懣が溜まっていたからじゃなかったのかい」

「うん、それはあったと思う」

「気の毒な話だ」

一息に言い捨て、急に目が覚めたみたいにぱちぱちとまばたきして、

「いや、だからっておまえさんを殺しかけた野郎の肩を持つわけじゃないよ」

「わかってるよ」

富次郎は微笑みながら銚子を差し出したが、伊一郎は猪口を置いたままだ。

「後出しになるけれど――」

神妙な顔をしている。

「わたしがこんなふうにひょっこり顔を出したのは、その恵比寿屋に頼まれたからなんだ」

富次郎はゆっくりと目を剝いた。

「何を」

「おまえさんの気持ちを確かめてもらいたい、と。もう、あちらのお嬢さんと添う気はまるっきりないのかって」

一昨日の昼過ぎ、恵比寿屋のおかみと娘が連れ立って菱屋を訪ねてきて、頭を下げて打ち明けてきたのだという。

おいおい、今更そんな話か。驚いたけれど、同時に、ついさっきの兄の唐突な激高ぶりが腑に落ちた。こんな頼まれ事を腹に呑んでいたのなら、無理もない。

商人らしく人に合わせるのが上手いので目立たないが、伊一郎は本来、弱い者いじめが嫌い、曲がったことが嫌いな一本気の人である。恵比寿屋の外腹の子への仕打ちそのものも、それを何とも思っていないのも、許しがたいことであるはずだ。

富次郎はきっぱり言った。

「縁談があったことはあったけど、おいらが怪我したときにおっかさんが怒って蹴っ飛ばしちまったし、おいらももう蒸し返す気は全然ないよ」

「うん、それでよかった。わたしも、もう恵比寿屋とは縁を切った方がいいと思う」

ああ、胸が悪い——と言って、燗冷ましを一口飲み下した。

「わたしには、件の乱暴者は追い出しました、富次郎さんに怪我をさせてしまったのを埋め合わせたい、婿として大事にいたしますから、とか言ってたんだよ」

子供のように口を尖らせる兄の顔など、久しぶりに拝んだ。

「三島屋さんは今、姪御さんの嫁入りが決まって皆様お祝い気分だろう。富次郎さんには先にいっぺん断られているけれど、姪御さんのお祝い支度を見ているうちに、ちっと気が変わられているかもしれない。伊一郎さんからどうぞよしなに取りなしていただけないかって」

富次郎は噴き出してしまった。「おちかが嫁に行くんで浮かれて、じゃあおいらもなんてことがあるわけないよ。嫁取りは男子一生の大事なんだから」

「まったくだよな」

伊一郎もようやく矛を収める。

「わたしの方からしっかり断ってやる。妙な話をしてすまなかった」

肴はほとんど平らげてしまった。夜の静けさが兄弟を包み込んでいる。

「おちかと打ち合わせをしていたのも、この件だったのかい」

「そうだけど、縁談のことまでは打ち明けちゃいないよ。おとっつぁんとおっかさんに気取られず、おまえさんと二人でこっそり話すならどこかって訊いたら、おちかがこの座敷を使うといいって勧めてくれて」

そこで言葉を切り、伊一郎は笑みを浮かべた。

「ただ、そのとき言われたっけ。せっかくですから、伊一郎従兄さんも何かしら不思議話の持ち合わせがないか考えてみて、もしもあったら語ってくださいませんかって」

——富次郎従兄さんのお稽古になるでしょうから。

「おちかがそう言ったの？」

「うん。一人きりで聞き手を始めた当初、おちかもずいぶん戸惑ったし、おろおろしたそうだ。だから最初は身内で稽古した方がいいんじゃないか。おちかも不慣れなうちには、おしまに語ってもらったことがあるそうだ」

従妹の気配りは嬉しいが、見損なってもらっちゃ困るとも思う富次郎である。

「どんな語り手がこようと、おいらはおろおろなんかしないよ。これでけっこう肝っ玉が据わってる方なんだ」

口に出して言ってみて、あらためて気がついた。わたしには絵があるからね。絵を描くことで、ここで聞いた話を目に見える形で片付けてしまえるから、最初のころのおちかより、ずっと荷が軽いんだ。

「そもそも、兄さんには不思議話の持ち合わせなんかおありなのかい」

思いっきりからかったつもりなのだが、伊一郎は「うん」と応じた。

「ホントかねえ」

「本当さ。おちかに促されて、すぐと思い出した出来事が一つある」

ずっと不思議に思っていたことであり、

「心に痼ってたことでもある。おまえさんも覚えてるんじゃないかな」

猫のことだよ、と言う。「毛並みは真っ白、金目で尻尾の長い猫だった」

はて。

「うちには猫なんかいなかったろ」

「ああ、うちの飼い猫じゃなかった。けど、おまえさんと縁があってうんと可愛がってたのに、あるときふっつりいなくなっちまって、捜しても捜しても見つからなくて」

伊一郎が十、富次郎が八つの時だという。

「そうすると十四年前になるか。なら、この家に住みついた年だよね」

「そうさ。年明けに、おとっつぁんが三島屋の看板を掲げたんだ。猫騒動があったのは、梅雨時だったかなあ」

開店のてんやわんやが一段落、商いは嬉しく繁盛し、家族の暮らしも落ち着いたころだったという。

そう言われても、富次郎にはくっきりした覚えがない。

「二十歳過ぎての二歳違いと、八つと十の二つ違いは大違いだからね。おいらは兄さんほどよく覚えてないみたいだよ」

すると、膝の上に両手をついて、伊一郎は長々とため息を吐き出した。

「……そうかあ」

がっかりしたような、ほっとしたような、その両方のような顔つきだ。

「あの猫がいなくなったのは、実はわたしのせいだったんだ」

富次郎は「ははあ」としか言えない。

「何だよ、その腑抜けたような声は」

「だってさあ」

「わたしの心には痼ってたのに、ご本尊様は忘れていなすったか」

伊一郎は小さく笑い、手でぺろりと顔を拭（ぬぐ）った。

「まあ、いいや。しゃべり易くなった」

その目が遠くを見るようになる。

「考えてみたら、これは真面目に百物語にふさわしい話なんだよ。けど、そんなにおっかなくはないから、おまえさんのお稽古には手頃だと思うね」

十四年前、開店当時の三島屋は、当然のことながら、今よりずっと少人数で成り立っていた。奉公人は八十助とおしまの二人だけだった。八十助は振り売りのころから伊兵衛を手伝っていたので、そのままお店に住み込んだのだが、おしまは口入屋からの紹介で来て、当初は通いだった。それが、働き者だしお民と相性がいいからぜひと、一月余りで住み込みになった。

伊兵衛とお民の下で袋物作りをする縫い子は三人いた。そのうちの二人は先から内職を頼んでいた人で、三島屋がお店を構えてようやく通いになった。あとの一人は新参者で、まだ縫い物の腕が危なっかしく、お民の下で修業をしながら、おしまを手伝って掃除や洗い物もしていた。

「その新入りが、おさとという人だった。覚えているかい」

兄に問われた途端に、富次郎の脳裏にさあっと思い出が浮かび上がってきた。

「いけすかなかった」

すぱりと口に出して言ってしまい、自分でも慌てた。いくらなんでもこりゃ失礼だ。

しかし伊一郎は咎めない。それどころか愉快そうに笑いだした。

「そう、いけすかない女だったなあ。思い出してきたかい？」

歳は今のおちかより若かったろう。どんな事情があったのか父なし子を産んで、一人で育てていた。赤子は女の子で、おとなしくて手がかからなかったから、おしまがよく「親孝行な子だねえ」と褒めていた。

おさとが縫い物にかかるときは、赤子はおしまがおんぶしていたが、たまに兄弟にお鉢が回ってくることがあった。おさとは可愛くなかったが赤子はうんと可愛らしかったから、富次郎は進んでお守りをした。兄弟で通っていた近所の手習所におんぶして連れて行ったことも何度もある。

一方、伊一郎は頑として引き受けなかった。子守なんて丁稚小僧のやることだと、ちょっと憎々しげなほどに突っぱねる。富次郎はおしまに教わり、赤子のおむつを替え、子守歌を唄って寝かしつけ、べろべろばあをしたり風車を回したりしてあやすのに慣れていったが、伊一郎は知らん顔だった。

手習所には朝飯の後から八ツ時（午後二時）までいるので、赤子をおぶって連れてゆくと、途中でおっぱいをほしがって泣く。そうすると富次郎はいっぺん家に帰って、おさとにおっぱいをやってもらい、またおぶって手習所に出直した。赤子がいたら当然のことだし、自分の弟や妹をそうやって世話している習子仲間もいたから、富次郎はちっともおかしいと思わなかったのに、伊一郎はそのたんびに機嫌を損ねた。そんなことがあった日は、富次郎と口をきいてくれないことさえあったのだった。

記憶をたぐりながらそのあたりのことを話してみると、伊一郎は赤い顔をして笑った。

「何だよ、けっこう覚えているじゃないか」

「うん。自分でもびっくりだ」

おさとの顔はどんなだったか。目立つ器量よしではなかったと思う。よくお民に叱られていたから、縫い子としての腕前は未熟だったのだろう。

「赤子の名前は覚えているかい」

「確か……おりんだ。おりんちゃん」

あやすと声をたてて笑うようになって、嬉しかったなあ。

「はいはいするのを追っかけた覚えまではあるんだけど、どうなったんだっけ」

「おさとは一年もせずにうちの縫い子をやめちまったんだよ。所帯を持ってね。亭主は近所の一(いち)膳(ぜん)飯屋の倅でさ、添ったと思ったらころころ子供ができて、名は体を表すなあ、里芋みたいだって、おとっつぁんが笑ってたもんだ」

わあ、そんなんだったっけ。

「わたしがおりんにかまいたくなかったのは、いけすかないを通り越して、おさとが嫌いだったからなんだ」と、伊一郎は続けた。「苦労の多い身の上に同情して、おとっつぁんもおっかさんもおさとには優しくしていたし、熱心に袋物の仕立てを教えていたんだ。なのに、おさとは外でうちの悪口を吹いて、愚痴ばっかりこぼしていたから」

やれ旦那がけちんぼだの、おかみさんが意地悪だの、おしまが性悪だの、言いたい放題だったそうだ。

「兄さん、何でまたそんなことを聞き知ってたんだい？」

富次郎はぜんぜん知らなかった。

「おさとが住んでいた岩本(いわもと)町の裏店(うらだな)は、うちがここに移る前に住んでいた貸家の近くだったからね。遊び友達がいたんだよ」

それでなくても悪口や悪い評判は広まりやすいのに、ぺらぺらの板壁や障子戸一枚で隔てられているだけの長屋のなかでは、今朝言ったことが昼前にはみんなに知られてしまう。

「本人は、言いふらしてるつもりはなかったんだろうけど」

伊一郎は友達から聞いたことを三島屋の誰にも言わず、一人で呑み込んでいた。

「言ったって、うちのおとっつぁんやおっかさんの気性じゃ、こっちが叱られるだけだってわかっていたから」

確かに、伊兵衛もお民も告げ口が嫌いだ。

「わたしが黙っていても、おさとがそういう恩知らずならば、いずれ自分から本性を現すだろうと思って我慢してた。そしたら勝手に離れていったんで、めでたしめでたしさ」

おさとのその後はわからない。嫁ぎ先の一膳飯屋は、いつの間にか店をたたんでいなくなっていた。

富次郎はしんみりと唸ってしまった。

「そうだったのか……。おいらも調子がいいというか、実は冷たいのかもしれないね。可愛がったおりんのことを、今までけろっと忘れてたんだから」

「ただ思い起こす折がなかっただけさ」

言って、伊一郎はひたと富次郎の顔に目をあてた。探るように見つめる。

「もう一人、おさとの前にうちの内職をしてくれていた、おきんという人のことは覚えてないか」

「おきんさん？」

そちらの顔は浮かんでこない。

「そうか。まあ、しょうがない」

酒気で顔を赤らめた兄さんは、何やら意味ありげに一人でうなずいている。

「気が揉めるなあ。で、猫の話はどうなったのさ。その縫い子の人たちが、猫の話と繋がるの？　思わせぶりはやめておくれよ」

　ふふ〜ん。伊一郎は検分するように富次郎の顔を見る。

「本当に忘れてるのかい？　お稲荷さんのことも？　梅の古木の上にいた、真っ白でふわふわなもののことも？」

「兄さんてば、何言ってんだよ」

　笑いながら言い返した拍子に、つと富次郎の脳裏をよぎるものがあった。

　お稲荷さんと梅の木と、真っ白でふわふわなもの。

　そういえば——

　伊一郎と富次郎が通っていた手習所のそばには、小さなお稲荷さんがあった。お社は簡素な造りだが、見事な梅の古木が屋根の上を覆うように枝を張り伸ばしており、その眺めに風格があるというので、近隣の人びとから大切に拝まれていた。
　四月も末のその日の昼前、富次郎は昼ご飯を食べにいったん家に戻るところだった。伊一郎は、特に教わりたいことがあるとかで手習所に残っている。

「何を習うの？」

「おまえにはわかんないよ」

「お昼はどうすんのさ」

「一食ぐらい抜いたって死ぬもんか」

すげないという以上に、機嫌が悪い。このごろ、兄さんは時々こんなふうに意地悪になるのが困りものだった。

手習所は半ば傾いたようなボロいしもた屋で、路地の奥だったから、隙間風がひどいくせに昼でも薄暗かったのだが、一歩外に出れば空は晴れ渡っている。気持ちがせいせいして、足取りも軽くなる。伊一郎の素っ気ない物言いも忘れて、鼻歌を歌いながら、富次郎はお稲荷さんのところにさしかかった。すると、習子仲間が三人身を寄せ合って、梅の古木を仰いでいる。

「お〜い、何だよう」

手習い帳をぶんぶん振りながら駆け寄ってみると、

「あ、富（とみ）ちゃん」

「なあ、見てみて」

「あそこに何かいるみたい」

その指の示す先を見やってみると、確かに、真っ白でほわほわした毛玉みたいなものが、梅の枝が三叉（みつまた）になっているところに挟まっていた。

その三人は女の子二人に男の子一人の組み合わせで、富次郎の仲良しだった。九つの女の子のおせんと、六つの男の子の末吉は姉弟で、おとっちゃんが手間大工だ。富次郎と同い年の女の子のお久は、よく三島屋に出入りしている油屋の娘である。

「ちっちっ」

富次郎はその白いほわほわに向かって舌を鳴らしてみた。ほわほわは動かない。

「猫じゃねえのかなあ」

「富ちゃんたら、猫はあんなに小さかないよ」

おせんは（この面子のなかでは）姉さん株だから、教え諭すように言う。

「子猫はちっちゃいぞ」

「それだって、あれじゃちっちゃすぎるよ。ねずみじゃない？　白ねずみ」

古木の枝は、上の方にいくとそんなに太くないのだが、ちょうど三叉になっているところにはまっているので、ほわほわの全体の形がよく見てとれない。下から仰いでいる限り、耳や尻尾らしいものは見えない。

「お供物を狙ってお社に入り込んで、お狐さんに追われて木の上に逃げたんだよ」

で、にっちもさっちもいかなくなっているのだろうと、おせんは言った。

「白ねずみは縁起のいい生き物だから、助けてあげたら良いことがあるかも」

大真面目に言い出したのはお久だ。

「富ちゃん、この木に登れる？」

「おいらが登る！」と張り切る末吉を、「あんたはダメダメ」とおせんが阻んだ。

「末吉じゃ、白ねずみを握りつぶしちゃう」

確かに末吉はやんちゃで、つい昨日も習字のときにふざけていて墨壺をひっくり返し、師匠に雷を落とされたばっかりである。

「うん、登れる」

末吉はやいやい騒いだ。「富ちゃんずるいよう、おいらも登りたいよう」

「そんならあたしが登る」

焦れたのか、おせんがきっとなった。

「久ちゃん、これ持ってて」

お久に手習い帳を預け、着物の裾を勇ましく尻っ端折りした。威勢はいいが、いざ梅の木の幹に足を掛けてみたら、身体を持ち上げるのもおぼつかない。

「おせんちゃん、やめときなよ。おいらが登ってみるから」

富次郎は身が軽く、木登りなら得意だ。するするっと登った。枝が三叉になっているところへ頭を寄せてみると、ほわほわしたものはやっぱり真っ白な毛玉の塊で、大きさは富次郎のげんこつの半分ぐらい。耳も目鼻も尻尾もない。

「ちっち、ちゅうちゅう」

声を出しながら指で触れてみて、驚いた。温かい。生き物の温もりだ。

——やっぱりねずみなのかな。

ほわほわをすくい上げようと、掌で包み込むようにしてみた。と、それはにわかに端から崩れ、梅の木の枝の上から散ってゆく。

「あれ？　何だよ何だよ」

慌てる富次郎の目の前で、雪が溶けるように消え失せてしまった。

「どうしたの、富ちゃん」

「なんか……なくなっちまった」

「逃げちゃったの？」

富次郎にもわからない。返事に困っていると、末吉がうわ〜んと泣き出した。

「ねずみがにげちゃったよ〜う」

富次郎は慌てて下へ降りた。おせんが、バカだね泣くんじゃないよと弟を叱りつける。

「ねえちゃん、おしっこ」

末吉は泣き泣き訴え始めた。

「富ちゃん、ごめんね」

末吉の手を引っ張って、おせんは大慌てで帰っていった。尻っ端折りもそのままである。

「あ、手習い帳」

おせんの手習い帳は、お久が持っている。

「まあ、いっか。明日返すわ」

富次郎とお久も連れ立って歩き出した。ちょっと離れてから振り返ってみても、梅の古木の枝に、白いほわほわなんか見えない。

「あれ、何だったのかなあ」

富次郎の呟きに、お久が何か答えた。聞き取れなかったので、富次郎はきょとんとした。

「へ？」

「富ちゃん、知らない？　けうけげん」

　そういう名前のあやかしだという。

「毛の塊なんだよ。お化け草紙に描いてあるんだ」

「やっぱりお久ちゃんは物知りだねえ」

　手習所でも、伊一郎と同じくらいよく出来るのである。

「うちの叔父さんがお化け草紙が大好きで、いろんなあやかしに詳しくてさ、あたしにもよく教えてくれるんだ。おとっつぁんはいい顔しないんだけど」

　お店を構えて最初の一年がまず大事な勝負どころだと、伊兵衛とお民は夜なべ続きも厭わず袋物作りをしている。夜なべには灯が要るから、菜種油をどんどん費やす。臭いが強く、黒い煙の出る魚油は商い物を損ねるので使えないから、割高でも菜種油を買うようにしている。だから、間口一間（約一・八二メートル）のささやかな小売り店をしているお久の家にとって、三島屋は上得意である。主人であるお久の父親も、その弟である叔父もしょっちゅう御用聞きに来るので、富次郎も顔を知っている。

　お久の父親は愛想のいい商売人だけど、叔父さんはもさっとしていて挨拶も上手くできない。あの人が草紙本なんか読むのかぁと、富次郎は感心した。

「けうけげんって、よくわかんないおかしなものって意味なんだって」

「悪さをするあやかしなの？」

「ううん、そこらにいるだけ。だって、ただの毛の塊だもんね」

　その日はそれで別れた。一日が長くていろいろなことが起こるが、一晩眠ればそれをきれいに消化して、また次の一日をめいっぱい笑ったり怒ったり叱られたり遊んだり学んだりして過ごすのが子供というものだから、富次郎もほわほわのことは気に病まなかった。

だが、それから数日後、今度は伊一郎と二人で手習所から帰る道で、富次郎は再び梅の古木の上にほわほわを見つけた。また、あの枝が三叉になっているところに丸まっていたが、先のものよりも大きめで毛足も長いように見えた。

富次郎は兄の着物の袖を引っ張った。

「兄さん、あれ見える？」

「あれって……あの白いのか」

目を細めて木の枝を仰ぎ、

「ねずみだな」と、伊一郎は言った。「あんなところに登って、バカなちゅうこうだ」

富次郎はちょっと威張った。「違うんだなあ。あれはけうけげんだよ」

「何だって？」

「ちょっと見ててよ。あれはね、触ると消えちまうんだ」

よっ、ほい、と声をかけながら梅の古木に登り、富次郎は白いほわほわに近づいた。お久に「おっかないもんじゃない」と教わったから、強気でいられた。触って消えてしまう前によくよく見ようと、顔を寄せた。

すると、ほわほわが目を開いた。白い毛の塊の右端にどんぐりほどの大きさの一つ目が、淡い金色の眼がぱっちりと現れ、富次郎を認めてまばたきをした。黒い瞳がきゅっと細くなる。

「わ！」

叫んだ拍子に足を踏み外し、富次郎は梅の木から落っこちそうになった。伊一郎が慌てて飛びついて尻を持ち上げてくれた。

「何やってんだよ！」

「だ、だって」

けうけげんは一つ目の化け物だったのか。おっかさんにもっとよく聞いてみなくちゃ。

「やっぱりねずみなんだろ。噛みつかれたか？」

「そうじゃなくって、目があったんだ」

あわあわ言って、富次郎は思いついた。あれは猫の目だ。

「猫の目にそっくりだった。兄ちゃん、もしかして化け猫って一つ目なのかな？」

「はあ？　いいから早く降りてこい」

富次郎と入れ替わりに、しょうがねえなあとぷりぷりしながら、伊一郎は梅の木の幹に取りついた。

「何だか知らないけど、おいらが捕まえて見せてやる」

伊一郎は富次郎ほど身軽ではないが、手足が長くて力がある。枝をつかんで身体を引き上げ、すぐとほわほわのそばに首を出した。

「何だこりゃ」

言うが早いか、手を伸ばしてむんずとほわほわをつかんだ。それは伊一郎の手のなかで崩れるように消えた。先のときと同じである。「あれ？」

伊一郎は掌を検分し、着物の衿や袖を叩いてみた。ほわほわは欠片さえ残っていない。

「……消えちまった」

「ね？　こないだもそうだったんだ」

伊一郎はしばらくしかめっ面をしていたが、フンと鼻先で息を吐くと、さらに身体を持ち上げ、ほわほわのいた三叉のところによいしょと腰をおろした。そしてまわりを見回して、声をあげた。

「お、うちが見える」

兄さんのぶらぶら揺れる足の裏を仰いでいた富次郎は、たまらない。小さな子供にとって、よじ登った木の枝の高いところから自分の家を見つけるなんて、こんなわくわくする出来事はない。

「ホント？　おいらも見る！」

富次郎がしゃにむに枝を登ってゆくと、「おい、揺らすなよ」と文句を言いながらも、伊一郎は手をつかんで引っ張り上げてくれた。自分は三叉になっているところから腰を上げ、枝に腕をからませてつかまって、空いたところに弟を座らせる。なんだかんだ言って、いつも世話焼きなのだ。

「ほら、あれがうちの屋根だよ。二階の窓も見えらぁ」

家移りの前に張り替えたので、障子紙はみんな真っ白だ。明るく日差しを照り返している。風を通すためか、窓がいくつか開けてある。兄弟が頭を並べて伸び上がったとき、ちょうど誰かがその向こうを通りかかった。

「おとっつぁんだ！」

嬉しくなって、富次郎は手を振った。三島屋の一階は半分が店舗で、あとは台所と客間がある。仕事場と家族の居室は二階に集まっている。

伊一郎はすぐバカにした。「こんな時刻に、おとっつぁんが帳場を空けて階上(うえ)にいるもんか。おっかさんかおしまだよ」

「ちがわい、おとっつぁんだった」

「手を振ったって、あっちからは見えやしねえ。もういいだろ。おいらは手がくたびれてきた。早く降りろ」

揃って家に帰ると、富次郎は家じゅうに触れ回った。ねえねえ、あのお稲荷さんの梅の木に登ったらうちが見えるんだよう——

で、それを聞きつけた伊兵衛に叱られた。お稲荷さんの頭の上によじ登るなんざ、とんだ罰当たりだ！

伊一郎が殊勝に謝り、富次郎がべそをかきかき二度としませんと約束すると、伊兵衛は鬼のような顔から父親の顔に戻って言った。

「富次郎は遠目がきくんだな。私はさっき、確かに半刻(はんとき)（約一時間）ばかり二階にいたよ。特注の拵(こしら)え物のことでおっかさんと打ち合わせが要ったから」

わ〜い、おいらは遠目の富次郎だと、その日寝る間際まで富次郎は自慢していた。

それから半月ばかりのあいだに、富次郎はもう二、三度、あの梅の木の三叉のところに白いほわほわがいるのを見かけた。

見かけるたびに、ちっとずつ大きくなっているみたいだった。形もはっきりしてきて、

——あれ？　耳がある。

——今、足が見えたかな。

なんて感じだったのだけれど、罰当たりだと叱られたことに懲りていたから、もう梅の木に登って確かめようとは思わなかった。

おせんたちにもそう伝えた。いつものように末吉は言うことを聞きたがらなかったけれど、おせんが抑えてくれたし、お久は納得顔だった。

「叔父さんも言ってた。悪さをしなくたって、あやかしにはふざけ半分で手を出しちゃいけないって」

あの白いほわほわが目を開いたということは内緒にしておいた。そんなことを教えたら、なおのこと末吉が近くで見たがるだろうし、おせんとお久はさすがに怖がるかもしれない。

伊一郎は、ほわほわのことなんかもう忘れてしまったようだった。富次郎が「またあれを見たよ」と伝えても、生返事しかしない。だから富次郎もいちいち言わなくなった。

それに、兄さんのことではもっと気になる心配事が生じていた。

このごろ何かと不機嫌になりがちな伊一郎は、不機嫌になるのと同じくらいの頻度で、手習所の師匠のもとに一人で居残る。

——おまえに言ったってわかんないことを習ってる。

と突っ放されるばかりだから、いちいち理由は問わずにいたのだが、五月も半ばを過ぎたころ、富次郎が帰り道で忘れ物に気がついてとって返すと、他の習子たちがいなくなってがらんとした教室で、伊一郎が師匠と向き合って座って泣いていたのだ。

あ！　と思ってすぐに隠れたから、師匠にも兄さんにも見つからなかったはずだ。

——叱られてンだ。

真っ先にそう思ったし、それが自然だ。手習所の師匠は干からびたような御家人くずれの爺様で、歯がほとんど抜け落ちているのでいつもはもごもご口ごもり気味なのだが、怒るときだけは口跡明瞭になり、まさに雷のような怒声を発する。そのおっかなさに、習子はみんな縮み上がる。年明けから通うようになったのだから、三島屋の兄弟はここでは新参者だが、賢くて行儀のいい伊一郎は師匠に気にいられ、教本の『商売往来』を読み上げるときは、いつも名指しされるくらいだった。

その兄さんが、師匠の前で泣いている。自分のことのように恥ずかしく、いたたまれなくなって、富次郎は逃げだした。家までの道を駆けて、いつもは通りがけに会釈を欠かさぬあのお稲荷さんの前も、今日ばかりは目もやらずに走って通り過ぎたのだが、

「にゃ～ん」

その声に、つんのめるようにして足を止めた。息を切らして振り返る。

猫だ。近くに猫がいる。

梅の古木と小さなお社。お狐さんの古びた木像がいかめしい顔をして向き合っている。

空耳だったのだろうか——と首をかしげていると、また聞こえた。

「にゃあ」

そして見えた。梅の古木の根元のところだ。真っ白な猫がまん丸くなってこっちを見ている。長い尻尾を持ち上げて、今、くるりと巻いてみせた。

「わあ、なんだよう、おまえ」

声をかけながら、富次郎は梅の古木のそばへと引き返した。呼びかけに応じるように、白猫は古木の陰から半身を覗かせる。まだ小さい。うんと小さい。脚は華奢(きゃしゃ)だし身体も細いけど、お腹がぽこんと丸い。赤ん坊と一緒だ。そう、おりんみたいだ。

「ちっちっ、おいでおいで」

富次郎がしゃがんで手を差し伸べると、子猫はまた「にゃあ」と鳴いた。薄い金色の目に、真っ黒な瞳がつぶらだ。

「こわかないよ。おまえ一人なのかい？　おっかちゃんはいないのかい」

子猫はふにゅふにゅと喉声(のどごえ)を出し、梅の古木の幹に隠れた。尻尾もいったんしゅうっと伸ばし、それを丸めながら木の陰に入った。富次郎はそろりそろりと近づいて、梅の幹に手をかけて覗き込んでみた。

子猫はいなかった。

どこ行ったんだ？　木に登ったのか。枝を仰いでみても見つからない。お稲荷さんのお社のまわりを捜してみても見あたらない。

へ？　お稲荷さんだけに、まさに狐につままれたようである。富次郎はきょとんとしたまんまうちに帰った。

でていた。

「おかえりなさい」

勝手口から入ると、台所には背中におりんをくくりつけたおしまがいて、大きな鍋で何かを茹でていた。

「おしまさん、お稲荷さんのとこに子猫がいたんだけど――」

富次郎がさっきのことをしゃべると、おしまは大して不思議がることもなく、

「猫は素早いし、どこにでも入り込みますからね。子猫じゃあ、なおさらです」

言ってから、前垂れをかけた膝に両手をあて、富次郎の方にかがみ込んで、こう続けた。

「おうちでは猫は飼えませんよ。もしもまた見つけても、ご飯をやったり、拾ってきちゃいけません」

江戸の町には犬も猫も多い。好き勝手にそこらをうろつき、庭先に入ってきて食べ物をねだったり、餌付けをすれば居着いてしまったりする。だが、三島屋ではそれは禁物なのだった。袋物という繊細な品物を扱うので、伊兵衛もお民もよくよく気をつけて、犬猫が寄りつかないようにしている。やたらと群れてフンを落とすからと、お民は鳥も嫌がるくらいだ。

「音を聞くだけならいいけど、できるだけ遠くで啼いていてほしいもんだわよ」

そういう両親の子供だから、伊一郎と富次郎の兄弟も、うっかり野良をなつかせてしまうようなことは厳しく慎んで育ってきた。

実を言えば、二人とも生き物が好きだった。とりわけ猫には目がなくて、子猫なんか放っておけない方だったのだけれど、もしも連れ帰ったら、

――うちでは飼えないよ。捨てておいで。

と言われて辛いのは自分たちなのだから、自然と諦めるようになったのだ。

「うん、わかってる」

富次郎は素直にうなずいた。だけど可愛い子猫だったな。今度、みんなと一緒にいるときにまた出てくるといいな。うちでは飼えないけど、油屋さんで飼ってくれたらいいな。そしたら好きなときに遊べるもん。

その日、伊一郎は富次郎から一刻ほど遅れて帰ってきた。頬に涙の跡はなく、目も腫れておらず、叱られて意気消沈しているという風情でもなかった。

「兄ちゃん、お稲荷さんのところで真っ白な子猫を見なかったかい？」

富次郎の問いかけにも、いつもと変わらぬ涼しい顔をして、「知らねえよ」と応じた。

「おいらが通りかかったら、にゃあにゃあって鳴いて出てきたんだ。人なつっこい子猫だったよ」

「見かけなかったってば」

言って、伊一郎は顔をしかめた。

「まさかおまえ、拾ってこようとか思ってんじゃねえよな」

「……そんなことしねえよ。叱られるもん」

「わかってンならいいけど」

つれないなあ、可愛い子猫だったのに。つまんねえなあ、うちの兄ちゃん。

うつうつと不満を噛み殺した富次郎だったが、それから数日のうちに——

「どっかで猫が鳴いてないかい？」

早朝、台所に続く広い板の間で女子供が集まって朝飯を食べているとき、お民がつと箸を止めてそう言った。

富次郎は耳をそばだてた。ホントだ、鳴いてる鳴いてる、近くだぞ！

「あらイヤだ、そうですね」

茶碗と箸を置き、おしまが立ち上がる。その脇をすり抜けて、富次郎は裸足で土間に飛び降りた。

「にゃあ、にゃあん」

子猫の声は、台所に据えてある大きな水瓶の陰から聞こえてくるのだ。這うようにして、左耳を土間の地面にくっつけて覗き込むと、きらきら光る子猫のつぶらな瞳と目が合った。

「ここにいるよ！」

水瓶の後ろ側に手を突っ込むと、ふわりと柔らかな子猫の身体に触れた。首の後ろをつかんで引っ張り出す。この前見かけたあの白い子猫だ。目はぱっちり、お腹はぽこりん。抱っこしてやると、小さくて冷たい鼻を富次郎の掌にこすりつけてくる。

「まだ小さいじゃないか」

お民が土間に降りてきて、富次郎の傍らにしゃがみこんだ。

「きれいな毛並みだこと。金目だねえ。いつ入り込んだんだろう」

朝の台所は忙しい。女衆が総出で朝飯を作り、まず伊兵衛たち男衆に賄いをし、それから自分たちが食べて、お民と縫い子たちは仕事場に上がり、おしまが後片付けをする（ちなみにこのとき、伊一郎は男衆と、富次郎は女衆と一緒に食べる。これも跡取りと次男坊の違いだ）。慌ただしくって人の出入りが激しいし、勝手口も真冬でもない限りは開けっぱなしだ。子猫の一匹や二匹、どこから入り込んできても誰も気づかない。

「こいつ、二、三日前にお稲荷さんにいたんだ。おいでおいでって舌を鳴らしてやっても、すぐどっか行っちゃったんだけど」

嬉しくて、富次郎は子猫を撫で回す。子猫は喉をごろごろ鳴らしている。

「そうだったのかい」

お民は富次郎の顔を見た。

「それじゃあ、この子はあんたの匂いを覚えてしまって、あんたを追っかけてうちに来たのかもしれないね」

おっかさんの物言いに、やんわりと叱責が混じっている。富次郎はぴりりとした。

「ごめんなさい」

すぐと真顔になって謝った。

「わかってるだろうけど――」

「はい。うちじゃ飼えない。お久ちゃんの油屋さんへ連れてってみます」

「ちゃんとしておくれよ」

「はい」

おしまが酸っぱいものを噛んだみたいな顔をしてこっちを見ている。富次郎は子猫を懐に入れ、勝手口から裏庭に出た。朝飯はまだ半分しか食べてなかったけれど、ぐずぐずしてはいられない。

油屋では、三島屋よりもずっと手狭な台所で一家揃って朝飯を食べており、お久はもちろん、その両親も笑顔で子猫を迎えてくれた。

「金目の猫は商家には縁起ものだし、お稲荷さんにいた猫ならもっといい」

「ねずみ除けになるから、大事に飼うよ」

お久に抱っこしてもらい、頭をなでなでされながら、子猫は富次郎に目を向けてにゃあにゃあ鳴いた。

「もう富ちゃんになついてるみたい」

じゃあ、あとでまたね——と三島屋に戻る途中で、富次郎は急に胸がつかえてきて泣いてしまった。油屋さんじゃ、あんなに子猫を喜んでくれたのに、どうしてうちじゃ駄目なんだろう。わかっているつもりだけど、何か理不尽じゃないか。

その朝は手習所へ行ってからも子猫の話題で持ちきりで、お久が可愛い可愛いと自慢するものだから、

「どうして先にお久ちゃん家に行ったのさ」

と、おせんに責められ末吉には泣かれて、富次郎はずいぶんと困った。この姉弟のおとっつぁんは気が短くて、以前、野良犬に木っ端をぶっつけて追い払うところを見たことがあったから、子猫を任せるなんてとんでもない。けど、正直にそう言うわけにもいかない。

伊一郎はと言えば、ホントはうちで飼いたかったという富次郎の胸の内ぐらいお察しだろうに、やっぱりつれないままだった。

「猫や犬は、うちの商い物に障るから駄目なんだ。おとっつぁんにもおっかさんにもきつく言われてるのに、なんでかまったりするんだよ」

バカかおまえはと言い捨てられて、富次郎は首を縮めるしかなかった。

もっとも、このやりとりが師匠の耳に入って、あとで伊一郎はこっぴどく叱られた。

「兄弟のあいだにも礼節というものがある。馬鹿と罵るのは礼を失したふるまいじゃ。富次郎に謝りなさい」

怒りに目の縁を赤くした兄さんに頭を下げられても、かえっておっかなくて、富次郎は息が詰まったのだけれど。

この日を境に、富次郎は朝夕に油屋詣でをするようになった。子猫は「繭玉のように白い」ことから〈まゆ〉という名前をもらい、油屋一家に可愛がられている。富次郎が会いに行き、「まゆ、まゆ」と呼ぶと、どこからともなく飛んできて膝に飛び乗り、肩に登り、喉を鳴らしてじゃれついてきた。

「やっぱりこの子、富ちゃんが好きなんだね」

「おいらもまゆが大好きだ」

おしまに代わっておりんをおんぶしているときでも、富次郎は油屋に通った。そういう折は、富次郎がたっぷりまゆと遊べるように、油屋の女中さんがおりんを預かってくれたり、お久が一緒にお守りをしてくれたりした。

おせんと末吉も、ちょくちょく油屋に来てはまゆと遊ぶようになった。ただ末吉が乱暴に尻尾を引っ張ったり、それを咎めるおせんがやたらと大きな声を出したりするので、まゆはこの姉弟が苦手のようだった。一度など、末吉の手から逃れたまゆがぴょんと飛んで富次郎の懐に入ってきて、その様が可愛らしいとお久が喜び、末吉が悔しがって大泣きするという一幕もあった。

そんなふうにして半月ばかり過ぎたある日、油屋の裏庭で、道ばたでちぎってきた猫じゃらしを使ってまゆと遊び、くたびれたまゆが膝で寝てしまったのを撫でてやっていると、お久がふと思いついたように言い出した。

「まゆの毛並みって、お稲荷さんのとこの梅の木にいたけうけげんと似てるよね」

混じりっけなしの真っ白で、ほわほわだ。

「もしかして、あのけうけげんがまゆになったのかなあ」

さても突飛なことを言い出したものだ。富次郎は噴き出した。

「なんであやかしが猫になるもんか。まゆにもちゃんとおっかさん猫がいるんだよ」

「どこに？」

真っ直ぐ問い返されて、富次郎は瞬き(まばた)した。

「どっかに」

「じゃあ、まゆはこんなに小さいのに、一匹だけでおっかさん猫ともきょうだい猫ともはぐれてお稲荷さんにいたの？」

野良猫なんてそんなものだろう。

「お久ちゃん、面白いことを考えるね」

お久はまゆの細い背中を一本指で撫でて、小声で言った。「あたしの考えじゃないんだ。叔父さんが言ってたの」

草紙本が好きで、あやかしに詳しい叔父さんだ。

「まゆはとっても賢くて、いたずらも粗相もしないし、あたしらの言葉がわかってるみたいなふるまいをすることまであるからね。ただの猫じゃねえのかもよって」

それで、富次郎もふと思い出した。梅の古木の枝の上で、真っ白でほわほわのものに、ぱっちりと一つ目が開いたときのことを。

「お久ちゃんがおっかながるかもしれないと思って、おいら内緒にしてたんだけど」

実はね、とその話をすると、お久は目を瞠った。

「それホント？　確かに金目だったの？」

「うん。けうけげんの金目も、まゆの金目と同じ色合いだった。考えてみたら、おいらもあのとき、とっさに猫の目だって思ったんだよね」

お久は勢い込む。「だったら、叔父さんの言うこともあてずっぽうじゃないんだよ。あのけうけげんがまゆになったんだよ。一つ目だったのは、すっかりまゆに成りきる途中だったからじゃないかしら」

突飛ながら、筋が通っていないでもない説である。

富次郎は困惑した。で、いちばん単純な疑問を口に出した。

「でもさ、なんでけうけげんが猫になるんだろ？」

お久は返事に詰まった。「なんでって……あやかしは化けるのが仕事だから」

言いながら、自分でも可笑しくなったのだろう。笑いだした。

「きっと、あたしたちと遊びたかったんだよ。けうけげんのまんまじゃ、富ちゃんだってこんなふうに膝に乗せたりできないでしょ」

そりゃまあ、そうだ。

「喉もごろごろ鳴らせないしな」

当のまゆは、すっかりくつろいでお腹を出して眠っている。

「それよかさ、富ちゃん。三島屋さんに縫い子の人がいるでしょ？」

こういう顔をした――と、お久は口の両端に指をあて、下に引っ張ってみせた。不満たらしいへの字になる。

それだけでわかった。しばしばそういう顔をしているのは、

「おさとさんだね。おりんのおっかさんだよ」

お久は「え！」とびっくりした。赤ん坊のお守りはしても、いちいちそのおっかさんのことまで気にしていなかったらしい。そういえば、富次郎も油屋でおさとを話題にしたことはなかった。

「だったら、富ちゃんにおりんちゃんをお守りさせといて、なおさらずいぶんだね、あの人」

「おさとさんが何かしたかい」

すごく態度が悪いのだと、お久は言った。

「三島屋さんの人だって聞いてるから、あたしも近所で顔を合わせたら挨拶ぐらいするよ。けどあの人、いっつも知らんぷりなんだ」

油屋のおかみさんも、おさとのことを、「なんでいつもあんなにツンケンしてるんだろうねえ」

と訝っているという。

富次郎が思うに、おさとはだいたいそういう気質なのだ。愛想がないし、挨拶もきちんとできなくて、伊兵衛やお民にもしばしば窘められている。

――うちで仕事してもらう以上、行儀が悪いのを放っておくわけにはいかないからね。躾けなくちゃ。

両親がそう話し合っているのを聞きかじったこともあった。

「油屋さんにもツンケンしてたんだね。おいらが代わりに謝っとくよ。ごめんね」

あらまあと、お久は笑う。

「富ちゃんって優しいね」

膝の上で、まゆが伸びをしながら寝返りを打った。お久は横から手を出して、その首の下をこちょこちょしてやる。

「だけどあたしは意地悪だから、言いつけちゃう。あの人、こっそり逢い引きしてるよ。相手はあの角の、きったない縄のれんを下げてる一膳飯屋の倅さん。こないだなんか、筋違御門前の夕市に二人で来てた」

へえ〜。富次郎は頓狂な声をあげた。

「そのときはうちのおっかさんも見てたから、あとで言ってた。あの縫い子は三島屋さんで長続きしないだろうね、って」

そうなるのかなあ。富次郎にはよくわからない。ただ、一つ思った。

「逢い引きしてたんなら、その倅さんがおりんのおとっちゃんなんだな」

するとお久は横目になって富次郎を見た。

「富ちゃんって……」

「何だよう」

「可愛い」

同じ年頃なら、女の子の方がおしゃまである。だいたい富次郎は、「父なし子」を産むというのはどういうことか、そこからしてよくわかっていなかった。

「うちのおっかさんがそんなこと言ってたなんて、三島屋さんのおかみさんには内緒にしといてね」

「うん、わかった」

毎日まゆと遊ぶのは楽しかった。ただ、富次郎大好きなまゆが勝手に後をついてきて、あるいは彼の匂いを慕って、しばしば三島屋の庭先や台所にまで入ってきてしまうようになったのには困った。

富次郎が先に気がつけば、慌てて抱っこして外に出してやれる。だが、おしまや八十助はもとより、おっかさんのお民がまゆに気がつくと、そのたびに大騒ぎになった。

「猫がうちに入ってる！　追い出して、追い出して！」

まゆは富次郎にはくっついてくるが、三島屋の他の人びとには懐かず、声を出して追われると素早く逃げてしまう。だから大きな難はなかったが、いつまでも無事に済むとは限らない。それを思うと、大げさではなく富次郎は生きた心地がしなかった。

案じていたことが起きてしまったのは、梅雨の湿っぽい風が吹く日のことだった。寝冷えした

のか、朝から富次郎は腹具合が悪かった。手習所でも何度も廁に立ち、習子仲間から冷やかされた。師匠が案じて、

「今日は手習いは昼までにして、家で暖かくしていなさい。腹下しの薬をもらって飲むといい」

そう言われて、一人で先にうちに帰った。おしまに言うと苦い薬を煎じてくれたので、げえげええずきながらどうにか飲んだら、渋っていた腹具合も治まってきた。

おしまの背中では、おりんがぐっすり眠っている。

「おいらも昼寝するから、おりんと一緒にいるよ」

「じゃあ富次郎さんにお願いします」

仕事場の次の間の四畳半で、おりんに添い寝してごろんとする。煎じ薬のおかげで身体が温くなり、いつの間にか富次郎は寝入ってしまった。

「きゃ！」

鋭い叫び声で目が覚めた。見れば、仕切りの唐紙から半身を出して、おさとが固まっている。

「おさとさん――」

寝ぼけ眼の富次郎に、おさとが飛びかかってきた。いや、違う。富次郎の隣にいるおりんのもとに飛んできたのだ。

「なに、この嫌らしい猫は！」

ぎょっとして、富次郎は息が止まった。おりんの傍らから、まゆがぴょんと飛んで離れた。

尻尾をふくらませ、目を怒らせ、背中の毛を逆立てて、おさとに向かってふうっと唸る。こんなことをするまゆを見たのは初めてだった。

「この畜生め、おりんに何するのよ！」

おさとは叫んで、まゆを叩こうとした。まゆは素早く身をかわし、おさとの指にかみついた。

おさとが悲鳴をあげ、唐紙がパンと開いた。お民がびっくり顔をのぞかせる。

「何事だい？」

「おかみさん、この猫が」

猫が猫が。おさとは指から血を流し、半泣きで訴える。

「おりんの顔の上に座ってたんです！」

富次郎は腰を抜かしてしまって、動けないし声も出せない。いつも可愛いまゆは、今はぜんぜん別の猫になってしまい、恐ろしいダミ声でぎゃっと鳴くと、お民の足もとをすり抜けて逃げだした。

「誰かその猫つかまえて！」

お民が大声をあげた。階下でどたばたと足音がたち、階段をのぼってきた八十助が顔を出した。

「あいすみません、おかみさん。猫は逃げちまいました」

おさとはおりんを抱き上げて、背中や尻を叩いてやっている。おさとの顔も青いが、おりんの頬からも血の気が失せていた。口をぱくぱくさせている。

「猫がかぶさってきて、息がとまりかけていたんだよ」

お民が八十助に言い、目を吊り上げて富次郎を見返った。

「おまえ、あの猫をうちに連れてきたんだね？」

違う、違うと富次郎は言い返した。声が震えてひっくり返ってしまう。怒るおっかさんの顔は、洒落っ気抜きで般若のようだ。

「おいら、何にも知らない。目が覚めたらまゆがいたんだ」

「あんたを追って入ってきたんだよ。だから猫をかまっちゃいけないって言ったのに」

幸い、おりんの顔色はすぐと元に戻った。ええよええよと泣き出したので、おさとが乳をやる。富次郎はまだ震えていた。

「おいら、油屋さんに行ってきます。まゆは油屋さんで飼ってもらってるんだ」

「二度とうちに入り込まないようにしてもらうんだよ！」

お民にきつく言いつけられ、三島屋から外に出ると泣いてしまった。涙を拭いながら油屋を訪ねると、お久も手習所から帰っていて、裏庭に面した縁側でおはじきをしていた。

「あれ、富ちゃん。おなか治った？」

富次郎は手放しでおいおい泣き、お久に背中をさすってもらいながら事の次第を話した。

「まゆが赤ちゃんに悪さをするなんて思えないけど……」

お久も泣き出してしまった。

「まゆ、どこに行っちゃったんだろう。うちに帰ってきたら、繋いでおくようにするよ」

油屋さんとしては、飼い猫のせいで得意先を損じるわけにはいかない。お久はそのへんのことをちゃんと心得ているのだ。

「外に出ていかなければいいんだから、座敷の柱に繋いで、紐は長くしとく。けど、富ちゃんは当分うちに来ない方がいいかも」

まゆが後を追うと可哀相だもの。追われる富ちゃんも辛いでしょ——と説かれて、富次郎もうなずくしかない。まゆに会えなくなると思うと、また涙が溢れた。

「当分だよ。ずっとじゃないよ。またすぐ会えるから、泣かないで」と、お久が一生懸命慰めてくれた。

ところが、その翌朝のことである。うちを出て手習所へ行く途中、お稲荷さんのところでお久が待っていた。瞼が腫れている。まるで泣き明かしたみたいだ。

「富ちゃん、まゆが……」

あれからずっと帰ってこないという。

「うちのみんなで捜してみたんだけど、どこにも見当たらないの」

翌日も、その翌日も、まゆは油屋に帰ってこなかった。富次郎のそばにも現れないままだった。お久と近所を捜し回った。まゆの名前を呼び、行き会った人びとに金目の白猫を見なかったか尋ねたが、誰も何にも知らなくて、だんだんと諦めながら、しかし諦めきれなかった。

江戸の町は梅雨に入り、連日しとしとと雨が降った。まゆはどこで雨に濡れているのだろう。お腹をすかせているはずだ。雷が鳴れば、どんなに怖がっているだろうかと思うとまた泣けた。

そうやって、空しく五日が経った。夕方、その日もまたまゆを捜し疲れてうちに帰った富次郎に、つれない顔をした伊一郎が、

「猫は気まぐれだから、どっか行っちまったんだよ。もう捜すな」

切って捨てるように、そう言った。

「これに懲りたら、二度と野良猫をなつかせたりしちゃいけないよ」

お民にも言い含められて、富次郎は「はい」とうなずいた。

兄ちゃんは冷たい。いっぺんも一緒にまゆを捜してくれなかった。おっかさんは怖い。なんであんなにまゆを嫌うんだ。

一人になりたくて、裏庭で膝を抱えていると、おさとがきょろきょろしながら勝手口から出てきた。

「あの憎らしい猫、いなくなったのね」

さっきのやりとりを聞いていたらしい。

「うん」

おさとはにやりと笑うと、富次郎の顔に顔を寄せてきて、嫌みったらしく吐き捨てた。

「どっかで死んでりゃいいのに」

おさとの唾が富次郎のほっぺたにかかった。

それで頭に血がのぼった。どうにも堪えようがなかった。

「おまえなんか大っ嫌いだ！」

叫んで、おさとを突き飛ばした。おさとは悲鳴をあげ、痛い、助けてと騒ぎ立てる。富次郎はかまわず通りへ駆け出そうとしたが、追いかけてきた伊兵衛に後ろ衿をつかまえられ、土間の中に引きずり戻された。

「富次郎！」

駆けつけてきた皆が見ている前で、盛大に尻を叩かれた。

「おまえはおとっつぁんの倅だが、だからってうちの縫い子より偉いわけじゃない。おさとに謝りなさい」

死ぬほど悔しかったけれど、どうしようもない。富次郎はおさとに頭を下げた。

不思議だったのは、伊一郎がそばに来て、一緒に謝ってくれたことだ。

「弟がやんちゃしたなら、ちゃんと見てなかったおいらもいけないんだ。堪忍してやってください」

おさとはおりんを抱っこして揺すりながら、そういうことなら勘弁してあげると言った。面憎（つらにく）いような顔をしていた。

「だけど、これからは坊ちゃんたちにこの子のお守りはまかせられません」

富次郎の夕飯は、お菜も汁物もなしの飯だけだった。味もわからずぐいぐい呑み込んで、そのあと八十助に連れられて湯に行った。この番頭は富次郎の頭に手を載せて、すりすりと撫で回しながらこう言った。

「今日のおさとのふるまいはいけませんでした。八十助が代わりにお詫（わ）びします」

おさとが所帯を持って三島屋を離れたのは、その年の霜月（陰暦の十一月）の末のことである。

「まあ、あの娘（こ）はこんなもんだろうと思ってたけど」

台所で、おしまが独り言のように吐き出すのを、富次郎はこっそり耳にした。

隙間風が通ったのか、黒白の間の行灯の明かりが揺らいだ。伊一郎の顔の上を影がよぎり、一瞬そのまなざしが暗くなった。

「辛い思い出だったんだな」

兄の言葉に、富次郎はゆっくりうなずいた。

「――そうだねぇ」

だからわざと忘れていたのかもしれない。蓋(ふた)をして、その上から紐で縛って。

燗冷ましの酒も、互いの猪口を一杯ずつ満たす分しか残っていない。さすがに座敷も冷えてきた。富次郎は火鉢の炭をかきたてた。

「兄さんこそ、あのときは悔しかったろう。おさとのことが嫌いだったんだから」

伊一郎は鼻で笑った。

「嫌いなおさとが大きな顔をしている前で、おまえさんが頭を下げさせられているのを見ている方が腹立たしかった」

一緒に頭を下げれば、それを見ずに済む。下を向いていれば、おさとの顔さえ見ないでいられる。

「なるほど、理屈だね」と富次郎は笑った。

炭が赤く熾って、火花が散った。今、何刻なんだろう。兄弟二人だけで夜の深いところに沈んでいるような心地がする。

「あのころ、わたしが妙に不機嫌で、時には泣いたりしていたのはね」

伊一郎が、火花が散ったあとの闇に目を据えて言い出した。

「怖かったからなんだ」

「怖かった？」

「うん。三島屋の先行きが案じられて、不安でしょうがなかった」

戻りたかったんだ、と言う。

「前に住んでいた、岩本町のあの小さい貸家に。覚えているかい」

これまた当時の二歳違いはけっこう大きな差なので、富次郎の記憶はおぼろだ。

「裏店の端っこで、水道井戸が遠くって、おっかさんが水汲みに難儀してたような……」

「そうそう、そうだった」

「八十助は、あの家にいるころに、おとっつぁんに雇われたんだったよね？」

寒くなってきたのか、伊一郎は袖の内に手を引っ込めて、くっくと笑った。

「時期は合ってるが、あのころの八十助は、うちで奉公してたんじゃない。助っ人に来てくれていたんだ」

八十助は当時、伊兵衛が袋物の振り売りをしていた道筋にあった仕立屋の手代頭を務めていた。その仕立屋の主人が伊兵衛を贔屓にしてくれて、

――いつかは袋物屋の名店・越川や丸角と肩を並べられるお店を構えたい。

という伊兵衛の望みに感じ入り、ちっとでも後ろ盾になってやろうと、八十助を手助けに寄越してくれたのだという。

「八十助のいた仕立屋は、その旦那の代で商いをたたむことが決まっていたんでね」

――いずれ伊兵衛さんは立派なお店を持てるだろう。そのときは八十助を使ってやっておくれ。

「へえ、そんな事情があったんだ」

八十助は伊兵衛とお民を助けて内証をやりくりし、内職の縫い子たちをこまめに訪ねて信用を

築き、仕立屋のお得意先に伊兵衛とお民の袋物をお披露目して回っては客筋を増やし——と、八面六臂の働きをしてくれた。

「おとっつぁんの振り売りはけっこうな評判をとっていたけれど、それだけじゃ堅い客筋をつかむことはできないからね。今、三島屋ががっちり抱え込んでいる上客には、あのころ八十助がつかんでくれたところがいっぱいある」

　年季を積んだお店者である八十助は、そのように働く一方で、振り売りでここまで評判と信用をとっているのだから、そろそろ店売りもした方がいいと、伊兵衛に勧めた。

「やっぱり、その方が地に足がついた商いになるからだよ。けど、おとっつぁんはうんと言わなかった」

　最初のお店は狭くても小さくてもかまわない、そこが振り出しなんだから、だんだん大きくしていけばいいと、八十助の説く理屈はわかる。だが伊兵衛は、いったんお店を構えたら、そこに腰を据えるつもりだった。双六みたいな店移りはしない。となると、最初から良い場所にそれなりの器を探し、借りるなり買うなりせねばならない。それにはまだ蓄えが不充分だ。借金するにしても、伊兵衛が望むだけの額を借り受けるには、信用が足りない。

　——今は忍の一字だ。

　そうやって大車輪で働き、暮らしはつましく倹約を続け、とうとう思い切って構えたのが三島町のこのお店だったのである。

　富次郎には初耳の話だった。

「おとっつぁんは、どうしてそんなことに拘ったんだろう」

「わたしも腹を割って尋ねたことはないから、あて推量だけど、たぶんその方が世間の耳目を集めやすかったからだろうと思う」

振り売りから住まいの内で小さく店売りを始め、そこから表店に移り、さらに稼いでもっといい場所に看板を揚げる——というやり方は手堅く順当だが、目立たない。だが、長いこと振り売り一本だった袋物屋が、いきなり神田三島町のど真ん中に一軒家のお店を出しましたとなれば、これは大した出世話だ。

「おとっつぁんには、自分の商う袋物はただの日用品じゃなくて贅沢品(ぜいたくひん)だという自負もあったんだと思う。だからちまちました道中双六で上がりを目指すより、手妻(てづま)みたいに派手にしたかったんだろうな」

結果としてそれが当たって、今の三島屋の繁盛がある。

「けど、当時はけっこうな借金を背負ってた。後ろ盾になってくれてた仕立屋の旦那からも、それでいささかお小言をくらってしまったって聞いたくらいだから」

両親がそんなことを話しているのを、伊一郎はひっそりと耳に入れ、心にも刻み込んでいたのだという。

「そうか……だから兄さんは怖かったんだね」

伊兵衛のこの大博打が失敗し、三島屋がうまくいかなかったら、一家はたちまち路頭に迷う羽目になるのだから。

伊一郎は深くうなずいた。「わたしは小さい貸家の暮らしが懐かしかった。贅沢なんぞ言わない、あの暮らしで自分は充分満足だった。おとっつぁんは横紙破りに過ぎるって、恨みに思ったりもしたよ」

商いはその日その日のことだ。お客が多い日もあれば、終日閑古鳥の声を聴いているときもある。縫い子が失敗することもあれば、侍んでいた上客をつかみ損ねることもある。

「わたしには、それがいちいち身に応えた。おとっつぁん本人だって、自分じゃ気づいてなかったろうが、あのころ家族に向かっては一喜一憂が激しくて、ちょっとしたことでも気を立てて声を荒らげたり、かと思えば一人で難しい顔をして考え込んでいたり、あの朗らかなおとっつぁんが、人が変わってしまったみたいだと思ってた」

幸か不幸か富次郎はまだ幼く、伊一郎の気分はひとりぼっちだった。

「おっかさんが疲れた顔でため息をついていたり、おとっつぁんと八十助が金繰りのことでひそひそ相談なんかしていようものなら、背筋が寒くなって夜も寝付かれなかったよ」

で、そういう不安に耐えきれなくなると、まわりに八つ当たりをしたり、むっつり塞ぎ込んだりしてしまったわけである。

「そしたらあるとき、手習所の師匠に呼びつけられてさ、何でわたしが荒れるのか、理由を言えって問い詰められたんだ」

叱り飛ばされるのを承知の上で、伊一郎が思うところをぶちまけると、意外なことに、枯れ木みたいな老先生は得心してくれた。

――私には商人の苦労はわからぬが、子供のおまえが先々の不安に怯えるのはわかる。

「胸が塞いで辛くなったら、いつでも師匠のところに来なさい。話がしたいなら相手になるし、泣きたいなら泣くがいい。うちに帰りたくないなら手習所にいてもいい。気が済むようにしろって」

　それがあの居残りだったわけである。

「説教もしないし、慰めてもくれない。師匠は何か書き物をしていて、わたしは墨を摩（す）ってるとか、教室の掃除をしてるとか、そんな感じさ」

　伊一郎が話をしたいときでも、師匠は黙って言いたいことを言わせておいて、きりのいいところがくると、

　――顔を洗って、書物の一節を読み上げなさい。

「それだけだった。けど、それが効いたんだろうな。わたしはだんだん荒れなくなったろう？」

　う〜ん、どうだったかな。兄さんには悪いが、そのへんも富次郎の記憶はおぼろだ。

「そういうとき、どんな書物を読み上げたの？　やっぱり『商売往来』かい」

　伊一郎は可笑しそうに笑った。「いや、教本じゃなかった。師匠の蔵書でね、思い返してみると、小難しいものばかりだったよ」

　たとえば『学務知要』とか『四書直解』とか――と言われても、さっぱりわからん。

「思うに師匠は、わたしに大きな『学問』とか『歴史』というものを見せて、日々の些事（さじ）だけに囚（とら）われるなと諭してくださったんだろう」

　有り難いことだった、と言う。

「おいらにはちんぷんかんぷんだけど、兄さんが納得してるなら、まあいいや」と、富次郎は頭を掻（か）いた。

「あのころのわたしは、うちにいても気が抜けなくて、何か良くないことが起こりゃしないか、

今月は借金取りが押しかけてくるんじゃないかと、臆病なねずみみたいにきょときょとしていた」

　言ってから、伊一郎はふっと笑った。

「うん、ねずみだ。我ながらこれは上手い喩えだと思うな。ねずみだったから、猫の気配に敏感だった。まゆがただの猫じゃないって気がついたんだ」

　ただの猫じゃない？　そりゃ油屋の叔父さんの台詞じゃないか。富次郎は両の眉毛を持ち上げて兄の顔を見た。

「まさか、兄さんまでまゆの正体がけうけげんだったとでも言うつもりじゃあるまいね」

　だから、この話はあやかしの話だという種明かしか。

「いやいや、けうけげんなんてシロモノのことは知らないよ。油屋のお久ちゃんはおまえさんの仲良しで、わたしとはそんな話をしなかったもの」

　だが、まゆについては、伊一郎しか知らないことがあったのだった。

「当時、おまえさんが気づいていた以上に、まゆは頻繁にうちに入り込んでいた」

　縁側の下。庇の上。手水鉢の陰。

「見つけると、もちろん追っ払ったさ。おっかさんが嫌がる顔を見たくないから、気づかれないように大きな声は出さなかったけどね。あいつの方も心得ていて、わたしに見つかるとさっと立ち退いていったし」

　さらに、まゆはよくお稲荷さんの梅の古木に登っていたという。

「あの枝が三叉になっているところに座って、うちを見ていた」

そこからは三島屋が見通せたのである。

「わたしは、師匠のところに居残りすると、一人で手習所から帰るだろ。そうすると梅の木の上にまゆがいる。うちの方を眺めていて、わたしがお稲荷さんにさしかかると、するっと地面に降りてきて、わたしの脚に身体をなすりつけてどっかへ行っちまうんだ」

自分を待っててくれたのかな、と思ったそうである。

「おまえさんやお久ちゃんたちと遊んでないで、一人だけ居残ってるわたしを案じてくれてるのかな。世話焼きな猫だなって」

悪い気はしなかった。師匠のところで泣いてきた日なんかは、まゆが身体をこすりつけてくると、その温もりに慰められた。富次郎が可愛がっているのだし、おっかさんも少し勘気を緩めて、まゆを飼わせてくれてもいいのにな、なんてことも思った。

「もちろん、言い出せやしなかったけど」

そうこうしているうちに、まゆが三島屋の二階に上がり込み、寝ている赤子のおりんの顔の上に座っていたという、あの騒動が起こった。

「あのとき、わたしはおっかさんにお使いを言いつけられて、出かけて帰ってきたところだったんだよ」

勝手口の戸を開けて台所の土間に入ったら、階上でおさとが大声をあげ、

――この畜生め！

「まゆが階段を駆け下りてきた。まさに飛ぶような勢いだったよ。そんで、そのまんまわたしの方にぴゅうっと寄ってきたんで」

とっさのことだったが、伊一郎はまゆをすくい上げ、胸に抱き取った。

「何があったか知らないが、かばってやらにゃあと思って」

その猫をつかまえてというお民の声が追っかけてくる。前後を忘れ、伊一郎はまゆを抱いたまま勝手口から飛び出した。なるほど、そんなことだったから、三島屋ではまゆをつかまえられなかったのである。

「まっしぐらにお稲荷さんまで駆けてって、足を止めて一息ついたら」

まゆが口をきいた。

「え」と、富次郎は声を出した。「何だって？」

「しゃべったんだよ、まゆが」

伊一郎は大真面目な顔で言う。

「わたしに抱かさって、あの金目をまん丸にしてさ」

——いちの坊ちゃん、ごめんなさいね。

「本当にそう言ったんだ」

当たり前だが、伊一郎はぎょっとした。その隙にまゆは身体をひねって彼の腕のなかから逃げだし、お稲荷さんのお社の陰に駆け込んで姿を消してしまったのだという。

「え……えっと……」

富次郎は半笑い、半分は当惑で腰が引ける。兄さん、酔っ払ってるね。ここで語ろうと力んで、話を作ってないかい？

しかし、伊一郎は真顔のままだ。

「おまけに、わたしはその声に聞き覚えがあった。わたしのことを〈いちの坊ちゃん〉って呼ぶのは、その声の人だけだった」

謎をかけるように、富次郎の顔を覗き込む。

「おまえさんのことは、〈小さい坊ちゃん〉て呼んでいた」

まじまじと兄の顔を見つめたまま、富次郎はかぶりを振った。

「わかんないや。誰だっけ」

ふうと息を吐き、伊一郎は言った。

「それが、おきんさんだ。話の初めに、覚えていないか訊いたろ？　岩本町にいたころ、うちの内職をしていた縫い子さんだよ」

同じ岩本町の裏店に住んでいた。歳は三十路を過ぎたくらい。桶職人の亭主と二人暮らしだったが、

「その宿六が酒浸りで、どうしようもないクズ野郎だった。おきんさんが稼いだ内職の金を前借りさせろって、うちに押しかけてきたことも何度かあってね」

伊兵衛が怒鳴りつけると、その場は尻尾を巻いて帰るのだが、懲りずにまた来る。挙げ句にねちねちと恨みを抱いて、近所で伊一郎に行き会うと絡んで言いがかりをつけてきたりした。伊兵衛にはかなわないが、倅になら強く出られるという、性根の腐ったいくじなしだったのだ。

「腕をつかまれてあざになったり、叩かれて、頭にこぶができたこともある」

そんなことがあるたびに、おきんは泣いて謝りに来た。

「あ、だから」

――いちの坊ちゃん、ごめんなさいね。

「そうなんだ。わたしはその声に聞き覚えがあったのさ」

おきんは腕のいい縫い子だったたし、そのころでもう五年も伊兵衛・お民と付き合いがあったから、いずれは三島屋のお店に入るはずの人だった。

「おっかさんなんか、うちがお店を構えたら住み込みになりなさい、それでクズ亭主を捨てっちまえと言ってたくらいなんだよ」

ところが、伊兵衛とお民がいよいよお店を持とうと算段を始めたころ、酔っ払った亭主に殴られて転んだ弾みで、おきんは右手を怪我してしまった。

「打ち身だろうと冷やしていたら、骨が折れていたんだね」

痛みが消え、腫れが引いても、おきんの右手は元のようには動かなくなった。日常のことはできるが、細かい縫い物はもう無理だ。

「それなら女中奉公でもいい、亭主と別れてうちに来なさいって、おとっつぁんもおっかさんも勧めていた。けど、おきんさんをそんな目に遭わせてさ、クズ亭主がちっとは改心したらしくって」

――酒を断って、これからは女房を大事にします。

「おとっつぁんとおっかさんと、長屋の差配さんにも頭を下げたもんだから」

根が優しいおきんはほだされてしまい、亭主のもとに残ることになって、三島屋とは縁が切れた。

「で、おきんさんの代わりにうちに来たのがおさとだったんだ」

二人の女は同じ裏店の店子仲間だったのだ。

「そこそこ手先が器用だし、何としても自分が稼いで赤子を養いたいと言っているし、ひとつ三島屋さんでおさとを面倒みてもらえないかって、差配さんに頼まれてね」

おきんも、おさとちゃんをよろしくどうぞと言うので、引き受けることになった。

「これは後で聞いた話だけど、それでもおっかさんはだいぶ渋ったそうだよ。何となくだから悪いけれど、おさとの感じがよくないから不安だって」

その勘は当たっていたわけだ。

「おきんさん夫婦は、うちと縁が切れてからも、岩本町の裏店に住み続けていたのかな」

伊一郎はうなずいた。「だから、訪ねていこうと思えばいつでも行かれた」

「つまり、その……確かめに？」

おきんさん、あなたの声でしゃべる金目の白猫に心当たりはありませんか。実はね、その白猫が、おさとさんの赤ん坊の顔の上に座るなんていう、ひどいいたずらをしでかしたんです、と。

袖のなかに手を引っ込めたまま、伊一郎は亀の子みたいに首も縮めた。

「何とも問いにくいよ。いくらこっちが子供でもさ」

突飛だもんねえ。

「うっかり訪ねていって、あの宿六に出くわすのも嫌だったし。事が事だから、受け取りようによっちゃ、因縁をつけてるみたいに聞こえかねないだろ？」

確かにその心配もある。

――いちの坊ちゃん、ごめんなさいね。

「おきんさんに何度も謝られたときのことを思い出すと、わたしの方が切なくなってしまって、だから訪ねるのはやめにしたんだ」

ヘンテコで不思議で、心がもやもやしたが、息せき切って解かねばならぬ謎でもない。

「だいいち、肝心のまゆがどっかへ行っちまったまんまだったから、また現れるまで様子を見ようと思ってね」

一日、二日と、伊一郎は待った。まゆがけろっとして三島屋に姿を見せたら、富次郎になつき、お久にじゃらしてもらって遊び、ご飯をねだるその姿を見られたなら、それでいいと思った。猫がしゃべったなんて、忘れてしまおうと思った。

「おまえさんとお久ちゃんは、まゆを捜し回ってはべそべそ泣いてたよなあ」

しかし、まゆは戻ってこなかった。

五日目の朝、伊一郎は思い決めた。

「やっぱり、おきんさんに会いに行こうって」

おきんそっくりの声でしゃべった猫が消えた。おきんの身にも何か起こっているのではないか。

「そこまで筋道立てて考えたわけじゃないんだよ。そもそも変な話なんだからさ。ただ、どうしても気になったから」

昼時、昼飯を食べに家に戻らず、岩本町へ足を運んだ。大した距離ではない。走っていったらすぐに着いた。

「裏店の木戸をくぐって、どぶ板を踏んでいくと、ちょうどおきんさんが障子戸を開けて出てきた」

おきんは背中に大きな風呂敷包みを背負っていた。伊一郎に気づくと、はっとして立ちすくんだ。

「わたしの顔を見て、おきんさんはみるみる真っ赤になった」

——ああ、恥ずかしい。

両手で目を覆い、その場にしゃがみ込んでしまった。

——そんなお顔をしていらっしゃるってことは、いちの坊ちゃんは、あれがあたしだっておわかりになったんですね。

金目の白猫のまゆの正体は、おきんだった。

「要するにさ」

言って、伊一郎は目を細めた。

「おきんさんの生き霊が猫の形をとって、うちに近寄ってきてたんだ」

心を改めるという誓いなんか二月くらいしか保たなくて、クズ亭主はおきんを捨て、とっくにどこかへ消えていた。

「おきんさんは差配さんの紹介で、向島にある商家の寮（別荘）に、住み込みで奉公に行く話が決まってね。その日、向こうに発つところだった」

伊一郎は荷物のなくなったおきんの住まいに招じ入れられ、事情をあらかた知っているという差配も来てくれて、話を聞いた。

「縫い子ができなくなって、うちとの縁が切れた後のおきんさんは、ほうぼうの家の煮炊きや掃除、子守なんかを掛け持ちで請け負って日銭を稼いで、かつかつに暮らしていたんだそうだ」

クズ亭主はその稼ぎをくすねて酒を飲み、それでは足らずにツケを溜めて借金がかさみ、やがて姿をくらました。

一人になったおきんが、日々の仕事にくたびれるせいか、よく居眠りするようになったのは、四月の末頃からだったという。朝っぱらでも、昼日中でも、急に眠気がさしてきて眠ってしまう。井戸端だろうが七輪で魚を焼いているときだろうが、おかまいなしだ。

まわりの者たちが気づき、差配も心配して、ちょくちょくおきんの様子を見にくるようになった。そういうことは毎日起こるわけではなかったが、収まることもなかった。

「そしてある朝、見たんだよ」

上がり框に腰掛けて居眠りしているおきんの口から、白くてふわふわしたものがすうっと抜け出してくるところを。

「差配さんは世慣れた人だったから、すぐと気がついたんだってさ」

――あ、こりゃ生き霊だ。

おきんの生き霊が抜け出てる。

「跡を追っかけてみたけど見失っちまって、ともかくおきんのそばについていたら、半刻ほどして、白いふわふわが戻ってきた」

それがするりと口の中に入ると、おきんは出し抜けに目を覚まし、これでもう間違いないということになった。

「差配さんはおきんに今し方の出来事を話し、眠っているあいだに夢を見なかったかと尋ねたそうだ」

――はい、確かに夢を見てました。どこかの木に登って、伊兵衛さんとお民さんがかまえた立派なお店を眺めているんです。

「それがどうやら、おまえさんが初めてお稲荷さんの梅の木の枝に白いほわほわを見つけた時に重なるんだよね」

その後も、おきんの身にはたびたび同じことが起きた。差配はできる限りおきんを近くで見守り、生き霊が戻ってきたところで話を聞くと、

「おきんさんは、三島屋がらみのことばっかり話したんだそうだ」

――いちの坊ちゃんと小さい坊ちゃんが手習所に行くのが見えました。

――おかみさんが女中さんと洗い物を干していました。

――仕事場は、日当たりがよくって明るい板の間でした。あたしも、あそこで一緒に働けるはずだったのに。

「おまえさんが梅の木に登ってきて、間近で顔を合わせたときのことも、おきんさんはしっかり覚えてた」

――小さい坊ちゃんを驚かせてしまいました。

おきんの夢は、そういうことが起こるたびに鮮やかさを増していった。

「どうしてかっていうと、身体から抜け出した魂が、ただの白いほわほわじゃなくて、ちゃんと形をとるようになったからだ」

金目の真っ白な猫になって、行きたいところに行き、見たいものを間近に見られるようになっていったからだ。そしてそれが楽しいものだから、いよいよ頻繁にそうなるようになってしまった。

「毎日のように生き霊を吐き出すおきんさんを、差配さんはひどく案じていた」

――身体から勝手に生き霊が抜け出てしまうなんざ、おきん、おまえの心にはよっぽどの屈託があるんだよ。

「そうさ、屈託はあった。屈託だらけだよ」

おきんは腕のいい縫い子だったのに、伊兵衛とお民をよく助けてくれたのに、いよいよ三島屋が開業する直前に、その道を断たれてしまった。

「しかも、おきんさんの後に入ったおさとは、縫い子としてなってない上に、自分の不出来を棚に上げて、しょっちゅううちの悪口を吹いている」

同じ裏店に住み続けていたから、おきんの耳には、おさとがぶうぶう鳴らして憚らない不平不満が聞こえていたのだ。

あたしは何も悪いことをしていないのに、縫い子をやめなくちゃならなかった。三島屋の旦那さんとおかみさんに仕えたかったのに、諦めなくちゃならなかった。

その日暮らしのこの貧しさ。何のために今まで腕を磨いてきたんだろう。

それに引きかえ、おさとは恵まれているのに、三島屋さんでよくしてもらっているのに、あたしも口を添えて周旋してあげたのに、感謝もせずに、愚痴と悪口を並べてばっかりだ。

羨ましい。恨めしい。悔しくて腹立たしい。

「やるせない怒りと悲しみが募って、とうとうあの日、おきんの生き霊が形を成したまゆは、おさとの赤ん坊を害しようとしてしまったんだろう」

まゆになっているときも、おきんは自分のしていることを心得ていた。

「だから、わたしがとっさにまゆをかばってやったとき、人語を使ってごめんなさいと謝ったんだ」

己が猫になっていることを忘れ、思わず人の言葉を吐いてしまったと言った方がいいかもしれない。

——いちの坊ちゃんに、あたしの浅ましい所業を知られてしまいました。

おきんは泣き泣き伊一郎に詫びた。

——恥ずかしくって、いっそ死んでしまいたいと思いました。でも、恥が骨身に応えたおかげでしょう。

あれ以来、おきんの身体から生き霊が抜け出ることはなくなった。

「だから、まゆもいなくなっちまったってわけさ」

——小さい坊ちゃんにも、油屋のお久ちゃんにも、可愛がってもらったお礼を申し上げたかったけれど、もうかないません。

また妄執と憤怒が募ることがないように、おきんは三島屋から遠く離れることにした。差配さ

んのおかげでいい奉公先が見つかったので、

——ここでお暇(いとま)いたします。いちの坊ちゃんとはお別れができてよかった。

何度も何度も振り返っては頭を下げながら、おきんは裏店を出ていった。

その日の夕方、伊一郎は三島屋に帰り、富次郎に「もうまゆを捜すな」と言いつけた。捜しても、二度と見つからないことがわかっていたからだ。つれない顔をしていたわけである。

「おまえがおさとに怒ってしまって、頭を下げる羽目になったとき、わたしも一緒に謝ったのは、本当におまえに済まないことをしたと思っていたからだよ」

伊一郎がまゆをかばったりしなければ、抱き取って逃げたりしなければ、まゆはまだ油屋の飼い猫でいられて、富次郎に可愛がってもらえた。

「わたしがまゆを消してしまったんだ」

——いちの坊ちゃん、ごめんなさいね。

「おきんさんにも面目ない思いをさせてしまった」

黒白の間はしっとりとした夜の闇に満たされ、細ってきた行灯の光の輪が、向き合う兄弟を弱々しく照らしている。

富次郎は兄の顔を見つめる。十四年前のあのころは、皆の前ではけっして泣かなかった伊一郎だが、今はその目が潤んでいる。これはいくらか、酒のせいもあるかもしれない。

「人の世はままならぬものだね」と、富次郎は言った。

「うちのみんなと同じように、今のおきんさんが幸せに暮らしているといいなあ」

伊一郎は黙って顔を伏せ、まばたきをした。また顔を上げたときには、涙の気配は消えていた。

「うん、そうだな」

「兄さんは、間違ったことをやっちゃいないよ。おきんさんだって、ずうっと生き霊を吐き続けてよかったわけないんだし」

怒りを募らせるまま、次は本当におりんを傷つけていたかもしれない。止めてあげられてよかったのだ。

「けどさ、うちのおとっつぁんとおっかさんが犬猫嫌いだって知ってただろうに、どうして猫になったんだろうね」

ほかの生き物になれば、もっと楽に三島屋に入り込むことができたはずだ。

「たとえば……そうさな、カナヘビとか」

呟いた富次郎に、伊一郎は呆(あき)れかえった顔をした。

「あのなあ、富次郎さんよ」

ちょっぴり酒臭いため息を吐く。

「おまえさんは、人の情ってものがわかってない」

カナヘビだってさ、ひどいじゃないかとぶつくさ言う。

「あの白いほわほわがだんだんと形を成して、とうとう白猫になったのは、わたしとおまえさんが猫好きだったからだよ。縁起のいい金目だったのは、おきんさんが三島屋の繁盛を願ってくれたからに決まってる」

それを何て失礼なことを。言うに事欠いてカナヘビとは！

富次郎は額に手をあて、大仰に畏(おそ)れ入ってみせた。

「あいすみません。兄さん、久しぶりに飲めて楽しかった。明日は菱屋に帰るんだろ？　そろそろ寝た方がいいよ」

兄を追い立てて一人になると、昼間使ったきり座敷の隅に寄せておいた文机を動かし、墨壺と筆を取り出した。行灯の油が切れる前に描いてしまおう。

また文机に肘をついて、しばらく思案した。

うん、おいらは忘れてた。なかったことにしてた。まゆのこと。可愛かったなあ。いなくなったときの寂しさ、呼んでも捜しても甲斐がなく、涙が頬を焼き、心を食い破るようだったこと。みんなみんな、思い出したくなかったんだよなあ。

描き始めたら早かった。こっちに背中を向けて、頭をちょっとかしげ、尻尾を丸めている白猫の姿。

あの金目、富次郎と目が合ってきゅっと細くなった瞳は、描かずにおこう。

ごろごろ、にゃあ。

その後、伊一郎は元日にも三島屋へ帰ってきて、皆と一緒に正月の膳を囲んだ。伊兵衛とお民が客先へ年始回りをしても、三島屋に年賀の客が来ても、話題はおちかの祝言のことばかりだった。

こちらは嫁に出す側だから、万事に瓢簞古堂を立てて、仲人も貸本屋の寄合の肝煎りに頼んだのだが、共白髪の穏和な夫婦で、瓢簞古堂の勘一のことは赤ん坊のころから知っているという。

「どうかすると中身が空っぽの瓢簞のように頼りない勘一に、こんないい嫁御寮が来てくれるなんてもったいないやら有り難いやら」

川崎宿で旅籠〈丸千〉を営むおちかの両親は、旅籠を閉めてしまうわけにはいかず、おちかの兄の喜一がもらったばかりの嫁も身重だし、いろいろ人手のやりくりが難しくて、結局のところ母親だけが、祝言の三日前から江戸に出てきた。おちかは久々におっかさんとゆっくり過ごし、お民が二人を連れて浅草の観音様詣でに出かけ、ついでに山ほど買物をしてきた。

三島町の三島屋から多町二丁目の瓢箪古堂までは、三丁ほど（一丁は約百九メートル）しか離れていない。お天気さえ許してくれれば、おちかは歩いて嫁入りする。

「晴れるといいな」

伊兵衛の願いが通じたのか、当日、お天道様は朝から眩しく輝いていた。空は青く晴れ渡り、風もない。新春の好日である。

出立のときには、ここらの地主が寄越してくれた材木屋の組頭が木遣り歌を唄ってくれた。おめでとうございますと、店に残る八十助たちが一斉に頭を下げる。

紋付き袴姿の伊兵衛を先頭に、綿帽子をかぶったおちかが歩む。その手を引くのは、お民が仕立てておいた留め袖を着込んだおっかさんである。その両脇を固めるように、これまた紋付き袴の伊一郎と富次郎が付き従う。兄弟はそれぞれの肩に、三島屋の商い物を飾り付けた笹竹を担いでいた。

おちかの道具類は先に運び込んであるので、荷物は少ない。若夫婦のために新調した着物を何枚か、三島屋の屋号を染め抜いた大判の風呂敷に包み、お勝とおしまがそれを戴いてしずしずと歩む。今日ばかりは「お女中」と呼んでやりたい二人の後ろには、沿道の皆様に丁重に会釈しながらも、堂々のおかみの貫禄(かんろく)を見せつけるお民がついてゆく。

「ありがとうございます。三島屋でございます。皆様のご愛顧のおかげさまをもちまして、姪のちかが嫁に参ります。ありがとうございます、ありがとうございます」

お民の従者は三島屋の名入り提灯(ちょうちん)を手にした新太で、ゆでだこみたいに真っ赤になって、ぺこぺこ頭を下げている。

富次郎は、肩に担いだ笹竹の重みに、伊兵衛とお民がここまで歩んできた道のりを思った。綿帽子の陰からのぞくおちかの紅をさしたくちびるが微笑んでいることが嬉しい。おちかのおっかさん、ようやく会うことがかなった丸千の伯母さんは、お勝が入念に化粧をほどこしたのに、泣きっぱなしでもう頬の白粉(おしろい)が筋になっている。

この景色の全てをよく目に焼き付けておこう。あとですっかり絵に描いて、伯母さんに土産に持っていってもらうんだ。

花嫁の歩みに連れて、沿道に笑顔、笑顔の花

が咲く。誰もが笑っているのに、瓢簞古堂に着いてみたら、仲人夫婦と大旦那に挟まれて、花婿の勘一だけはかちんこちんに固まっていた。晴れ着を着せられた子供みたいである。

——あ、こいつも動じることがあるんだな。

それも可笑しく、可愛らしい。

おちかを瓢簞古堂に引き渡し、奥の座敷で祝言が始まる前に、伊一郎と富次郎は、花嫁行列についてきてくれた見物人たちに、笹竹につけた袋物を配った。懐紙入れや袂落としなどの小物ばかりだが、大人気で皆がわあわあと手を伸ばしてくる。瓢簞古堂では菓子の包みを用意していて、丸子という小僧がまめまめしく配って回る。新太も手伝って、小僧同士すぐに仲良くなったようだ。

勘一とおちかが夫婦の杯を交わす際には、あれだけ堂々としていたお民が声もなく泣き始めて、やっぱりほっぺたに盛大な白粉の筋をこしらえてしまった。

今日からおちかの舅となる瓢簞古堂の大旦那は、勘一よりも背が高く、痩せているので古木のように見える人だった。歯が抜けていて、口元がちょっとしまりない。

「なあ、似ているな」

伊一郎が富次郎をつっついて囁いた。

「誰に？」

「わたしらの手習所の師匠に」

ならば、きっと人情を解する知恵者だろう。

祝いの宴は大げさなものではなかったが、心楽しく賑やかだった。料理は美味しく、酒は甘く、皆大いに飲んだ。

ざるの伊一郎は平気だろうが、富次郎はかなり回ってしまい、宴席を途中で抜け出した。小僧の丸子に、

「ちっと風に当たりたいんだが、どこから出たらいい？」

尋ねると、「はい、はい！　こちらへどうぞ」と勝手口に案内してくれた。何だか知らんがよく跳ねる、この子は丸子じゃなくて鞠（まり）の子じゃないのか。

勝手口の手前の板の間では、瓢箪古堂の奉公人たちが祝いの膳を囲んでいた。そのなかには十郎もいた。

「おや小旦那さん、厠ですか」

彼も酔いが回っているようで、富次郎にふらふらくっついてきた。

「なにしろめでたい、やあ、めでたい」

「十郎さん、厠はこっちです、はい！」

丸子が引っ張って行ってしまった。

勝手口の外はこぢんまりした裏庭で、生け垣を巡らせてある。出入りのための簡素な木戸がついていて、本日はそこにも紅白の水引を結んであった。

木戸の向こうは細い裏路地だ。隣の商家の土蔵の壁がぬぼうっと立ちはだかっている。

木戸に片手を掛け、富次郎は目をつぶって深く息をした。自分の鼻から出てきた呼気に、酒の匂いがする。

——ああ、飲み過ぎだ。

くらっと目が回る。

そのとき。

「ごめんくださいよ」

間近で声をかけられて、富次郎は思わずたじろいだ。目を開けると、木戸を挟んで一間ばかりの距離のところに、生け垣に身を寄せるようにして、商人風の男が立っている。

「三島屋のおちかさんの祝言は、滞りなくお済みになったんですか」

口舌滑らか、響きのいい声音だ。男の歳は、さあ……四十から六十までのあいだなら、いくつと言ってもあたっていそうだ。

艶（つや）やかな月代（さかやき）。太い眉。白目がちの目玉に際立つ小さな黒目が、富次郎の顔にぴたりと焦点を結んでいる。口角の右側だけちょっと吊り上げた愛想笑いに、皮肉な色があるように見えるのは気のせいだろうか。

唐桟（とうざん）の着流し。利休鼠（りきゅうねずみ）と雲母（うんも）の色の滝縞（たきじま）だ。粋な色柄だが、そこらの商人がやすやす着ようと思い立つ着物ではない。帯も独鈷文（どっこもん）だから博多帯（はかたおび）——本博多だろう。贅沢品である。

普段着にこれだけのものを着るのは、裕福なしるしである。瓢簞古堂のお得意さんならば、失礼があってはいけない。富次郎は姿勢を正して一礼した。

「おかげさまで夫婦の杯を交わしまして、今は皆で祝っているところでございます」

そりゃあよかったと、男は言った。

「手前はいささかご縁があった者でございます。どうぞお幸せにとお伝えください」

「ありがとうございます」

応じて、富次郎が目を上げると、男の姿は消えた。

呆気にとられて、声も出ない。

かき消えたのではない。顔を上げる直前、男がくるりと背中を向け、生け垣から離れてゆくのが見えた。確かに見えた。それから、すっと消えていったのだ。

そのとき、初めて男の足もとが見えた。裸足だった。あんないい着物と帯を身につけていたのに、足袋も履き物もなしだった。

——この世のものじゃなかったんだ。

腕に鳥肌が浮いてきた。

両手で木戸につかまったまま、富次郎は動けない。今、この目で見たものが信じられないが、しかしそれは目の前で起きたのだ。

「小旦那様？」

勝手口の方から、お勝の声がした。それで呪縛が解けて、富次郎はあえぐように息をしながら木戸から手を離した。

「どうなさいました？」

ついお勝の腕につかまってしまいながら、富次郎は今の出来事を話した。お勝はまばたきもせずに聞いていて、聞き終えると静かにうなずいた。

「そうですか。お幸せにと言っていましたか」

「お勝、あれが何者か知ってるのかい」

お勝は薄く微笑み、目を細めた。

「本人が言っていたとおり、お嬢さんといささか縁があった人ですわ。いえ、人じゃあないんでしょうけれど」

でも商人(あきんど)です、と言う。

「あの世とこの世のあいだを行ったり来たりしながら、欲しがる人には欲しがるものを売り、売りたがる人からは買い受ける」

そういうモノですよ――

「少なくとも、お嬢さんにはそう名乗ったそうでございますよ」

「そうなのか」

情けないが、富次郎はまた胴震いしてしまった。お勝はそっと彼の腕を押しやり、羽織の袖の皺(しわ)をなでつけた。

そして、何でもないことのように、凄(すご)いことを言った。

「あれが小旦那様を選んでお祝いを言いに現れたってことは、小旦那様を変わり百物語の継ぎ手として認めたってことでしょう」

「え？　え？　え？」

「そんなお顔をなさらなくても、このお勝が守り役を務めますから大丈夫でございますよ。さあ、お席に戻って飲み直しなさってくださいまし」

折良く、宴席からは手拍子と祝い歌が聞こえてきた。あんまり巧くはないが、なにしろ陽気な歌だ。誰の喉だろう。

「う、うん。お勝もおいでよ」

「はい」

富次郎を見送って、お勝はまだしばしそこに佇(たたず)んでいた。やがて、そのすらりとした身を折って深く頭を下げると、

「お祝いありがとう存じます」

麗しい声音でそう囁き、目元に微笑をたたえたまま、瓢箪古堂の奥へと戻っていった。

了

本書は北海道新聞、中日新聞、東京新聞、西日本新聞に
二〇一六年十一月五日から二〇一七年十月三十一日まで連載された作品に、
「金目の猫」（小説 野性時代 二〇一八年二月号掲載）を加えて単行本化いたしました。

宮部みゆき（みやべ　みゆき）
1960年東京生まれ。87年「我らが隣人の犯罪」でオール讀物推理小説新人賞を受賞しデビュー。92年『龍は眠る』で日本推理作家協会賞、同年『本所深川ふしぎ草紙』で吉川英治文学新人賞、93年『火車』で山本周五郎賞、99年『理由』で直木賞を受賞。その他『模倣犯』『ブレイブ・ストーリー』『小暮写眞館』『ソロモンの偽証』『悲嘆の門』『荒神』『この世の春』など著書多数。本書は『おそろし』『あんじゅう』『泣き童子』『三鬼』につづく三島屋シリーズの第五弾である。

あやかし草紙　三島屋変調百物語伍之続

2018年4月27日　初版発行

著者／宮部みゆき

発行者／郡司 聡

発行／株式会社KADOKAWA
〒102-8177　東京都千代田区富士見2-13-3
電話 0570-002-301（ナビダイヤル）

印刷所／大日本印刷株式会社

製本所／本間製本株式会社

KADOKAWAカスタマーサポート
［電話］0570-002-301（土日祝日を除く11時〜17時）
［WEB］https://www.kadokawa.co.jp/（「お問い合わせ」へお進みください）
※製造不良品につきましては上記窓口にて承ります。
※記述・収録内容を超えるご質問にはお答えできない場合があります。
※サポートは日本国内に限らせていただきます。

定価はカバーに表示してあります。

ISBN 978-4-04-106792-5　C0093

シリーズ既刊

おそろし

三島屋変調百物語事始

角川文庫

17歳のおちかは、ある事件を境に、ぴたりと他人に心を閉ざした。ふさぎ込む日々を、叔父夫婦が江戸で営む袋物屋「三島屋」に身を寄せ、黙々と働くことでやり過ごしている。ある日、叔父の伊兵衛はおちかに、これから訪ねてくるという客の応対を任せると告げ、出かけてしまう。客と会ったおちかは、次第にその話に引き込まれていき、いつしか次々に訪れる客のふしぎ話は、おちかの心を溶かし始める——三島屋百物語、ここに開幕。

三島屋変調百物語

第一話　曼珠沙華の花を恐れる建具商がその理由を語る。「曼珠沙華」

第二話　錠前屋が語った怪しい空き屋敷にまつわる話。「凶宅」

第三話　幼なじみに許嫁を殺されたおちか自身の告白。「邪恋」

第四話　自殺した女の魂がこもった古い鏡にまつわる話。「魔鏡」

第五話　第二話で語られた空き屋敷事件のその後の顚末。「家鳴り」

シリーズ既刊

三島屋変調百物語事続

あんじゅう

角川文庫

一度にひとりずつ、百物語の聞き集めを始めた三島屋伊兵衛の姪・おちか。ある事件を境に心を閉ざしていたおちかだったが、訪れる人々の不思議な話を聞くうちに、徐々にその心は溶け始めていた。ある日おちかは、深考塾の若先生・青野利一郎から「紫陽花屋敷」の話を聞く。それは、暗獣〈くろすけ〉にまつわる切ない物語であった。人を恋いながら人のそばでは生きられない〈くろすけ〉とは——。三島屋シリーズ第二弾！

三島屋変調百物語

第六話　水を涸らす〈お旱さん〉に憑かれた少年の話。「逃げ水」

第七話　人形にいつの間にか突き刺さっている針の話。「薮から千本」

第八話　紫陽花屋敷に住みついたまっ黒い化け物の話。「暗獣」

第九話　不思議な力を備えた木仏にまつわる話。「吼える仏」

シリーズ既刊

泣き童子
三島屋変調百物語参之続

角川文庫

三島屋伊兵衛の姪・おちか一人が聞いては聞き捨てる変わり百物語が始まって一年。幼なじみとの祝言をひかえた娘や田舎から江戸へ来た武士など様々な客から不思議な話を聞く中で、おちかの心の傷も癒えつつあった。ある日、三島屋を骸骨のように痩せた男が訪れ「話が終わったら人を呼んでほしい」と願う。男が語り始めたのは、ある人物の前でだけ泣きやまぬ童子の話。童子に隠された恐ろしき秘密とは——三島屋シリーズ第三弾！

第十話　男女の仲を裂く、やきもち焼きの神様の話。**「魂取の池」**

三島屋変調百物語

第十一話　からくりのような不思議な山屋敷の話。　**「くりから御殿」**

第十二話　赤ん坊が泣きやまない恐ろしい理由について。　**「泣き童子」**

第十三話　住人が迷子になってしまう奇妙な家の話。　**「小雪舞う日の怪談語り」**

第十四話　風変わりな戒めのある木橋にまつわる話。　**「小雪舞う日の怪談語り」**

第十五話　人の病を見抜くことができる目の話。　**「小雪舞う日の怪談語り」**

第十六話　病人の体に取り憑いたどす黒い影法師の正体。　**「小雪舞う日の怪談語り」**

第十七話　人を喰らう〈まぐる〉という巨獣の話。　**「まぐる笛」**

第十八話　二十四節気の日になると顔が変わる男の話。　**「節気顔」**

シリーズ既刊

三鬼

三島屋変調百物語四之続

日本経済新聞出版社

江戸の洒落者たちに人気の袋物屋三島屋では、おちかが一度に一人の語り手を招き入れて話を聞くという趣向の変わり百物語が評判だ。訪れる客は、亡者、憑き神、家の守り神、とあの世やあやかしの者を通して、せつない話、こわい話、悲しい話を語りだす。「もう、胸を塞ぐものはない」――それぞれの客の身の処し方に感じ入るおちかの身にも、やがて心ゆれる出来事が起こって……。三島屋シリーズ第四弾!

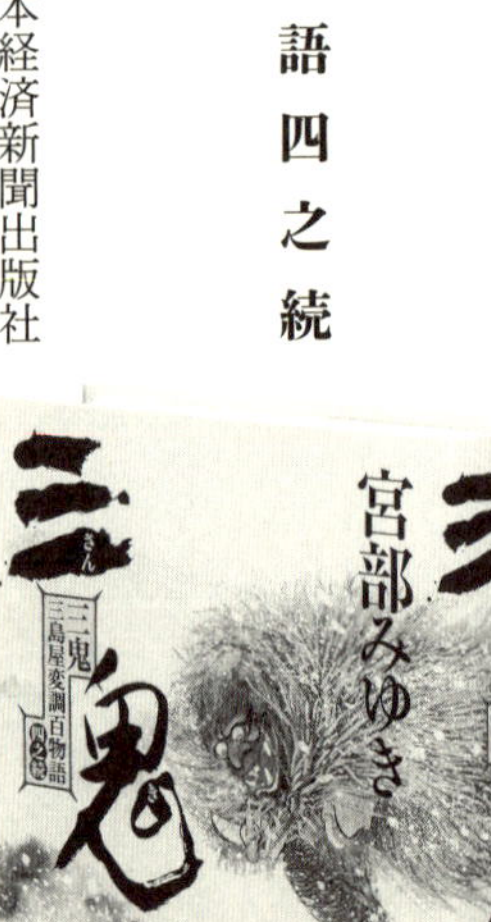

三　島　屋　変　調　百　物　語

第十九話　旅の絵師の行動により死者が帰ってきた村の話。　「迷いの旅籠」

第二十話　評判の弁当屋の主人には、
あるあやかしが取り憑いていた。　「食客ひだる神」

第二十一話　山番士として寒村に派遣された侍が鬼に出会った。　「三鬼」

第二十二話　商家の蔵座敷に住んでいる恐ろしい守り神の話。　「おくらさま」